COM UM POUCO DE SORTE

Marissa Meyer

COM UM POUCO DE SORTE

Tradução de Regiane Winarski

Título original
WITH A LITTLE LUCK

Primeira publicação por Feiwel and Friends Book,
um selo da Macmillan Publishing Group, LLC.

Copyright © 2024 by Rampion Books, Inc.

Edição brasileira publicada mediante acordo com Jill Grinberg Literary Management LLC
e Sandra Bruna Agencia Literaria, SL

Imagens de abertura de capítulo: Freepik

Todos os direitos reservados.
Nenhuma parte desta obra pode ser reproduzida ou transmitida
por meio eletrônico, mecânico, fotocópia ou sob
qualquer outra forma sem a prévia autorização do editor.

Direitos para a língua portuguesa reservados
com exclusividade para o Brasil à
EDITORA ROCCO LTDA.
Rua Evaristo da Veiga, 65 – 11º andar
Passeio Corporate – Torre 1
20031-040 – Rio de Janeiro – RJ
Tel.: (21) 3525-2000 – Fax: (21) 3525-2001
rocco@rocco.com.br
www.rocco.com.br

Printed in Brazil/Impresso no Brasil

Preparação de originais
VANESSA RAPOSO

CIP-BRASIL. CATALOGAÇÃO NA PUBLICAÇÃO
SINDICATO NACIONAL DOS EDITORES DE LIVROS, RJ

M56c

    Meyer, Marissa
        Com um pouco de sorte / Marissa Meyer ; tradução Regiane Winarski. - 1. ed. - Rio de Janeiro : Rocco, 2024.

        Tradução de: With a little luck
        ISBN 978-65-5532-475-4
        ISBN 978-65-5595-297-1 (recurso eletrônico)

        1. Ficção americana. I. Winarski, Regiane. II. Título.

24-92796   CDD: 813
                                          CDU: 82-3(73)

Gabriela Faray Ferreira Lopes - Bibliotecária - CRB-7/6643

Para Jesse, Sloane e Delaney
(Eu sei a sorte que tenho.)

CAPÍTULO UM

Nestas páginas sagradas está escrita a épica história do grande mago Jude. Seu poder só se equiparava ao seu charme imensurável. Sua vida foi uma série de grandes aventuras: batalhas vencidas e batalhas perdidas, males eliminados e benesses restauradas. Ele era um verdadeiro herói lendário. Sua história, escrita neste pergaminho áspero, é digna e milenar. Um destino construído com fortuna e infortúnio, bênçãos e maldições... E um amor que inspirou a música de bardos ao longo dos séculos.

Ou, dependendo da sua interpretação, também pode ser a história de um garoto de 16 anos, na metade do segundo ano do ensino médio, na Fortuna Beach High School, que trabalha quatro dias por semana na loja de vinis dos pais. O tipo de garoto que desenha quadrinhos quando deveria estar tomando notas sobre a Revolução Industrial. O tipo de garoto que não sabe com certeza se vai conseguir pagar a faculdade algum dia... ou sequer comprar um carro. O tipo de garoto que prefere levar um golpe de sabre de luz na mão não dominante a correr o risco de ser rejeitado por uma garota de quem gosta e, por isso, nunca convidou ninguém para sair, por mais que já tenha imaginado como seria se fizesse isso. Poderia correr tudo bem? Sim. O resultado bem mais provável, quase inevitável? Seria péssimo.

Mas tudo bem. Eu tenho uma imaginação fértil, o que é quase tão bom quanto missões épicas e amor verdadeiro. A imaginação supera a vida real... o quê, 90 por cento do tempo? Me prove o contrário. É você quem está com o nariz enfiado em um livro agora, então sei que você concorda comigo em algum nível.

— O Templo de Torna Gorthit? — questiona Ari, me distraindo da derrubada da quarta parede. (Piada de teatro, deixa pra lá.) Ela está lendo por cima do meu ombro o folheto da noite do microfone aberto de hoje, que estou desenhando há dez minutos. — Que coisa sinistra, Jude.

— Há perigos por todos os lados — digo. A caneta esferográfica arranha o papel branco e transforma o desenho de um disco de vinil em um sol negro pairando sobre o horizonte cheio de árvores. Alterei as letras de MICROFONE ABERTO para parecerem um templo antigo, desmoronando com o tempo. — Eu ainda estou trabalhando no nome. Inventar nome para as coisas é difícil.

Ari se inclina para mais perto. Ela está com o cabelo preso em um coque frouxo, então uma mecha cai e encosta no meu antebraço antes de ser capturada e presa atrás da orelha dela.

— Essa aí sou eu?

Eu paro e observo o folheto. *A Ventures Vinyl apresenta... Noite do Microfone Aberto! 18h no primeiro domingo do mês. Todos os estilos musicais são bem-vindos.* A metade de baixo da página era ocupada pelo desenho de uma garota tocando violão, mas mudei o violão para parecer mais um alaúde medieval, deixei o cabelo da garota mais longo, botei nela uma capa e botas de montaria. Muito medieval chique.

— Hum, *não* — digo, batendo no desenho. — Esta é Araceli, a Magnífica, a barda mais renomada do reino. Óbvio.

Ari arregala os olhos de maneira perspicaz e sussurra:

— Tenho quase certeza de que sou eu.

Eu levanto o papel e o viro para ela.

— Isso é um alaúde, Ari. Você toca alaúde? Hein?

— Não — diz ela, observando o desenho antes de acrescentar: — Mas aposto que poderia.

— Pois é. Araceli, a Magnífica também gosta de se exibir.

Ari ri.

— E o que acontece nesse templo sinistro?

— Um grupo de bardos compete em um concurso de música. *Até a morte.*

— Credo. — Ela sobe no balcão. É baixinha, mas consegue fazer parecer fácil. — São muitos os bardos que se inscrevem?

— Ou eles competem no torneio ou o vídeo deles viraliza no YouTube e eles ficam sujeitos a comentários de centenas de milhares de trolls. Trolls de verdade. Do tipo que fede.

— Entendi — diz Ari, as pernas balançando. — A morte parece melhor.

— Também acho. — Pego a caneta de novo e acrescento hera e folhagem em volta da base do templo. — Eu ainda estou pensando na magia desse templo. Sei que vai ter uma estátua na última câmara, e tenho uma ideia de que talvez tenha existido uma donzela que foi amaldiçoada e transformada em pedra, e que só alguém considerado digno poderia quebrar o feitiço. Se conseguir, ganha pontos a mais em testes de habilidade futuros. Tipo... magia que dá sorte sobrenatural. Mas, se falhar... Ainda não sei. Alguma coisa ruim acontece.

— Humilhação pelos trolls fedorentos da internet?

Eu faço que sim com sinceridade.

— É uma morte lenta e dolorosa.

O toca-discos faz um clique. Eu tinha esquecido que estava tocando, mas levo um susto com a ausência súbita de música.

— Você desenha muito bem, Jude. — Ari pega o velho estojo de violão encostado no balcão. — Pensou mais sobre a faculdade de artes?

Faço um ruído debochado.

— Eu não tenho sorte pra entrar na faculdade de artes.

— Ah, por favor — diz ela, abrindo as fivelas na lateral do estojo. — Você precisa pelo menos tentar.

Não respondo. Nós tivemos essa discussão umas seis vezes ao longo do ano passado, e não tenho nada de novo para acrescentar. As pessoas que entram na faculdade de artes com bolsa integral são incríveis. O tipo de gente que enfeita o próprio corpo com cristais Swarovski, diz que são diamantes de sangue e organiza um falso leilão humano no meio da Times Square para discutir o problema de práticas imorais de mineração. São *artistes*... com a pronúncia francesa.

Já eu só desenho dragões, ogros e elfos com armaduras de batalha iradas.

Ari pega o violão e o coloca no colo. Como a maioria das roupas que veste, o violão é vintage, herdado de um avô que faleceu quando ela era pequena. Não sou especialista, mas até eu sei que é um instrumento lindo, com desenhos em madeira escura nas bordas e um braço que parece preto até a luz bater nele do jeito certo e refletir um brilho avermelhado. O acabamento brilhoso ficou degastado em alguns lugares com tantos anos sendo tocado, e há alguns arranhões na madeira aqui e ali, mas Ari sempre diz que a pátina histórica é do que ela mais gosta no instrumento.

Enquanto ela afina as cordas, levanto a tampa do toca-discos e guardo o vinil de volta na capa. O movimento na loja está lento o dia todo, só com alguns clientes regulares passando por aqui e uma família de turistas que não comprou nada. Mas meu pai insiste para termos sempre música tocando, porque, afinal, é uma loja de discos. Estou pegando o próximo vinil da pilha, uma banda de funk dos anos 1970, quando meu pai vem da sala dos fundos.

— Opa, opa, esse não — diz ele, tirando o disco da minha mão. — Nós temos uma coisa especial escolhida pra nossa primeira noite de microfone aberto.

Dou um passo para trás e deixo-o assumir, principalmente porque preparar nossa seleção de músicas em um dia qualquer é uma das maiores alegrias dele.

Não é realmente nossa primeira noite de microfone aberto. Ari teve a ideia no verão passado e, com a aprovação do meu pai, ela começou a apresentar o evento perto do Dia de Ação de Graças. Mas *é* a primeira noite de microfone aberto desde que meus pais terminaram de assinar a papelada para comprar oficialmente a Ventures Vinyl. O negócio em si sempre foi deles, mas há seis dias eles são os orgulhosos donos do imóvel também. Uma estrutura de tijolos de 112 metros quadrados no coração de Fortuna Beach, com encanamento velho, fiação velha, *tudo* velho, e um financiamento exorbitante.

Prova de que sonhos viram realidade, sim.

— Hoje deve lotar — diz meu pai. Ele fala isso sempre, e embora fiquemos cada vez mais populares ao longo dos meses, consideramos que "lotou" quando passamos de 20 pessoas.

Mas tem sido divertido, e Ari ama. Nós dois começamos a trabalhar aqui no verão passado, mas somos amigos desde bem antes, e Ari fica tanto tempo livre aqui que meu pai muitas vezes se refere a ela como sua sexta filha. Eu acho que ela trabalharia na loja mesmo se ele não a pagasse, principalmente nas noites de microfone aberto.

Ari diz para as pessoas que o evento é trabalho de equipe, mas isso não é verdade. É tudo ela. A paixão dela, o planejamento dela, o esforço dela. Eu só desenhei alguns folhetos e ajudei a montar a plataforma no canto da loja. Acho que foi ideia minha emoldurar o palco improvisado com uma cortina do chão ao teto e pintar um mural na parede dos fundos para fazer parecer um céu noturno. Meu pai diz que é a parte mais bonita da loja e talvez esteja certo. É a parte que foi reformada há menos tempo.

— Lá vamos nós — diz meu pai, mexendo no cesto de discos embaixo do balcão. Aqueles especiais ou sentimentais que ele guarda para a loja, mas não estão à venda. Ele pega um disco com imagem em preto e branco de dois homens e uma mulher parados na frente da Ponte de Londres. Demoro um segundo para reconhecer Paul McCartney em sua época pós-Beatles.

— Nós só precisamos de amor — diz meu pai, pegando o disco e virando-o para o lado B antes de colocá-lo gentilmente na vitrola. — E de um pouco de sorte.

— Não deixa a mamãe te ouvir dizer isso — digo baixinho. Meu pai sempre foi supersticioso, e a minha mãe ama provocá-lo por causa disso. Repito a frase que todos já ouvimos ela dizer um milhão de vezes: — Sorte é questão de perspectiva...

— E o que você faz com as oportunidades que aparecem — diz meu pai. — Sim, sim, claro. Mas quer saber? Até sua mãe acredita em sorte quando Sir Paul canta sobre isso.

Ele abaixa a agulha. O disco estala algumas vezes antes de notas graves com som mecânico começarem a tocar nos alto-falantes da loja.

Eu me encolho.

— Sério, pai?

— Olha lá — diz ele, apontando o dedo na minha direção. — Nós amamos Wings nesta família. Não critique.

— Você não gosta de Wings? — diz Ari, me olhando com surpresa enquanto os pés batem na lateral do balcão.

— Eu não gosto... — Penso por um momento. Na minha família, nós temos que ter um respeito saudável pelos Beatles, e isso inclui as carreiras solo dos quatro. Acho que meus pais poderiam *mesmo* me deserdar ou a uma das minhas irmãs se disséssemos algo abertamente crítico sobre John, Paul, George ou Ringo. — Eu não gosto de sintetizadores — digo por fim. — Mas cada um na sua.

— Vou começar a arrumar as cadeiras — diz meu pai. — Me avise se precisar de ajuda com mais alguma coisa.

Ele vai para a frente da loja, cantarolando com a música.

Eu olho para Ari, que está com um ouvido inclinado na direção do alto-falante mais próximo enquanto ela toca junto com a música. Não sei se é uma música que ela já sabe ou se está tirando os acordes de ouvido. Não me surpreenderia se fosse a segunda opção. A única coisa de que me lembro da minha breve aventura com aulas de violão, anos atrás, é como fazer o acorde lá maior e o quanto meus dedos doíam depois de apertar aquelas cordas brutais por uma hora. Mas Ari é tão fluente na língua das notas e dos acordes quanto no espanhol que fala com a família em casa.

— Então — digo, cruzando os braços no balcão —, você vai começar a noite com uma música original?

— Não hoje — diz ela, sonhadora. — Tem um cover muito bonito que eu quero tocar primeiro.

— Mas você vai tocar pelo menos uma das suas, né? É o objetivo principal das noites de microfone aberto. Tocar músicas originais já que a plateia cativa não pode fugir.

— Que visão mais pessimista. E eu achando que o objetivo era apoiar os artistas locais.

— Foi o que eu falei. — Meu sorriso cresce. — Gosto de quando você toca canções originais. Eu sou seu fã, Ari. Você sabe.

Ela começa a sorrir, mas volta a atenção para as cordas do violão.

— Você nem gosta tanto assim de música.

— Ei, só psicopatas e Pru não gostam de música. Você não pode me botar nesse grupo.

Ari me olha de lado, mas é verdade. Eu gosto de música tanto quanto todo mundo. É só que a minha apreciação é pouca perto da obsessão absoluta dos meus pais... e de Ari. Minha irmã de 14 anos, Lucy, tem gosto eclético e já foi a mais shows do que eu. Minha irmã de 10 anos, Penny, pratica violino por 45 minutos todas as noites, sem falta. E minha irmãzinha caçula, Eleanor, também conhecida como Ellie, canta uma versão irada de "Baby Shark".

Só Prudence, minha gêmea, não nasceu com o gene musical. Mas ela gosta dos Beatles. Tipo, muito mesmo. Mas, de novo, pode ser só a tentativa dela de não ser deserdada. Veja a Evidência A acima.

— Tudo bem — diz Ari —, me diz qual é sua música favorita de todos os tempos.

— "Hey Jude" — digo sem hesitar. — Óbvio. É a música que me tornou famoso.

Ela balança a cabeça.

— É sério. Qual é sua música favorita?

Eu tamborilo na bancada de vidro, debaixo da qual tem uma coleção de lembranças. Ingressos. Palhetas de violão. O primeiro dólar que a loja faturou.

— "Vidro marinho" — digo por fim.

Ari pisca.

— A *minha* "Vidro marinho"?

— Estou dizendo. Sou seu maior fã. Pru gosta de dizer que *ela* é sua maior fã, mas nós dois sabemos que ela escolheria uma música dos Beatles como favorita.

Por um segundo, posso jurar que fiz Ari corar, o que não é algo que eu possa dizer sobre muitas garotas. Quase solto uma risada, mas me seguro, porque não quero que ela pense que estou tirando sarro dela. Mas, como não dou risada, o momento começa a ficar constrangedor.

Nos alto-falantes, Sir Paul está cantando que tudo vai dar certo com um pouco de sorte.

Ari limpa a garganta e coloca a mesma mecha de cabelo atrás da orelha de novo.

— Eu estou trabalhando em uma música nova ultimamente. Pensei em tocar hoje, mas... acho que não está pronta.

— Ah, para. Seria como uma... oficina.

— Não. Não sei. Não hoje.

— Tudo bem. Deixa seus groupies no suspense. Mas vou te dizer que... — levanto o folheto rabiscado de novo — ... Araceli, a Magnífica, nunca perderia uma oportunidade de encantar uma plateia com sua nova obra de arte.

— Araceli, a Magnífica, toca em tavernas cheias de hobbits bêbados.

— Halflings — corrijo.

Ari dá um sorrisinho e desce da bancada.

— Que tal assim? — diz ela, colocando o violão de volta no estojo. — Eu toco a minha música nova se *você* enviar um dos seus desenhos pra publicação em algum lugar.

— O quê? Quem ia querer publicar algum dos meus desenhos?

— Hã... um monte de lugares? Que tal aquele fanzine que você curte?

Tento lembrar se já contei para ela meu sonho secreto de ter uma ilustração publicada no *Dungeon*, um fanzine que cobre de tudo, de Vingadores a Zelda.

— Só envia alguma coisa — diz Ari antes de eu ter a oportunidade de responder. — Qual é o pior que pode acontecer?

— Eles me rejeitarem — digo.

— Não se morre de rejeição.

— Você não sabe se isso é verdade.

Ela suspira.

— Não custa nada tentar.

— Talvez custe — respondo. — Pode ser que tentar custe a minha vida.

A testa franzida dela é reprovadora... mas consigo lidar com a reprovação de Ari. Ou da Prudence. Ou dos meus pais. É a possível reprovação do mundo que me deixa em terror agonizante.

— A rejeição faz parte da vida de um artista — diz ela, passando o dedo pelo adesivo de uma margarida no estojo do violão. — O único jeito de saber do que você é capaz é se colocar no mundo e continuar se colocando no mundo, repetidamente, se recusando a desistir...

— Ah, Deus. Para. Por favor. Tudo bem, vou pensar em mandar alguma coisa. Mas... chega de sermão. Você sabe que isso me estressa.

Ari une as mãos.

— Então meu trabalho aqui está feito.

CAPÍTULO DOIS

Levamos quase uma hora para reconfigurar a loja para abrir espaço suficiente em volta do palco. A loja não é enorme, mas quando afastamos as caixas de discos e as estantes para o lado, fica maior do que parece. Trazemos umas doze cadeiras dobráveis da sala dos fundos e as montamos em um semicírculo em volta da plataforma.

As pessoas começam a chegar por volta das 17h30. Duas pessoas. Depois, quatro. Então *sete*. Pru e o namorado, Quint, entram pela porta às 17h45 de mãos dadas.

Acrescentamos mais uma fila de cadeiras depois que as primeiras são ocupadas. É a maior plateia que vejo em algum tempo, talvez a maior quantidade de gente na loja desde o Dia da Loja de Discos do ano passado, uma promoção nacional que acontece toda primavera e sempre atrai um monte de clientes.

Minha mãe entra um segundo depois com minhas duas irmãs menores, Penny e Eleanor, logo atrás. Nada de Lucy, o que não é surpreendente. Ela tem uma vida social mais agitada do que Pru e eu tínhamos quando estávamos no nono ano, e tem outros planos na maioria dos fins de semana. Planos que não incluem passar o tempo em uma loja de discos velha com a família.

Ellie corre até o meu pai e se joga nos braços dele. Na mesma hora, começa a contar tudo sobre o porta-retratos que fez com macarrão na escolinha naquele dia.

Vou até Penny e passo o braço pelos ombros dela.

— Trouxe seu violino? — pergunto, indicando o palco. — Essa pode ser a noite em que você impressiona todo mundo.

Penny franze a testa para mim. Venho insistindo para ela se inscrever na noite de microfone aberto desde o começo, mas Penny sempre diz a mesma coisa:

— Eu não vou tocar na frente desses estranhos.

— Você toca na frente de estranhos o tempo todo nos seus recitais.

— É, mas com as luzes do palco acesas eu não consigo ver as pessoas no auditório, então é fácil fingir que elas não estão lá. Além do mais, estou com o resto da orquestra. — Ela treme. — Eu nunca poderia tocar sozinha em uma coisa assim.

Sei que não posso falar nada; *eu* é que não vou subir naquele palco. Nós ainda temos meu violão antigo, só para o caso de alguém ficar inspirado a tocar e não ter levado o próprio instrumento. Mas eu nunca vou ser essa pessoa.

— Se vale de alguma coisa, acho que você seria incrível.

Penny abre um sorriso agradecido antes que mamãe a roube para guardar os dois últimos lugares na fileira de trás. Ellie se senta no colo da nossa mãe. Vou para o balcão atender um cliente, um cara com queimadura de sol horrível comprando duas trilhas sonoras de musicais da Broadway. Quando ele se afasta, vejo Pru andando em volta da plateia com a prancheta da Ari na mão, lembrando a todos sobre os descontos da noite de microfone aberto da loja. Essa é nossa Pru, sempre pronta para um bom negócio.

— Ari! — sussurro alto. Ela me olha, e bato em um relógio imaginário no pulso.

Ari pega o violão e vai até o palco. Bate no microfone.

— Oi, oi! Obrigada por virem hoje. — Ela sorri para a plateia e acena para alguns rostos familiares.

Quando começou a apresentar esses eventos, meses atrás, ela sempre ficava um pouco nervosa e insegura no início, mas o medo de palco passou com o tempo. Agora, faz isso com naturalidade, bem à vontade. Sempre tive um pouco de inveja de Ari pelo fato de não ter medo de aceitar suas peculiaridades, suas excentricidades encantadoras, seja falar em voz alta sozinha quando está tentando compor uma letra nova, ou mostrar a Ellie como dar estrelinha nos corredores da loja quando o movimento está lento, ou até dançar sem vergonha nenhuma no calçadão, sem se importar com quem poderia estar olhando. Ari não se importa quando as pessoas a notam... algo que acho simplesmente impressionante.

Ari se senta no banco oferecido e tira uma presilha do cabelo para soltar o coque. Uma cascata de cabelo escuro e ondulado cobre um dos ombros.

— Sou Araceli, a anfitriã das nossas noites de microfone aberto aqui na Ventures Vinyl. Como aquecimento, vou cantar um cover de uma das minhas baladas românticas favoritas. Essa é "Romeo and Juliet", do Dire Straits.

A presilha de cabelo, no fim das contas, é uma braçadeira de violão. Ari a coloca no lugar entre as cordas e começa a tocar, dedilhando e criando uma melodia suave, quase hipnótica. Apesar de eu já ter ouvido Ari cantar mil vezes, tem algo na voz dela que sempre me faz sorrir. Ela não tem uma voz *poderosa* exatamente, mas há algo de reconfortante na forma como canta. É como... como aquele sentimento que se tem depois de passar o dia todo na praia, exausto e queimado e com fome, mas você se deita na toalha de praia quente do sol até sentir o mundo inteiro sumir e você sentir todos os músculos do corpo relaxarem e não conseguir se lembrar de ter estado mais contente.

— O movimento hoje está ótimo — sussurra Pru, indo até o balcão com Quint ao lado. Quint dá um soquinho na minha mão fechada, um gesto agora bem menos esquisito do que quando eles começaram a namorar, oito meses antes.

Enquanto a maioria das pessoas está ouvindo Ari com atenção, Pru observa a plateia como um cientista estuda um espécime.

— Se arrasarmos no Dia da Loja de Discos e atrairmos plateias assim ao longo da temporada turística, nós vamos estar bem quando chegar o outono.

Quint e eu trocamos um olhar.

Mas sei que não deveria pegar no pé dela por seu jeito com os negócios. Pru fez mais pela loja de discos do que qualquer outra pessoa nos últimos meses, e ela nem está na folha de pagamentos. Entre os deveres de casa e o trabalho voluntário com Quint no centro de resgate de animais marinhos, que pertence e é gerenciado pela mãe do Quint, Pru está determinada a revitalizar a Ventures Vinyl, uma missão que ela redobrou quando nossos pais anunciaram o plano de comprar o imóvel. Foi ideia de Pru mudar a fachada usando um mural novo com tema musical, e a semana que eu passei planejando e pintando a frente da loja foi facilmente a mais divertida que tive desde que comecei a trabalhar aqui. Pru também fez as novas contas em redes sociais da Ventures Vinyl crescerem e agora elas estão cheias de fotos da loja e da mercadoria, a maioria tirada por Quint, que tem olho bom para esse tipo de coisa. Pru passou tardes inteiras distribuindo cupons promocionais no calçadão, encomendando produtos especiais da Ventures Vinyl para vender e até convidando jornalistas, inclusive de Los Angeles, a escreverem resenhas dizendo que a loja é um marco em Fortuna Beach. Uma revista de viagem nos chamou de "mistura revigorante de lugar hipster descolado e conforto nostálgico — uma parada necessária para qualquer amante de música viajando pela rodovia costeira". Pru mandou emoldurar o artigo e pendurar atrás do caixa.

Todos os esforços dela fizeram uma diferença danada. Combinados com um crescimento do turismo local e uma volta da popularidade de discos de vinil (que começaram a vender mais do que CDs pela primeira vez em décadas), a loja teve seus maiores lucros ultimamente. O que é bom, porque... de novo, as parcelas do financiamento são exorbitantes.

— Ari está arrasando — diz Quint. — Como sempre.

Ari tem os olhos fechados enquanto canta, perdida na serenata de um Romeu apaixonado. Sei que ela não quer ser *cantora*; seu sonho sempre foi estar nos bastidores.

A compositora que cria a música e a entrega para os intérpretes fazerem o que fazem melhor. Mas isso não muda o fato de que ela é encantadora quando toca, o cabelo brilhando sob as luzes de palco montadas às pressas, os dedos em sintonia com o violão.

E... tudo bem, sei que não deveria dizer isso. Sei que não deveria *sentir* isso. Mas tem algo em assistir à Ari no ambiente dela que sempre me dá uma sensação apertada e quase dolorosa no peito. Como se eu nunca quisesse afastar o olhar.

Mas não me entenda mal. Eu não sinto *isso* por Ari. Todos esses sentimentos, os sentimentos intensos, avassaladores do tipo romântico, são reservados integral e completamente para outra garota.

Um homem de terno se aproxima do balcão para comprar um disco do Nirvana, e Pru e Quint chegam para o lado. Assim que finalizo a venda, a música da Ari termina com ávidos aplausos. Dou um assovio alto e ela me encara com um sorriso no rosto.

— Obrigada — diz. — A lista de hoje está ótima e estou louca pra ouvir todo mundo. Pode ser que eu volte depois pra tocar uma canção original minha. Mas, agora, vou chamar ao palco o primeiro artista...

Assim que Ari anuncia a apresentação, ela vem se juntar a nós no balcão, as bochechas meio ruborizadas.

— Você foi fantástica! — diz Pru.

— Obrigada? — diz Ari, daquele jeito dela que transforma todos os agradecimentos em pergunta.

Nós ficamos em silêncio e ouvimos o cara no palco fazer um cover de uma música do Ed Sheeran. Ele está dedicado de verdade, cantando de coração. Ou do diafragma, ou de onde quer que as pessoas cantem que faz com que o som fique muito bom.

Um grupo de artistas se apresenta em seguida. Um cara de short de surfe se aproxima e compra uma camiseta da Ventures Vinyl, mas não um vinil de verdade. Depois que ele se afasta, observo a loja. Duas mulheres cantam uma música que elas compuseram juntas; uma toca ukulele, a outra, bongô. As pessoas batem os pés no ritmo da música. Um grupo de pessoas olha as prateleiras enquanto escuta.

Pego o lápis e começo a desenhar distraidamente no folheto de novo. Estou irritado porque não consegui pensar em um bom nome para o templo, considerando que toda a campanha é construída em torno dele. Olho em volta em busca de inspiração, batendo com a borracha no papel.

O Templo de... Vinylia?

O Templo de... Escalante?

O Templo da... Fortuna?

Ao olhar para a frente, reparo em Ellie se contorcendo no colo da nossa mãe, já no limite de seu curto período de atenção. Eu a chamo baixinho e ela corre imediatamente até mim. Eu a puxo e coloco no balcão, no mesmo lugar onde Ari se sentou antes, afinando o violão. Entrego a Ellie uma caneca da Ventures Vinyl cheia de palhetas de violão de cores diferentes, e ela começa a separá-las em pilhas, com alegria. Minha mãe lança um olhar de gratidão para mim.

O dueto termina e Ari volta ao palco, com a prancheta debaixo do braço. Ela espera que as artistas retirem os instrumentos antes de pegar o microfone.

— Não sei se quero tocar depois dessa performance — diz ela, com uma risadinha de concordância se espalhando pela plateia —, mas parece que eu talvez não tenha escolha, pois chegamos ao final da nossa lista de voluntários! Enquanto eu estiver tocando, Pru vai passar a lista de novo, e espero termos mais alguns artistas se apresentando. Senão vocês vão ter que me aguentar pelo resto da noite. — Ela dá de ombros com um pedido de desculpas, embora não seja a punição que ela dá a entender que seja.

Ellie para de arrumar palhetas para me olhar.

— Você vai cantar?

— Eu? De jeito nenhum. Esse show é da Ari.

— Aquelas outras pessoas cantaram — diz Ellie.

— É, mas... elas são boas. — Balanço a cabeça. — Eu não gosto de cantar.

Melhor dizer isso, acho, do que tentar explicar por que eu preferiria me jogar em um poço de Sarlaac.

Sou meio alérgico a ser o centro das atenções. Chega a me dar urticária.

Queria poder dizer que estou brincando.

A expressão da Ellie fica cada vez mais confusa.

— Você canta pra *mim*.

Levo um segundo para perceber que ela está falando das cantigas de ninar que eu às vezes cantarolo para tentar fazê-la dormir, quando nossos pais não estão em casa para colocá-la na cama. Nunca consigo me lembrar de cantigas de ninar *de verdade*, então só canto qualquer música meio lenta que surge na minha cabeça. "Hey Jude" é uma das favoritas dela, mas ela odeia "Eleanor Rigby". Eu também talvez odiasse se meu nome fosse em homenagem a uma música tão deprimente. Às vezes, eu até canto as músicas da Ari para ela, as que ouvi vezes suficientes para memorizar.

Apesar disso, eu é que não vou subir naquele palco para cantar *nada*. Mas também não quero plantar na mentezinha impressionável da Ellie a ideia de que coisas como cantar em público são horríveis, vergonhosas e que devem ser evitadas a todo custo; não quando ela ainda tem a idade de quem grita regularmente e sem constrangimento nenhum a música do abecedário no meio do mercado. Por isso, só levo o dedo aos lábios e digo:

— Shh. Isso é segredo nosso.

Ellie assente com seriedade, sempre feliz de participar de um segredo.

No palco, Ari toca alguns acordes do violão e se inclina para o microfone de novo.

— Pensei em tocar uma coisa em que estou trabalhando há umas duas semanas. É uma canção novinha e ainda não testei com ninguém. Vocês vão ser as minhas cobaias.

Algumas pessoas aplaudem de forma encorajadora. Ari desvia o olhar na minha direção, e faço sinal de positivo com as mãos.

Ela afasta o olhar.

— Essa se chama "Chuvarada".

Ari toca os acordes mais uma vez, dedilhando uma melodia que me parece mais melancólica do que a maioria das músicas dela.

Ela fecha os olhos e começa a cantar.

Não saberia dizer quando começou
Chegou como a chuva, subitamente
Não sei quando meu coração se espatifou
Esse amor, um trovão vibrante
Esse amor, um raio brilhante

Eu me apoio no balcão para ouvir. Ari compôs muitas músicas sobre amor. O primeiro amor, um amor esperançoso, o desejo de sentir amor. Mas algo nessa canção é diferente. É mais emotiva, talvez. Mais vulnerável.

É, o meu amor não é o sol nascendo
Nunca foi o dia brilhando ao alvorecer
Lá vem a chuva e estou chorando de novo
Presa na chuvarada do meu amor por você

A voz dela oscila um pouco, o único sinal de que está mostrando a alma para um salão cheio de estranhos. Ela abre os olhos quando começa a segunda estrofe. O olhar dela percorre a multidão.

Nós éramos sol e sorvete,
Chutando areia no sol poente.
Ah, você e eu, parecia tão fácil.
Mas agora não posso mais querer
Pois querer está me arrastando...

O olhar de Ari encontra o meu de novo.

E ela para.

Só… para.

A voz trava. Os dedos ficam imóveis.

Ari ofega e olha para as cordas.

— Hã, desculpa — gagueja, rindo, incomodada. — Eu, hã. Esqueci a próxima parte.

A plateia ri com ela, mas não de um jeito cruel. Nós esperamos que ela se recomponha. Que continue. Mas Ari não continua. Só olha para o violão, as bochechas tingidas de rosa. Fica em silêncio por tanto tempo que as pessoas começam a se agitar.

Olho para Pru, me perguntando se devíamos fazer alguma coisa. Eu nunca vi Ari congelar assim.

Pru, mais perto do palco do que eu, sussurra:

— Você está bem?

Ari levanta a cabeça, um sorriso, com olhos arregalados, estampado no rosto.

— Uau, desculpa por isso tudo. Acho que a música ainda não está pronta, no fim das contas. Sabem de uma coisa? Vou recomeçar. Vou cantar um cover. Que tal, hã... — Quase consigo ver as engrenagens girando na cabeça dela, percorrendo o jukebox interno das músicas que ela sabe de cor. — Sabem de uma coisa? Eu ouvi essa aqui mais cedo pela primeira vez depois de muito tempo. Talvez nos traga um pouco de sorte hoje.

Com as bochechas ainda coradas, ela começa "With a Little Luck", do Paul McCartney e do Wings.

Aquilo foi estranho? Pareceu estranho. Muito atípico de Ari, pelo menos. Eu nunca a vi se fechar assim no meio de uma apresentação.

A nova escolha de música me lembra de que o disco *London Town* ainda está na vitrola, ainda girando de quando o meu pai o colocou antes, apesar de a música ter terminado há muito. Tentamos não deixar os discos girando; a agulha pode gastar os sulcos do vinil e estragá-los. Mas a noite foi tão agitada que esqueci isso.

Eu me viro para longe de Ellie, que arrumou as palhetas de violão em forma de flor, e abro a tampa da vitrola.

Fico paralisado.

Tem uma coisa no disco. Uma bola... ou pedra... ou *alguma coisa*. Girando, girando, girando, presa à agulha.

Levanto a agulha e paro o disco. Ele gira um segundo a mais antes de ficar imóvel, o objeto misterioso entrando em foco.

— Mas o que... — Eu pego o objeto e o seguro.

É um dado de 20 lados, idêntico ao que meus amigos e eu usamos quando jogamos *Dungeons & Dragons*.

Bom... não exatamente. Os dados que nós usamos são feitos de resina ou acrílico... menos Russell, que gastou com um conjunto caro de dados de pedra que deixa todo mundo babando.

Mas *isso*... Isso é diferente. É pesado, como se fosse de pedra, mas reluz em um vermelho-escuro, meio opaco. Parece rubi ou granada. Os números em cada lado cintilam em ouro delicado, as formas angulosas parecendo mais runas do que números comuns.

Em uma palavra, é *exótico*. Eu nunca vi nada igual.

Mas de onde veio?

Olho pela loja, de Ellie e Pru aos meus pais. Todo mundo está olhando para Ari. Se aquilo foi deixado como presente para eu encontrar, a pessoa que deixou não está olhando para ver minha reação.

Mas, não, não poderia ser um presente da minha família. Aquele dado deve custar uns cem dólares ou mais, e ninguém na minha família é mão aberta desse jeito. Mas deve ser um presente para mim, né? Quem mais ficaria empolgado de encontrar um dado desses?

Decido que vou perguntar por aí quando Ari parar de cantar, então guardo o dado no bolso enquanto enfio o disco do Wings de volta no plástico protetor e depois no invólucro. Inclino a cabeça para um lado, apertando os olhos para a arte de capa. O templo que desenhei no folheto parece um pouco uma das torres da Ponte de Londres que dá para ver ao fundo.

Coloco o disco no balcão, onde Ellie mudou a flor de palhetas de violão para a forma de uma garota de vestido. Pelo menos eu acho que é isso. Arte com palhetas é uma coisa meio abstrata.

Pego o folheto onde estava desenhando o templo para minha campanha futura.

O Templo de... McCartney?

O Templo de... Sir Paul?

O Templo de... Wings?

Meu lápis batuca junto com a música. De repente, uma ideia.

Escrevo no alto do folheto.

O Templo de London Town.

Fico olhando por um segundo, apago *London Town* e, no lugar, escrevo:

O Templo de Lundyn Toune.

Não é horrível. Pelo menos, não consegui pensar em nada melhor. Mas eu não preciso tomar a decisão final. Posso deixar o destino decidir.

Pego o dado bacana no bolso, giro-o nos dedos e deixo que capture as luzes do teto. Tive uma fase uns dois anos atrás em que carregava um dado comigo o tempo todo e o usava para me ajudar a tomar decisões. Foi mais eficiente do que se poderia imaginar. Não consegue decidir o que escolher em um cardápio? Jogue o dado e peça o prato com o número que aparecer. Não sabe que livro da sua pilha ler? Jogue o dado e conte os livros da pilha até achar o número. Está tendo dificuldade em decidir quantas caixas de biscoitos das escoteiras você deveria comprar? Deixe o dado ser seu guia.

Tira muita ansiedade das tomadas de decisão, é só o que estou dizendo.

No palco, Ari está terminando o último refrão da música. A plateia está vidrada. Minha mãe canta junto e algumas pessoas a acompanham. *With a little love we could shake it up. Don't you feel the comet exploding?*

Passo o polegar pelas arestas do dado e decido que qualquer número acima de dez vai consagrar oficialmente o nome do templo. Menos do que isso e vou ter que voltar a quebrar a cabeça.

Eu jogo o dado quando Ari canta o último verso. *With a little luck...*

O dado rola sobre o meu desenho, no balcão, e para em cima do disco.

Um 20 dourado brilha para mim.

— Nossa — murmuro. — Acerto crítico.

Acho que é a confirmação. *O Templo de Lundyn Toune* é o nome.

Os últimos acordes do violão se dissipam e são recebidos por aplausos da plateia. Eu pego o dado de novo.

— O que é isso? — pergunta Ellie.

— Um dado de 20 lados. Acabei de encontrar.

— Não isso. Isso — diz Ellie, apontando para um pedaço de papel saindo de dentro do disco *London Town*.

— Não faço ideia.

Pego o canto do papel e o puxo enquanto, no palco, Ari toma a prancheta da mão da Pru e chama o próximo artista.

Examino o papel na minha mão. É um pôster pequeno, com a mesma imagem da capa, incluindo a Ponte de Londres ao fundo.

Com uma diferença notável.

Tem uma assinatura feita com tinta azul logo embaixo do título do disco. É confusa, mas, se eu não soubesse, diria que era um *P*, um *M* e...

— Meu De... — Olho para Ellie, que está me observando com curiosidade. — Acho que é autografado pelo Paul McCartney.

Ela arregala os olhos. Na nossa família, até as crianças de cinco anos sabem quem é Paul McCartney.

Será que é autêntico? Meus pais sabem? Se soubessem, já teriam emoldurado, né?

— A gente vai mostrar pra mamãe e pro papai depois que todo mundo for embora — digo, e guardo com cuidado o pôster dentro do disco. — Vou guardar lá atrás.

Enfio o dado no bolso de novo e levo o disco para a salinha dos fundos, que é um espaço pequeno e abarrotado, cheio de prateleiras repletas de discos que ainda precisam ser catalogados e precificados, caixas de mercadorias novas e a escrivaninha eternamente bagunçada do meu pai.

Coloco o disco em cima de uma pilha de cartas e estou me virando quando minha mão esbarra na caneca de viagem favorita do meu pai, equilibrada de forma precária em uma pilha de livros.

Eu vejo em câmera lenta. O copo caindo. O café derramando pela borda. O disco com o pôster autografado, recém-descoberto, a centímetros de distância.

Meu corpo reage por instinto. Como uma experiência extracorpórea, vejo uma das mãos afastar o disco enquanto a outra pega um pano em uma prateleira próxima e o joga embaixo da caneca em queda. O que resta do café frio cai no pano, o que me dá uma fração de segundo para pegar o disco embaixo.

Expiro com um sobressalto, olhando boquiaberto a toalhinha encharcada de café. Algumas gotinhas caíram nas cartas, mas uma inspeção rápida do disco confirma que está intocado.

Solto uma risada, meio atordoado.

— Nossa. Que *sorte*.

Na verdade, foi quase um milagre. Eu nem sabia que o pano estava ali. Como eu...?

Balançando a cabeça, coloco o disco de lado, desta vez em segurança em uma prateleira, ajeito a caneca e limpo o que restou do café derramado.

Quando meu coração volta ao normal, enfio as mãos nos bolsos e volto para ouvir o resto da noite de microfone aberto. Deve ser só a adrenalina, mas juro que sinto o dado pulsar na palma da minha mão.

CAPÍTULO TRÊS

A loja já fechou, mas Ari e a minha família ainda estão por aqui, junto com Quint, que segura Ellie, quase dormindo, no colo. (Quando ele e Pru começaram a namorar, Ellie foi a primeira a oferecer o título de Irmão Mais Velho Honorário a ele.) Todo mundo está espremido na salinha dos fundos, me vendo pegar delicadamente o pôster que Ellie e eu encontramos dentro da capa do *London Town*. Eu o entrego para o meu pai, que o segura com reverência, virando o autógrafo para a luz.

— Sir Paul — sussurra Ari enquanto todo mundo se inclina para a frente ao mesmo tempo para ver melhor. O rabisco de tinta azul, um *P* e um *l* redondos, as subidas íngremes do *M*, o *y* caído que quase parece um traço incerto.

Pru pega o celular e segundos depois está assentindo, pensativa.

— É, parece ser real mesmo — diz ela, mostrando uma tela cheia de autógrafos do Paul McCartney. Às vezes ele só assina *Paul*, às vezes acrescenta o *M*, às vezes é o nome todo, mas em todos os formatos a caligrafia é similar.

— Fico com a sensação de que eu deveria estar usando luvas — diz meu pai. Ele coloca o autógrafo com cuidado sobre uma caixa fechada para que todos possamos olhar.

— Você não sabia que era autografado? — pergunto.

— Não fazia ideia — diz meu pai. — Tenho esse disco há anos. Nem achei que ainda tinha o pôster original, muito menos... isso.

— Esse foi o primeiro disco que nós tocamos quando abrimos a loja — diz a minha mãe. — Lembra? Você dizia que era seu disco da sorte.

— Acho que você tinha razão quanto a isso — diz Penny.

Meu pai ri e balança a cabeça.

— É uma descoberta incrível, Jude.

— Ellie viu primeiro — digo. — Caiu da capa.

— Mas pode ser imitação — interrompe Pru. — Tem algum jeito de fazer uma autenticação? — Ela ainda está pesquisando coisas no celular e agora nos mostra um site que vende objetos dos Beatles. — Pode valer milhares de dólares se for real.

Meu pai faz um ruído de horror.

— A gente não pode *vender*!

Pru revira os olhos.

— Claro que a gente não vai vender. A gente vai emoldurar e exibir na loja. Mas você não acha que seria bom saber o valor? E se um dia passarmos por outro aperto financeiro, bem... — Ela dá de ombros. — É bom ter opções.

— Não faria mal algum mandar um profissional avaliar — diz a minha mãe.

— A gente já pode ir pra casa? — diz Ellie, a voz abafada no peito de Quint. — Eu tô *com sono*.

— Pode, sim. Nós já vamos — diz minha mãe. Ela abraça Ari. — Você foi maravilhosa hoje, meu bem.

Ela pendura a bolsa no ombro e pega Ellie no colo de Quint.

— Eu também preciso ir pra casa — diz Ari. — Vejo vocês na terça.

— Espera, só mais uma coisa.

Enfio a mão no bolso e pego o dado vermelho.

Penny arregala os olhos.

— Que coisa *bonita*.

— É. Eu só queria agradecer... a quem quer que tenha me dado.

Eu olho ao redor. Para a minha mãe e o meu pai. Para Penny e Eleanor. Para Pru e Quint. Para Ari. Todos me olham sem entender e trocam olhares entre si. Finalmente, há uma rodada de movimentos de ombros.

— Sério? — digo. — Nenhum de vocês deixou isso pra mim? Estava no toca-discos, debaixo da tampa. Não pode ter sido colocado lá sem querer.

— Eu nunca vi isso antes — diz Pru, e todo mundo assente junto.

— Achado não é roubado — diz Penny com alegria.

— É. — Enfio o dado de volta no bolso. — Deve ser meu dia de sorte.

Na manhã seguinte, Pru, Lucy e Penny estão sentadas à mesa de café da manhã comendo bolinhos de mirtilo do mercado quando subo a escada do porão que foi convertido no meu quarto. Lucy está com um fone pendurado no pescoço, o outro, no ouvido, mas tira quando me vê.

— Me diz se entendi direito — diz ela antes de eu ter a chance de me sentar. — Você acabou de *encontrar* um disco autografado pelo Paul McCartney? Sem querer?

— Um pôster, na verdade. Foi bem esquisito. — Jogo a mochila no banco e me sento ao lado de Pru.

— E a mamãe e o papai não sabiam dele? — diz Lucy. — Como isso é possível?

Penny enfia outro pedaço na boca e a mesa fica coberta de migalhas.

— O papai disse que tem aquele disco há muito tempo.

— Não fale de boca cheia — repreende Lucy, mas a expressão de descrença dela continua voltada para mim. — Como você o encontrou?

— Estava na capa do disco. Escorregou pra fora quando fui guardar.

— Eita. Você acha que pode haver mais tesouros escondidos na loja?

— Não sei. Nós sempre inspecionamos os discos usados quando as pessoas trazem coisas pra vender. Acho que esse passou despercebido. Eu também encontrei isso ontem à noite. — Mostro para ela o dado, que enfiei no bolso por impulso quando estava me vestindo.

Os olhos de Lucy começam a se iluminar, mas se apagam depressa.

— Ah. Achei que era uma pedra preciosa, não um dos seus dados de joguinho.

Obviamente, não foi ela, não que eu esperasse que tivesse sido.

Guardo o dado e vou pegar o último bolinho, mas a mão pequenininha de alguém chega primeiro. Ellie, ainda com o pijama das Tartarugas Ninja que dei para ela de aniversário, segura o bolinho junto ao peito e me olha de cara feia.

— É meu!

Olho para ela com menos intensidade.

— Quer jogar a moeda pra ver quem ganha?

Ela considera a proposta e diz:

— Tudo bem.

Ellie se vira para pegar uma moeda no pote ao lado do fogão.

Estou convencido de que *não é justo* devem ter sido as primeiras palavras que Ellie falou. Nos primeiros anos de vida, eram um mantra constante. Penny recebeu um pedaço de pizza maior? *Não é justo!* Lucy pôde escolher duas músicas no caminho até a escola e ela só pôde escolher uma? *Não é justo!* Um garoto qualquer do YouTube tem o conjunto mais novo de *Meu Querido Pônei* e ela não? *Não! É! Justo!*

Por isso, cansada de ouvir essas palavras, alguns meses antes, Pru apresentou a ela essa estratégia incrível de jogar a moeda quando a justiça estava em questão, deixando a decisão final para o universo. Ellie ficou obcecada por jogar moedas depois disso e usa pra decidir tudo, desde quem vai escolher o jogo da tarde até se ela pode ou não assistir a mais um episódio de *Glitter Force* antes de se preparar para dormir. É um jeito pacífico de chegar a um meio-termo... quase sempre.

— Tudo bem — falo, pegando a moeda da mão dela. — Pode escolher.

— Coroa!

Ellie sempre escolhe coroa.

Eu jogo a moeda. Pego-a. Bato no antebraço e mostro para ela.

— Cara.

Ela franze o nariz de irritação, mas não discute. A vontade do universo é a vontade do universo, afinal. Fazendo beicinho, Ellie coloca o bolinho na mesa de volta.

— Aqui — digo, pegando uma faca. — Vou te dar metade. Mas você precisa se vestir e se arrumar pra escola primeiro.

Ela faz cara feia, mas dá meia-volta e sobe a escada correndo.

— E não enrola! — grita Pru. — Nós vamos te levar pra escola e não queremos atrasos!

— Nós vamos levá-la hoje? — pergunto enquanto corto o bolinho no meio.

— A mamãe pediu. Ela tem coisas de contabilidade pra fazer — explica Pru.

Pru e eu tiramos habilitação uma semana depois do nosso aniversário, mas nenhum de nós pode comprar um carro próprio, então só podemos ir e voltar dirigindo da escola e levar e buscar nossas irmãs na minivan da nossa mãe. No resto do tempo, vamos de bicicleta ou contamos com Ari para nos levar no carro bem mais descolado, embora de segurança questionável, dos anos 1960.

Minha mãe entra na cozinha um minuto depois e vai direto para a cafeteira.

— Bom dia, meus doces filhinhos — diz ela, se servindo de uma xícara. — Vocês estão com o dever de casa? Penny, preparou seu almoço?

Nós passamos pela rotina matinal de sempre: a lista da minha mãe de coisas que temos que resolver sozinhos, mas ela precisa acompanhar de qualquer jeito. Almoços, deveres de casa, autorizações assinadas, dentes escovados, cabelo penteado, todo mundo de meias. (Penny tem aversão a meias desde que era bebê e faz qualquer coisa para sair de casa sem.)

Quando passamos pela inspeção, minha mãe assente para mim e para Pru.

— Obrigada por levarem Ellie pra escola hoje.

— Tudo bem.

Termino meu bolinho e coloco a metade de Ellie em um prato para ela comer no caminho. Estamos nos levantando da mesa da cozinha quando Ellie desce a escada com um vestido listrado, uma legging de oncinha e botas de caubói, a mochila da Hello Kitty balançando nos ombros. Ela também está usando luvas peludinhas, apesar de a previsão ser de 26 graus. Não sei nem por que ela tem luvas. Nunca faz tanto frio aqui para justificar o uso. Mas estamos acostumados com as escolhas de moda de cinco anos da Ellie e ninguém comenta.

— Eu vou na frente — diz Penny.

— Você não foi na frente na sexta? — digo, entregando o bolinho para Ellie. — Tenho certeza de que é minha vez.

— Quer jogar a moeda?

Nós jogamos. Penny pede cara. Eu ganho.

Isso é seguido de uma discussão sobre quem vai escolher o que ouvimos no caminho. A moeda jogada seguinte é da Lucy. Quando nós cinco entramos na minivan dos nossos pais, ela conecta o celular no bluetooth e coloca um de seus podcasts favoritos, algo sobre exploração espacial. Ellie geme.

Quando Pru está saindo para a rua, surge uma notificação no meu celular.

> **Ari:** Eu estava pensando no seu dado mágico misterioso. Você acha que pode ter sido presente dos elfos da loja de disco?
> **Jude:** Ah, sim. Provavelmente. Eu amo aqueles caras.
> **Ari:** Eles são demais.
> **Jude:** Ou talvez você é que tenha conjurado com sua magia de barda nível 5.

Ela demora um tempo para responder, os três pontinhos aparecendo e sumindo algumas vezes.

> **Ari:** Eu estou só começando a descobrir meus poderes.

Dou uma risada e Pru me olha com curiosidade.

— Com quem você está trocando mensagens?

— Só com a Ari. Ela queria saber se descobri quem deixou o dado.

Seu olhar vai do meu telefone para o seu, cuja tela está vazia. Ela parece meio desconfiada, mas nem *tudo* precisa estar no nosso grupo de mensagens.

Largo o celular e me viro para a janela, observando as casas e palmeiras familiares que passam, com ranúnculos amarelos brotando nas frestas das calçadas. Escuto a apresentadora do podcast tentar explicar alguns de seus fatos bizarros favoritos sobre a nossa galáxia. É claro, nossa localização precisa no universo se moveu mais do que 320 mil quilômetros desde que começamos a ouvir aquele episódio do podcast, considerando a rapidez com que a Via Láctea está se movendo. E tem um buraco negro enorme no centro da nossa galáxia que contém a massa de mais de 4 milhões de sóis. E cada estrela que vemos no céu noturno é maior do que o nosso sol. E os cientistas estimam que haja 100 bilhões de planetas só na nossa galáxia.

O que significa que um deles pelo menos tem que ter ewoks. É estatístico.

Aparece outra notificação no meu celular.

Ari: Tenho certeza de que você me deve uma submissão de arte.

Vem seguida de um link para um formulário de submissão online para o *Dungeon*. Eu me encolho.

Jude: Você não terminou sua música nova. Devo enviar um desenho pela metade?
Ari: Metade ainda seria melhor do que nada...

Ela envia uma foto que tirou do folheto da noite anterior com o desenho da barda Araceli, a Magnífica. Na foto vejo que tem marcas de dobradura. Ari deve ter enfiado no bolso em algum momento.

Ari: Isso é uma obra-prima, Jude. Você é um Da Vinci dos dias modernos! Não pode esconder seu talento do mundo pra sempre.
Jude: Desafio aceito.

— Você está sorrindo muito aí — diz Pru.

Eu reviro os olhos e guardo o celular.

— Ari está de palhaçada.

Pru me olha de lado de um jeito que parece mais significativo do que deveria.

— E que palhaçada Ari está dizendo nesta bela manhã?

— Ela acha que eu deveria enviar um dos meus desenhos para o *Dungeon*.

Penny faz um ruído no banco de trás.

— Aquela revista? Deveria mesmo! Você pode ser publicado!

Eu faço que não.

— Não aceitariam. Eu não sou tão bom.

— Tentar não faria mal — diz Pru.

— Ari fica dizendo isso também, e não sei se concordo. Rejeição é horrível.

Pru faz um som de pum com a boca.

— Você nunca vai conseguir o que quer se não for atrás. Ou, melhor ainda, se não *exigir* que o mundo te dê o que você merece.

Lanço um olhar irritado para Pru.

— A única coisa que eu quero do mundo é um reboot de *Firefly*.

— Eu quero a paz mundial — comenta Ellie.

— Ah é, isso também — digo. — *Firefly* primeiro, mas a paz mundial vem logo depois.

— Com licença — diz Lucy. — Por que está todo mundo falando junto com o meu podcast?

— Então pause — diz Pru. Não, *exige* Pru. (Ela faz parecer tão simples.)

Lucy faz um ruído irritado na garganta, mas pausa o podcast.

— Estou com a Ari — diz Pru, parando em um sinal vermelho. — Você deveria estar enviando suas artes pra publicações. O pior que pode acontecer é não aceitarem.

Pru pega um batom no console central do carro e começa a passá-lo olhando no retrovisor.

— Já sei! — diz Ellie, quicando na cadeirinha. — Joga uma moeda pra decidir se você deve enviar alguma coisa!

Pru e eu trocamos olhares quando ela coloca a tampa do batom. O sinal fica verde e ela estaciona na rua na frente da escola da Ellie.

— Tudo bem — digo. — Vamos decidir no cara ou coroa.

— Eu jogo — diz Lucy, pegando a moeda que Ellie tira da mochila.

— Cara — digo quando ela joga a moeda, que bate no teto da van, e que Lucy pega com dificuldade, virando-a depois no braço. Lucy mostra primeiro para Ellie, que comemora alto.

— Cara! — Ela sorri e aponta para mim. — Você vai ter que enviar alguma coisa.

Eu franzo a testa.

— Mas eu falei cara. Eu ganhei.

— É, e agora você envia alguma coisa.

Abro a boca para protestar, mas Pru dá risada.

— Acho que você vai ter que esclarecer os termos da próxima vez — diz.

Afundo no banco.

— Eu fui enganado por uma menina de cinco anos.

Os braços de Ellie deslizam pelo assento e me abraçam por trás. Dou um tapinha no pulso dela.

— Tenha um bom-dia, Ellie. Mamãe ou papai vem te buscar.

Lucy abre a porta e ela sai. Quando Pru volta para a rua, eu abro a mensagem de Ari. Clico no link do formulário de submissão de arte e o preencho, tentando não pensar demais. Abro o álbum de fotos e procuro as artes que salvei nos últimos meses, em geral coisas que postei no fórum que compartilho com meu grupo de *Dungeons & Dragons*. Não consigo olhar nenhum daqueles desenhos sem uma vozinha crítica invadir meus pensamentos. Essa posição do braço está estranha. Os olhos não ficaram bons. Ninguém tem um pescoço tão fino. Por que é tão difícil desenhar mãos?

Escolho um desenho antes que as minhas dúvidas virem náusea.

É um clássico da fantasia encontrando o mundo real. Um grupo de aventureiros, elfos e bruxos trajando mantos e armas está pronto para a batalha na entrada de um refeitório caótico de ensino médio, com aviões de papel voando, o grupo de teatro ensaiando monólogos nas mesas, uma guerra de comida entre os atletas, e as merendeiras servindo carne duvidosa no balcão. A legenda diz: *Não é possível simplesmente entrar em um refeitório escolar*, uma brincadeira com a clássica fala sobre Mordor, de *O senhor dos anéis*.

É engraçado? É bom? Eu não faço ideia.

Anexar.

Enviar.

Respirar.

— Pronto. — Mostro a tela para Pru ver a mensagem de *Agradecemos o seu envio*. — Está feito.

Tiro uma captura de tela e envio para Ari.

Ela responde quase imediatamente com uma figurinha dos Minions comemorando.

Alivia um pouco o pânico momentâneo que me acomete quando percebo o que acabei de fazer. Eu enviei a minha arte para o mundo. Para uma publicação real. Para o *Dungeon*.

E se odiarem?

Engulo em seco e enfio o celular no bolso.

— Não que importe. Não vão aceitar.

E Pru responde com voz cantarolada:

— Vamos ter que esperar pra ver.

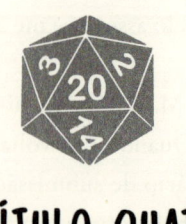

CAPÍTULO QUATRO

Cinco minutos depois, deixamos Penny na escola dela, dobramos a esquina e paramos no estacionamento da Fortuna Beach High. Lucy sai da van antes de Pru ter puxado o freio de mão e vai correndo encontrar os amigos, que sempre ficam debaixo de uma figueira gigante antes de a aula começar.

Pru e eu vamos para o pátio central. Quint e Ezra estão em um banco perto da secretaria. Essa é outra coisa que mudou desde que Pru e Quint começaram a namorar. Pru e eu íamos direto para a biblioteca antes da entrada, para eu poder ler ou desenhar em paz e ela fazer projetos de crédito extra ou qualquer outra coisa aleatória que tivesse capturado seu hiperfoco naquela semana. Ela tratava a biblioteca como um escritório particular. Uma vez, até a ouvi mandar a bibliotecária fazer silêncio.

Não é que não tenhamos outros amigos. Eu tenho meu grupo de *D&D* (César, Matt e Russell, e também Kyle, que entrou no outono), mas nós quase nunca nos encontramos antes ou depois da escola. E tem Noah, parente do Matt, que está no último ano na Academia de Ciências de Orange Bay, também conhecida como escola para o pessoal inteligente da tecnologia.

Nós também temos Ari, claro, mas ela estuda na St. Agnes, uma escola particular de prestígio.

Por muito tempo, éramos só eu e Pru. Não solitários, não sozinhos, mas também não exatamente populares.

Mas com Quint na jogada, Pru foi naturalmente atraída para a esfera social de Fortuna Beach, na qual Ezra Kent é presença inevitável. Ele veio em venda casada com Quint, acho que como Ari e eu fomos uma venda casada com Pru. Quint e Ezra são melhores amigos desde a pré-escola, acho, e embora eu não tenha nada contra

Ezra, ele fala alto, não tem papas na língua e é o tipo de cara que ama ser o centro das atenções. Em essência, ele é meu oposto de todas as formas.

— Aí, lá vem a Pru, meu chuchu, e Jude, meu grude! — grita Ezra quando Pru e eu estamos na metade do pátio.

Faço uma careta.

— Ele precisa mesmo pensar em apelidos novos.

— Já falei mil vezes — murmura Pru. — Ele não parece estar aberto a críticas construtivas.

Nós os alcançamos, e Quint passa o braço em volta da Pru e dá um beijo rápido nela. Eu olho em outra direção... e meu olhar recai sobre *ela*.

Endireito a postura e a palma das minhas mãos fica quente. Maya Livingstone está atravessando o pátio. Tem a mochila jeans pendurada no ombro, o bolso da frente decorado com um patch de arco-íris que diz AMOR É AMOR ao lado da icônica estrela de *Hamilton* e alguns pins de K-pop. (Eu sei que Jimin é o bias dela... mas não tenho muita certeza do que isso significa.) Seu cabelo está solto hoje, com os cachos pretos densos balançando a cada passo. A calça jeans é desbotada nos joelhos. Usa chinelos. Com um moletom roxo de zíper. O sol da manhã ilumina uma área de sardas na pele escura de um jeito que deixa minha boca seca.

Fico tão distraído pela aparição súbita de Maya que Pru e Quint poderiam estar plantando bananeira no banco agorinha e eu não notaria. Toda a minha energia está dividida entre acompanhar os movimentos de Maya quando ela cumprimenta os amigos, o sorriso parecendo um farol no pátio... ao mesmo tempo que tento parecer totalmente indiferente.

Não olhar por tempo demais.

Não fazer contato visual.

Não reagir ao sorrisinho provocativo que sinto Pru abrindo na minha direção.

— Cala a boca — murmuro.

— Cara — diz Quint, se inclinando na minha direção —, nós somos da mesma turma desde sempre. Vai lá falar com ela.

Que ótimo. Até o namorado da minha irmã percebe como eu sou patético.

Não justifico a sugestão dele com uma resposta. Porque, se fosse fácil assim, eu obviamente teria *ido falar com ela* muito tempo atrás.

Tudo bem, vamos fazer uma pausa aqui.

Você e eu estamos nos dando muito bem nessas 30 e poucas páginas, né? Estamos nos conhecendo. Curtimos umas belas canções na noite do microfone aberto.

Apreciamos as escolhas de moda das crianças de cinco anos de todo o mundo. Espero que não seja precipitado da minha parte dizer que acho que nosso santo bateu.

Mas tem uma coisa que eu ainda não te contei. Uma coisa que você deveria saber sobre mim antes de continuarmos.

Eu estou completamente apaixonado pela Maya Livingstone.

Não é segredo nem nada. Na verdade, tenho quase certeza de que *todo mundo* sabe... inclusive a própria Maya. Mas é que acho que esse papo de amor não correspondido não devia aparecer no primeiro capítulo. Eu não estava tentando esconder nada de você, só não é o tipo de coisa com que se abre uma história, principalmente quando o caso é tão desesperançado quanto o meu.

A grande questão de estar loucamente apaixonado por uma garota que é areia demais para o seu caminhãozinho é: não tem sentido. As chances de eu ter coragem de convidá-la para sair são exatamente zero. As chances de ela dizer *sim* são menores ainda, o que é, ao mesmo tempo, uma impossibilidade matemática, mas também, de algum modo, preciso. Não que Maya seja o estereótipo da líder de torcida de filme adolescente que só sai com atletas nem nada do tipo. Não, Maya é inteligente, bonita e legal com todo mundo, e eu não sou exatamente especial por ela ser meu crush não correspondido. Na verdade, fico impressionado todos os dias com o fato de ela estar solteira desde que terminou com Leo Fuentes nas férias de inverno do nosso primeiro ano.

E a sugestão casual do Quint é que eu *vá falar com ela*?

Por favor. Eu preferiria ser enterrado vivo em uma pilha de criaturinhas Pingos.

Vou contar a história inteira, porque considero relevante.

Eu sou apaixonado pela Maya desde o quinto ano, desde o dia em que Pru ficou em casa porque estava com catapora (eu já tinha ficado bom da doença no mês anterior) e perdeu o passeio até o aquário, me deixando sozinho para me defender no ônibus. Ou foi o que pensei, até a Maya se sentar ao meu lado e passar o trajeto de uma hora conversando sobre focas e águas-vivas e como ela tinha certeza de que sereias eram reais porque a avó tinha dito que vários contos de fadas de todo o mundo tinham criaturas metade humanas e metade peixe, e quais eram as chances de pessoas no mundo inteiro terem pensando nisso se não houvesse um fundo de verdade?

Não tive muito a dizer durante o trajeto. Eu só ouvi e sorri, impressionado porque aquela garota estava sentada ao meu lado, falando *comigo*. Se sou tímido e desajeitado agora, eu era dez vezes pior no fundamental, mas parecia que Maya nem tinha notado.

Ela era a garota mais legal, mais bonita e mais interessante que já tinha falado comigo e... Bom, ainda é.

Ela aluga um triplex na minha cabeça desde então.

Não que tenhamos falado muito depois do fatídico passeio. Maya às vezes sorri para mim nos corredores, da mesma forma que sorri para todo mundo. Ela passa na loja de discos de vez em quando e até tenta puxar papo, mas eu normalmente fico sem palavras e, se consigo pensar em alguma coisa para dizer para ela, é algo esquisito ou aleatório ou... sei lá. *A minha cara.*

E, sim, eu fico com um pouco de ciúmes quando vejo Maya fazendo um aperto de mão bobo com Quint ou rindo de qualquer besteira que Ezra diga. É tão fácil para as pessoas gostarem deles. Eles estão à vontade com quem são e não parecem preocupados com quem gosta deles ou não.

Não seria ótimo simplesmente... ser você mesmo e saber que a sociedade ou o universo ou a Força ou sei lá o que te considera digno?

E, sim, eu sei o que isso parece. Mas não consigo evitar. Não consigo deixar de me sentir assim. Não consigo tirar Maya do pedestal que é o lugar dela de direito.

O sino toca e o pátio lotado começa a esvaziar quando todo mundo vai para as salas de aula. Pru, Quint e eu pegamos a direção da sala de ciências.

Fico alguns passos atrás da minha irmã e do namorado dela, as mãos nos bolsos enquanto seguimos pelos corredores na multidão, meu dado novo roçando nos dedos. Tenho três matérias com Maya este semestre. Astronomia no primeiro tempo, literatura inglesa, no segundo, e ciências políticas, no sexto. Não me sento ao lado dela em nenhuma, mas nas nossas duas primeiras aulas fico algumas fileiras atrás dela, o que é uma tortura por si só. O tipo de tortura em que eu *poderia* me concentrar em Maya por 50 minutos direto, mas sei que é melhor não. O tipo de tortura em que eu poderia desenhar a curva do pescoço dela, os cachos do cabelo, a inclinação do nariz e a fartura dos lábios, tudo em um perfil perfeito e escultural... mas tentar desenhá-la no meio da aula traria o risco de alguém notar, e isso poderia ser desastroso de várias formas.

É o tipo de tortura que alimenta fantasias de Maya me pedindo emprestado um lápis, querendo comparar anotações, me perguntando sobre uma atividade e eu estando de prontidão com as respostas. Maya *me* procurando e não a nenhum dos outros 26 colegas da turma. Maya inventando uma desculpa para falar *comigo*. Maya simplesmente... reparando em mim, na verdade.

Reparar seria bom. Reparar seria um começo.

Nós chegamos à sala de aula e eu me sento na quarta fila e tento não dar muita atenção quando Maya chega um minuto depois. Pego o bloco de desenho e começo a rabiscar nas bordas do papel.

Tive uma ideia recentemente de transformar nossa próxima campanha de *D&D* em uma história em quadrinhos; não para publicar, só como uma coisa divertida para mim e para o grupo. Por isso, estou tentando melhorar no desenho de cenários. Uma das minhas coisas favoritas de mestrar e criar campanhas é inventar ambientes legais para serem explorados. Na nossa última campanha, criei uma ilha de fantasia inteira chamada Ilha de Gwendahayr, que elaborei como se fosse um *Escape Room*, com enigmas atrás de enigmas que o grupo tinha que solucionar para montar o feitiço que permitiria que eles fugissem ou que os jogaria no poço de lava se errassem. Foi uma quantidade *absurda* de coisas para criar, e com as provas finais chegando agora, não tive tempo de compilar nada tão elaborado para a campanha nova, mas ainda tenho algumas ideias sobre as quais estou bem empolgado.

O desenho funciona. Nos dois minutos antes de o sinal tocar de novo, consigo não olhar para Maya nem uma vez. É tipo um feito sobre-humano.

O sr. Singh faz a chamada e nos pede para entregar o dever de casa do fim de semana antes de começar a matéria sobre a Via Láctea.

— Isso talvez pareça familiar devido às suas leituras — diz ele, anotando algumas coisas no quadro.

Mas estou distraído, e minha página de caderno é preenchida depressa, não por anotações, mas por uma floresta densa, uma parede em ruínas, uma porta imponente coberta de runas.

— Jude?

Eu levanto a cabeça de repente.

— O quê?

O sorriso do sr. Singh está tenso. Ele sabe que eu não estava prestando atenção.

— Você pode dizer para a turma o que é Andrômeda? Estava na sua leitura do fim de semana.

O calor sobe pelo meu pescoço. Minhas orelhas começam a queimar. Meu coração bate mais rápido. Isso acontece todas as vezes em que sou chamado para falar na sala, quer eu saiba a resposta ou não.

E, desta vez, não sei. Eu pretendia terminar a leitura depois da noite de microfone aberto, mas, com todo o agito na loja, esqueci completamente.

Sinto Prudence sentada atrás de mim, se esforçando para enviar a resposta telepaticamente. Às vezes aquela coisa psíquica de gêmeos funciona para nós, mas agora não estou captando sinal nenhum.

Andrômeda. *Andrômeda*. Só consigo pensar naquela ópera espacial de Gene Roddenberry que Matt, César e eu maratonamos em um período de três semanas no nono ano.

Mas então reconheço o nome.

Andrômeda.

O podcast de Lucy. O apresentador não falou alguma coisa sobre Andrômeda? O que *era*?

O sr. Singh franze a testa.

— Alguém pode nos dizer...

— É outra galáxia — digo subitamente. — Uma que está em rota de colisão direta com a Via Láctea. Os cientistas estimam que as duas galáxias vão se chocar em uns cinco bilhões de anos.

O sr. Singh para. O momento é breve, um choque surgindo no rosto dele. Eu não o culpo. Acho que nunca falei voluntariamente tantas palavras na sala dele de uma vez.

Eu mesmo estou um pouco chocado.

— Isso mesmo — diz o sr. Singh. — Muito bom. Para a nossa sorte, cinco bilhões de anos é bastante tempo, e não precisamos ficar muito preocupados com a destruição inevitável do mundo.

Ele segue com a aula e eu suspiro de alívio. Pru estica a mão e dá um empurrão de parabéns no meu ombro, por trás.

Só por um segundo, até olho para Maya de relance. Vejo um sorrisinho antes de ela se virar. Um movimento de cílios que quase certamente não quer dizer nada, absolutamente nada.

Meu orgulho dura até o tempo seguinte, quando a sra. Andrews anuncia que vamos ter um teste surpresa sobre os capítulos de *O grande Gatsby,* que deveríamos ter lido no fim de semana. Solto um gemido com o resto da turma. Pru me olha com uma cara, e só então me recordo daquele momento no sábado em que ela me lembrou dos capítulos a mais que a sra. Andrews acrescentou à leitura de fim de semana.

— Relaxem — diz a sra. Andrews, distribuindo os testes. — É de múltipla escolha, então, estatisticamente falando, a maioria de vocês tem alguma chance de não zerar.

Acho que ela está brincando, mas ninguém ri.

O teste cai na minha carteira e eu aperto o botão do grafite da minha lapiseira. Começo a ler as perguntas e...

Ah, bosta. Não tenho a menor ideia.

Com o canto do olho, percebo o lápis da Pru rabiscando o papel, circulando respostas com confiança.

Balanço a cabeça e começo. Faço o possível para dar chutes embasados no que li até então. Sou um dos primeiros a terminar, mas não quero ser o único de pé, então finjo estar revendo minhas respostas até que um grupo de alunos se levanta para entregar os testes. Evito encarar a professora quando entrego o meu e volto para o meu lugar.

— Vou levar só um minutinho para corrigir — diz a sra. Andrews. — Considerem esse intervalo como tempo de estudo até eu acabar. Seria uma ótima oportunidade para vocês começarem a leitura da semana ou botarem tudo em dia caso estejam atrasados.

Fico tentado a ignorar a dica não tão sutil e continuar trabalhando no mapa da campanha que comecei no fim de semana, mas me obrigo a pegar o exemplar de *Gatsby*.

— Até que não foi ruim — diz a sra. Andrews dez minutos depois. Ela começa a andar pelos corredores devolvendo os testes. — Bom trabalho, Jude — diz, colocando o meu virado para baixo na mesa.

Meu estômago dá um nó, o sarcasmo é como um soco na barriga, e por um segundo fico tentado a pedir desculpas e prometer que vou botar a leitura em dia até a próxima aula.

E então, viro o teste e fico imóvel.

100.

Com tinta verde.

Circulado.

Cem *por cento*?

Deve ser engano. Mas meu nome está ali, com a minha caligrafia, no alto. E todas as perguntas corrigidas: certo, certo, certo.

Olho ao redor e me pergunto se a sra. Andrews está fazendo uma pegadinha com a gente, mas Robyn, da cadeira ao lado, tem um *80* circulado no alto do papel dela, e vejo um *95* no alto do de Pru, para o qual ela está olhando de cara feia.

Olho para o meu próprio teste. Vinte chutes. Um chute certo atrás do outro.

Meu professor de estatística teria um troço com isso.

Falando em professor de estatística… o terceiro tempo é ainda mais esquisito. Tipo, esquisito de *verdade*.

O sr. Robles começa uma discussão sobre tamanho de amostras e a diferença entre probabilidade teórica e experimental. Ele fala sobre um experimento em que cem pessoas começaram todas de pé. Cada uma jogou uma moeda, e quem tirava coroa se sentava e todo mundo que tirava cara ficava de pé. Sem parar, até não sobrar ninguém de pé.

— Não existe sorte — diz ele. — Tudo é probabilidade, e, na teoria, coisas que parecem impossíveis podem acontecer com um tamanho de amostra grande. Por exemplo, com um grupo de cem pessoas, depois de seis jogadas de moedas, vai haver uma pessoa de pé, que terá tirado cara seis vezes seguidas. Mas sempre vai acontecer assim? Não... por causa de...?

Ele espera que a turma responda, mas só Pru grita:

— Anomalias.

— Isso mesmo, anomalias. Embora improváveis, elas acontecem porque estamos falando de *probabilidades*, não de *certezas*. Lembram-se da discussão da semana passada? Tendo em mente que cada moeda jogada tem 50 por cento de chance de cair em cara, pode não parecer tão absurdo que alguém tire cara seis vezes seguidas. Mas esse experimento foi conduzido usando simulação de computador com *dez bilhões* de participantes imaginários, e adivinhem? A estatística se manteve. Em toda rodada, cerca de 50 por cento das pessoas era eliminada, e, no final, um participante imaginário jogou cara 34 vezes... *seguidas*. Parece impossível, mas... — Ele dá de ombros. — Probabilidades. Então, com base nisso, nós vamos fazer uma simulação bem menor hoje. Janine, você pode distribuir estas moedas?

Enquanto Janine entrega uma moeda de 25 centavos para cada um, o sr. Robles coloca um gráfico no quadro que determina que, com 28 alunos, nós devemos precisar de cinco rodadas até estarmos todos sentados. Estou tentando imaginar como podemos replicar esse experimento com Ellie em casa e se estragaria para ela a magia do universo tomando as decisões da vida dela, quando somos divididos em pares — para que todos sejam honestos, diz o sr. Robles.

Todos jogamos as moedas ao mesmo tempo. As moedas voam para todo lado: batem no teto, caem no chão, rolam para embaixo de carteiras. Mas, depois de alguns minutos de caos, nossos resultados saem. Pru e eu tiramos cara e ficamos de pé, mas 14 alunos certinho se sentam.

Algumas pessoas ficam impressionadas de a previsão do sr. Robles ter sido tão certeira.

Os 14 de nós que ainda estão de pé jogam de novo.

Eu tiro cara, mas Pru se senta por ter tirado coroa, junto com sete outros.

Desta vez, só ficamos seis de nós.

Nós jogamos.

Cara.

Só sobramos Carina, Jackson e eu.

Nós jogamos.

Cara.

Olho ao redor, e assim que percebo que sou o único ainda de pé, tenho uma vontade imediata de afundar na minha cadeira e entregar a minha moeda para Pru.

Mas eu me seguro.

— Agora, o que nós achamos que vai acontecer se Jude jogar de novo? — pergunta o sr. Robles. — Lembrando que cada jogada de moeda tem uma chance de 50 por cento de cair em cara.

Meus colegas gritam seus palpites. A maioria diz coroa, mas muita gente está torcendo pela supremacia da cara.

É mais difícil jogar agora que todos os olhos estão em mim, e fico agradecido de a obsessão da Ellie ter me dado muita prática nisso para que eu não deixe a moeda cair e pareça um pateta descoordenado.

Cara.

O sr. Robles assente e começa a desenhar marcas no quadro para podermos acompanhar quantas vezes eu joguei.

Cara.

Cara.

Cara.

As pessoas estão ficando agitadas agora. Vejo até as sobrancelhas do sr. Robles subindo de surpresa. Isso é inesperado para todos nós. *Possível*, claro. Mas inesperado mesmo assim. Altamente improvável.

Eu continuo.

E continuo. E continuo. E continuo...

Quando a aula termina, a turma toda está numa agitação danada. Várias moedas diferentes foram entregues a mim para tentar, até algumas de dez centavos, para ter certeza de que eu não estava usando uma moeda com defeito, viciada. As pessoas cantarolam meu nome a cada jogada. *Jude! Jude! Jude!* Não sei se estou exultante por essa ascensão súbita no heroísmo da moeda jogada ou horrorizado por estar no meio de tanta atenção. Meu peito coça embaixo da camiseta, e tenho certeza de que minha pele está ficando toda empolada, mas ninguém consegue ver, então tento bancar o descolado e continuo jogando.

Só sei que, quando o sinal toca para nos dispensar, o sr. Robles está contando as marcas no quadro e massageando a testa sem acreditar. *Espantado.*

57.

Tirei cara 57 vezes seguidas.

Não só venci a probabilidade, eu a pulverizei.

CAPÍTULO CINCO

— O que acabou de acontecer? — pergunta Pru quando estamos saindo da sala de aula. — Aquilo foi... — Ela luta para encontrar uma palavra. — *Impossível*.

— Improvável — rebato.

Todo o meu corpo está vibrando com a energia do experimento de jogar a moeda. O som do meu nome sendo cantarolado ainda ecoa nos meus ouvidos. Pessoas que eu mal conheço me dão tapinhas nas costas quando passam por mim no corredor, fazendo comentários sobre quererem que um pouco daquela sorte passe para elas, me perguntando quais números deveriam escolher para a loteria da semana. Eu não respondo, só dou sorrisos tensos e gargalho junto.

Pru não está rindo. Ela olha para mim como se eu fosse um cubo mágico que está determinada a resolver.

— Tem certeza de que você não aprendeu alguma estratégia pra arremessar a moeda depois de jogar tanto com a Ellie? — pergunta ela. — Tipo... algum jeito específico... de mover... o dedão...

Ela imita o gesto de jogar uma moeda invisível, e sei que ela está se perguntando se é possível alguém aprender a jogar uma moeda do mesmo jeito sempre para que obtenha o mesmo resultado todas as vezes. Desconfio que o sr. Robles esteja se perguntando a mesma coisa agora.

Chegamos a uma bifurcação no corredor, e faço uma pausa e enfio as mãos nos bolsos para que as pessoas não percebam que estão tremendo de adrenalina. Minha mão esquerda encontra o dado no fundo do bolso e instintivamente fecho os dedos em torno dele.

— Não sei o que te dizer, mana. Foi muito estranho. Mas anomalias acontecem, né? Pru bufa, insatisfeita.

— A gente se vê na aula de ciência política — digo para ela, fazendo o possível para parecer indiferente com tudo quando me viro e vou para o refeitório. Pru e Quint estão no grupo do segundo horário de almoço. Costumo almoçar com Matt e César e, às vezes, Russell, embora ele prefira passar a maior parte do horário de almoço na biblioteca escrevendo seu romance, o terceiro volume de uma série de fantasia épica que ele chama de Portões Secretos de Khiarin. Ou, às vezes, Crônicas de Khiarin. Ou, ultimamente, Chaves de Khiarin. Ele tem mais dificuldade para decidir títulos do que para escrever. A última vez que eu soube, o terceiro livro já tinha mais de quinhentas páginas.

Dois membros do nosso grêmio estudantil estão em escadas em ambos os lados da porta do refeitório quando passo, pendurando uma faixa de papel pardo pintada à mão com corações, estrelas e notas musicais: um lembrete para comprar ingressos para os bailes do terceiro e do segundo ano.

Paro na máquina de lanches logo depois da porta e solto o dado para pegar dois dólares na carteira.

— Ah, cara, não! — grita uma voz no momento em que a máquina suga meu segundo dólar. Eu me viro e vejo César gemendo e balançando a cabeça para mim.
— Desculpa, cara. Essa máquina está ruim. Está engolindo o dinheiro das pessoas a manhã toda.

— Sério? — Volto para o teclado. A tela azul está piscando para mim, pedindo minha seleção.

— Bom, tenta aí — diz César, batendo com o punho na porta, bem na frente de um saco de salgadinhos de cebola. — Mas precisei gastar quatro dólares pra perceber, e a máquina não me entregou nada.

— Desculpa — digo, sem saber por que estou me desculpando. Ainda assim, digito o código para o Doritos Cool Ranch.

Por um segundo, nada acontece. Mas então a barra que segura o saco de salgadinho começa a girar.

— Ah, *qual é* — diz César, batendo na porta de novo enquanto meu Doritos cai no compartimento inferior. — Essa coisa me odeia.

Começo a me desculpar de novo, mas percebo que a barra ainda está girando.

Nós dois ficamos imóveis, vendo um segundo saco de Doritos ser liberado. E um terceiro.

— Uau, *arrasou*. — À medida que os pacotes vão caindo, César enfia a mão pela aba e pega os três primeiros. A máquina só para quando a fileira inteira de Doritos cai no compartimento, todos os onze. — Acho que isso compensa o roubo do meu dinheiro.

Nossos braços estão cheios de pacotes quando saímos andando pelo refeitório. Jogamos tudo na mesa onde Matt e Russell estão nos esperando com bandejas cheias de fatias de pizza e caixas de leite.

— Estava com tanta vontade de comer Doritos assim? — pergunta Matt.

— A máquina está quebrada — diz César. — Ela me odeia, mas Jude teve sorte.

Sento-me e abro um saco.

— Vocês não vão acreditar no que eu encontrei na loja ontem à noite.

Tiro o dado de 20 lados do bolso e o mostro na palma da mão.

— Uau — diz Matt, arrancando-o da minha mão.

Por algum motivo, minhas entranhas se apertam e sinto um desejo, no melhor estilo Gollum, de pegá-lo de volta, mas resisto. Passei o dia louco de vontade de mostrar o dado para eles, afinal, sei que meu grupo de *D&D* vai valorizá-lo muito mais do que a minha família.

— Parece que pode ser de um daqueles conjuntos de edição limitada que distribuíram na Comic-Con uns anos atrás — diz Matt, erguendo-o para a luz do sol que entra pelas janelas do refeitório. A luz vermelha refratada brilha na nossa mesa. — De que você acha que é feito?

Ele passa o dado para Russell, que franze a testa enquanto o estuda.

— Não faço ideia — digo. — Vidro, talvez?

— Pesado demais pra ser vidro — diz Russell, entregando-o a César. — Parece algum tipo de pedra.

— Talvez seja um rubi verdadeiro — diz César. — Imagina só. Algum grupo de *D&D* planejou um assalto elaborado para roubar isso das joias da coroa e mandou cortar em um D20, como um grande dedo do meio pra monarquia. — Ele dá um tapa entusiasmado na mesa com a mão livre e aponta para Russell. — Essa, sim, é uma boa história. Você precisa escrever isso.

Russell parece menos impressionado.

— Por que esse grupo misterioso odeia a monarquia?

— Cara, como eu vou saber? O escritor é você.

O dado volta para mim, sem mais respostas do que antes. Guardo-o no bolso.

— Sábado ainda está de pé, né? Ou vocês vão passar o resto do semestre bebendo hidromel na Taverna do Bork?

— Isso aí — diz César. — Com certeza. Goren, o Horrendo, vota para irmos ao pub encher a cara.

— Por favor — diz Russell. — Goren é sempre o primeiro a fugir e meter todo mundo em confusão.

— O que é ainda mais divertido de fazer quando Goren está bêbado — diz César.

— Por mais verdade que isso seja — digo —, vou fazer com que um raio atinja o pub e queime tudo se vocês não saírem por vontade própria.

Russell grunhe.

— *Deus ex machina*. Recurso pobre, mestre.

— Só estou avisando. Da última vez, vocês passaram uma sessão inteira apostando naquela luta ilegal de dragões. Não vou tolerar isso de novo.

Matt coloca na mesa sua fatia meio comida de pizza, parecendo incomodado, e percebo que ele não falou muito desde que me sentei.

— Na verdade — diz ele, tirando um pedaço de pimentão —, eu tenho más notícias.

Todos ficamos quietos.

— Acho que Brawndo vai ter que ficar de fora dessa campanha. — Ele me encara, o rosto franzido em sinal de desculpas. — Pedi ao meu chefe pra começar a me colocar nos turnos de sábado.

Franzo a testa. Matt trabalha em uma barraca de peixe e batatas fritas perto do calçadão. Não é exatamente um emprego dos sonhos.

— Por quê? — pergunta César.

— É o nosso dia mais movimentado — diz Matt. — Dá pra tirar o dobro de gorjetas do que em dias de semana. Eu preciso desse dinheiro pra alimentar meu vício em jogos, você sabe.

— Você precisa é de *tempo* pra alimentar seu vício em jogos — digo.

— É. Talvez. Mas também gostaria de comprar um carro em algum momento, sabe? De qualquer forma... pareceu a decisão certa.

— A gente pode mudar o *D&D* pra outra noite — sugere Russell.

Trocamos olhares duvidosos. Não é fácil coordenar os horários de seis estudantes do ensino médio. Eu tenho o trabalho na loja de discos, César está na equipe de luta livre, Kyle (que almoça no segundo horário) faz atletismo e Noah concilia o último ano, as inscrições para a faculdade, as aulas particulares de matemática que dá e as atribuições de presidente do clube de anime da escola.

E Russell... Bem, Russell basicamente só trabalha no livro dele. Mas isso ocupa *muito* do seu tempo.

— Não vai ser a mesma coisa sem você — resmunga César. — Quem vai encorajar todas as ideias idiotas do Goren agora?

— Foi mal — diz Matt. — Eu sei que é uma merda, mas vocês podem continuar a campanha sem mim, né?

Minha mente dá cambalhotas, repassando os detalhes da campanha. O personagem de Matt, Brawndo, é um bárbaro, o que faz com que seja o tanque do grupo. É muito útil, mas... não há nenhum desafio específico que eu tenha colocado na campanha que vá *precisar* dele...

— Podemos — digo. — A gente dá um jeito.

CAPÍTULO SEIS

Apesar de nosso grupo de *D&D* estar perdendo um membro bem quando estamos prestes a iniciar nossa nova campanha, o resto do dia é… até que incrível. Não sei se consigo me lembrar de ter tido um dia melhor, pelo menos não durante meu tempo no ensino médio. Há quase uma qualidade mística nele, como se Mercúrio estivesse retrógrado ou as estrelas tivessem se alinhado a meu favor ou sei lá.

Na aula de educação física, faço o melhor arremesso da minha vida, uma cesta de três pontos que não tenho certeza se deveria ter sido fisicamente possível fora da NBA.

Na aula de ciência política, a sra. Spencer me manda fazer dupla com Maya para discutir o papel dos meios de comunicação nas nossas eleições locais mais recentes, e normalmente isso me deixaria petrificado, só que Maya está bem à vontade e tem muito a dizer sobre o assunto, tornando muito fácil para mim concordar, e tento não deixar óbvio quando sinto o cheiro do xampu dela de vez em quando e quase implodo devido à sobrecarga olfativa.

E digo isso no bom sentido. No *ótimo* sentido.

E então, milagre dos milagres, o sr. Cross anuncia no meu último tempo do dia, de artes visuais, que nós vamos passar a semana seguinte desenhando a forma humana, algo que já faço bem, mas que gostaria de fazer melhor.

Assim que é anunciado, Ezra joga os braços para o alto e declara com alegria:

— Tragam as modelos peladas!

Ao que Quint o empurra no ombro e diz:

— Você é o primeiro, EZ.

Então, é agora que Ezra pula da cadeira e começa a tirar a camiseta ao som de um coro de assobios e gritos de nossos colegas?

Claro que sim.

O professor leva dez minutos para fazer com que todos se acalmem de novo e Ezra fique totalmente vestido, e pelo resto da aula olhamos slides de obras de arte que retratam o corpo humano em diversas formas. Masculinos, femininos, curvilíneos, esguios, baixos, altos, tudo mais. O sr. Cross aponta muitos detalhes que eu não teria notado sozinho: como a disposição das figuras altera sua aparente relação umas com as outras. Como a energia da obra muda de intensidade quando as figuras estão diretamente de frente para quem as vê em vez de estarem de perfil. O quanto a direção dos olhos e a atenção da figura podem impactar na interpretação da obra.

Faço esboços o tempo todo, tentando absorver o máximo de informação possível, ansioso para ver se essas novas informações se traduzem no meu lápis.

Os professores nem passam dever de casa. Nenhum deles. Em uma segunda-feira.

Isso *nunca* acontece.

Não que eu esteja reclamando.

A casa está tranquila para uma tarde de dia de semana. Ora… meio tranquila. Pru saiu assim que voltamos da escola e foi para o trabalho voluntário no centro de resgate de animais. Lucy está no treino de futebol. Mamãe e papai levaram Ellie para a loja de discos com eles. Só restamos eu e Penny, e ela está no andar de cima praticando violino.

Por isso *meio* tranquila.

Mas ela não me incomoda quando pratica. Ela melhorou muito no último ano, e, depois de um tempo, a repetição das canções do recital vira um tipo tranquilizador de ruído de fundo.

Estou na mesa da cozinha, comendo uma segunda tigela de Lucky Charms e lendo minhas anotações para a próxima campanha, tentando descobrir se preciso mudar alguma coisa agora que perdemos Matt. Eu não *quero* mudar nada. Dediquei muito trabalho a essa campanha, e estou tentado a continuar com a forma como a projetei e fazer ajustes enquanto jogamos, se necessário. Essa é a marca registrada de um bom mestre do jogo, não é? Sabermos ser flexíveis e adaptar a história à medida que avançamos?

Também me passa pela cabeça tentar encontrar um novo jogador, mas não sei quem eu chamaria. Nenhuma das minhas irmãs está interessada. Bom, Ellie provavelmente adoraria, mas acho que trazer uma aluna do jardim de infância para o grupo não daria certo com os outros. Penso em Ari. Nunca ninguém jogou como bardo no grupo, mas ela geralmente trabalha na loja aos sábados.

Olho para a página em branco na minha frente, batendo com o lápis no polegar. Penso na próxima campanha. Ruínas perdidas, hordas de goblins e uma maldição poderosa…

A grafite do lápis roça no papel e começo a desenhar.

O grande mago Jude para longe viajara,
Matando monstros e inimigos...
Até que chegou ao Templo de Lundyn Toune,
Onde poucas almas encontravam abrigos.

Sua missão produziria
tesouros de
mistérios antigos?
Sua recompensa seria
fortuna e fama?

Ou, como tantos caminhos que ele antes percorrera... Seria aquela cruzada tola seu carma?

Ninguém poderia saber o destino que aguardava
Nosso bravo e intrépido cavaleiro...

Muito já disseram que a sorte não era
sua amiga.
E sejamos honestos... falta-lhe a garantia
de sucesso certeiro.

Eu não acredito em sorte, e você tampouco deveria. Coragem e inteligência nos trouxeram até aqui.
Você vem junto ou prefere ficar aqui cantando sobre meu fracasso inevitável a noite inteira?
O mago não ousou seguir sem sua barda de confiança, Pois sabia que não poderia fazê-lo e ainda sair impune.
Compreendia que ficaria perdido sem ela ao seu lado – e provavelmente teria uma morte horrível no Templo de Lundyn Toune.
Já chega. Eu vou sem você.
Espere! Eu vou!
Deixe o alaúde. Vamos precisar seguir sorrateiros. Se houver qualquer coisa viva aqui, não queremos acordá-la.
CR
AC
Sorrateiros, você disse?
Aquele crânio apareceu do nada.
Não vou deixar meu alaúde. É meu amor!
Além do mais, funciona como arma contundente caso a gente encontre um goblin.
E sempre tem algum goblin.

Duas horas depois...

Olha aqui! Acho que encontrei.

Eu falei.

A lenda alega que a Câmara do Diamante Escarlate fica no fundo do templo, protegida por uma donzela que foi há muito amaldiçoada a vigiar eternamente os tesouros do templo.

Isso sim é digno de uma música.

♪ A deusa protegia os segredos do templo de ladrões julgados inadequados por ela. Vigiava a câmara central sua estátua feroz, desafiadora e... ♪

Bela.

Tá, Bela. Isso se você curte toda essa perfeição eladrin.

Meu feitiço de detecção capta muita magia sombria aqui. Nós temos que romper o feitiço que foi colocado nela.

Como você sugere que a gente faça isso?

Lembra nossa missão anterior com Prudencia e Quintonian? Quando lutamos com o autômato bem no meio da Floresta Louca?

Não havia como me certificar, mas sempre desconfiei que a pedra que encontramos lá talvez fosse o próprio Diamante Escarlate.

Tem certeza? Será que a gente não devia verificar se a sala sinistra tem armadilhas antes de mexer com magia desconhecida?

Sabe, pra uma elfa caótica boa você faz muitas previsões fatalistas.

Eu vivo aventuras com você há tempo suficiente pra saber que basta uma decisão ruim pra gente se meter em confusão.

Isso não é uma decisão ruim. É destino.
Era nosso destino vir aqui. Era o meu acabar com essa maldição.
Isso era inevitável.
Se você diz...

Eu admito que não esperava que o troço todo sumisse assim.
CLINK
A estátua era só uma ilusão?
Ou era mesmo uma donzela presa como as lendas afirmam?
Ou poderia ter sido uma...
uma...
Jude?
DING!

A notificação de uma mensagem de texto tira meu foco. Desvio minha atenção da página. Meus dedos estão manchados de grafite do lápis. Tenho cãibra no pescoço por ficar tanto tempo curvado sobre a mesa. Pisco, atordoado, me perguntando quando o som do violino da Penny silenciou. Tenho uma vaga lembrança de Lucy chegando em casa e deixando as chuteiras caírem na entrada antes de subir a escada correndo, mas eu estava alheio à luz forte do dia virando um crepúsculo roxo. Meu estômago ronca; as duas tigelas de cereal a mais foram consumidas na minha onda de inspiração.

Já passou da nossa hora habitual de jantar. Pego o telefone e vejo que a mensagem era da minha mãe, dizendo que eles trabalhariam até tarde na loja, desempacotando mercadoria nova que chegou, e perguntando se posso preparar o jantar para mim, Lucy e Penny. Ela incluiu uma foto de Ellie, dormindo profundamente no sofá velho que deixamos na sala dos fundos, os pôneis de brinquedo favoritos empilhados no peito.

Respondo com um emoji de positivo, e minha mãe manda um emoji de abraço em resposta.

Alongo o ombro algumas vezes, me levanto e olho os armários até encontrar um pacote de espaguete e molho de tomate em conserva.

Aviso Lucy e Penny que o jantar estará pronto em dez minutos e verifico minha caixa de entrada enquanto o macarrão cozinha.

Um novo e-mail.

Assunto: Envio de Arte para o Dungeon

Quase deixo o telefone cair na panela com água fervente. Não acontece, graças a Cthulhu, mas, por outro lado... talvez fosse melhor se tivesse acontecido. Provavelmente seria melhor nunca abrir aquele e-mail. Para nunca ler a rejeição que está por vir. É como aquela experiência do gato de Schrödinger. Até você abrir a caixa, o gato está vivo e morto ao mesmo tempo.

Até eu abrir o e-mail, minhas esperanças estarão vivas e mortas.

Eu sei. Também nunca entendi a lógica desse experimento. Estou só enrolando.

Me dá um momento.

Mais unzinho.

Pronto.

Estou preparado.

Respiro fundo para me acalmar e abro o e-mail.

Caro Jude Barnett, agradecemos o seu envio. Gostamos do seu estilo artístico e achamos o ponto de vista inovador. Ficamos felizes em aceitar o material para nossa edição de julho do *Dungeon*...

O e-mail continua, mas paro de ler. Olho para as palavras até elas ficarem embaçadas e se mesclarem.

Felizes em aceitar.

Felizes em *aceitar*.

Não acredito.

Sinto o repuxar de um sorriso hesitante e incrédulo nos lábios. Estou imaginando coisas?

Faço uma captura de tela e mando para Ari e Pru. A resposta de Pru vem imediatamente.

Pru: LEGAL. Quanto vão pagar?

Eu reviro os olhos.

Jude: Quem se importa??

Como Pru não responde, eu suspiro e verifico as orientações de submissão do *Dungeon* no site.

Jude: 50 pratas.
Pru: Até que não está ruim, mas vamos renegociar no próximo. Pode aceitar.
Jude: Quando você se tornou minha empresária?
Pru: Desde o útero, Jude!
Pru: Você, Quint e Ari podem ter talento, mas estariam perdidos sem mim.
Pru: Tá, talvez não perdidos. Mas seriam artistas passando fome, definitivamente.
Jude: É sr. *Artiste* pra você.

Pru responde com o emoji de artista, com boina e tudo.

A mensagem de Ari chega alguns minutos depois.

Ari: Eu te disse!!!

Meu coração se acelera quando a ficha começa a cair. É real. Eu enviei um desenho para o *Dungeon*, e vão mesmo publicá-lo. Até serei pago. Por *desenhar* algo!

Jude: Agora você me deve uma música.

Ari começa a digitar uma resposta; os três pontinhos aparecem ao lado do nome dela.
Mas os pontos desaparecem.
Eu espero.
Depois de um longo tempo, ela começa a digitar de novo.

Ari: Araceli, a Magnífica, está trabalhando nisso!

Meu sorriso retorna. Olho para meu caderno de desenho. A barda e o mago: dois personagens que não tinham lugar na minha nova campanha ontem, mas agora até estou gostando do rumo que a história está tomando. Eu não sabia antes como guiaria o grupo nessa nova missão, mas posso usar a barda como NPC para contar para eles sobre o misterioso templo, o mago e a maldição. Talvez ela dê a eles o Diamante Escarlate e...
Meu corpo fica imóvel.
O Diamante Escarlate foi um tesouro da única campanha que tentei fazer com Quint, Pru e Ari, uma campanha que nunca chegou a decolar porque, apesar de todos dizerem que estavam se divertindo, nunca foi prioridade para ninguém continuar jogando, e a história meio que morreu. Eu não tinha pensado muito nisso até agora.
Tiro o dado vermelho do bolso e o seguro perto do desenho. Penso na história que estou inventando, na mitologia do templo sobre a qual contava para Ari durante a noite do microfone aberto.
Uma donzela transformada em pedra, uma maldição que só pode ser quebrada por alguém considerado digno. E para o aventureiro que conseguir quebrar o feitiço? Um presente. Um feitiço que dá uma sorte incrível a cada jogada de dados.
Essas coisas que têm acontecido comigo...Todas essas coincidências estranhas e felizes. Isso não é a Força. Isso não é o universo. Isso não é uma série de anomalias estatísticas.

Essa é a magia de Lundyn Toune.

Minha respiração fica rápida e ofegante, mas... é loucura. Estou mesmo considerando a possibilidade de que isso possa acontecer...? De que o dado poderia estar me oferecendo...?

De que a minha vida poderia realmente ter sido tocada por...

Magia?

Bom, quero acreditar em feitiçaria e unicórnios tanto quanto todo mundo, mas... não acredito nessas coisas. Eu não acredito *nisso*.

Mas então... de onde veio esse dado? E agora que penso no assunto, as coisas começaram a ficar estranhas assim que o encontrei. Estranhas de um jeito bom. A assinatura do Paul McCartney e como a salvei milagrosamente daquela caneca de café, quando meu bônus de destreza na vida real normalmente seria pavoroso. Depois, tive todos aqueles chutes certos no teste de literatura, e o que aconteceu na máquina automática de lanches, sem mencionar a improbabilidade absurda de tirar cara na moeda 57 vezes seguidas.

O cronômetro dispara e me assusta. Olho a tempo de ver a água espumando e consigo tirar a panela do fogo segundos antes de derramar. Estou atordoado enquanto pego uma peneira e escorro o macarrão. Jogo-o de volta na panela e acrescento o molho. Pego pratos e garfos.

Ainda não chamo minhas irmãs, só fico parado com a colher de pau em uma das mãos e o dado na outra. Pensando em templos perdidos, magia e sorte.

Os números dourados que parecem runas brilham para mim.

— Se isso for real — sussurro —, me dê um sinal.

Respiro fundo e jogo o dado.

Ouço o som familiar e reconfortante do dado quicando pela bancada, atingindo um dos pratos e rebatendo na borda. Pulo para trás quando ele cai no chão, passa pelos meus pés rolando e desaparece debaixo de um dos bancos da mesa da copa.

Pondero sobre o local onde ele foi parar. Legitimamente surpreso no início. Na verdade, pensei por um segundo que funcionaria. Não sei o que eu esperava, mas... *algo* legal. Algo de sorte.

Mas nada de magia.

Jurando nunca mencionar isso para ninguém, eu me agacho e enfio a mão debaixo do banco, tateando em busca do dado. Minha mão pousa em algo longo e estreito, e pesco uma lapiseira. Eu suspiro e enfio a mão lá embaixo de novo, desta vez encontrando o dado. Puxo-o para a luz, e meus olhos percebem o número 20 reluzindo para cima.

— Engraçadinho — digo, pegando o dado e a lapiseira e me levantando.

Só então eu a reconheço. A lapiseira. Azul-escura e empoeirada. Meus lábios se abrem enquanto arranco os fios de poeira da borracha.

Não é qualquer lapiseira. É a minha lapiseira *favorita*, com a qual eu desenhava o tempo todo antes de a perder. Esteve desaparecida por anos, e agora... aqui está.

Volto minha atenção para o dado, cheio de admiração. Aquele 20 reluz, e, se eu não soubesse que era impossível, pensaria que o dado tinha acabado de piscar para mim.

CAPÍTULO SETE

— Vamos jogar a moeda para isso! — grita Ellie, com a boca cheia de waffle.
— Não fala com a boca cheia — diz Lucy. Em seguida, completa:
— Cara.

Ela e eu estamos na bancada da cozinha, com o último pacote de Pop-Tarts entre nós.

— Que tal se cada um ficar com um pedaço? — sugiro.

Mas Ellie já pegou a moeda. Ela a joga da melhor forma que pode, mas a deixa cair no chão. A moeda rola para debaixo da mesa. Ellie mergulha atrás dela.

— Coroa! — grita, reaparecendo de quatro, com a moeda na mão.

Lucy bufa.

— Tudo bem, pode pegar — digo. — Vou comer cereal.

Eu me viro e pego uma tigela no armário.

— Você tem tido *muita* sorte ultimamente — diz Ellie.

Faço uma pausa e olho para ela. Não perdi o dado de vista desde a noite anterior, até dormi com ele debaixo do travesseiro e o coloquei de volta no bolso assim que me vesti pela manhã.

— Você acha? — digo, tentando não parecer suspeito. Mesmo estando agora quase cem por cento convencido de que tenho no bolso um dado mágico que dá sorte... Não vou contar isso para as minhas irmãs.

— Você ganhou em todas as jogadas de moeda — explica Ellie.

— Acho que sim. — Coloco a tigela na dobra do cotovelo enquanto abro a geladeira e pego o leite.

Quando me viro, Ellie está com os olhos apertados para mim, a expressão desconfiada.

— Você está *roubando*?

Eu sabia que isso seria uma traição sem igual da santidade do jogo da moeda.

— Se eu estivesse roubando — digo —, provavelmente não cederia meus lucros com tanta facilidade, né?

Indico a torradeira, onde Lucy colocou os Pop-Tarts. Mas minhas mãos estão ocupadas e, no segundo seguinte, a tigela cai da posição precária. Eu solto um ruído e levanto o pé instintivamente.

Para a surpresa de todo mundo e, mais ainda a minha, eu pego a tigela com a ponta do sapato, dois centímetros antes de se espatifar no chão.

— Nossa — disse Lucy, impressionada. — Você *anda* tendo muita sorte mesmo. Você devia comprar umas raspadinhas. Ou um bilhete de loteria, sei lá.

Solto uma risada nervosa, meu coração disparado quando coloco o leite de lado e pego a tigela.

— Você precisa ter 18 anos pra comprar bilhete de loteria.

— Que pena — reflete ela, e percebo que acha que eu deveria comprar mesmo assim.

Pru entra na cozinha e pega uma banana na bancada.

— Nós recebemos uma notícia maravilhosa no centro ontem.

— Aquela mulher horrível que roubou o dinheiro todo vai ser presa? — pergunta Lucy.

O comentário azeda a expressão de Pru. Ela bufa e revira os olhos.

— *Não*. Rosa decidiu não processar ninguém. Mas os advogados estão negociando, e parece que Shauna vai ter que pagar uma restituição. Já é alguma coisa. Mas... — Os olhos dela se iluminam de novo. — Isso é melhor ainda! O zoológico que vai receber Lennon e Luna *finalmente* terminou a construção do cercado novo deles. Eles vão poder ser levados em algumas semanas!

— Que ótimo — digo, levantando a colher em um fingimento de brinde. Ellie bate palmas, feliz por ver Pru tão feliz, mas Lucy parece confusa.

— Eu achava que você não quisesse que seus leões-marinhos fossem pra um zoológico novo — comenta.

— Você não vai sentir saudade deles? — pergunta Penny.

Todos fomos ao centro de resgate algumas vezes desde que Pru começou a trabalhar lá, e minha irmã sempre fica feliz da vida de apresentar, a quem quer que seja, seus dois leões-marinhos favoritos, principalmente Lennon, o leão-marinho que ajudamos a salvar quando foi parar na praia durante o Festival da Liberdade. É uma história triste com final feliz: Luna tem um transtorno cognitivo e Lennon perdeu a visão por causa de uma infecção. Nenhum dos dois sobreviveria na natureza, logo o centro não pode libertá-los no mar. Mas a parte boa foi que os dois leões-marinhos se tornaram melhores amigos (talvez mais do que amigos? Não estou a par dos romances entre mamíferos marinhos acontecendo no centro), e um zoológico algumas horas ao norte aceitou receber os dois, para que não precisem ser separados.

— Claro que vou sentir saudade, mas a área cercada do zoológico vai ser maior e mais legal do que o espaço que eles têm no centro. Está na hora de seguir em frente. E, como não fica tão longe, quando Quint tiver um carro a gente vai poder fazer visitas nos fins de semana.

— Ah! — diz Ellie, pulando no assento. — A gente pode ir ver eles juntos?

— Claro — diz Pru. — Quando estiverem acomodados, vamos planejar uma visita da família.

— Parece que as coisas andam boas no centro — digo entre colheradas.

— Boas, mas agitadas — diz Pru. — Agora é a época do ano em que muitos pinípedes estão desmamando, e nem todos já conseguem caçar bem a ponto de se alimentar. Nós recebemos cinco pacientes novos só na semana passada. Mas pelo menos o centro está bem melhor financeiramente este ano em comparação com os anteriores. Nossas iniciativas de arrecadação estão decolando e temos um monte de doadores novos, mas talvez o mais importante seja que não temos mais uma ladra na contabilidade desviando dinheiro. Então... sim. — Ela assente, satisfeita. — As coisas estão indo bem, na verdade. — Pru olha para o relógio e joga a casca de banana no lixo. — Todos prontos?

Enquanto vamos para o carro, jogamos a moeda de Ellie mais três vezes. Primeiro para ver quem vai no volante, porque, apesar de dirigir teoricamente ser um grande rito de passagem, Pru e eu odiamos conduzir a monstruosidade que é a minivan. Eu ganho no jogo da moeda (obviamente) e Prudence assume o volante, reclamando que dirigiu no dia anterior, mas *que seja feito conforme decreta a moeda...* Nós jogamos de novo para determinar quem vai na frente. Eu ganho novamente, mas deixo Penny ir porque ela alega que não foi na frente *nenhuma vez* na semana anterior. E a última é pra ver quem tem que se sentar no meio no banco de trás. Ganho pela terceira vez e fico com meu lugar na janela, e bagunço o cabelo de Ellie quando ela me fuzila com os olhos e murmura:

— *Trapaceiro*.

O rádio ainda está na estação de quando minha mãe usou o carro pela última vez. A DJ matinal está falando sobre um show que vai acontecer em breve e que já está esgotado, prometendo sortear dois ingressos muito cobiçados antes do fim da manhã. Ela acabou de soltar um comercial quando uma pessoa em frente ao Java Jive chama minha atenção. Um arrepio desce pela minha coluna.

— Pru, para. Encosta!

— O que foi? Por quê? — diz ela ao ligar a seta no susto. — O que houve?

— Nada, eu só... Era a Maya lá atrás.

Pru vai para o acostamento. O carro mal parou e eu já estou abrindo a porta e saindo, guardando distraidamente o celular no bolso.

— O que você está fazendo? — grita Penny. — A gente vai se atrasar!

Olho para ela e indico a rua.

— Estamos a menos de dois quarteirões da escola da Ellie. Uma de vocês pode andar com ela o resto do caminho e depois nos encontramos na esquina?

— *Andar?* — diz Ellie, como se eu tivesse sugerido que ela escalasse o monte Everest.

— Não reclama — diz Pru. — Jude tem razão. Lucy, você pode ir com ela?

— Por que eu?

Não fico para ouvir a discussão. Dou uma corridinha pela calçada, o tempo todo pensando se eu estava vendo coisas. Devaneios? Uma miragem?

Mas não. Ali está ela, andando de um lado para o outro no estacionamento, um celular entre o ouvido e o ombro. Um Toyota Camry está na vaga ao lado, o capô aberto. Maya parece abalada, a mão livre enrolando um pouco de cabelo no punho... e essa imagem, mais do que qualquer outra coisa, foi o que me fez parar.

— Maya?

Ela se vira na minha direção, sobressaltada, mas relaxa de alívio. Levanta um dedo e olha para o carro.

— Não quer ligar — diz para a pessoa ao telefone. — Estava normal. Eu só parei por um segundo, entrei pra comprar um café e, quando voltei... — Ela fica um tempo sem falar, assentindo para o que a pessoa do outro lado está dizendo. — Hã... A bateria parece... — Franze a testa e olha para uma caixa preta no canto do motor. — Bateria? Como eu vou saber? — Ela suspira. — Eu sei, eu sei. É só que vou me atrasar...

Enquanto ela fala, eu me inclino sobre o motor. Sinto o calor irradiando dele.

— O que está acontecendo? — pergunta Pru. Vejo-a se aproximando com Penny.

— Um segundo — diz Maya para a pessoa com quem está conversando. Ela abaixa o telefone, parecendo frustrada. — Meu carro não quer ligar. Meu pai acha que pode ser a bateria, mas não tenho cabos pra fazer chupeta e nenhuma ideia do que estou fazendo. — Ela ri com ironia. — Meio que estou presa aqui.

— A gente pode te dar carona — digo depressa.

Depressa demais? Será que pareço afobado? Desesperado? Prestativo na medida certa?

Mas o sorriso de Maya é agradecido, mesmo que ainda preocupado.

— Obrigada, mas acho que vou ter que esperar o seguro. Não quero que vocês se atrasem também. Então... tudo bem. É que... deve ser alguma bobagem, sabe? — Ela solta um suspiro e leva o telefone ao ouvido de novo. — Desculpa, pai. Uns amigos passaram por aqui e pararam pra ver se eu precisava de ajuda...

Enquanto ela fala com o pai, eu observo o motor. Metal e plástico, porcas e parafusos. O que Ezra faria? Admito que isso é algo que jamais achei que me perguntaria algum dia, mas aqui estamos. Ezra trabalha na Oficina do Marcus, consertando carros e fazendo... coisas mecânicas. (Isso é um termo técnico.) Ele teria cabos, com certeza. Provavelmente uma caixa de ferramentas completa, só por garantia. Se Ezra estivesse aqui, é provável que pudesse dar uma olhada no motor e saber exatamente o que fazer para consertá-lo, enquanto para mim seria o mesmo que estar tentando traduzir uma página de hieróglifos. Sequer tenho ideia se é um motor a combustão. Poderia ser elétrico? Nunca sei.

No momento, eu daria meu Funko raro do Gimli para conseguir consertar esse problema para a Maya. Imagino como seria isso. Mangas dobradas, graxa nas mãos, uma chave inglesa no bolso de trás. (Onde eu conseguiria a chave inglesa, você pergunta? Melhor não perguntar.)

Aperto a mão brevemente na parte de fora do bolso da calça jeans, onde sinto o dado.

Eu consigo fazer isso. Consigo consertar o carro. Se fosse uma campanha de *D&D*, eu rolaria o dado para fazer um teste de percepção e ver o que havia de errado e de novo com a habilidade de sobrevivência para ver se saberia como consertar. E, com um dado mágico, a resposta seria sim, claro. Sou capaz de fazer qualquer coisa. Né?

Imagino como Maya olharia para mim se eu diagnosticasse o problema. O que diria se eu contasse que podia consertar seu carro sem estresse. Ela me veria como um herói enquanto eu cuidava dessa... coisa. Seja lá o que for, é algo que se parece um pouco com um parafuso de metal ao lado da bateria. Mexe um pouquinho quando o alcanço e giro. Um pó branco se solta.

— O que você está fazendo? — sussurra Pru.

— Espera um minuto, pai. — Maya abaixa o telefone de novo e me olha, depois olha para o motor. — O que você fez?

— Hã... não sei direito — digo, um rubor subindo para as minhas bochechas.

— Mas isso parecia... solto?

Maya me encara.

Eu limpo a garganta.

— Pode tentar girar a chave? — sugiro.

Parece algo que Ezra diria.

Maya abre a boca, mas hesita por um longo momento. Depois acaba assentindo, com esperança nos olhos.

O que eu estou pensando?

Essa é exatamente a pergunta que Pru sussurra para mim quando Maya se senta no banco do motorista.

Lanço um olhar de pânico para a minha irmã.

— Sei lá. Eu só pensei...

Sou interrompido pelo som do motor ganhando vida, tão alto que Pru e eu damos um pulo.

— O quê? *Funcionou?* — diz Maya. — Jude! Você conseguiu! — Ela sai toda saltitante do carro e, antes que eu perceba o que está acontecendo, seus braços me envolvem. O abraço é curto, mas intenso, e quando ela se afasta, sinto como se meu coração fosse explodir. — Você é meu *herói* — diz, dando um soquinho leve no meu ombro. — Como você fez isso?

Eu não consigo falar. É o melhor momento da minha vida.

— Jude é cheio de surpresas — diz Pru, me cutucando na costela. Eu me encolho.

— Que incrível. — Maya fecha o capô. — Obrigada! Nem sei o que dizer. Estou tão feliz de você ter parado. — Ela suspira alto. — Bom, vamos nos atrasar muito. A gente se vê na escola?

Ela se vira e começa a falar no telefone de novo para explicar para o pai o que aconteceu.

Fico olhando para Maya por mais um segundo, boquiaberto, mas Pru segura meu braço e me arrasta pela calçada.

— Como você *fez* aquilo? — pergunta Penny. Eu tinha esquecido que ela estava ali, mas agora ela e Pru estão me encarando como se eu tivesse virado um Super Saiyajin.

— Você sabe tanto sobre carros quanto eu — diz Pru. — Ou seja, *nada*.

Tento parecer igualmente confuso, mas... sei que não fui eu. Foi o dado.

— Não consigo explicar. Só vi aquilo e arrisquei. Eu só... tive sorte.

— Essas coincidências de sorte parecem estar acontecendo muito com você ultimamente — murmura Pru. Ela me observa por um longo momento e fica com uma expressão distante e estranha nos olhos. Ela se vira, suspirando. — Aproveita enquanto dura.

CAPÍTULO OITO

Devíamos nos atrasar, mas não nos atrasamos. Depois de pegar Lucy na frente da escola de ensino fundamental, atravessamos apenas sinais verdes e até conseguimos uma vaga perto da entrada, apesar de o estacionamento estar cheio. Agora que procuro pelos sinais, não consigo deixar de pensar que é a magia me ajudando de novo.

Pru e eu estamos meio sem fôlego quando entramos correndo na sala do sr. Singh, bem na hora que o sinal toca.

Maya entra três minutos depois, e apesar do olhar de irritação que recebe do professor, ela dá um sorriso largo para mim quando segue para o lugar dela.

Você entendeu isso? Não? Vou repetir.

Ela *dá um sorriso largo* para *mim*.

Na verdade, Maya está me olhando como se eu tivesse salvado o gato dela de se afogar, e todos os meus nervos parecem pegar fogo. Sei que deveria sorrir para ela. Sei que um cara normal como o Ezra (Ezra é um cara normal? Não vamos ficar pensando nisso) sorriria para ela. Ele agiria todo tranquilo e sossegado, tipo *Não foi nada, eu conserto as coisas mesmo*. Mas, evidentemente, tenho a malandragem do Peter Parker antes de virar o Homem-Aranha, porque começo a remexer na mochila até ter certeza de que Maya não está mais me olhando.

O sr. Singh começa a aula, mas em segundos reparo em Maya trocando bilhetes com Katie, que está atrás dela. Mordo a tampa da caneta e me pergunto se estão falando de mim. Mas isso me parece presunção e, em determinado momento, vejo Maya sussurrando *Esqueci!*

Katie parece horrorizada. O que Maya esqueceu? O aniversário dela? Com um olhar desses, estou quase imaginando que Maya se esqueceu de passar no hospital para doar um rim.

Maya olha para o relógio, enfia a mão discretamente na mochila e pega o celular. Ela o esconde embaixo da carteira, mas estico o pescoço para ver a tela. Ela abre o navegador. Um site aparece, com letras em negrito e números no alto. KSMT 101.3.

Uma estação de rádio?

— Eu fico com isso, srta. Livingstone — diz o sr. Singh, aparecendo do nada e pegando o celular de Maya. Ela ofega, estica a mão para o aparelho, mas ele já desligou a tela e se virou para a frente da sala.

— Espera! Eu só preciso fazer uma coisa rapidinho!

—Vai ter que esperar até a aula acabar.

Maya e Katie trocam olhares consternados. Katie levanta a mão.

— Posso ir ao banheiro?

O sr. Singh olha para ela de cara feia.

— Aos cinco minutos do primeiro tempo? Você devia ter ido antes de a aula começar. Quando eu acabar essa explicação, você pode ir.

— Mas... — Katie trinca os dentes e olha para o relógio.

—Você vai sobreviver — diz o sr. Singh. Ele coloca o telefone de Maya em cima da mesa e separa uma pilha de papéis. — Ah, mas antes que eu esqueça... — Ele olha para a frente e examina a turma. O olhar recai sobre mim. — Jude, você pode levar isso pra secretaria?

— Eu? — pergunto, perplexo.

Quando um professor precisa que façam alguma coisa, quase sempre a escolhida é Pru. A dedicada e confiável Pru. Não que eu seja problemático ou algo assim. Eu não sou *nada*. Costumo passar despercebido o máximo possível. É assim que gosto.

Por que ele está pedindo para mim?

Mas o sr. Singh só me olha com impaciência, então respiro fundo e me levanto. Sinto Katie me olhando de cara feia quando pego o envelope e saio para o corredor.

Quando chego à secretaria, a funcionária está cantarolando junto com uma música do rádio enquanto separa papéis em um arquivo. É uma canção antiga, talvez de Frank Sinatra? Mas, enquanto espero que ela repare em mim, percebo que é um cover novo cantado por Sadashiv, um cantor indo-britânico que quebrou vários recordes *e* foi considerado o homem mais bonito do mundo. Só sei disso porque Lucy e Penny são loucas por ele e porque Maya foi à loja ano passado perguntando sobre um lançamento, e agora eu reparo sempre que uma das músicas do Sadashiv toca nas playlists das minhas irmãs.

A música termina e eu limpo a garganta. A sra. Zaluski se vira para mim.

— Desculpa, meu bem, eu não te ouvi entrar.

— É do sr. Singh — digo, entregando o envelope a ela.

— Ah, sim, obrigada. — Ela está esticando a mão por cima do balcão quando nosso vice-diretor, o sr. Hart, coloca a cabeça para fora da direção.

— É agora! — diz ele.

A sra. Zaluski ofega e não chega a pegar o envelope na hora em que eu solto. Cai na mesa dela, em cima do teclado, mas ela me ignora e se vira para o alto-falante pequeno atrás do monitor. Ela estica a mão para o botão e aumenta o volume.

É a mesma DJ que ouvimos no carro de manhã, uma moça com voz animada e vibrante:

— Obrigada por me acompanharem hoje! Aqui é Vanessa Hsu e você está ouvindo a KSMT 101.3, e, *sim*, este é o momento que vocês esperaram a manhã toda! Vamos dar ingressos VIP para o show esgotado do Sadashiv, na quinta. Estou com o último par de ingressos aqui nas minhas mãos, e vou dá-lo para a *centésima* pessoa que ligar para a rádio.

A sra. Zaluski e o sr. Hart pegam os celulares enquanto a DJ recita o número do telefone.

Sem ninguém prestando atenção em mim, saio de costas da secretaria e deixo a porta se fechar suavemente.

Costumo deixar o celular na mochila quando estou na escola, mas agora sinto-o pesar no bolso de trás, ainda no mesmo lugar de quando saí do carro de manhã, na pressa para ajudar Maya.

O corredor está vazio quando pego o telefone com uma das mãos e o dado com a outra.

Não tem como, claro. A chance deve ser de... Eu nem tenho ideia. Uma em dez mil? Talvez não tanto, mas mesmo assim. Mas é tipo... bem pequena.

Digito o número do telefone mesmo assim. Meu dedo hesita quando luto para lembrar o dígito final. Reviro o cérebro. Quase escuto a DJ dizendo, mas...

O dado pula da minha mão.

Faço um ruído de surpresa quando ele estala por um segundo no chão do corredor e para entre meus pés.

Não é 20 dessa vez. É o dígito quatro que aparece para mim.

Eu não penso. Só digito o número final: quatro.

É impossível.
Obviamente.
Mas...
Com um pouco de sorte.
Nem o escuto tocar antes de ouvir a voz do outro lado.
Uma voz animada e vibrante.
— Parabéns! Você é a centésima pessoa a ligar e vai ao show do Sadashiv!

Volto para a sala atordoado. Depois de anunciar a minha vitória, a DJ me passou para um produtor da estação de rádio e eu dei meus dados. Vão até mandar uma limusine.
Para mim e um amigo.
Para mim e mais uma pessoa.
Para mim e um acompanhante.
Ainda estou segurando o celular quando passo pela porta da sala. O sr. Singh me olha com decepção, como se eu tivesse ficado fora tempo demais e traído a confiança dele por isso. Mas nem reparo. Meus nervos vibram a ponto de me deixarem trêmulo quando paro na frente da turma.
Olho para Maya na primeira fila, vagamente ciente de que as pessoas estão me observando. *Todo mundo* está me observando. Meu coração bate com tanta força que imagino que todos conseguem ouvir.
Eu jamais faria isso. Eu nunca convidaria Maya para sair. Porque não teria sentido. Porque ela nunca diria sim. Porque eu seria rejeitado e ficaria arrasado, e seria mais seguro nem tentar.
E pensar em chamá-la para sair *na frente da classe*, ainda por cima?
De jeito nenhum.
Mas aqui estou, na frente da turma toda, com sussurros pairando ao meu redor e a expressão da Maya se transformando em preocupação. O sr. Singh me pergunta o que está acontecendo e me manda sentar. Pru e Quint e todos os meus colegas se mexem com desconforto, cochichando entre si.
Estou apavorado, mas é um pavor vago, distante. Porque também tem magia estalando ao meu redor, mesmo sendo o único que consegue senti-la. Tenho uma sensação estranha de estar vendo a cena de longe. Como se eu não fosse um participante, e sim o mestre do jogo, esperando para ver o que vai acontecer agora.
Teste de carisma. Rolar para performance.
— Eu... hã... — Minha voz falha. Alguém ri com constrangimento nos fundos da sala.

Eu limpo a garganta e mostro o celular, como se isso explicasse tudo.

— Acabei de ganhar dois ingressos para o show do Sadashiv. É na quinta.

Maya arregala os olhos. Katie solta um gritinho de descrença. Alguma coisa passa pela sala: sussurros, olhares. Alguém na primeira fila murmura:

— O que você está fazendo, cara?

Eu ignoro todo mundo. Só tenho olhos para Maya.

— Maya. Você… quer ir? Comigo?

A sala explode em gritos. Risadas. Incredulidade. Sem olhar em volta, sei o consenso dos nossos colegas. Jude Barnett está chamando Maya Livingstone para sair?

Claro. Não tem a menor chance. Boa tentativa.

Mas não ligo para o que pensam. No momento, sinto que tenho sorte. Eu me sinto um mago, com magia escondida na manga.

Porque Maya está sorrindo de novo. Atordoada e vibrante e sorrindo *para mim* de novo.

Eu mais vejo os lábios dela formarem a palavra do que escuto. Uma palavra. E isso basta.

Quero.

CAPÍTULO NOVE

Quando chego à loja de discos à noite, praticamente entro correndo. Ou saltitando. É possível que eu esteja saltitando. Passei o dia me sentindo assim, como se pudesse sair flutuando. Não tenho ideia das matérias que foram passadas nas minhas aulas, mas, apesar da minha distração óbvia, ninguém me chamou para responder perguntas ou discutir trabalhos. Não houve nenhum teste surpresa, e a escultura que entreguei na aula de artes visuais na semana passada voltou com comentários ótimos, apesar de eu nem ter entendido direito o trabalho.

Me sinto invencível.

Encontro Ari na seção de hip-hop, procurando discos que podem ter sido colocados na prateleira errada.

— Ari! Você não vai acreditar no que aconteceu.

Ela dá um pulo enquanto sigo em sua direção. Estou sem fôlego quando tento contar, as palavras saindo como uma enxurrada. A estação de rádio, o telefonema, os ingressos. Dois ingressos. Eu. Outra pessoa. Uma *acompanhante*.

Sei que estou tagarelando. Fico esquecendo detalhes importantes e tendo que voltar atrás, e duas vezes quase escorrego e menciono o dado e preciso dar um jeito de disfarçar, e Ari fica com a testa franzida sem entender direito na maior parte do tempo, mas de repente começa a arregalar os olhos.

— Um... encontro? — diz ela, com a voz aguda.

Meu sorriso se alarga mais.

— Eu chamei a Maya. — As palavras não parecem reais quando saem da minha boca. — E ela disse *sim*.

A expressão de Ari desmorona, mas é por pouco tempo.

— Uau — diz ela, pegando um disco na cesta e o colocando na pilha ao lado dela. — Isso é... Uau.

Espero Ari olhar o resto da cesta. Tem uma música de reggaeton de batida pesada tocando nos alto-falantes, provavelmente escolha da Ari e não do meu pai, mas ela não está cantando junto como costuma fazer. Como estava quando eu cheguei. Tenho quase certeza de que não estou imaginando a energia estranha vinda da Ari, mas não sei o que fazer. Parece que deveria haver *mais*. Quero pressioná-la para que tenha uma reação melhor à minha novidade. Ela sabe que convidar uma garota para sair, convidar *Maya*, é um grande acontecimento para mim. Eu jamais teria tido confiança de fazer isso se não fosse o dado mágico.

Me pergunto o que Ari diria se eu contasse essa parte da história. Ela acreditaria em mim?

— Pois é — digo, desanimando —, a estação de rádio vai bancar tudo. Vai até mandar uma limusine. O que eu devo vestir? Devo comprar flores ou alguma outra coisa?

Ari inspira fundo e me olha de novo. A expressão dela está tensa no começo, mas depois se alivia.

— Flores são uma boa ideia. Você sabe qual é a flor favorita dela?

Faço um ruído debochado.

— Eu não sei nada favorito dela. Mas você gosta de margarida, né? Posso comprar essa.

Sem expressão no rosto, Ari sustenta meu olhar por um longo momento, então volta sua atenção para os discos.

— Tenta ser você mesmo, Jude. Você não precisa fazer nada de especial pra impressioná-la.

— Desculpa, mas eu discordo. Gosto dela há *seis anos*, e ser eu mesmo não serviu de nada até agora. Essa é a minha chance.

— É isso que estou dizendo. Vocês se conhecem desde o fundamental, mas vocês não se *conhecem* de verdade. Quantas conversas você teve com ela? Se ela pudesse te conhecer como eu... — Ela para e abre um sorrisinho. — Você vai se sair bem. Confia em mim.

Vai ser impossível relaxar, ser *eu mesmo*. Mas as palavras da Ari me dão uma forcinha mesmo assim.

— Você faz parecer fácil.

— É pra ser.

Eu me viro para as cestas do outro lado do corredor.

— Já olhou essas?

— Ainda não.

Começo a olhar em busca de qualquer coisa fora do lugar. Mas admito que minha mente está em outro lugar e não presto muita atenção.

Depois de alguns minutos, Ari limpa a garganta.

— Eu também tenho uma novidade. Não é tão legal quanto a sua, mas... é alguma coisa.

— Ah, é? — Olho por cima do ombro. — Conta.

— O Festival de Música Condor vai acontecer em algumas semanas e eles sempre fazem um concurso anual de composições. — Ela inspira fundo, como se estivesse se preparando. — Este ano, dez finalistas vão tocar suas músicas no festival, e... o grande vencedor vai ganhar cinco mil dólares *e* três dias em um estúdio pra gravar um álbum.

— O quê? Ari! Deve ser incrível. Você vai entrar, né?

— Eu estava pensando nisso. Sabe aquela música nova que eu comecei a tocar na noite do microfone aberto? Estou trabalhando nela e... acho que é boazinha. Quer dizer, ainda precisa ser melhorada. A chance de ganhar...

— Para. Você parece eu — digo, dando um empurrãozinho nela. — Você tem que se inscrever. O que eu ouvi daquela música foi incrível, e mesmo se não estiver pronta, você tem outras músicas fantásticas. Imagina se você ganhar? Gravar um disco? Uma coisa que você possa enviar pra gravadoras e artistas? Isso pode lançar sua carreira.

Ela franze o nariz.

— Eu provavelmente não vou ganhar.

— Foi o que eu falei sobre ser publicado no *Dungeon*, mas...

Ari abre um sorrisão.

— Você tem razão. Eu tenho que ser otimista. — Ela levanta o rosto para o teto e ergue os braços, como uma líder de torcida fazendo a pose final. — Vai ser moleza! — Então ela abaixa os braços depressa e se encolhe de nervosismo. — Ou não.

Balanço a cabeça para ela.

— Se o festival é em poucas semanas, o prazo pra se inscrever deve estar chegando, né?

— Essa é a questão. As inscrições são até meia-noite de domingo. E eu não posso mandar só um arquivo de áudio. Eles querem o link pra um vídeo, algo postado on-line, pra compartilhar nas redes. — Ari dá de ombros. — Como parte da campanha publicitária, eu acho.

— A gente não tem muito tempo.

Ari me encara.

— A gente?

— Você precisa de um câmera, né? E Pru já me contou que está de olho no posto de sua empresária, então fique sabendo que ela vai querer ajudar.

— Ela deve estar ocupada no centro. E você tem um grande encontro agora...

Um grande encontro. As palavras me atingem com uma pontada de euforia.

Eu vou ter um encontro com Maya.

Claro que o lembrete também traz um choque de pânico, porque...

Eu vou ter um encontro com Maya.

— A gente dá um jeito — digo para Ari. — Nós podemos gravar depois da aula na sexta, editar no fim de semana e enviar no domingo, *horas* antes do prazo final.

— Tudo bem. Vamos fazer acontecer! — Ela dá um gritinho e bate com as mãos nas bochechas. — Ah, minha nossa, não acredito que vou fazer isso! E se... Não. Eu não posso pensar nisso. Só vai me fazer surtar.

— Pode acreditar, sei como é.

A porta se abre e Pru e Quint entram, com Ezra logo atrás.

O rosto de Ezra se ilumina como uma máquina de pinball quando ele me vê.

— Aí está ele! — grita, abrindo os braços enquanto anda pelo corredor central da loja. — O cara da vez. Eu ouvi a história, mas ainda não sei se acredito. Convidar Maya Livingstone pra sair no meio da aula daquele jeito? *Caramba, que ousadia.* Me dá um pouco desse mel, meu amigo.

Ele estica a mão, na qual dou um tapa fraco. Sem dar bola para isso, Ezra finge usar as mãos para passar meu "mel" por todo o peito.

— Ah, eu estava precisando! *Falando nisso...* — Ele se vira para Ari e passa o braço pelos ombros dela. — Escalante, soube que você arrasou na noite do microfone aberto. Me avisa quando precisar que eu segure uma multidão de fãs escandalosos por você.

Ari revira os olhos, mas tem um toque de rubor subindo pelas bochechas dela.

Eu pigarreio alto.

— Ari tem uma novidade.

Ari abre um sorriso agradecido e conta para todo mundo o que me disse sobre o festival de música e o concurso de composições. Como esperado, Pru, Quint e até Ezra embarcam na mesma hora na filmagem do vídeo.

— A gente pode filmar aqui — diz Quint. — Na frente do mural que o Jude pintou pra noite do microfone aberto. Pode ser um fundo legal se a gente enquadrar direito.

Ele faz aquela coisa que os fotógrafos fazem quando formam uma lente de mentirinha com os polegares e indicadores e espiam no meio para ver como ficaria no filme.

— Sério? Não quero atrapalhar...

— Você não vai atrapalhar — fala Pru.

— Concordo — digo. — Será que a acústica vai funcionar?

— Eu usaria um microfone — diz Ari, olhando para o mural. — Pra canalizar o som direto para o software. Olha... É. Pode dar certo.

— Além do mais, se você ganhar, seria propaganda gratuita pra loja — diz Pru.

— Eu provavelmente não vou ganhar. Pode haver milhares de inscritos.

— Mas só tem uma Araceli, a Magnífica — digo. *E talvez minha sorte passe pra você*, penso, mas sei que não devo falar em voz alta.

Ezra cruza os braços.

— Posso aparecer no vídeo? Eu posso dançar no fundo. E sei tocar um pandeiro maneiro. — Os olhos dele se iluminam. — Você devia fazer essa música! "Pandeiro maneiro"! Aí está sua canção de sucesso. Anota aí.

Ari assente para ele com sinceridade.

— Deixa comigo — diz.

CAPÍTULO DEZ

Olho a hora no celular. Ainda tenho 27 minutos até a chegada da limusine. Como 27 minutos podem parecer uma eternidade e, simultaneamente, tempo nenhum? É como se eu estivesse preso em uma distorção temporal o dia inteiro, o tempo acelerando de forma que 30 minutos se passam num piscar de olhos, depois se estendendo de forma que 2 horas parecem se arrastar como uma lesma.

E o tempo todo um relógio tiquetaqueia na minha mente.

Quando eu acordei: faltam 12 horas para o meu encontro com Maya.

Indo para o primeiro tempo: faltam 10 horas e 40 minutos para o meu encontro com Maya.

No intervalo de almoço: faltam 7 horas e 30 minutos...

Você entendeu.

Claro que o estranho é que eu *vi* Maya na escola. Mas isso é normal. Vejo Maya todos os dias. Fico ouvindo arrebatado quando ela fala na aula todos os dias. Normalmente, faço o possível para evitar contato visual com ela *todos* os dias.

Mas um encontro? Isso é novidade. É horripilante.

Espera, não. Eu quis dizer maravilhoso. E incrível. E... é, é possível que eu vomite.

Seria de imaginar que, com uma noite tão importante se aproximando, Maya e eu tivéssemos agido de um jeito diferente um com o outro ontem e hoje. Nós podíamos ter conversado nos corredores antes da aula. Feito planos de jantar antes do show. Alguma coisa.

Mas não fizemos isso. Ambos cumprimos o dia de aula como se não houvesse absolutamente nada de diferente, com uma pequena exceção. Na aula de ciências políticas, Maya me passou um bilhete. Quando o pedaço de papel dobrado caiu na minha mesa, Leah, que se senta ao meu lado, abriu um sorrisinho de entendimento. Maya e eu viramos motivo de fofoca desde a manhã de terça, o que era novidade para mim e algo que eu não estava apreciando.

O bilhete era simples. O número do telefone da Maya junto com as palavras: *Mal posso esperar por hoje de noite! Me manda mensagem!*

Fiquei vermelho da cor do meu dado e guardei o papel no caderno.

Durante o resto daquele tempo e por toda aula de artes, pensei no que eu diria quando mandasse uma mensagem para ela, repassando mil possibilidades diferentes. Imaginei uma mensagem engraçadinha, uma encantadora, uma romântica.

Mas sejamos realistas. Não sou nenhuma dessas coisas.

No fim das contas, mandei para Maya só as informações mais pertinentes sobre o show e quando eu a buscaria.

Ela respondeu quase imediatamente. **mddc isso vai ser incrível! tô tão animada!!**

Ela enviou o endereço em seguida.

Eu também, respondi. **Até de noite.**

Depois, sofri por 40 minutos pensando se devia dizer mais. *Estou ansioso pra te ver.* Ou *Estou tão feliz que você vai comigo.* Ou *Essa é literalmente a melhor coisa que já me aconteceu e já peço desculpas adiantado se eu estragar tudo, o que é bem provável.* 😂!

Mas talvez eu não estrague tudo, ouso considerar quando paro na frente do espelho do banheiro e passo produto no cabelo, uma coisa que só faço em casamentos e enterros. No que diz respeito a primeiros encontros, esse tem potencial de ser épico, e além do mais… a sorte está do meu lado.

Eu nem sei que tipo de coisas eu planejaria para um primeiro encontro, se dependesse de mim. Nunca me permiti acreditar que isso poderia acontecer. Cada vez que fiquei remotamente tentado a convidar Maya para sair (para ver um filme, ir a um baile da escola ou mesmo só para estudar junto), as palmas das minhas mãos ficavam suadas e meu pescoço empolava todo. Então isso não ia acontecer. *Nunca*. Mas se tivesse acontecido? Eu provavelmente a teria levado para… sei lá, uma loja de quadrinhos, talvez? Ou para jogar *Pokémon GO* no calçadão?

Mas não importa. Para aquela noite, todo o planejamento tinha sido feito para mim, e, melhor ainda, são coisas de que sei que Maya vai gostar. Passeios de limusine e ingressos VIP e conhecer Sadashiv… *caramba, o Sadashiv.* Literalmente, eu não poderia ter planejado um primeiro encontro melhor nem se tentasse.

—Você não vai assim, vai?

Fico paralisado quando vejo o reflexo da Lucy no espelho do banheiro. Ela está com um pote de pipoca na mão e uma água com gás na outra.

Olho para a minha roupa, que Pru aprovou há menos de dez minutos. Calça jeans escura, uma camiseta preta, meus tênis favoritos porque têm um desenho de dragão. (Sem querer me gabar, mas eu mesmo pintei esses dragões.) A sola está começando a soltar, mas ainda é minha peça de roupa favorita. Não que eu tenha muitas peças de roupa de que goste.

— Qual é o problema? — pergunto.

Lucy dá um suspiro dramático e se encosta na moldura da porta.

— Ah, meu irmãozinho. Sua coisinha inútil.

Minha sobrancelha treme.

Ela sabe sobre o encontro, claro. *Todo mundo* sabe sobre o encontro. Nós somos o tipo de família que *compartilha*, muitas vezes para a vergonha de todos, e Pru ficou feliz da vida de contar a história toda na mesa de jantar na noite de terça, depois que voltamos da loja. Ela relatou tudo com detalhes excruciantes e até enfeitou as partes em que não estava presente. O conserto do carro de Maya, a saída para a secretaria a mando do professor, a ligação para uma estação de rádio e tudo culminando em um momento de cair o queixo na frente da turma inteira: quando Jude ousou convidar a crush de sempre, Maya Livingstone, e ela aceitou!

Sinceramente, acho que Pru está feliz porque, pela primeira vez, o foco é a vida amorosa de outra pessoa. Nossa família gosta muito do Quint. Lucy comentou uma vez que, se ele e Pru terminassem, ela faria um abaixo-assinado para que ele fosse colocado no lugar dela, o que pareceu meio cruel, mas acho que Lucy falou como elogio, né? Ainda assim, deve ser cansativo, ainda mais com as perguntas infinitas e bem-intencionadas dos meus pais. *O que você e Quint vão fazer no fim de semana? Vocês dois vão ao baile juntos? O que você vai dar pra ele de aniversário?* Essas coisas.

Mas não é porque Pru está cansada de falar da vida amorosa dela que eu ficaria empolgado para contar os detalhes da minha… Não que eu tenha uma. *Ainda.* O que devo dizer? Sim, eu vou levar Maya ao show. Não, nós não estamos *saindo.* Sim, Maya Livingstone. Essa Maya. *A* Maya.

Fugi da mesa de jantar o mais rápido que pude.

— O sapato é legal — diz Lucy, no que considero ser a revelação mais chocante. Lucy não diria isso a menos que fosse com sinceridade, então… *massa.* Ela toma um gole de água. — Mas a camiseta te faz parecer um poeta beat.

Eu franzo a testa.

— Pru disse que estava bom.

— O namorado da Pru iria de sunga a um show do Sadashiv — observa ela. — Mas eu tenho uma ideia. Vem comigo.

Lucy se vira e vai para o quarto dela. Penny está lá, sentada no beliche de cima, os fones ligados no tablet. Ela os tira quando me vê com Lucy.

— Ah, Jude! Você está tão lindo!

— Não está, não — diz Lucy, abrindo a porta do armário dela. — Mas vai ficar.

Faço uma cara de medo para Penny, que revira os olhos pelas costas da Lucy.

— Eu ainda não acredito que você ganhou ingressos para o show do Sadashiv — diz Penny, se deitando no colchão com os braços caídos, inertes, pela lateral da escada. — E não vai *nos* levar? A vida não é justa!

Eu mordo a língua. Não contei ainda que não são ingressos quaisquer, são ingressos VIP. Com passes de bastidores. Talvez Maya e eu cheguemos a conhecê-lo.

Lucy e Penny ficariam loucas se soubessem.

E provavelmente me matariam e roubariam os ingressos.

— Traz alguma coisa legal pra mim — diz Lucy, tirando uma jaqueta de um cabide e jogando para mim — e tudo talvez seja perdoado.

Olho para o blazer. É preto com lapelas brancas. Levo um segundo para reconhecer o paletó de smoking que usei no casamento do nosso primo.

— Achei que a mamãe tinha vendido isso num bazar de garagem — digo.

— Ela tentou, mas Lucy roubou — responde Penny. — Disse que era classudo demais pra deixar ser vendido. Experimenta.

— Não, não com *isso*. — Lucy me impede quando começo a enfiar o braço nas mangas. — Vai parecer que você vai a um enterro.

— Bom, em que outro lugar vou apresentar minha poesia beat?

— Você precisa de alguma coisa casual pra suavizar o look. Algo que seja a *sua* cara, como o sapato, mas nada tão chamativo. — Ela pensa por um segundo, o olhar me percorrendo de cima a baixo. — Você ainda tem aquela camiseta cinza com o dado esquisito?

— O D20? Tenho, claro.

Ela assente.

— É perfeita.

— Tenta não ficar nervoso, Jude — diz Penny. — Ela vai te amar.

Abro um sorriso, agradecido pelas palavras de encorajamento. E quem sabe? Talvez ela esteja certa. Maya pode não ter se apaixonado por mim até hoje, apesar dos anos estudando juntos, mas isso é porque mal nos falamos fora do contexto dos trabalhos em sala de aula. Quando ela me conhecer, me conhecer de verdade...

Aí o quê?

Eu vou deixá-la arrebatada?

A quem quero enganar? Vou ter sorte se conseguir terminar a noite sem vomitar nos meus tênis Vans pintados à mão.

— Claro que vai — diz Lucy, sem o mesmo entusiasmo. Ela me segura pelos ombros e me encara intensamente. — Mas, Jude? *Nada de conversa nerd.*

— Lucy! — grita Penny. — Jude tem que ser ele mesmo.

— Concordo — diz Lucy, assentindo. — Só que menos nerd. Você não vai impressionar a garota se ficar relembrando todos os filmes dos Vingadores em ordem cronológica nem explicando as regras complicadas de... — Ela balança a mão no ar. — Tocas dos Magos, sei lá.

Franzo a testa.

— Você acabou de me mandar usar minha camiseta de *Dungeons & Dragons.*

Ela levanta um dedo.

— Sua camiseta de *Dungeons & Dragons* obscura. Sinais sutis dos seus interesses, tudo bem, mas vê se pega leve.

Engulo em seco. Não sei pegar leve.

Como se sentindo minha ansiedade, Lucy suspira.

— É só perguntar coisas sobre ela e os interesses dela, que você vai ficar bem — diz.

— Isso eu posso fazer.

Lucy começa a sorrir e bate de leve no meu peito.

— Só pra deixar registrado, eu concordo com a Penny. Se ela te conhecer como a gente conhece, vai te amar.

— Valeu, Luce. — Dou um abraço de lado nela e espero que finja estar irritada pela demonstração de afeto e me empurre.

Volto correndo para o quarto para trocar de camiseta. Por fim, pego o dado vermelho na mesa e enfio no bolso interno do paletó.

Não tem a menor chance de eu deixar meu dado da sorte em casa hoje.

CAPÍTULO ONZE

O trajeto até o bairro de Maya é curto. Eu sei que ela mora perto de Vista del Sol, mas só porque Quint mencionou uma vez, por ter ido à festa de aniversário dela no fundamental II, não por eu ter stalkeado nem nada. Nunca fui à casa dela. Tem umas residências bem bonitas na região, do tipo com estátuas de leão ladeando as varandas com pilares e entradas de carros circulares com chafarizes ligados no meio, mas, quando a limusine para na frente, uma parte de mim fica aliviada porque a casa da Maya não é uma mansão monstruosa. É maior do que a minha casa, com jardim mais bem-cuidado e canteiros de flores, mas não é chique demais. Tem paredes brancas, um telhado vermelho, uma porta de entrada pintada de azul-mediterrâneo e um limoeiro na frente. É... aconchegante.

Saio sem esperar o motorista, que me olha com reprovação, será que eu tinha que aguardar que ele abrisse a porta? Ninguém me ensinou a etiqueta de se andar de limusine.

Empertigo os ombros e me aproximo da porta azul, segurando o buquê de lírios-tigre que comprei no mercado naquela tarde.

Minha mão treme quando toco a campainha.

Não tenho nem tempo de começar a sentir pânico porque logo a porta se abre. Um homem negro de ombros largos, cabelo curto e cavanhaque aparado aparece na porta, sorrindo para mim. O pai de Maya, suponho.

—Você deve ser o Jude. Ah, flores pra mim? Não precisava!

Engulo o caroço que sinto na garganta.

—Hã...

— Estou brincando. Entra! Sou Myles, e vou te dizer uma coisa: minha filha está muito empolgada pra hoje. Ela estava *tremendo* quando chegou em casa na terça. — Ele estica a mão para mim com um movimento apreciativo de cabeça. — Show do Sadashiv. Mandou bem.

Dou um sorriso constrangido e tento gaguejar algumas palavras que não me façam parecer um pateta, mas estou tão nervoso que, sinceramente, não tenho ideia do que dizer para ele. Aceito o aperto de mão, e, apesar de Myles ser uma cabeça mais alto do que eu e ter cara de quem sabe usar muito bem um aparelho de supino, ele não tem um daqueles apertos de mão agressivos e excessivamente masculinos.

— Pai, espero que você não esteja pegando no pé dele — diz Maya, aparecendo no alto de uma escada.

— Quem? Eu? — pergunta ele, afrontado. — Não se preocupe, sua mãe me deu instruções claras de como me comportar bem. "Não interroga o coitado, não constrange sua filha, não deixa o acompanhante dela *nervoso*." — Myles aperta os olhos para mim. — Você não está nervoso. Está?

— Não, senhor — minto, segurando o caule das flores com tanta força que é um pequeno milagre ele não se quebrar na minha mão.

— Viu? — Myles olha para a filha. — Ele está tranquilo. E até me trouxe flores! Nós estamos nos dando muito bem.

Maya revira os olhos e se volta para mim.

— Oi, Jude.

— Oi — respondo, um pouco sem fôlego quando a vejo.

O cabelo preto dela está preso em um rabo de cavalo alto, as pontas caindo em volta das orelhas como uma cascata cintilante. Acho que talvez eu esteja imaginando o brilho, mas não... ela passou glitter no cabelo e nos cílios também. Com uma blusa branca sedosa e uma saia rosa que balança em volta das pernas quando desce a escada, ela parece uma fada mágica que acabou de sair das páginas de um livro infantil. Uma fada muito bonita.

— Você está...

Percebo então que eu deveria ter terminado a frase na cabeça antes de começar a falar em voz alta. Nada parece certo. *Impressionante. Incrível. Deslumbrante.* É tudo verdade, mas as palavras ficam entaladas, girando repetidamente na minha cabeça, e um calor se espalha pelas minhas bochechas enquanto tento escolher uma, para dizer alguma coisa... qualquer coisa.

O sorriso de Maya se alarga.

— Vou interpretar isso como um elogio.

Engulo em seco e faço que sim.

— Você também está ótimo. — O olhar dela pousa nas flores. — São...

— Ah, é. — Eu ergo o buquê. — São para o seu pai.

Myles solta uma gargalhada quando ofereço as flores para ele. Até Maya dá risadinhas de surpresa, e é o som mais mágico do universo. Eu gastaria montes de ouro de goblin para ouvir esse som de novo. Para *causar* esse som de novo.

— Não, não, eu sei que você só está sendo legal agora — diz Myles, balançando as mãos.

Dou as flores para Maya na hora em que a mãe dela aparece na porta. Eu a reconheço de várias atividades da escola ao longo dos anos. Ela usa o cabelo cacheado num corte curto, mas, fora isso, ela e Maya são muito parecidas, inclusive nas sardas e no tipo de sorriso que deixa as pessoas à vontade na hora. Normalmente. Estou tão nervoso que nada me deixaria à vontade nesse momento.

— Você deve ser Jude. Eu sou Cynthia.

— É um prazer conhecer você.

— Você sabe a que horas vai trazer Maya pra casa?

— O show começa às sete e meia — digo. — Então, acho que umas dez?

Ela assente.

— Está ótimo. Se ficar mais tarde do que isso, Maya, manda uma mensagem pra avisar. Querida, quer que eu coloque as flores na água?

— Obrigada, mãe — diz Maya, entregando-as.

Ela pega meu braço e um raio percorre meu corpo.

— A gente não vai querer se atrasar. Tchau, mãe! Tchau, pai!

Dou um aceno desajeitado com o braço livre. Eles desejam que a gente se divirta e Maya me guia para fora, mas meus sentidos estão vibrando com uma mistura potente de euforia e terror. Maya está com o braço no meu. Maya está me tocando.

Não estava parecendo real até agorinha, neste exato momento.

Eu tenho um encontro com a Maya. Um encontro de verdade.

Maya para na varanda e olha para a limusine.

— Uau. Foi a estação de rádio que mandou?

— Foi. É muito legal lá dentro. Tem um frigobar. E botões que acendem as luzes igual à *Enterprise*.

Maya me olha e eu faço uma careta mental, me lembrando do aviso da Lucy. *Nada de conversa nerd.*

Mas o sorriso da Maya só cresce.

— Está preparado?

Não.

— Estou, vamos nessa.

Ela praticamente me arrasta para o carro e sinto a euforia nos passos dela, como o sorriso de Maya brilha mais do que o sol poente na hora que o chofer abre a porta para nós.

— Estou tão feliz que você tenha me chamado pra isso, Jude — diz quando nos sentamos no banco de couro. E, para o meu choque absoluto, ela coloca a mão na minha e entrelaça os nossos dedos. — É literalmente um sonho que se torna realidade.

Meu cérebro explode. Minha mão está pegando fogo.

— É — consigo dizer. — Pra mim também.

Mas, no segundo seguinte, a mão dela sumiu.

— Isso é um controle remoto? — Maya se joga no banco em frente e pega um controle em uma bandeja ao lado do balde de gelo, que está cheia de garrafinhas de Pellegrino.

— O que você acha que faz?

— Aciona a velocidade de dobra espacial — respondo automaticamente.

Aff. Eu sou péssimo nisso.

Maya não responde, só começa a apertar botões.

Em segundos, a parte interna da limusine é transformada em uma boate em miniatura. Uma batida começa a tocar nos alto-falantes e uma série de luzes no teto muda de roxo, para azul, para rosa.

— Uau — diz Maya, sentada de frente para mim, os olhos percorrendo a limusine. — Aposto que muita coisa sórdida aconteceu aqui.

Dou uma risadinha.

— Existe um motivo pra isso aí não ser luz negra.

Maya solta uma risada e exagera nos movimentos para botar o controle remoto onde o encontrou, como se não soubesse mais se quer tocar naquela coisa. Ela se vira para mim, e reparo que os saltos dela estão batendo no chão, fazendo os joelhos pularem. Ela está praticamente vibrando.

— Então — diz, se inclinando para a frente. — Eu preciso perguntar. Você *gosta* do Sadashiv?

— Ah. Eu... — Coço a nuca, onde a etiqueta do blazer está arranhando a minha pele. — Eu nem *conheço* o cara, então...

Maya franze a testa na careta mais fofa de todos os tempos.

— Então a resposta é não.

— Não exatamente. — Eu considero a pergunta. — O estilo de música dele não é meu favorito, mas não chego a odiar.

— Ah, que bom. Você deveria dizer isso quando o encontrarmos. *Eu não chego a odiar o seu estilo de música.*

Dou uma risada e encosto no assento acolchoado.

— Minhas irmãs mais novas são obcecadas por ele. O cara é talentoso. Às vezes tocamos músicas dele na loja. São legais.

As sobrancelhas de Maya se levantam.

— Continua. Ele vai ficando cada vez mais lisonjeado.

Aperto as mãos no banco.

— Se você quer saber a verdade, é que... eu meio que acho que as músicas antigas já foram exploradas demais. Quantas pessoas fizeram covers de músicas do Sinatra e do Nat King Cole? Um monte, né? Não acho que o Sadashiv faça nada de muito interessante pra dar seu toque às músicas. Mas é só a minha opinião.

Maya assente, compreensiva.

— Quando o encontrarmos, você deveria sugerir que ele grave algumas músicas originais.

— Você acha?

Ela se inclina para a frente e me dá um soco na perna.

— *Não*, não diga isso de jeito nenhum! Ele vende milhões de discos! Não quer conselho de carreira de dois estudantes aleatórios do ensino médio de Fortuna Beach.

Dou uma risada, sentindo um pouco da minha ansiedade começar a diminuir. Ninguém fica mais surpreso do que eu, mas... até que estou à vontade. Um pouquinho.

Mas talvez eu não devesse ficar surpreso. É por isso que gosto da Maya, que sempre gostei da Maya. Ela é o tipo de pessoa que deixa todo mundo à vontade. Que consegue fazer qualquer um se sentir digno de sua presença, mesmo que não seja.

— Bom — diz Maya, cruzando uma perna sobre a outra. — Mesmo que você não seja fã, estou muito feliz que você esteja me levando hoje.

— Eu estou muito feliz que você aceitou.

Ficamos em silêncio. Bom, exceto pela música alta. Há uma verdade tácita no ar, enchendo a limusine como um perfume ruim. O fato de eu ser caidinho pela Maya desde sempre. O fato de eu querer convidá-la para sair há anos. E ela sabe. Nós dois sabemos.

Ela ainda teria aceitado se fosse para outra coisa que não um show do Sadashiv? E se eu a tivesse chamado para tomar sorvete? Ou ir ao fliperama? Ou vestir seu melhor espartilho e se juntar a mim na Feira Medieval?

Não importa, tento dizer a mim mesmo. Nós estamos aqui agora. Ela *aceitou*. E estamos aqui. E estamos...

Sem conversar.

O olhar da Maya está nos vidros escuros, os lábios torcidos para um lado, e vejo que ela está tentando pensar em outra coisa para dizer.

Imagino uma pequena Penny no meu ombro e Lucy no outro.

Seja você mesmo.

Seja você mesmo, mas menos *você mesmo.*

Respiro fundo.

— Então... já sabe onde quer fazer faculdade?

Argh. Sério, Jude? Que jeito de fazer uma pergunta com todo o jeitinho descolado de uma tia-avó intrometida.

Mas Maya leva numa boa.

— Meus pais se conheceram na UCLA, então tem muito orgulho Livingstone lá. Mas eu não sei. Eu meio que acho que seria legal estudar no exterior. Talvez ir para Oxford ou Melbourne ou algo assim. — Ela revira os olhos em direção ao teto da limusine. — Ainda não resolvi nada.

— E quem já? — digo, embora esteja surpreso com a resposta. Pru já tem um plano de dez anos para depois do ensino médio e, por algum motivo, eu esperava que Maya fosse igual. As notas dela sempre a colocam no topo da turma, e ela *age* como se tivesse tudo resolvido. Será que só está sendo humilde?

— E você? — pergunta ela.

— Ah, hã. Não tenho certeza. Acho que provavelmente vou pra uma faculdade comunitária nos primeiros dois anos, pra fazer o ciclo básico. Depois disso... não sei. Escola de artes, talvez. Se eu conseguir entrar.

A expressão dela se ilumina.

— Boa! Pra ilustração?

— Talvez? Ou design gráfico?

— Seria incrível. Seus desenhos são tão legais.

Aperto um olho em uma quase careta.

— Eu não sou tão bom assim.

— Ah, por favor. Nós fizemos aula de artes juntos no sexto ano, lembra? Você já era ótimo naquela época.

— Você se lembra dos meus desenhos do sexto ano? — pergunto, impressionado.

— Claro. Você era o melhor artista da turma. Eu era péssima. Até hoje só faço bonecos de palitinho.

Estou tentado a rejeitar essa descrição, dizer que ela deve fazer melhor do que acredita, mas... não me lembro do trabalho artístico *dela* do sexto ano. Mal me lembro de Maya estar naquela turma. O que é estranho, porque isso foi definitivamente depois do fatídico passeio que me fez me apaixonar por ela. Eu não teria notado? Memorizado tudo que ela fez?

— Tenho certeza de que você é uma artista melhor do que pensa — digo.

— Tenho certeza de que *não* — rebate ela. — Mas você definitivamente é.

Maya me chuta com a ponta do sapato, e percebo que estou mantendo um registro mental de cada vez que ela me toca, mesmo que pareça sem sentido. Isso é flertar?

Não.

Maya não faria isso.

Comigo?

— Impossível — sussurro.

Ela inclina a cabeça para o lado.

— O quê?

— Ah! Hã. Entrar na escola de artes, é... quase impossível. É muito concorrida.

— Isso pode ser verdade — diz ela pensativamente. — Mas alguém tem que conseguir entrar. Então, por que não você?

Abro um sorriso com o argumento, lógico e simples.

E talvez ela esteja certa. Principalmente agora que tenho a magia de Lundyn Toune do meu lado...

Por que não eu?

CAPÍTULO DOZE

O trânsito fica mais pesado quando nos aproximamos do local do show. Tem polícia nos cruzamentos para orientar os carros e pedestres. Mas, em vez de entrar no estacionamento com o resto dos veículos, a limusine vai na direção do estádio e para em um guichê de segurança. Maya e eu não ouvimos a conversa entre o motorista e o segurança, mas um segundo depois estamos passando.

A limusine para em frente a uma porta de metal comum, sem nada de especial, exceto pelo cartaz que diz ENTRADA VIP e pelo homem com uma prancheta e um fone de ouvido diante deles.

O motorista abre a porta para nós. Quando saímos da limusine, Maya segura meu braço, e sinto a energia dela como um choque de eletricidade estática. O sol está se pondo atrás do estádio, nos deixando na sombra, mas o céu acima está cor-de-rosa. Apesar de o cara com a prancheta parecer capaz de quebrar meu corpo como se fosse um lápis, ele sorri quando digo meu nome.

A caneta corta uma linha na prancheta.

— Divirtam-se — diz ele, abrindo a porta.

Entramos em um corredor sem graça iluminado por lâmpadas fluorescentes que queimam a retina.

— Eu nunca fui a um lugar que tivesse um leão de chácara de verdade — digo.

— Né? — diz Maya, mantendo a voz baixa apesar de não ter ninguém por perto. — É muito legal.

Caminhamos pelo corredor, seguindo o som de conversa e música. Não música do Sadashiv, mas um jazz instrumental baixinho. O corredor faz uma curva para a esquerda e chegamos a um par de portas abertas, onde um grupo de umas cem pessoas se reúne. Uma mesa de bufê junto a uma parede exibe pratos de queijos e uvas, e um barman no canto está servindo vinho branco em copos de plástico.

Ficamos parados na porta por um momento. Somos, de longe, as pessoas mais novas presentes, e sou tomado por uma sensação forte de... *não pertencimento*.

Engulo em seco.

— Está com sede?

— Não — diz Maya. — Eu ficaria com medo de derramar algo em mim logo antes de encontrar o Sadashiv. Ah, meu deus, Jude, nós vamos mesmo conhecer o Sadashiv? Estou tão nervosa!

Ela se vira para mim com uma expressão que é para ser de ansiedade, talvez, mas que é adorável. Meu coração pula.

— Sabe, a minha irmãzinha Penny toca violino. Há anos — comento. — E ela sempre fica muito nervosa antes dos recitais, então dois anos atrás falei pra ela que, quando subir no palco, ela só precisa fingir que é um mago nível 12 entrando em uma sala cheia de goblins. Você sabe que tem poder pra pulverizar todos com um único feitiço se quiser. Mas não precisa fazer isso, e seria desperdício de um ótimo feitiço de Chuva de Meteoros, então você pode simplesmente... encantá-los. E eles vão se apaixonar por você, porque não conseguem evitar.

Maya me encara, o rosto ilegível.

— Quer dizer — acrescento depressa —, não que *você* precise de ajuda pra encantar alguém.

Os lábios da Maya se curvam em um sorriso tímido. Ela parece quase nervosa.

A etiqueta do blazer começa a coçar de novo. Ou é só a sensação de vergonha total quando lembro de novo que eu devia ser normal hoje? Confiante. *Descolado*.

Não falar sobre magos.

— Isso é muito fofo — diz Maya. — E ajuda pra ela?

Ou talvez falar sobre magos não tenha sido uma ideia *tão* ruim.

Penso por um segundo.

— Acho que sim. Ela não fala nisso tem um tempo, mas disse que ajudou uma vez, muito tempo atrás.

— Com licença, Jude? Você deve ser o Jude! O aluno do ensino médio, né?

Eu me viro e vejo uma mulher asiática de macacão rosa neon, uma taça de vinho na mão. Ela me parece vagamente familiar, mas só consigo identificá-la quando coloca a mão no peito.

— Sou Vanessa Hsu, da KSMT! — Nessa hora me dou conta, e percebo que já a vi em um outdoor promovendo o programa matinal.

— Ah, sim. Oi. Sou Jude.

— Eu *amo* seu nome. Por favor, me diz que é por causa da música dos Beatles.

— É, sim. Meus pais são fãs.

— E quem não é? — diz ela.

Ela tem uma daquelas personalidades exuberantes e agitadas, o tipo de pessoa que fala muito rápido e com empolgação e não deixa um momento de silêncio desconfortável passar sem esmagá-lo com uma avalanche de comentários aleatórios.

Deve ser isso que a torna uma personalidade tão boa para o rádio.

— Nossa, olha só pra vocês dois! — diz Vanessa, chegando para trás e examinando Maya e a mim da cabeça aos pés. — Vocês são o casal mais lindinho que eu já vi! Eu não era bonita assim quando adolescente, tenho que dizer. Usei moletom da Hello Kitty até uns 23 anos, e nem vamos falar da franja. Mas vocês... Uau! Como estão hoje? Estão se divertindo? Já experimentaram os petiscos? Animados pra conhecer o Sadashiv?

Maya sorri para ela, mesmo apertando mais o meu braço.

— Muito animada — diz, sem chegar ao nível de energia de Vanessa. — Eu sou muito fã. Quando Jude me chamou pra ser a acompanhante dele hoje, eu quase desmaiei. Ainda não acredito que estou mesmo aqui e que vou ficar cara a cara com o Sadashiv. Parece bom demais pra ser verdade.

— Mas você é tão nova! — diz Vanessa. — Bem mais nova do que o público geral do Sadashiv. Como você se tornou fã?

— Bom — diz Maya, arrastando a palavra enquanto desvia o olhar para mim e de volta para a DJ. — Isso é bem constrangedor, mas, na verdade... foi por sua causa.

Vanessa se sobressalta.

— Minha?

— Antes de eu ter habilitação, minha mãe me levava pra escola todas as manhãs, e ela ama seu programa, sempre ouvia no carro. Você tocava músicas do Sadashiv, e... eu me apaixonei. Juro, na primeira vez que ouvi a voz dele, foi como ter uma experiência extracorpórea. Eu nunca tinha ouvido nada tão lindo. Aí, um dia, você mencionou como ele era bonito, e eu pesquisei as fotos, e...

Maya solta um suspiro dramático e finge se abanar com uma das mãos.

— Sim! Ele é um sonho! — diz Vanessa.

— Um *sonho* — concorda Maya.

Elas riem, como se estivessem compartilhando uma piada só delas, e parte de mim se pergunta se eu devia sentir ciúmes do Sadashiv. Eu sinto um pouco. Ou pelo menos sentia quando soube do crush gigante da Maya nele. Mas ele é considerado mesmo um dos homens mais sexy do mundo, então... não é exatamente como se fosse concorrência.

Além do mais, Maya não está de braço dado com *ele* agora, está?

— Eu preciso continuar falando com as pessoas — diz Vanessa —, mas foi ótimo conhecer vocês. Divirtam-se juntos!

Quando ela sai andando, Maya se vira para mim com um sorriso quase travesso e sussurra:

— Como eu me saí?

— O que você quer dizer?

Ela me cutuca com o ombro.

— Eu estava usando meu feitiço de encantar nela. Não deu pra perceber?

Uma gargalhada surpresa explode de mim.

— Encantar Pessoa conjurado com sucesso. Você ganhou 50 pontos de experiência.

Do outro lado do salão, uma mulher com sardas, cabelo castanho e brincos enormes bate palmas algumas vezes. A multidão faz silêncio.

— Oi e bem-vindos! Sou Erika. Sou assessora da Hearthfire Records, e estamos animadíssimos por ter vocês aqui com a gente hoje. Vai ser um show ótimo! Sei que estão empolgados pra conhecer nosso astro da noite, então peço que façam fila do lado de fora, no corredor, e vamos levá-los pra mesa de autógrafos, onde vão poder conhecer Sadashiv e receber um pôster autografado da turnê. Vocês podem tirar foto, mas pedimos que fiquem deste lado da mesa, por favor. Agora, me sigam por aqui.

Algumas mulheres de meia-idade dão gritinhos quando correm para a frente da fila. Maya e eu acabamos em um lugar no meio, quando somos todos levados para o corredor. Parece um pouco a escola fundamental, quando fazemos fila para ir ao parquinho. A fila serpenteia pelo corredor e dobra uma esquina, de forma que não vemos a mesa de autógrafos, mas anda rápido, e todo mundo está vibrando de empolgação e nervosismo.

— Acho que eu vou vomitar — sussurra Maya.

Dou uma risada debochada, achando que ela está fazendo uma piada... então olho para o rosto dela e reconsidero.

— Ele é só um cara — digo. — Um ser humano, como o resto de nós.

Ela solta uma gargalhada.

— Ah, tá. Ele é muito talentoso, é atraente e tão... *romântico*.

Eu abro um sorriso.

— Então é só isso que você procura em um cara?

Tenho vontade de engolir as palavras imediatamente. Quis fazer piada, mas ela chega perto demais da verdade não dita do meu gigantesco crush.

Por um segundo, Maya afasta o olhar, e é um constrangimento danado. Mas ela se anima.

— Me conta sobre a sua camiseta — diz.

Olho para a camisa cinza com o dado branco de 20 lados.

— O que tem ela?

— Tem a ver com *Dungeons & Dragons*, né?

— Hã. — Um calor sobe pelo meu pescoço. — Tem.

Nada de conversa nerd.

— Eu nunca joguei. Como é?

Franzo a testa, sentindo um pouco como se estivesse abrindo um baú do tesouro sem rolar o dado para fazer um teste de percepção primeiro. Como se pudesse ser uma armadilha.

Mas Maya parece sinceramente curiosa. Ou, pelo menos, como se quisesse uma distração.

— Bom — digo, repassando o bilhão de respostas possíveis para essa pergunta aparentemente simples. Como *funciona*? — Os dados são usados pra... determinar coisas. No jogo. Tipo... se você quiser ver se um objeto foi amaldiçoado, você faz um feitiço de Detectar Magia, aí joga o dado pra ver se consegue ou não.

Maya está me observando, ouvindo com atenção.

— Tá — diz ela devagar. — Então, se você rolar um número alto, o objeto é amaldiçoado?

— Bom... não. A rolagem só determina se você consegue ou não detectar isso. O mestre do jogo decide se o objeto é amaldiçoado ou não.

— Quem é o mestre do jogo?

— Eu.

Maya ergue a sobrancelha.

— Isso parece importante.

— E é. Eu elaboro as campanhas e ajudo a guiar os outros jogadores. Tento pensar em surpresas pra eles e desafios que precisam superar. Invento as charadas que precisam ser resolvidas e decido quando eles encontram uma horda de monstros... esse tipo de coisa.

Parece tão ridículo em voz alta quanto na minha cabeça, mas, por algum motivo, eu continuo falando, torcendo para encontrar as palavras que possam explicar um pouco que não é só um grupo de amigos brincando de faz de conta. Que tem a ver com trabalho em equipe e resolver enigmas, imaginação e contação de histórias. Que dá uma chance de você se tornar uma pessoa diferente. De ter magia e força e poder. De salvar o dia, uma vez ou outra. Ou, às vezes, é só brincar e caçar tesouros e matar orcs e se perder na floresta até dar de cara com algo impressionante; e que eu comecei a fazer um gibi que vai seguir nossa campanha mais nova, mas não posso adiantar demais porque as coisas sempre mudam quando estamos jogando e...

Maya arregala os olhos.

— Você está fazendo um gibi?

Meu estômago fica embrulhado. Eu não devia ter mencionado isso.

— Ah. Estou. Mas não é muito bom. É só um hobby.

— Posso ler?

Eu levo um susto. A ideia de Maya lendo meu gibi, o que tem a linda estátua élfica que se parece com *ela*? A mera ideia me dá vontade de mergulhar de cabeça no poço de lava da Montanha da Perdição.

Fico epicamente aliviado quando uma voz nos interrompe e me impede de ter que responder.

— Certo, vocês dois. Podem ir.

Maya se vira para a frente da fila. E somos nós. *Nós* somos a frente da fila, e a assessora está fazendo sinal para nos adiantarmos.

Dobramos a esquina para uma salinha com um vaso de planta e dois pôsteres de artistas que se apresentaram naquele local anos antes, e atrás de uma mesa no centro da sala... está Sadashiv. Tão surpreendentemente lindo quanto fica nas capas das revistas adolescentes de que Penny gosta, mas também parecendo... mais jovem. É fácil esquecer isso, quando se referem a ele como o *homem mais sexy do mundo* e quando o cara tem mulheres com o dobro da idade babando por ele.

Mas ali, na nossa frente, Sadashiv parece quase humano.

Maya para. Por um momento, ela fica tão imóvel quanto a estátua do meu gibi, olhando sem palavras para o homem que sorri serenamente para nós, girando uma caneta Sharpie preta nos dedos.

— Boa noite — diz ele com um sotaque britânico elegante. — Como vocês estão?

Maya faz um som que é quase um choramingo, e se fosse possível olhos virarem corações gigantes como acontece nos animes, sei que os dela estariam fazendo isso agora.

Que curioso. Sadashiv é um cantor famoso, com milhões de fãs no mundo todo. Maya é apenas uma garota normal. Mas, de alguma forma, naquele momento, passa pela minha cabeça que o crush dela por ele não é muito diferente do meu por ela.

Ela o tem num pedestal, não muito diferente do pedestal em que eu a coloquei no meu gibi.

Algo nessa percepção me dá coragem. Talvez seja porque eu não sou muito fã do Sadashiv; ele é só um homem com voz bonita que canta músicas de amor melosas que nem compôs. Mas não sinto nervosismo nenhum quando coloco a mão nas costas de Maya e a empurro na direção da mesa.

— Estamos ótimos — digo. — Meu nome é Jude, e esta é Maya. Ela é uma grande fã sua.

— É um prazer conhecer vocês dois. — Sadashiv pega um pôster na pilha ao lado dele. Mal olha para o pôster enquanto rabisca a assinatura na parte de baixo. — Tenho que admitir que a minha música costuma atrair um público mais velho. É bom ver rostos jovens na plateia.

— Vocês são os vencedores dos ingressos da rádio, né? — pergunta a assessora. — Os alunos do ensino médio?

— Somos. Nós estudamos na Fortuna Beach High — digo. — Tecnicamente, eu não podia usar o celular durante a aula, mas... não me arrependo.

— Aposto que não — diz a moça.

— Fortuna Beach? — diz Sadashiv, batendo com a tampa da caneta na mesa. — É perto daqui, não é? Ouvi falar que é bonito.

— Até que não é ruim — digo.

— Eu te amo — diz Maya de repente, como se essas palavras fossem tudo que ela consegue falar. — Quer dizer. Eu amo a sua música. Tanto.

Ele sorri.

— Você gosta dos clássicos antigos?

— Agora gosto. Digo, do seu último álbum. Eu dormi com ele tocando todas as noites por tipo um mês depois que saiu. É tão... lindo. Sua voz é linda.

Sadashiv sorri para ela, mas percebo que ele ouve isso um milhão de vezes por dia e que talvez tenha enjoado um pouco.

— Você é muito gentil. Estou ansioso pra voltar ao estúdio. Espero que você também goste do próximo álbum. — Ele pega outro pôster e escreve o nome.

— Você acha que vai gravar músicas originais? — pergunto.

Maya me olha, alarmada, mas Sadashiv nem pisca.

— Eu já pensei nisso — diz ele. — Amo as músicas antigas, mas sei que tem muitos compositores talentosos por aí, hoje em dia.

— Uma amiga minha é compositora.

— Ah, é?

— Quer dizer... ela quer ser. Ela é ótima. Ainda não tem nenhuma música lançada, mas vamos gravar o primeiro vídeo dela amanhã, pra um concurso do Festival de Música Condor. Talvez ela até se apresente.

— Que legal — diz Sadashiv, apesar de eu perceber que ele só está sendo simpático agora. — Qual é o nome da sua amiga?

— Ari. Quer dizer, Araceli Escalante.

Sadashiv empurra os dois pôsteres na nossa direção.

— É um ótimo nome. Desejo toda a sorte do mundo pra sua amiga.

— Obrigado — respondo. — Vou dizer pra ela que você falou isso.

Maya e eu pegamos nossos pôsteres.

— Vamos tirar uma foto! — diz a assessora, nos virando. Nós sorrimos quando a câmera clica, depois somos levados embora. Atrás de mim, já escuto Sadashiv cumprimentando o grupo seguinte da fila.

— Não acredito que isso aconteceu! — grita Maya assim que estamos longe.

— Olha! Ele desenhou um coração! — Ela mostra o pôster, e vejo que Sadashiv realmente desenhou um coração caprichado no fim do autógrafo.

— O quê? — digo, mostrando meu pôster, desprovido de coração. — Por que eu não ganhei um?

Ela faz um ruído de provocação.

— Esse feitiço de Encantar funciona mesmo.

Outro homem com uma prancheta nos dá dois elásticos para amarrarmos os pôsteres e nos acompanha até o local do show. Os lugares estão sendo ocupados depressa, a plateia faz uma barulheira animada. Somos levados para nossos assentos na segunda fileira, tão perto do palco que dá para ver os botões prateados dos amplificadores. Tem instrumentos de uma banda completa, prontos para acompanharem Sadashiv no palco. Bateria e piano, guitarras e trompetes, até um saxofone.

— Que incrível — diz Maya, balançando a cabeça, maravilhada. — Esses lugares devem custar uma fortuna!

— Eu vendi um rim pra comprar. Nada de mais.

Ela desvia o olhar para mim e me observa por um segundo, a expressão pensativa.

— Obrigada, Jude. De verdade. Eu nem consigo... Estou feliz demais por estar aqui hoje. Com *você*.

O jeito como ela enfatiza a palavra faz meu coração pular para a garganta. Por um segundo, fico impressionado com o quanto ela é linda. Como as luzes do palco batem nos flocos brilhantes nas pálpebras dela. Como os lábios se curvam de um jeito que é só um pouquinho provocante, um leve flerte.

Maya afasta o olhar e passa um momento enrolando o pôster e prendendo com o elástico.

— Então... isso pode parecer meio estranho — diz ela, e meu cérebro se apressa para concluir o pensamento.

Isso pode parecer estranho, mas tenho uma quedinha por caras magricelas e branquelos, e acho você ainda mais atraente do que o Sadashiv!

Isso pode parecer estranho, mas estou apaixonada por você desde aquele passeio no quinto ano!

Isso pode parecer estranho, mas acabei de perceber que você é a minha alma gêmea!

— E vai ser de boa se você não aceitar — diz ela —, mas será que posso jogar *Dungeons & Dragons* com você qualquer hora dessas?

Meu mundo treme e para.

— O quê?

— É que parece bem legal, pelo jeito como você descreve. Acho que pode ser bem divertido.

Passo uma quantidade absurda de tempo esperando a frase de efeito. Esperando o *Te peguei! Você devia ver a sua cara!*

Mas não acontece.

— O quê? — digo de novo.

— Se tiver lugar pra mais uma pessoa?

— Ah. Hã. Claro. Tudo bem se você quiser. Na verdade, nós precisamos de alguém novo pra essa campanha. Matt teve que sair e... Mas a gente vai começar no fim de semana. A gente joga aos sábados. E você deve estar ocupada...

— Não estou ocupada. — Maya se acomoda na cadeira. — Eu gostaria de ir.

Espero, dando a ela mais uma chance de largar aquele *brincadeirinha* para mim. Maya não fala nada.

— Tudo bem — respondo. — Tá. Claro que você pode jogar com a gente.

O sorriso dela é brilho puro.

Ficamos em silêncio depois disso, Maya observando cada detalhe. As luzes, os instrumentos, os ajudantes de palco que aparecem de vez em quando, fazendo ajustes de último minuto. Enquanto isso, meus pensamentos giram, tentando imaginar como vai ser jogar *D&D*... com *Maya*. Ter Maya em uma campanha, uma campanha que *eu* criei. Ela vai ver meus desenhos. Vai vivenciar o mundo que eu elaborei. Vai conhecer alguns dos meus melhores amigos.

E não consigo decidir se isso tem potencial de ser a melhor coisa que já me aconteceu... ou um desastre total.

Ainda estou dividido entre essas duas possibilidades bem distintas quando as luzes se apagam. A plateia comemora. A banda aparece primeiro, posicionando-se em seus instrumentos. Sadashiv entra no palco, parecendo perfeitamente à vontade na frente de 5 mil fãs escandalosos, o rosto projetado do tamanho de uma casa na tela atrás dele.

A música começa: uma introdução com notas altas de instrumentos de sopro e Sadashiv pega o microfone.

Ele começa com uma música do Frank Sinatra que meu pai às vezes coloca para tocar na loja.

— *Luck be a lady tonight...*

CAPÍTULO TREZE

Tenho que acordar para ir para a escola em três horas e meia, mas não consigo pegar no sono. As lembranças da noite anterior giram na minha mente: cada sorriso, cada toque, cada vez que eu pensei que talvez, *só talvez* aquilo pudesse se transformar em alguma coisa.

O encontro foi perfeito. Não tem outra palavra. Eu fiz Maya rir. Nós nos divertimos.

Pelo menos é o que estou sentindo.

Mas como vou saber se Maya achou a mesma coisa? Como levo isso de um encontro para… muitos encontros? Como construo uma ponte entre o show do Sadashiv e… sei lá. Um primeiro beijo? Um namoro? Um felizes para sempre?

Uma porta range baixinho, seguida do som suave de pés quando uma pessoa desce a escada do porão. Uma pessoinha de pijama das Tartarugas Ninja. Não consigo ver Ellie, mas conheço o jeito específico como desce a minha escada no meio da noite. Como começa rápido, mas fica mais lenta quando chega perto do pé da escada, sem saber quando os pés vão tocar no carpete. Não preciso vê-la para saber que ela agarra o corrimão com uma das mãos enquanto o outro braço segura o amado esquilo de pelúcia.

Ela corre pelo carpete e entra embaixo das cobertas.

— Oi, Ellie — sussurro, chegando mais perto da parede para abrir espaço para ela.

— Oi, Jude — sussurra ela, se encolhendo ao meu lado.

Tem sido assim desde o outono, quando meus pais determinaram que Ellie estava grande demais para continuar dormindo na caminha que tinham montado na suíte e que eles precisavam do espaço deles de volta. A cama de Ellie foi levada para o quarto da Prudence, que eu esperava que fosse protestar fortemente, mas que aceitou sem resmungar muito. Só que, de acordo com Pru, Ellie não passa muito tempo na cama e prefere ir se deitar com Pru ou, nas noites em que Pru fica sufocada e a expulsa, tenta a sorte com Lucy, Penny e de vez em quando até comigo, apesar da frequência com que diz que meu quarto no porão é assustador.

— Eu não sabia se você estava em casa — diz ela.

— Voltei tarde. Você já estava dormindo.

Ela boceja.

— Como foi seu encontro especial?

Eu abro um sorrisinho.

— Quem disse que eu tive um encontro especial?

— Todo mundo. — Ellie se mexe e enfia o esquilo embaixo da cabeça, como um travesseiro.

— Foi bom — falei. — Eu gosto muito dessa garota. E parece que ela talvez goste de mim também.

— Claro que ela gosta de você — diz Ellie sem o menor sinal de dúvida.

— Ah, bem... sei lá. Parece bom demais pra ser verdade.

Palavras que soam como a coisa mais verdadeira que digo em semanas.

Maya é simpática comigo sempre, mas não é *a fim* de mim.

Apenas calhou de eu ser o cara que ganhou ingressos para o show do Sadashiv. Tenho certeza de que ela teria ido com qualquer um que oferecesse um convite tão irresistível.

Bom... talvez não *qualquer um*. Mas duvido que ela tivesse me escolhido se pudesse.

Importa? Tento dizer para mim mesmo que não. Porque ela foi comigo, e nós nos divertimos, e agora talvez ela esteja me vendo de um jeito diferente. Pela primeira vez na vida, talvez ela esteja me vendo como um cara de quem pode gostar de verdade.

— Essa é a minha chance — sussurro. — Eu não posso estragar. Eu tenho que dar um jeito de mostrar pra Maya que eu posso ser o cara certo pra ela. Mas... como faço isso?

O som da respiração longa e firme da Ellie anuncia que ela não vai me ajudar, não que eu esperasse que ajudasse. Que tipo de cara recebe conselho amoroso da irmã de cinco anos? Até *eu* sei que é uma ideia péssima.

E então me ocorre que eu tenho outras opções que talvez não sejam tão terríveis.

— Lucy, preciso da sua ajuda.

Ela faz uma pausa na trança que está fazendo no cabelo e me olha pelo espelho do banheiro.

— Com o quê?

— Achei que você pudesse me ajudar a decidir o que usar hoje.

É, não pareceu tão desesperado quando eu estava elaborando o plano. Mas a forma como Lucy arregala os olhos me faz querer engolir as palavras de volta na mesma hora.

Ela amarra a trança correndo e se vira para me olhar.

— Deu tudo certo! *Boa.* Você está saindo com Maya Livingstone agora?

— Quê? Não. Nós não... O encontro foi bom. E eu só... Mas não.

— Mas você quer.

— Eu *sempre* quis.

— Claro — diz ela. — E, agora, você precisa fazer por onde e impressionar a garota. Adorei!

Ela segura meu pulso e me arrasta pelo corredor por dois lances de escada até meu quarto, onde na mesma hora abre as portas do armário e começa a remexer nas roupas empilhadas de qualquer jeito nas prateleiras. Ela puxa uma calça verde de veludo que a minha mãe comprou um tempo atrás e ainda está com a etiqueta.

— Isso cabe?

— Hã...

— Veste. — Ela joga em cima de mim e continua remexendo.

Troco de roupa no banheiro, e Lucy avalia três combinações diferentes de camiseta-moletom-camisa-de-botão até se decidir por um moletom branco liso que eu sempre achei apertado, mas que Lucy insiste que é para ser assim.

— Mas deixa as mangas puxadas, desse jeito — diz ela, demonstrando a forma certa de usar um moletom, na qual eu evidentemente falhei a vida toda.

Por fim, ela pega um par de tênis pretos.

Eu faço uma careta.

— Esse aí me dá bolhas.

— Coloca uma meia mais grossa.

Eu franzo a testa.

— Eu achei...

— O quê?

— Eu achava que não era pra usar meia com isso. Mas... tudo bem. — Abro uma gaveta e pego um par de meias. Quando me viro para pegar os sapatos, Lucy os tira de mim com expressão horrorizada.

— Meias invisíveis, Jude! Você tem que usar com... — Ela solta um ruído irritado e olha para o céu. — Você tem tanta sorte de eu ser sua irmã.

Começo a duvidar disso, mas não falo nada.

Ela remexe na gaveta e encontra um par de meias brancas curtas. Outro presente da mamãe que eu nunca usei porque... as meias eram curtas. Qual é o sentido de meias tão curtas?

Acontece que o sentido é usar com aqueles tênis.

Lucy declara que estou pronto. Pego meu dado e subimos para eu poder me olhar no espelho de corpo inteiro dela.

E eu fico... desapontado?

Estou diferente, claro, e não estou ruim. Mas não sei se é *suficiente*.

O reflexo ainda se parece comigo. Um cabelo louro sem graça. Lábios grandes demais. Pele pálida demais. Só que agora em um pacote mais hipster.

— Minhas opções eram muito limitadas — diz Lucy, chegando para trás com os braços cruzados, me inspecionando. — Mas é uma melhora. Vamos ter que fazer compras no fim de semana.

— Compras?

— Você pediu uma transformação.

— Eu não...

— Não discute comigo. — Ela me examina de novo e assente com aprovação. — Beleza! Vamos pra escola!

Estou em dúvida até irmos para a cozinha, onde o resto da minha família espera à mesa de café da manhã.

— Jude, até que enfim! — diz Penny. — Como foi seu...

Ela para e me olha. Em seguida, olha para Lucy. E para mim. Depois, troca um olhar de surpresa com Pru, que parou de passar geleia numa torrada.

— O quê? — digo, envergonhado de repente. Eu olho para a minha roupa.

— Teste de estilo — diz Penny com sabedoria. — É pra Maya?

— *Não*. Eu só... eu achei... — Com uma cara de irritação, pego um waffle no freezer e coloco na torradeira. — Cala a boca.

— Acho fofo você se arrumar pra uma garota — diz a minha mãe.

— Vocês estão agindo como se eu estivesse de terno e gravata. É só um moletom.

— Um moletom incrivelmente desprovido de rasgos, manchas ou logos pertencentes a qualquer franquia — diz Pru.

— E gostei dessa calça em você — diz minha mãe. — Ficou boa.

Minhas bochechas esquentam. Por que o waffle está demorando tanto?

— Eu só estou experimentando uma coisa nova — digo.

— É, por causa de uma *garota* — insiste Penny.

— Como foi o show? — pergunta meu pai, e não sei se ele está me interrogando sobre o encontro ou tentando me ajudar mudando de assunto.

— Bom — digo.

— O que teve de bom? — pergunta minha mãe.

O waffle fica pronto. Eu o pego e jogo de uma mão para a outra até esfriar.

— Desculpa, não dá pra conversar. A gente vai se atrasar.

Pego a chave na bancada e saio. Paro no meio da escada que leva à nossa viela dos fundos. Viro-me. Entro na cozinha.

Pru tem um sorrisinho no rosto, segurando minha mochila. Pego-a de sua mão, resmungando um agradecimento.

— Você está bonito mesmo — diz ela baixinho quando vamos para o carro. Depois ela abre a boca como se fosse acrescentar alguma coisa, mas parece pensar melhor.

— O quê?

Ela balança a cabeça, a mão na porta do lado do passageiro.

— Não é uma *grande* mudança, mas é suficiente pras pessoas notarem. Você sempre detestou que reparassem em você, mas ultimamente...

Engulo em seco. Ainda estou vermelho, e isso foi só de a minha família reparar em mim.

Mas eu sobrevivi a ser o centro das atenções naquele experimento idiota das moedas.

Sobrevivi a convidar Maya na frente da turma toda.

Se as pessoas me notarem só porque estou usando algo diferente de uma camiseta do Hellfire Club? Vou sobreviver a isso também.

Não, eu não vou só sobreviver. Vou *aproveitar* a atenção delas. Vou engolir que nem um canecão de cerveja na Taverna do Bork. E vou gostar.

Porque o tipo de cara que merece a Maya é o tipo de cara que não tem medo de um pouco de atenção.

E, a partir de agora, eu vou me tornar esse cara.

CAPÍTULO CATORZE

— A gravação do vídeo da Ari hoje à noite ainda está de pé? — pergunta Pru quando saímos da van.

— Claro. Por que não estaria?

Pru pendura a mochila nos ombros.

— Só estou perguntando. Nós entenderíamos se você fizesse outros planos.

Com Maya, percebo que ela está sugerindo.

— Não — digo enquanto entramos no pátio da escola. — Não tenho outros planos.

E então: *estranheza*.

Sinto na mesma hora. O fato de que alguns alunos do primeiro ano ficam quietos quando passamos. O jeito como Bristol Eastman levanta os olhos do livro que está lendo para me lançar um olhar de avaliação.

— Nossa — diz alguém com apreciação, e tenho certeza de que estão falando de mim.

— O que está acontecendo? — sussurro para Pru.

— Você saiu com uma das garotas mais populares da escola e todo mundo sabe — responde ela. —, E, agora, você aparece com jeito de quem pensou na roupa pela primeira vez na vida, e as pessoas estão percebendo. — Ela faz uma pausa e acrescenta: — Eu avisei.

— Ah, Deus. — Mantenho o olhar no chão enquanto nos dirigimos para o nosso banco, onde Quint e Ezra estão fazendo piada sobre alguma coisa. — Eu só queria que a *Maya* notasse, não *todo mundo*.

— Jude, olha pra mim.

Paramos de andar e me viro e vejo a expressão séria de Pru.

— Eu não ligo se você está com um pijama do Super-Homem ou um smoking de três peças. Você é meu irmão, você é incrível, e tudo bem ser notado de vez em quando. Tudo bem... querer coisas. Tipo, que as meninas te olhem. E que as pessoas te conheçam. E que a garota de quem você gosta desde *sempre* finalmente repare em você. Você merece tudo isso.

Fico olhando para Pru, vejo se ela terminou com o incentivo de irmã e digo:

— Eu não tenho pijama do Super-Homem desde os dez anos.

— Ei! Prudence! Jude! — diz Ezra. Ele está sentado no encosto do banco, acenando com um punhado de dinheiro para nós.

— O que é que ele inventou agora? — murmura Pru.

— Vocês têm cinco dólares? Dez? — pergunta Ezra enquanto nos aproximamos.

— O que acham que é?

— De que você está falando? — pergunta Pru.

— Estão dizendo que a diretora Jenkins anunciou aposentadoria antecipada, e estou aceitando apostas sobre o motivo. Até agora, o consenso geral é uma crise de meia-idade exacerbada por muitos anos cercada por adolescentes transbordando hormônios. Mas também tem uma boa quantidade de pessoas que acha que ela está envolvida em algum tipo de escândalo, possivelmente relacionado a drogas e/ou uma filmagem de sexo.

— Sério? — murmura Quint.

Ezra abre um sorrisinho debochado.

— Você acha que conhece as pessoas, né? Eu também recebi dois palpites de que ela está pedindo demissão pra poder concorrer a um cargo público no ano que vem, e um palpite de que ela esteja entrando pra uma comunidade hippie perto de San Francisco. Pois é. — Ele olha para mim. — O que você acha?

— Como eu posso saber por que a sra. Jenkins vai se aposentar?

Ezra revira os olhos.

— Ninguém sabe. Esse é o ponto. Se acertar, você ganha uma bolada de dinheiro vivo. Se ninguém acertar, então você recebe seu dinheiro de volta. Menos minha pequena taxa de contabilidade. Obviamente.

Dou de ombros e enfio as mãos nos bolsos.

— Não sei. — Eu não consigo ver nossa diretora fazendo nada escandaloso. Crise de meia-idade? Talvez? — Ela pode ter decidido ir atrás do sonho da vida dela de escrever o próximo grande romance americano. — No meu bolso, o dado parece frio de repente nos meus dedos. Franzo a testa, hesitando. Acrescento: — Não, esquece.

Ela vai escrever romances. — O dado se aquece ligeiramente. — Sobre piratas, provavelmente.

Aí está de novo, aquela pulsação estranha.

— *Boa* — diz Ezra, anotando. —Vou te dar uma probabilidade bem baixa, mas pontos pela originalidade. São cinco dólares pra entrar.

— E você não queria fazer estatística este ano — diz Quint enquanto dou de ombros e pego a carteira.

— Oportunidade perdida — diz Pru. — Essa aula é só uma fachada pra nos ensinar a jogar ilegalmente.

— Só é ilegal se você for pego — diz Ezra.

— Isso não é verdade — diz Pru.

— E você, Prudence? — continua Ezra, pegando meu dinheiro. — Onde vai botar suas fichas?

— No meu futuro papel como testemunha de idoneidade moral — diz ela. — Quando todos vocês estiverem encrencados por fazerem apostas sobre a vida particular de uma professora.

Ezra faz uma cara de desmaio e coloca a mão no peito.

—Você atestaria em meu nome?

— Não. Mas no do Jude, sim.

— Obrigado, mana — digo distraidamente, porque Maya acabou de entrar no pátio.

Ela está com Katie, indo em direção à mesa de sempre. Por apenas um segundo, o olhar de Maya se volta para mim e (eu não estou inventando) nós compartilhamos um *momento*. Os lábios dela se curvam para cima, de leve. Ela coloca um cacho de cabelo atrás da orelha. E volta para a conversa.

Meu coração se transforma em tambores e pratos dentro do peito.

— *Cara* — diz Ezra. — Eu vi aquele olhar de "vem cá". Vai! Vai até lá, cara!

Ele me empurra com tanta força na direção da Maya que tropeço e quase caio de cara no concreto.

Viro-me para Ezra de cara feia.

— Não preciso da sua ajuda, obrigado.

Ele levanta as mãos na defensiva.

— Eu sei. Você é uma borboleta saindo do casulo. Estou orgulhoso de estar aqui pra ver você voar.

Minha testa se franze. Pru e Quint estão olhando para Ezra da mesma forma: um pouco perplexos, um pouco irritados.

Quint balança a cabeça e começa a falar sobre nosso trabalho de ciência política. Tenho oportunidade de respirar. Minha atenção volta para Maya, que está sentada agora. Janine e Brynn se juntaram a elas. Não estão olhando para mim. Maya deve estar contando a elas sobre o show, mas isso não significa que esteja falando de *mim*.

Meus pés parecem pesados, cimentados no chão.

Seria tão fácil ficar aqui. De olhos baixos. Evitar a atenção dela, *evitá-la*. Assim como eu sempre fiz. Sem risco de constrangimento. Sem risco de rejeição.

Mas aquele cara? O figurante que nunca corre riscos?

Ele não fica com a garota. Ele não *merece* a garota.

As palmas das minhas mãos estão quentes e coçando, mas, antes que eu perceba, meus pés se mexem, quase por vontade própria.

Sinto os olhos se movendo ao meu redor. Os sussurros intrigados.

Tento não entrar em pânico, mas a quem estou enganando? Eu sou o pânico em pessoa. Minhas entranhas parecem uma lata de refrigerante sacudida. Efervescentes e agitadas, e não do jeito bom.

Há um momento em que penso em voltar. Eu ainda poderia mudar de direção. Virar à direita e seguir para a aula, fingindo que esse era meu plano o tempo todo.

Mas Maya olha para a frente e me vê. Ela se senta mais ereta. As amigas dela percebem e viram os olhos para mim também. Katie coloca a mão na frente da boca e dá risadinhas, e há um toque de crueldade no som, e se eu não sobreviver a isso, por favor, que minha lápide diga algo legal, como:

Aqui jaz Jude: um nobre piloto que morreu a serviço das Forças Rebeldes.
Seu sacrifício garantiu liberdade para galáxias inteiras.
Ele não será esquecido tão cedo.

Ou sabe como é. Algo parecido. Fique à vontade para continuar o brainstorming em minha ausência.

Minha respiração fica entalada quando chego perto da Maya e das amigas.

Mas que inferno, o que estou pensando? Eu não deveria estar aqui. *Por que estou aqui?*

Então Maya sorri para mim e diz baixinho, com tranquilidade:

— Oi.

— Oi — respondo.

Brynn e Janine trocam olhares, mas Katie só se inclina para a frente, aninha o queixo na mão enquanto seus olhos descem devagar até meus sapatos e sobem devagar de volta.

— Oi, Jude — diz, a voz carregando mil significados que não me atrevo a tentar interpretar.

— Hum — digo. Sei que estou corando. — Eu só estava...

O quê? O que eu estava fazendo? Pensando? Dizendo? O que há de errado comigo? Essa é a pior ideia que eu já tive...

— Sim — diz Maya.

Meus lábios se abrem.

O sorriso de Maya se alarga. Tem um brilho nos olhos dela, como se estivesse brincando comigo, ou talvez achasse graça de mim, ou talvez sentisse pena de mim, e talvez todas as opções acima, ou talvez algo totalmente diferente.

Droga. Cadê o Ezra? Cadê a Lucy? Tem alguém vendendo um anel decodificador de Maya?

— Sim? — pergunto a ela.

— Pro que você vai perguntar — diz ela.

Brynn faz um som de *aaah* e cutuca Maya com o ombro.

— Hã... Na verdade, eu só queria dizer... — Meu cérebro parece explodir. Eu preciso terminar de falar. Preciso sair daqui. — Eu me diverti muito ontem à noite. — Faço uma careta, minha voz ficando tensa. — Só isso.

Katie dá uma risadinha, mas Maya só se recosta, ainda sorrindo.

— Eu também.

— Legal — digo, e eu fiz mesmo um sinal de positivo para ela? Quem é que está no controle do meu corpo no momento? — Bom. É isso. Vejo você na aula.

Meu rosto está queimando quando me viro. Enfio as mãos nos bolsos e agarro o dado como se fosse meu cobertor de segurança.

— Jude?

Solto um gemido em pensamento. Não, por favor, só me deixa escapar daqui. Eu nunca mais vou fingir que poderia atrair a atenção de uma garota como essa. Não vou mais fingir. Acabou.

Rangendo os dentes, me viro devagar.

— Oi?

— Quer se sentar com a gente na hora do almoço mais tarde?

As amigas dela fazem um ruído de susto. Literalmente de *susto*. E olham para Maya como se ela tivesse ficado doida. Ora, até eu estou olhando para Maya como se ela tivesse ficado doida.

Maya Livingstone acabou de me convidar para almoçar com ela? Tipo, no refeitório? Cercados de pessoas com quem estudamos? Pessoas com pensamentos, opiniões e julgamentos? Pessoas que vão *falar* sobre nós?

— Sua irmã também — acrescenta ela, apontando com a cabeça para algum lugar atrás de mim. — E Quint. E... EZ?

A expressão dela fica menos entusiasmada, e lembro que ela e Ezra foram parceiros de laboratório de biologia no ano anterior, e, claro, eu provavelmente também ficaria um pouco traumatizado depois de ter que fazer trabalhos de escola com ele por um ano inteiro.

— Ah. Obrigado — digo. Sai um pouco estridente, e limpo a garganta antes de continuar. — Pru e Quint almoçam no segundo grupo. Acho que posso falar com o Ezra.

Quer seja porque Maya consegue sentir minha opinião sobre o assunto ou porque ela mesma não é a maior fã de Ezra, ela se inclina em minha direção e sussurra:

— Ou não? Isso também seria bom. Então... a gente se vê? — Ela faz uma careta. — Quer dizer, a gente vai se ver no primeiro tempo, obviamente. E no segundo. Mas depois... no almoço.

A expressão que Maya faz nessa hora, como se *ela* fosse a esquisita, que diz coisas esquisitas, me faz me apaixonar ainda mais.

— Claro — digo. — No almoço.

CAPÍTULO QUINZE

— Nós fomos convidados pra almoçar na mesa dela? — pergunta César, depois que me esforcei para explicar por que não vou me sentar com eles hoje.

Ele, Matt e eu estamos na fila do refeitório, empurrando nossas bandejas vermelhas de plástico pelo balcão, mas nenhum de nós presta muita atenção ao que colocam nos nossos pratos. Russell disse que teve uma ideia boa para uma cena nova do romance e correu para a biblioteca assim que o sinal tocou. Russell se preocupa tanto com o meu drama com garotas quanto eu com esportes nacionais — o que, depois de todos os olhares que recebi hoje, é até revigorante.

— Não sei — digo para César. — Ela não falou de vocês. Mas acho que tudo bem? — Eu olho para eles. — Vocês *querem* comer na mesa dela?

Meus amigos hesitam, olham um para o outro, palavras não ditas passando entre eles.

— Não exatamente — admite Matt por fim. Ele parece um pouco culpado por dizer isso, mas, sendo sincero, entendo. Não tenho certeza se *eu* quero comer com ela. Mas acho que não posso ser considerado namorado em potencial se não quiser andar com ela na escola, né?

E a questão não é andar com a Maya. Ela já é bem intimidante. Mas Maya *e* seus amigos? Sobre o que devo falar com eles?

Eu me pego arrastando os pés de propósito enquanto avançamos pela fila. Gastando tempo enquanto decido entre purê de batata ou pão de milho.

— E aí? — pergunta César. — Você vai?

— Eu preciso ir, né?

Percorremos a fila toda, onde uma estante de gelatina vermelha tremelica para nós. Faço uma careta. Gelatina é nojento. Eu poderia jurar que vi gente com brownie antes, mas, quando pergunto à merendeira, ela dá de ombros, se desculpando.

— Acabou há alguns minutos. Quer uma gelatina?

Eu balanço a cabeça.

— Não, obrigado. — Ela entrega duas para os meus amigos e seguimos em direção à caixa registradora. Enquanto espero, examino o refeitório e vejo a mesa de Maya. *Por que* eles têm que ficar bem no centro do refeitório? É como se *quisessem* que as pessoas olhassem para eles.

Katie, Janine e Brynn estão lá, junto com Raul, Tobey, Serena e alguns formandos cujos nomes não sei.

— Você não *precisa* — sussurra Matt, talvez sentindo o terror que está travando a minha garganta enquanto tento me imaginar andando até lá. Sentando lá. Agindo como se fizesse parte do grupo.

Ele tem razão. Eu não preciso ir. Mas quero que Maya goste de mim? Quero que Maya me veja como alguém com quem poderia passar um tempo? Alguém que se encaixa no mundo dela? Sim, mais do que tudo.

Mas será que eu *realmente* me encaixo no mundo dela ou só estou me enganando?

— Ei! Ei, menino!

Matt me cutuca, e me viro e vejo a merendeira sorrindo para mim e oferecendo um pratinho com um brownie de chocolate perfeito em cima.

— Encontrei um extra! Deve ser seu dia de sorte!

Sorrio e pego o prato da mão dela.

— Obrigado — digo. Eu me viro para os meus amigos e olho para eles solenemente. — Vou fazer isso.

Eles me olham, todos sérios.

— Manda ver, cara — diz César.

Não sei bem no que é para eu mandar ver, mas arregaço as mangas do moletom, como Lucy me mostrou, pego minha bandeja e vou para o Palácio do Jabba.

E, não, eu não estou imaginando Maya de biquíni dourado nem nada. Que mente suja. Só estou dizendo que sou como um cavaleiro Jedi entrando em um covil altamente protegido que está repleto de perigos e tensão e de um monte de gente que adoraria me ver sendo devorado por um alienígena Rancor.

Chego à mesa e fico parado por um segundo, nem um pouco à vontade. Janine me nota primeiro. Ela se anima e dá um tapa no braço da Katie, que, por sua vez, chama a atenção da Maya.

— Ah, oi! — diz Maya, cutucando Raul ao lado dela. As pessoas começam a mudar de lugar. Chegam para o lado no banco. Abrem espaço.

Para mim.

— Senta aí — diz Maya, apontando para o banco ao lado dela.

Faço o que ela manda.

— Ah, cara! — diz Tobey. — Você conseguiu um brownie? Tinha acabado quando eu fui lá.

— Acho que peguei o último — respondo. Olho dele para o meu prato, depois para Maya, e de volta para Tobey. — Hã... quer?

— Sério? Quero! — Ele pega o brownie.

E, do nada, o grupo ao meu redor volta à conversa que estava tendo antes de eu chegar. Como se nada tivesse mudado.

Solto o ar.

Brynn pergunta sobre o show e Maya conduz a conversa enquanto belisco a comida. Ela conta sobre a festa VIP, o encontro com Sadashiv e o coração que ele desenhou no pôster dela. Ela relata a apresentação, momento a momento, com detalhes tão precisos que parece que estou vivendo tudo de novo. Ela se lembra de muito mais do show do que eu. Menos de 24 horas depois, já esqueci quase tudo sobre Sadashiv e quais músicas ele cantou. Só me lembro mesmo do jeito como Maya sorriu para mim antes de o show começar. De como ela brilhava à luz do palco.

— Bom, já chega da Maya e do encontro mágico dela — diz Janine. — Eis a pergunta importante. — Ela arqueia uma sobrancelha e encara o olhar de cada garoto na mesa. Raul, Tobey, até *eu*. — Qual dos otários aqui vai me levar ao baile de formatura?

Isso provoca uma reação em cadeia. Gritos. Gargalhadas. Mais de um comentário sugestivo. Azaração. E meu rosto vai ficando vermelho como um tomate. Não que alguém ache por um segundo que eu pretenda convidar Janine para ir, mas há uma pergunta subentendida que parece igualmente óbvia.

Eu vou convidar Maya para o baile?

Devo? É cedo demais? Ela diria sim?

Era a *isso* que ela estava se referindo de manhã, quando eu fiquei com a língua desesperadamente entalada?

Sim... pro que você vai perguntar.

A esperança treme por todos os meus nervos, mas não consigo me obrigar a olhar para ela enquanto Tobey faz um estardalhaço para convidar Janine para ir com ele ao baile e ela... o rejeita. Isso inevitavelmente leva a outra reação em cadeia, pois o grande fora vira uma grande piada. Mas Tobey não parece chateado. Ele só ri com os outros e abre um pacotinho de ketchup para colocar na batata.

Como?

Eu me enfiaria em um buraco se Maya me rejeitasse na frente de todo mundo assim.

— Jude, meu grude!

O grito é tão alto que eu literalmente dou um pulo... no mesmo instante que um jato de ketchup do pacotinho do Tobey voa como um raio laser na minha direção e passa a milímetros da minha manga quando me viro para a voz.

Ao meu lado, Maya arqueja e depois ri.

— Essa foi por pouco.

— Eita, foi mal — diz Tobey, não parecendo nadinha arrependido, enquanto eu pego um guardanapo e limpo a bolota de ketchup no banco entre mim e Maya.

Ezra, a fonte do grito, aparece um segundo depois na ponta da mesa, os braços bem abertos.

— Como você soube? Eu preciso das suas fontes.

— Do que você está falando? — pergunto.

— Da sra. Jenkins! A aposta! Você acertou na mosca!

Fico olhando para ele boquiaberto, esperando a ficha cair.

— Eu soube dos detalhes pela srta. Claremont. A sra. Jenkins fechou um contrato de publicação. Acontece que *Vertigem pelos sete mares*, o primeiro livro de uma série de romances sobre piratas, vai chegar às livrarias no ano que vem.

— Você está de brincadeira.

— *Cara*. Não tem como você ter inventado isso. Seu danadinho. — Ele está fazendo cara feia e sorrindo ao mesmo tempo que puxa um bolo de dinheiro do bolso de trás. — Eu não sou gênio da matemática nem nada, mas, com base nos meus cálculos, isto é seu.

Ele mexe nas cédulas, conta o dinheiro e me oferece. Como estou atordoado demais para pegar, ele bate com a pilha na minha bandeja, ao lado das minhas batatas frias.

— Sem brincadeira — diz ele, apontando o dedo para mim. — Na próxima vez, quero saber de todas as fofocas antes que você leve tudo que eu tenho.

Com isso, ele ergue um chapéu invisível para o resto da mesa, pisca para Serena, gira nos calcanhares com um gesto exagerado e sai andando pelo refeitório.

Serena ri.

— Ele é tão esquisito.

Fico perplexo com os movimentos de cabeça concordando. Ezra é um tesouro nos círculos sociais da Fortuna Beach High School. Ele é ousado e ridículo. O maior palhaço da turma. Os professores o odeiam... em parte porque não conseguem odiá--lo *de verdade*. E os alunos? Eles o amam, por tanta palhaçada, pelo entretenimento que ele oferece ao longo dos anos.

Ele não é esquisito. *Eu* sou esquisito.

Em que tipo de mundo invertido eu fui parar?

— Caramba — diz Serena, pegando a pilha de dinheiro na minha bandeja e contando. — Eu chutei que a sra. Jenkins ia se demitir pra cuidar de um parente doente. Como você sabia?

— Eu não sabia. Só inventei.

Raul ri.

— Ah, tá. Que palpite de sorte.

Abro um sorriso inquieto. É. *Palpite de sorte.*

Serena me devolve o dinheiro.

— O que você vai fazer com o que ganhou?

— Acho que vou comprar o Funko Pop do Ned Stark sem cabeça — digo.

Leva um segundo, mas Katie solta uma gargalhada que beira a malignidade.

— Não me diz que você coleciona esses bonecos!

Meu peito se aperta. *Sério*, Jude? Eu forço uma risada.

— É brincadeira. Acho que vou... começar a guardar pra próxima vez que o Sadashiv voltar pra cidade. Fiquei sabendo que aqueles ingressos VIP não são baratos.

— Awwn, que fofo — diz Brynn, olhando para Maya com expressão de sabichona.

Não acho que seja imaginação minha o jeito como Maya chega um pouco mais perto de mim. Mas só quando a conversa segue adiante é que ela se inclina para perto, a voz bem baixa:

— Vou ter que esperar tanto assim pra você me convidar de novo pra sair?

Eu inspiro fundo e a encaro.

Aquele sorriso voltou. O que é meio provocante e um tantinho inseguro da parte dela.

Antes que eu consiga começar a pensar em uma resposta, o sinal toca e todo mundo pula da mesa.

Maya segura meu braço antes de eu poder ir para o quarto tempo.

— Sobre amanhã — diz ela. —Tudo bem mesmo se eu participar da sua resenha?

Meu cérebro leva um tempo constrangedoramente longo para pegar no tranco e entender que ela está perguntando sobre o jogo de *D&D*.

— Sim, claro.

— Seus amigos não se importam?

Sigo o olhar dela até onde César e Matt estão esperando perto da saída, nos olhando. César, para o meu horror, levanta os braços na minha direção e dá socos no ar como uma líder de torcida.

Claro que Matt não vai estar, mas eu devia contar a César, Russell e aos outros que Maya vai se juntar a nós. Eu esqueci completamente. Acho que não sabia se era pra valer.

— Claro que não — digo.

— Que bom — diz Maya. — Me manda o endereço por mensagem.

Ela segue em uma direção diferente, a mochila pendurada no ombro. Eu aceno para ela.

Só nessa hora é que a sensação de náusea que tive a manhã toda finalmente começa a passar.

CAPÍTULO DEZESSEIS

Quint e Pru estão no ambiente deles. Quint está movendo cadeiras, prateleiras e luminárias há 30 minutos, tentando montar a "moldura" perfeita no canto da loja de discos, enquanto Pru verifica alegremente coisas de uma lista que ela fez no dia anterior. Ela não para de falar sobre diretrizes de envio, formulários de inscrição, metadados e hashtags; evidentemente, não basta que Ari grave sua primeira música e poste online. Para Pru, essa é a chance de Ari lançar sua carreira de compositora. E embora Pru possa não saber muito sobre música ou fotografia, ela entende de promoção, marketing e gestão de carreira. Ou, pelo menos, faz um bom trabalho fingindo que entende dessas coisas.

Por sua vez, Ari parece satisfeita em tirar riffs nas cordas do violão e esperar que Pru e Quint lhe digam o que fazer.

Quanto a mim, estou trabalhando.

Mais ou menos.

As vendas foram lentas durante toda a tarde.

— E aí? — diz Ari, os dedos dançando ao longo do braço do violão. — O encontro foi bom?

Não contei muito para ela. Não contei muita coisa para ninguém, pois o que devo dizer? Havia uma limusine. Sadashiv autografou nossos pôsteres. Maya sorriu para mim como se eu tivesse movido os céus para levá-la àquele show, quando na verdade eu só dei um telefonema e tive sorte.

— Foi — digo. — Foi ótimo.

Ari sorri, mas com os lábios apertados, sem alcançar os olhos.

Ela deve estar nervosa. Ainda está tocando o violão, e me impressiona como consegue tocar e falar ao mesmo tempo. Às vezes, eu me pergunto se o cérebro dela reconhece o que os dedos estão fazendo, ou se é tudo memória muscular, a essa altura. Eu também me pergunto se ela está tocando um riff que conhece ou se está só inventando, testando novas combinações de notas, escrevendo uma música inconscientemente, mesmo agora. Não reconheço a melodia.

— Nem tenta arrancar mais detalhes dele — diz Pru. Ela tem o laptop que ela e eu compartilhamos para os trabalhos escolares apoiado na ponta do balcão. Acho que está montando o novíssimo perfil do YouTube de Ari, para o qual acho que eu deveria fazer um desenho pro banner em algum momento. — Ele só vai dizer isso: "Ótimo. É. Legal. Andar de limusine é bacana." — Ela faz cara feia para mim. — Como se sair com a Maya não fosse nada de mais.

Dou de ombros, incomodado.

— O que você quer saber?

Pru sorri como se essa fosse exatamente a pergunta que ela queria que eu fizesse.

— Você beijou ela?

Eu empalideço.

— Cruzes, Pru.

— O quê? Essa é a pergunta! Me conta *alguma coisa*.

— Isso é... Não. Eu não vou falar sobre isso. — Estou corando de novo, mas meu rosto sempre vermelho já não abala mais Pru.

Ela suspira e lança um olhar astuto para Ari.

— Eles não se beijaram.

Quase espero que Ari participe e faça algum comentário provocador. Que cutuque ou bisbilhote ou... qualquer coisa. Tenho certeza de que meu crush por Maya foi bem documentado, discutido e dissecado ao longo dos anos pelas duas.

Mas Ari não diz nada. Na verdade, parece absorta em tocar de novo, os ombros tensos.

— Mas o encontro deve ter sido bom — continua Pru —, porque Maya chamou o Jude pra almoçar com ela hoje.

Ari ergue a cabeça, com olhar curioso.

— Como foi conhecer Sadashiv?

Eu poderia beijá-la por mudar de assunto.

— Ele foi legal. Sabe como é, pra um bilionário.

— Provavelmente não chega a ser bilionário — diz Pru. — As gravadoras ficam com muito dinheiro adiantado dos artistas.

— Tenho certeza de que ele não está passando por nenhuma dificuldade — digo. — E... ah! Ari, eu falei de você pra ele.

Ela arregala os olhos.

— De mim?

— Eu disse que tenho uma amiga que é uma compositora muito talentosa. Disse seu nome e ele te desejou sorte no concurso.

— Uau. — Ari para de tocar. — O Sadashiv ouviu falar de mim. Que... esquisito.

— É, conhecê-lo foi estranho. Achei que a Maya ia desmaiar em um momento, como aquelas garotas nos shows dos Beatles nos anos 1960.

— Ele é um sonho na vida real como é nas revistas? — Esse comentário vem de Quint. Ele colocou o telefone em um tripé e está fazendo ajustes minúsculos no posicionamento.

Penso no assunto.

— Bom... sim. Ele parece ter sido photoshopado na realidade. Mas até que agiu de forma bacana. Tipo, ele sabe que é famoso e poderia se safar sendo um babaca, mas tomou a decisão consciente de ser legal.

— Ei, Ari? — diz Quint. — Você pode se sentar no banquinho pra que eu possa verificar a iluminação?

Ari vai para o lugar dela, conforme solicitado, mas parece extremamente incomodada enquanto Pru e Quint a observam pela tela do telefone.

— A gente precisa de mais iluminação desse lado, pra contrabalançar a luz que vem pelas janelas — diz Quint.

Ainda é estranho ouvir Quint usando a voz profissional. Por anos, pensei nele como uma versão atenuada do Ezra. Um palhaço da turma, um pateta. O cara que todo mundo ama, mas não leva muito a sério. Só que ele muda quando está atrás de uma câmera. Fica mais confiante, mais focado, discute coisas como sombra e profundidade.

Pru desaparece no escritório e volta com outra luminária de mesa. Ela a coloca ao lado de Ari, então ela e Quint vão e voltam por alguns minutos, movendo a lâmpada para superfícies diferentes, experimentando com e sem o abajur, enquanto Ari fica sentada no centro de tudo, dizendo várias vezes que não precisa ser perfeito, e sendo ignorada várias vezes, porque não ser perfeito não faz parte das crenças de Pru.

— Você vai tocar a música nova? — pergunto, em parte para distrair Ari.

Ela me encara e respira com nervosismo.

— Sim. Acho que vou. Quer dizer, eu vou tocar, e aí vocês podem me dizer se for horrível, e nesse caso a gente pode fazer com uma das minhas antigas, acho. Mas, sim. Gosto muito dessa música, sabe? Acho que é... Acho que estou feliz com ela.

Abro um sorriso.

— Tenho certeza de que é ótima. Mas, se não for, Pru vai dizer.

— Você não?

Eu dou uma risada debochada e aponto com os polegares para o peito.

— Maior fã, lembra? Aos meus olhos, você não erra nunca.

Ari sorri e afasta o rosto.

Finalmente, Quint declara que a iluminação está perfeita, desde que a gente consiga gravar o vídeo nos 40 minutos seguintes, antes que o sol se ponha e percamos a luz do dia entrando pelas janelas.

— Vamos fazer uma verificação de som rápida pra ver se o microfone está funcionando — diz ele. — Você pode tocar alguma coisa?

Ari dedilha alguns acordes e começa a cantar. A mudança é imediata. Vejo os ombros dela relaxarem, a tensão no rosto sumir.

Ela começa com uma música da Adele, mas adapta a ela, trocando o vocal poderoso da Adele por sua voz doce e quase frágil. Ari já me disse mais de uma vez que ela não gosta da voz dela cantando. Apesar de ser incrível na frente de uma plateia, apesar do quanto ama tocar, ela reclama há anos de que sua voz não é tão boa. Mas tudo bem, porque Ari não quer ser artista, ela só quer compor músicas para outros cantarem. Quer ficar nos bastidores, criando músicas e letras que outras pessoas vão amar, que vão fazer com que sintam alguma coisa. Ela não liga para estar sob os holofotes.

Mesmo assim, tem vezes em que a ouço cantar e acho que Ari deve ter uma noção totalmente estranha de como sua voz é, porque... eu meio que amo. Sabe aquela frase brega que diz "ela tem a voz de um anjo"? A voz da Ari pra mim é assim. Não é poderosa, não é robusta, não é *alta*. Mas tem algo nela que é tão tranquilizador, tão gostoso, tão puro. Ela não se dá crédito suficiente.

— Sobre o que vocês dois conversaram?

Levo um susto, sem perceber que Pru veio para o meu lado. Ela está falando baixo enquanto Ari e Quint mexem com o equipamento de gravação.

— Só sobre a música nova dela. Ela está com medo de não ser boa.

Pru franze a testa, mas de repente entende.

— Não você e Ari, seu bobo. Você e Maya. Você ficou sozinho com ela por mais de 4 horas. Sobre o que vocês conversaram esse tempo todo?

— Ah, a gente não ficou *sozinho* por 4 horas — digo. — A gente estava cercado por cinco mil mulheres de meia-idade gritando. E uma amostragem nada pequena de homens de meia-idade, agora que estou pensando. E nós não precisamos conversar porque, você sabe. O Sadashiv estava lá. Cantando e tal. Foi meio que um primeiro encontro perfeito, entende? Tipo ir ao cinema. Tira a pressão da conversa.

— Tudo bem — diz Pru, arrastando as palavras com irritação —, e o resto do tempo em que o Sadashiv não estava cantando?

Finjo pensar, como se não tivesse repassado cada momento da noite anterior mil vezes, repetindo de todos os ângulos.

— Em determinado ponto, nós falamos sobre *D&D*.

O rosto de Pru desmorona.

— Você não fez isso.

— Não foi como você está pensando. O assunto só... surgiu, e ela ficou... interessada. Fazendo perguntas. Até perguntou se podia jogar. Um dia. Com a gente.

A expressão da Pru fica horrorizada.

— Jogar *D&D*? Com você e seus amigos?

— Por que está me olhando assim?

— Porque eu conheço os seus amigos. Me diz que você não concordou com isso.

— Claro que eu concordei. Foi ideia dela. Por que eu diria não?

Pru solta uma risada rouca, que Quint repreende, nos lembrando de fazer silêncio. Com um pedido de desculpas rápido, Pru me arrasta para mais longe da cabine de gravação improvisada.

— Jude, eu te amo e acho *D&D* legal, e sei que te faz feliz e é isso que importa, e que os seus amigos são simpáticos e eu não tenho nada contra eles, blá-blá-blá.

— Uau — digo. — Vai ser pesado, né?

— É a *Maya*. Você está apaixonado por ela há anos. Literalmente, *anos*. E, agora, você tem uma chance com ela e vai tentar conquistá-la com um RPG?

— Pode ser romântico — digo, mais do que um pouco na defensiva. — As pessoas se apaixonam jogando *D&D* o tempo todo.

Ela ergue as sobrancelhas.

— Olha, eu também não sei se é uma boa ideia, mas *ela* pediu. Pareceu interessada de verdade. E se... e se ela começar a gostar de mim de verdade também? — É quase doloroso pensar e mais ainda dizer. Essa esperança tênue, pequena, quase impossível de que isso pudesse realmente virar alguma coisa. — O que devo fazer, nunca falar sobre essa coisa que eu amo? A que dedico horas do meu tempo livre? É pra nunca a apresentar para os meus amigos?

— Não — diz Pru —, mas será que vocês não podem se conhecer primeiro? Quem sabe não pular direto pra parte em que você fica bêbado com hidromel imaginário e invade um castelo imaginário?

— Eu não estou dizendo que você esteja errada, mas... você não estava lá ontem. E todo mundo sempre diz que tenho que ser eu mesmo. Esse sou eu. Sendo eu mesmo.

Em vez de parecer encorajadora, Pru me olha com algo que lembra pena.

— E depois da sua noite de *D&D*, vocês vão colocar vestes Jedi e praticar conjuração de feitiços com varinhas mágicas?

Minha pálpebra treme.

— Os Jedi não usam varinhas mágicas.

— O que eu quero dizer é...

— Sei o que você quer dizer — interrompo. — Eu entendi. E sei que está tentando me ajudar, mas... de novo, foi ideia *dela*. Então eu vou deixar rolar e ver o que acontece, pois o que mais posso fazer?

Pru inclina a cabeça.

— Você poderia convidá-la pra outro encontro. Um encontro de verdade. Só vocês dois. Sem amigos do *D&D*, sem fãs do Sadashiv aos berros.

Quint limpa a garganta e nós dois nos viramos e damos de cara com ele e Ari olhando para nós.

— Já terminou de analisar a vida amorosa do Jude? — pergunta Quint. — Porque acho que estamos prontos.

— Claro, desculpa — diz Pru. — O que eu devo fazer?

— Nada. Está tudo encaminhado. Nós só precisamos de um pouco de silêncio. — Quint começa a gravar no celular e assente para Ari. — Quando você estiver pronta.

O olhar de Ari permanece em mim por um longo momento antes que ela desvie a atenção. Para Quint. Para o celular. Ela se agita, se senta mais ereta e ajusta a posição no banco. Solta o ar bruscamente e puxa o violão para mais perto do corpo. Alterno o olhar entre Ari e a tela do telefone, onde a visão limitada a mostra iluminada por uma luz quase cintilante. O mural de estrelas atrás dá um clima legal e ligeiramente místico. Profissional, mas não pretensioso.

E ela está bonita. Não penso muito nisso porque estou acostumado a ver Ari com os vestidos vintage que ela adora, toda linda e segura de si naquele palco, encantando multidões com a música. Mas está mais bonita do que o normal hoje, com gloss nos lábios e o cabelo preso em uma trança ao redor do topo da cabeça. Ela usa um vestido amarelo pontilhado de rosas brancas, e, à luz da lâmpada, parece etérea. Quase... élfica.

Araceli, a Magnífica.

O pensamento me faz sorrir, e essa é a expressão boba na minha cara quando Ari olha para a frente de novo e nossos olhos se encontram. Por um segundo, ela fica imóvel, e eu me encolho, desejando poder explicar que não estava rindo dela nem nada, que eu só estava...

Eu só estava...

Pensando que ela é simplesmente linda.

Ari umedece os lábios. Percebo que está nervosa, mas a voz não vacila quando olha para a câmera.

— Oi! Meu nome é Araceli Escalante e esta é uma música que eu escrevi, chamada "Chuvarada".

Ela começa a tocar. Dedilha alguns acordes e segue para uma melodia lenta, antes de começar a cantar.

> *Não saberia dizer quando começou*
> *Chegou como a chuva, subitamente*
> *Não sei quando meu coração se espatifou*
> *Esse amor, um trovão vibrante*
> *Esse amor, um raio brilhante*
>
> *É, o meu amor não é o sol nascendo*
> *Nunca foi o dia brilhando ao alvorecer*
> *Lá vem a chuva e estou chorando de novo*
> *Presa na chuvarada do meu amor por você*
>
> *Nós éramos sol e sorvete,*
> *Chutando areia no sol poente.*
> *Ah, você e eu, parecia tão fácil.*
> *Mas agora não posso mais querer*
> *Pois querer está me arrastando pra baixo*

Ari abre os olhos, ficando mais à vontade conforme se perde na música. Ela está cantando para os ouvintes, para o mundo, para os futuros fãs, porque ela é incrível e o mundo precisa ouvir as músicas dela. Fica tão claro para mim naquele momento, mais claro do que nunca, que ela é especial. Ela vai criar coisas que comovem as pessoas. Vai escrever músicas que inspiram gente no mundo todo, que nos fazem nos sentir mais conectados, que nos ajudam a botar nossos sentimentos em palavras de um jeito que não conseguimos fazer sozinhos.

> *É, esse amor não é o sol nascendo*
> *Nunca foi o dia brilhando ao alvorecer*
> *Lá vem a chuva e estou chorando de novo*
> *Presa na chuvarada do meu amor por você*
>
> *Um pulo no disco e um piscar de luzes,*
> *Não ligo se a energia acabar hoje*
> *O coração bate alto, outra noite sem dormir,*
> *A respiração não acerta e a esperança voa longe*

Olho para Pru, me perguntando se ela está orgulhosa e feliz como eu. Mas, para a minha surpresa, Pru parece... triste. Preocupada.

Ela desvia o olhar para mim.

Eu digo com movimentos labiais: *O que foi?*

Pru se empertiga e balança a cabeça. O momento passa, a expressão estranha sumindo quando Ari termina a ponte e vai para o refrão final.

Porque o meu amor não é o sol nascendo
Nunca foi o dia brilhando ao alvorecer
Lá vem a chuva e estou chorando de novo
Presa na chuvarada do meu...
Na chuvarada do meu amor por você

O último acorde soa e todos prendemos a respiração até as notas desaparecerem no silêncio. Ari abre um sorriso de alívio para a câmera, nervosa mais uma vez.

Quint interrompe a gravação e todos aplaudimos.

— Como foi? — pergunta Ari. — Sejam honestos. Se for péssima...

— Não é péssima — diz Pru enfaticamente. — É linda, Ari.

— É mesmo — concorda Quint. — Nós podemos fazer mais algumas tomadas se você quiser, mas... achei essa ótima.

— Mesmo? Vocês gostaram de verdade?

— Adorei — diz Pru. — Foi muito... — Ela hesita. — Vulnerável. De um jeito bom.

Ari ri, o som um pouco forçado.

— A letra simplesmente apareceu pra mim quando eu estava deitada na cama umas semanas atrás. Vai saber... Talvez tenha vindo de um filme a que assisti ou algo assim.

Pru retribui o sorriso, mas percebo que ela quer dizer mais alguma coisa. Quer ir mais fundo.

Estou confuso demais. A música é incrível, então, seja qual for o motivo de preocupação de Pru, sei que não é relevante.

— Não importa o que inspirou a música — diz Pru. — Ela é muito boa.

Ari olha para baixo e passa os dedos pelas cordas do violão.

— Vamos torcer pra que os jurados achem a mesma coisa.

CAPÍTULO DEZESSETE

Fiel à palavra, Lucy me leva ao brechó na manhã de sábado, e me arrependo de todas as escolhas que já fiz na vida quando terminamos. Mas acho que a missão é bem-sucedida, porque voltamos com sacolas cheias de calças jeans desbotadas, jaquetas escuras e camisetas de várias cores sem estampas engraçadinhas, sem referências à cultura pop, sem... nada.

Chatas.

E que me dão *coceira*.

Coloco uma das minhas camisetas novas assim que chegamos em casa e corro para me preparar para a campanha.

Nós convertemos o porão no meu quarto quando Pru e eu tínhamos nove anos. Nossos beliches daquela época foram passados para Lucy e Penny. As aranhas foram varridas e carpete foi colocado. O quarto ainda tem uma aparência bem datada, com painéis de madeira nas paredes e lustres antigos que podem ou não pegar fogo a qualquer momento. Mas o espaço resultante parece em partes iguais santuário e calabouço.

O que é adequado, considerando que o grupo e eu costumamos fazer nossas noites de campanha aqui.

Posiciono duas mesas de carteado e jogo um lençol preto por cima, depois pego cadeiras da sala de jantar. Faço pipoca e despejo um saco de salgadinho em uma tigela. Normalmente, deixo o resto do grupo pegar bebidas na geladeira e levar lá para baixo, mas desta vez arranjo um cooler na garagem e encho de gelo, depois coloco garrafas de refrigerante e água com gás dentro. Penso em pedir pizza. Penso em pedir para a minha mãe fazer uns biscoitos. Penso em muitas coisas.

Normalmente, nossas noites de *D&D* são diversão tranquila e relaxada.

Eu não estou relaxado agora. Não estou tranquilo. Não estou me divertindo.

Não tinha pensado direito quando Maya perguntou se podia jogar conosco. Fiquei preso na ideia de ela querer passar tempo comigo e talvez até de estar interessada naquele hobby que eu amo tanto e, na empolgação, ignorei umas coisas importantes que não devia ter ignorado. A principal delas sendo o fato de que Maya ainda me assusta de forma visceral, e será que vou conseguir ser um mestre de jogo eficiente com ela sentada à mesa?

Talvez fosse sobre isso que Pru estivesse tentando me alertar. Não só que Maya estaria na companhia dos meus amigos admitidamente esquisitos. Não só que estaríamos brincando de faz de conta por horas, o que daria a ela uma visão sem filtros da minha própria imaginação, que, tenho que admitir, é meio como dar a alguém um lugar na primeira fila do seu subconsciente, com tudo de bom e ruim lá dentro.

Mas tem também pequenas considerações que, no momento, não parecem nada pequenas.

Maya vai vir pra minha casa. Pro meu quarto.

E se ela não gostar dos petiscos que nós servimos? Devo pedir pizza de pepperoni? E se ela for vegetariana ou não comer glúten? Eu deveria saber essas coisas, mas não sei. Por que não perguntei?

E ela vai conhecer minhas irmãzinhas, e Ellie ainda não aprendeu o suficiente sobre protocolos sociais para perceber quando não deveria fazer *ooh* e *aah* por causa da possível nova namorada do irmão mais velho, nem fazer perguntas inadequadas como "Vocês vão se casar?" e "Vocês vão ter filhos?" e "Você ama meu irmão?" e será que é tarde demais pra encorajar todo mundo a sair pra tomar sorvete? Eu ficaria bem feliz se não houvesse ninguém aqui quando Maya chegasse.

— Uau — diz Pru, parada no pé da escada do porão com um cesto de roupas apoiado no quadril. — Eu nunca vi este quarto tão limpo.

Olho em volta, para a cama feita, para as prateleiras que gastei 3 horas tirando o pó, para o carpete que realmente aspirei.

— Está óbvio assim que estou tentando impressionar? Eu deveria, tipo... bagunçar um pouco as coisas?

— Não, não, eu gosto assim. Está aconchegante. — Ela olha para a mesa de jogo. — A vela de abóbora e especiarias é um pouco demais.

— É, você tem razão.

Eu apago a vela.

— Dobrei sua roupa — diz Pru, colocando o cesto na minha cama. — Você parecia estressado, então... de nada.

— Obrigado. — Começo a enfiar as roupas no armário. — Você já falou com a mamãe e o papai? Pediu para eles não reagirem de forma intensa?

— Jude, você está reagindo de forma mais intensa do que todo mundo.

— Depois daquele discurso encorajador que você fez ontem sobre o erro colossal que seria incluí-la no jogo, eu posso estar meio nervoso.

— Desculpa — diz Pru, e quase acho que está falando sério. Ela lamenta que eu esteja tão nervoso, mas também não mudou de opinião. Pru não é, de modo geral, uma metamorfose ambulante.

Com exceção do Quint, eu acho. Ela *realmente* mudou de opinião sobre Quint depois de passar todas as aulas de biologia marinha no semestre passado reclamando de como ele era preguiçoso e sem consideração. Acontece que ela estava errada... e até ficou disposta a admitir isso (depois de um tempo). Então talvez ainda haja esperança para ela.

— Pronto — digo, fechando a última gaveta e respirando fundo. Olho em volta, pensando se deveria esconder os bonecos Funko na prateleira, mas decido que não.

Seja você mesmo, seja você mesmo, seja você mesmo.

Como conselhos comuns assim podem parecer tão extraordinariamente inúteis?

Volto a atenção para a mesa. O lençol preto, as tigelas de salgadinhos, escudo do mestre, as placas quadriculadas, os bonequinhos minúsculos de metal de goblins, dragões e orcs, metade dos quais eu pintei há alguns anos, antes de começar a sentir cãibras fortes nas mãos.

— É tarde demais pra cancelar? — digo, com um choramingo na voz de que não tenho orgulho.

Pru olha para mim. Abre a boca. E...

A campainha toca, a melodia distante e alegre ecoando pela escada.

O olhar de Pru fica solidário.

— Você vai tirar de letra.

— Vou? — digo. — Porque antes você apresentou alguns argumentos muito convincentes que sugeriam que eu não vou.

— É — diz ela, fazendo uma careta. — Tenho algumas preocupações. Mas eu te amo, então... espero que corra tudo bem.

— Obrigado.

Subo a escada de dois em dois degraus, Pru me seguindo. Ouço a porta da frente ser aberta e a voz excessivamente animada de Penny:

— Oi! Você é Maya, eu sou Penny, Jude é tão...

— Maya! — digo, um pouco sem fôlego. Paro subitamente no saguão. — Você veio. Que legal. Esta é Penny. Ela é uma das minhas irmãs. Entre.

Maya está sorrindo com um certo nervosismo ao passar pela porta. Carrega um saco de tortilhas e um pote de molho.

— Oi, Penny. Você estava com Jude quando ele veio me socorrer depois que meu carro quebrou, não estava?

— Sim! Era eu!

Eu rio com inquietação.

— E você conhece Pru. — Faço um gesto para trás de mim.

Pru acena.

— Oi, Maya.

— Oi — diz Maya. — Você vai jogar com a gente hoje?

Pru faz uma careta.

— Hum, não. Vou me encontrar com Quint daqui a pouco. Mas você vai se divertir.

A maneira como ela diz isso é quase convincente.

Há um ruído de surpresa lá em cima.

— É ela? — diz Ellie, espiando por baixo do corrimão. — Ela é tão linda!

Eu me encolho.

— E essa é a Ellie. — Olho para cima e vejo Lucy também se inclinando sobre o corrimão. — E Lucy. Essas são... Uau. Estão todas aqui. Essas são todas as minhas irmãs. Pessoal, Maya. Maya, minhas irmãs.

Maya ri.

— Oi, pessoal. Prazer em conhecer vocês. — Ela se vira para mim e mostra o salgadinho e o molho. — Eu trouxe um petisco. Achei que devia ser a maneira mais rápida de fazer seus amigos gostarem de mim.

E aí está de novo: a adorável sugestão de incerteza. Algo que é quase timidez.

Nunca na minha vida pensei que Maya fosse tímida. Ela sempre foi simpática e popular e linda e fora do meu alcance, sim. Mas tímida?

— Não precisava ter se preocupado com isso — digo, embora, ao dizer, perceba que não sei se é verdade. Não mencionamos meninas, crushes e coisas da vida real no grupo de *D&D*. Nós não somos esse tipo de amigos, eu acho, e desde o show eu fiquei muito mais ansioso imaginando o que a Maya pensaria *deles* do que o contrário.

— Tudo bem, pode vir comigo — digo, e desço a escada.

Ouço algumas provocações e despedidas cantaroladas de minhas irmãs enquanto descemos para o porão. Prendo a respiração, tentando não pensar demais em cada coisinha enquanto Maya examina meu quarto, mas é impossível não me perguntar o que ela está achando. Está julgando o pôster do Batman? Os desenhos antigos de monstros que colei na parede há muito tempo? Está inspecionando os livros na estante, com um número chocante deles retratando espadas medievais e asas de dragão nas lombadas?

Ela já está arrependida?

— Então... Pru e Quint — diz Maya, colocando o salgadinho e o molho na mesa. — Admito, eu não esperava isso.

Dou uma risada, mas é um som um pouco tenso.

— Você e todo mundo que conhece os dois. — Eu me balanço sobre os calcanhares. — No verão passado, Pru foi voluntária no centro de resgate de animais administrado pela mãe do Quint, e quando a gente se deu conta, eles estavam namorando. Sinceramente, acho que Pru deve ter ficado mais surpresa do que todo mundo. Mas acho que eles estão felizes.

— Eles parecem combinar bastante — diz Maya. — Num estilo meio "opostos se atraem".

O silêncio que se segue é curto, mas sufocante. Meus pensamentos estão acelerados, porque, por um lado, não quero falar da minha irmã e do namorado dela, mas, por outro, não consigo deixar de tentar ler nas entrelinhas. Maya está sugerindo que ela e eu também poderíamos combinar? De um jeito meio opostos se atraem?

Maya olha para a mesa.

— Você disse que eu tinha que chegar aqui mais cedo? Pra criar um personagem?

— Isso! Sim. Senta aqui.

Vou para o meu lugar habitual na cabeceira da mesa, mas abaixo o escudo do mestre, para que não pareça que estou me escondendo dela, e entrego a ela a ficha de personagem que imprimi mais cedo.

— Chegou a pensar nisso?

— Pensei — diz Maya, com os olhos brilhando enquanto se senta na cadeira. — Eu quero ser uma guerreira tiefling.

Olho para ela boquiaberto. É a maneira como ela diz isso. O jeito como está literalmente *falando minha língua* me dá vontade de pular por cima da mesa e... fazer coisas.

Mas meu assombro também é resultado do fato de que... isso não é o que eu esperava que ela dissesse. Uma guerreira tiefling? Eu me esforço para imaginar.

Tieflings são criaturas humanoides cujo sangue foi infundido com magia dos reinos infernais, dando-lhes uma aparência quase demoníaca: caudas, presas e chifres poderosos. E os guerreiros são, como seria de esperar, mestres bélicos, treinados em todas as formas de combate. São destemidos diante do perigo e capazes de matar de forma implacável, quase clínica.

Comparo essa imagem mental com a personagem da minha história em quadrinhos, a clériga eladrin que foi amaldiçoada por uma magia das trevas, ficou presa na forma de uma estátua durante anos, esperando ser salva. Nos quadrinhos, a personagem inspirada em Maya é linda, imponente e elegante, assim como ela é na vida real.

Mas ela também era uma estátua, e eu acho que... bastante desprovida de personalidade, agora que penso no assunto.

Com meu silêncio, a expressão de Maya começa a mudar.

— Eu falei algo errado?

— Não! Não, eu só estou... surpreso. Uma guerreira tiefling. É... legal. Muito legal. Você já pensou em nomes? Porque os tieflings costumam seguir convenções de nomenclatura específicas. Nem sempre, mas geralmente têm nomes tirados da língua Infernal, ou...

— Ou nomes de virtudes — diz Maya. — Eu pesquisei. Você acha que Grit funciona como um nome de virtude? No sentido de determinação? Eu estava pensando em chamá-la de Grit Partepedras.

Eu pisco, surpreso.

— É um nome incrível.

Maya sorri.

— Obrigada.

— E sabia que os tieflings têm chifres? E caudas?

— Sabia — diz ela. — Pensei que talvez a cauda da Grit pudesse ter sido marcada numa batalha horrível anos antes, e ela fica meio constrangida por isso, então a mantém escondida a maior parte do tempo.

Eu assinto devagar.

— Claro. Sim. Hã. Aqui, pode anotar isso. — Eu bato no topo da página, e Maya começa a escrever as informações da personagem com a caligrafia redonda, meio cursiva. — Ainda não temos nenhum tiefling no grupo. Nem guerreiro, na verdade. Vai ser bom tê-la no grupo.

— Eu passei o dia inteiro pensando nela. Tenho toda uma história de fundo elaborada e tudo. Eu quero ser... Acho que é caótica e neutra?

— Seu alinhamento. Sim. Caótica e neutra seria tipo... tipo um espírito livre. Você não está muito preocupada em ser boa ou má, mas valoriza sua liberdade e seguir seu coração.

— Sim, exatamente — diz Maya, os olhos brilhando. — Eu tenho uma ideia de que Grit cresceu em um orfanato bem sombrio, com muitas regras e restrições, e agora que está longe de tudo isso, ela jurou sempre deixar os instintos a guiarem. Ela quer viver uma vida plena, cheia de novas experiências, e conhecer gente nova, e não ficar presa nas caixinhas em que as pessoas tentam colocá-la, onde sempre tem que tentar ser o que todos esperam que ela seja o tempo todo. Ela pode sair pelo mundo e ser aventureira e espontânea, se apaixonar e se divertir... — Maya se interrompe e o momento de entusiasmo se transforma em desconforto. — Desculpa. Acho que estou exagerando.

— De jeito nenhum — digo. — Na verdade, é muito bom pensar na história passada e como isso tornou sua personagem quem ela é. Fica muito mais fácil interpretar de forma autêntica e pensar em que tipo de decisões ela tomaria em diferentes situações.

Maya franze a testa para mim.

— Então por que você parece tão desconfiado?

Eu faço uma careta.

— Não é isso. Eu só estou... surpreso. Não é a personagem que eu tinha imaginado pra você, acho.

— Ah, é? O que você imaginou?

— Uma eladrin — digo imediatamente. — Que é um tipo de elfo. Com magia de verão. Uma afinidade com a natureza. Leal e boa, ou talvez caótica e boa.

As sobrancelhas de Maya se levantam.

— Você até que pensou bastante nisso, né? — diz.

Dou uma risada.

— Não tanto. Eu só... acho que é assim que vejo você. De certa forma.

— Como uma elfa?

Meu coração bate forte e eu hesito. Metade do meu cérebro grita para não responder, para mudar de assunto antes de dizer algo de que vou me arrepender. A outra metade sabe que esse não é o tipo de oportunidade que se deve deixar passar, por maior que seja o risco.

— Como alguém que traz beleza, calor e bondade aonde quer que vá — digo.

Sustento o olhar dela só pelo tempo de ver o elogio ser registrado, então olho para baixo e finjo que estou organizando as minhas anotações para a campanha da noite.

— Hã, eu tenho uns dados extras que você pode usar. O próximo passo é rolar pra ver os atributos da Grit.

Entrego a ela meu conjunto de dados. Os antigos de resina, não o D20 místico que quase nunca sai do meu bolso agora. Eu a oriento pelo resto do processo de criação da personagem, e Maya encara cada etapa com entusiasmo, inventando brilhantemente mais da história de Grit enquanto preenche a ficha de personagem com os bônus de habilidade e equipamentos. Maya já está falando sobre Grit como se ela fosse uma pessoa real, uma conexão que alguns jogadores só desenvolvem depois que estão jogando há semanas ou mesmo meses.

Estou mais do que um pouco impressionado. Estou *assombrado*.

Quando a campainha toca de novo, a maioria dos meus medos já desapareceu. Eu nunca deveria ter duvidado da magia de Lundyn Toune.

É claro que Maya vai se encaixar perfeitamente.

CAPÍTULO DEZOITO

— Como Matt ousa nos abandonar! Essas são as primeiras palavras que saem da boca de Noah quando entra na minha casa. Elu começa a desamarrar as botas até os joelhos para deixar na porta, mesmo que ninguém mais tire os sapatos quando entra na nossa casa.

— E por algo tão clichê quanto ganhar dinheiro? Que tipo de prioridade é essa? Estou morrendo de vergonha de ser parente dele. Estou pensando seriamente em renegá-lo por isso. Também estou pensando em boicotar aquela lanchonete de peixe e batatas fritas e... — Noah ergue os olhos pela primeira vez e percebe que não estamos sozinhos no hall de entrada. Que não é César, Russell nem Kyle ao meu lado. Noah faz uma pausa. — Oi, pessoa nova.

— Noah, essa é a Maya. Maya, Noah.

Noah tira as botas e as coloca ao lado da porta da frente antes de apertar a mão de Maya.

— Você não estuda na Fortuna Beach, né? — pergunta Maya.

— Não. Na Academia de Ciências de Orange Bay.

— Noah e Matt são primos — digo, a título de explicação. — Matt Kolden, sabe?

Ao que Noah acrescenta:

— Só que vou renegá-lo, porque ele nos abandonou. — Noah inclina a cabeça, estudando Maya. — Você é a substituta do Matt?

Maya olha para mim, incerta, e sou poupado de responder por outro toque da campainha.

O resto do grupo está na varanda da frente. Eu os convido para entrar e todos nos aglomeramos no hall de entrada que se mescla com a sala de estar da nossa casa. Tento apresentar Maya a todos, mas estou com os nervos à flor da pele e posso dizer que Maya está fazendo o que pode para não se perder com os nomes novos e os rostos novos e...

Sim, vamos fazer uma pausa. Uma verificação. Como *você* está? As novas adições a esta história estão te confundido?

Bom, vamos resolver isso. Para os criadores de *fan art* de plantão.

Temos César. De família mexicana, tem cabelo castanho ondulado que tende a ter vontade própria. Ele é magro, como eu, mas é o primeiro a ressaltar que poderia me derrotar em uma disputa de queda de braço a qualquer hora. Não que a gente tenha mesmo feito isso. No jogo, ele interpreta Goren, o Horrendo, um feiticeiro humano impulsivo com gosto por derramamento de sangue e violência. (Mas na vida real ele é um cara legal, juro.)

Russell e Kyle estão no primeiro ano do ensino médio da nossa escola e são amigos desde que Kyle se mudou para Fortuna Beach, no fundamental II. Apesar de ser um ano mais novo que eu, Russell parece adulto. Ele é pálido e peludo, com corpo de jogador de futebol americano e uma barba *de verdade*, igual à do autor que ele idolatra, George R. R. Martin. Seu personagem é Celryn, o Sombrio, um elfo das sombras e monge que é facilmente o membro mais lógico do grupo e que faz o melhor que pode para manter os outros focados no que deveriam estar fazendo.

Kyle, o melhor amigo dele, é coreano-americano, e se você perguntar às minhas irmãs mais novas, elas vão dizer que ele é o mais fofo de todos os meus amigos, com seu cabelo preto desgrenhado e piercing na orelha. Ele também é enfaticamente alegre, não muito diferente do seu druida gnomo da floresta, Querth Nulga.

Por último, temos Noah, que é a adição mais recente e se juntou ao grupo no outono anterior por insistência de Matt. Noah tem a pele branquela como a minha, cabelo curto espetado, que atualmente está pintado de roxo, embora isso mude com frequência. Noah está no último ano e, portanto, é a pessoa mais velha do nosso grupo, mas também é a mais baixa, e pode ser por isso que elu escolheu jogar como halfling da classe ladina, uma figuraça de nome Starling Morve.

E tem a Maya. Você já a conhece. Linda. Confiante. A garota dos meus sonhos. Além disso, evidentemente, vai jogar como uma guerreira tiefling chamada Grit Partepedras, e, sim, meus dedos estão coçando para desenhar a personagem dela o mais rápido possível.

E, ah... ei! Eu sou Jude. Deveríamos ter nos apresentado antes? Desculpe por isso. Sou bem branco, magro e tenho vergonha dos meus lábios, que Pru diz que me fazem parecer um modelo masculino emburrado, o que simplesmente não consigo aceitar como elogio. Mas eu sou alto. É divertido ser alto. Velhinhas fofas no supermercado te olham como se você fosse o Super-Homem quando pega o pote de picles na prateleira de cima para elas, sem nem precisar ficar na ponta dos pés. É bem legal.

Pronto. Sacou tudo? Vamos em frente.

Todo mundo já meio que conhece a Maya, pelo menos de vista... exceto Noah. Mas Noah é extrovertide e falante e todas as coisas que eu gostaria de ser, então, quando estamos todos acomodados nas mesas de jogo lá embaixo, o clima de novidade e estranheza já evaporou. Noah explica por que Starling abandonou seu grupo anterior de bandidos para se juntar à nossa pequena família de desajustados, e Kyle está falando com entusiasmo sobre a última campanha, quando Querth salvou toda a gangue traduzindo um enigma druida e descobrindo como neutralizar um ninho mortal de vinhas sencientes que tinha capturado o grupo, e César insiste que ajudou também (ele não ajudou nem um pouco), e Russell me olha com impaciência, como se estivesse arrependido de não ter trazido um livro para ler enquanto passamos por todas as convenções de sociabilidade.

E Maya parece... nervosa, eu acho. Mas não de um jeito de *o que estou fazendo aqui?* Está mais para um jeito de *isso é novidade, mas estou curtindo*.

Sei que houve um momento, cerca de cem páginas atrás, em que você estava pensando: *Cara, por que você gosta tanto dessa garota?*

Mas já entendeu agora, né?

— Certo — digo, abrindo meu caderno em páginas e páginas de anotações que fiz para nossa nova campanha. — Paramos com Starling, Goren, Celryn, Querth e Brawndo na Taverna e Pensão do Bork, no vilarejo de Talúsia. Certa tarde, quando todos vocês descem para jantar, o taverneiro chama Querth e entrega a ele uma carta.

— Ah, sim, eu adoro receber correspondência! — diz Kyle, com sua voz alegre de Querth. — Eu levo a carta até o grupo e leio.

Eu assinto.

— Querth lê a carta em voz alta — digo, então deixo a voz mais grave, numa tentativa de imitar como Matt sempre falava como o personagem, Brawndo. A princípio me sinto bobo, com Maya ouvindo, mas penso que... se vamos fazer isso, então vamos fazer isso direito.

Meus bons amigos,

Embora nossas aventuras tenham sido motivo de orgulho, camaradagem e riquezas ocasionais, é hora de eu cumprir meu destino. Fui me juntar ao exército do rei para lutar na guerra do sul. Me encontrarei de novo com vocês assim que a guerra terminar. Até lá, adeus, e não sigam Goren para qualquer masmorra desconhecida. Como a história já nos mostrou, é sempre uma ideia terrível.

Seu amigo,
Brawndo

— Ele entrou no exército do rei? — grita Noah. — Aquele traidor!

— Traidor ou não, vamos desejar a ele boa sorte em sua jornada — diz Russell. — Faço um brinde ao nosso camarada caído.

Ele finge que está segurando uma caneca de cerveja.

— Ele ainda não caiu — diz Kyle. — Literalmente só foi embora.

— Sim, mas é o Brawndo — diz Noah com um sorriso malicioso. — Ele não vai durar duas horas em um campo de batalha.

— É verdade — diz Kyle, pensativo. — Nesse caso, pago uma rodada de cerveja pra todos na taverna e levanto minha caneca em homenagem a Brawndo.

— A Brawndo! — César, Russell e Noah comemoram, enquanto Maya observa, seu olhar passando por cada um deles.

— Tudo bem — digo. — Querth, deduza duas moedas de prata da sua ficha pra pagar pelas bebidas. — Enquanto Kyle faz uma anotação, eu continuo: — Quando vocês terminam o brinde, a porta da taverna se abre, e uma tiefling vestindo trajes de viagem e com uma espada larga na cintura entra.

Maya se senta mais ereta na cadeira.

— Essa sou eu! Espera. Sou?

Dou uma risada.

— É você. E aí? O que você faz?

Maya hesita, o entusiasmo momentâneo virando incerteza. Os outros esperam. Sei que eles poderiam se intrometer com várias ideias para ajudá-la a começar. Um cumprimento, uma observação... até puxar uma briga, que é a resposta de César para praticamente tudo. Mas nós todos esperamos para ver o que Maya vai fazer primeiro, para deixar que ela decida como quer apresentar a personagem dela.

Ela franze as sobrancelhas brevemente, mas o momento passa. A expressão se transforma e mostra determinação e um brilho de alegria.

— A tiefling grita "Me dê cerveja ou me dê sangue!". — Maya pontua a exigência batendo com o punho na mesa, quase derrubando meu escudo do mestre.

Eu arregalo os olhos com surpresa.

Sorrisos se espalham pelos rostos do grupo. Até o contido Russell assente com apreciação.

— Bem dito — sussurra Noah antes de colocar a mão no pulso de Maya e se inclinar para mais perto. — Mas você não precisa dizer "a tiefling". Você pode falar como a sua personagem.

— Ah, tudo bem. — Maya balança os ombros. O sorriso dela está enorme, como se tivesse esperado a vida inteira para gritar aquelas palavras e não ser julgada por isso. — Hã. E agora?

Abro um sorriso para ela.

— O taverneiro ergue o olhar...

CLINK
Um brinde a Brawndo!
SLAM
Me dê cerveja ou me dê sangue!
Não servimos sangue aqui, e tampouco servimos cerveja, ao menos não para arruaceiros. Quer entrar na minha taverna? Melhor abaixar um pouco esse tom.
Hum, desculpa. Eu posso ter me empolgado.
Gostei do seu estilo!
Puxa uma cadeira e senta aqui. Taverneiro, uma bebida pra nossa nova amiga!

Painel 1:

— Valeu. Sou nova nesta cidade e ainda estou meio perdida. É bom conhecer gente simpática.

VUUP

— Não se engane. Aqui é uma cidade de bandidos que não prestam, ladinos e caçadores de tesouros, e nós somos o pior do pior.

— Não dê atenção a Starling. Apesar da estatura pequena, seu coração é maior do que ela demonstra.

— Não, é verdade. O Goren aqui é maldade pura.

— O mesmo não pode ser dito de mim.

Painel 2:

— Tenho que dizer, essa é a espada larga mais bela que vejo há muito tempo. O que uma guerreira como você está fazendo nesta parte do mundo?

— Você não foi chamada pra lutar no exército do rei?

Painel 3:

— Minha espada não está à venda a nenhum rei. Há apenas uma pessoa cujo bolso desejo encher, e essa pessoa sou eu.

— Outra caçadora de tesouros então!

— Acontece que está faltando um membro no nosso grupo, e talvez precisemos de alguém com suas habilidades específicas.

Painel 4:

— Cala a boca, Querth.

— Como a gente vai saber se ela é de confiança?

Antes que Lark possa responder, a porta da taverna se abre, desta vez revelando uma barda élfica em pânico.

Preciso de ajuda!

O que foi, trovadora?

O que aconteceu?

Há anos viajo com um cavaleiro bravo e belo. Dois dias atrás, nós chegamos ao lendário Templo de Lundyn Toune.

Depois de entrar no templo e matar goblins aos montes, nós alcançamos a câmara central, onde encontramos uma estátua de uma bela donzela.

Ao tentar quebrar a maldição da donzela, meu companheiro mago disparou uma armadilha e acabou transformando-se em pedra!

Peço a ajuda de aventureiros destemidos dispostos a ir ao templo e quebrar a maldição do meu bom amigo.

Não é o chamado à ação mais sutil do mundo...

Reunião!

Por que eu sempre tenho que ser a voz da razão? Nós não sabemos nada sobre essa elfa e esse mago nem sobre o templo. Sugiro que a gente espere uma missão com potencial mais lucrativo antes de...
Eu voto "sim". A elfa está em apuros, e seria a coisa certa a fazer.
Também topo. Um templo lendário é quase garantia de espólios lendários.
Ela mencionou goblins. Eu sempre topo detonar uma horda de goblins.
Eu vou salvar seu mago!
Olha só,
ele não é bem meu mago...
De qualquer modo, obrigada! Ainda assim... não seria bom ter um usuário de magia junto, considerando que você vai lidar com magia das trevas poderosa?
HA HA HA!
Eu quebro maldições quebrando cabeças!

Não tenho dinheiro para oferecer pelo serviço, mas garanto que vai haver tesouros disponíveis dentro do templo.

E também posso recompensar vocês...

... escrevendo uma balada épica em honra ao seu retorno vitorioso!

PODE CONTAR COM A GENTE!

CAPÍTULO DEZENOVE

É a noite de *Dungeons & Dragons* mais esquisita que eu já tive.

Não só porque Maya está aqui, embora isso seja parte da questão.

Não só porque Maya está jogando de guerreira e... estranhamente, interpretando *muito bem* a personagem quando os jogadores começam a missão pela floresta e encontram o primeiro obstáculo: um bando de fuinhas gigantes. Maya está tão mergulhada no papel de Grit Partepedras que, quando a batalha acaba e as fuinhas restantes tentam fugir, ela joga um punhado de pipoca no tabuleiro e grita:

— Voltem aqui pra eu poder quebrar suas espinhas com minhas mãos nuas!

Nós todos a olhamos, sem palavras, até que Maya se encolhe timidamente na cadeira.

— Desculpa.

Mas Noah abre um sorrisão, feliz da vida, e me olha.

— Que se dane o Matt. Quem vai ficar é *ela*.

Nessa hora, Russell nos informa (com rosto perfeitamente sério) que o coletivo de fuinhas em inglês é *boogle*, e como alguém sabe disso eu não tenho ideia, mas a noite toda se dissolve em histeria bem rápido depois disso.

Mas possivelmente a parte mais estranha da noite... sou eu. E meu dado. E minha sequência bizarra de rolagens impossíveis da sorte.

Como deixei Maya usar meus dados, estou usando o D20 mágico. E eu não sou *ótimo* em matemática nem nada, mas até eu sei que, em um dado de 20 lados, as chances de rolar um 20 em qualquer rolagem normal é... bem, de uma em 20.

Ainda assim, cada vez que rolo para determinar iniciativa ou força de um dos NPCs ou ver o quanto as várias armadilhas e tesouros estão escondidos quando os personagens fazem os testes de percepção, o número é sempre o mesmo.

Vinte.

Vinte.

Vinte.

Os outros começam a me olhar de um jeito estranho. Nós já jogamos juntos muitas vezes, exceto por Maya, e tenho quase certeza de que ninguém acha que eu esteja roubando, pois que motivo eu teria para roubar? As coisas são mais interessantes quando alguns tesouros são descobertos. E é mais divertido quando os jogadores têm chance de enfrentar qualquer oponente que surja na frente deles.

Fico agradecido pelo meu escudo do mestre, que impede os jogadores de verem minhas rolagens. Eu começo a mentir: rolo o dado, vejo que o mesmo 20 apareceu para mim e finjo que rolei algum outro número aleatório. Sete. Dezesseis. Dois. Não importa. O jogo continua. Minha sorte continua. Mas, nesta noite, não me sinto com sorte. Só é... irritante.

São quase 22h quando encerramos.

— Mal posso esperar pra ouvir essa balada épica — diz Kyle enquanto arruma os livros e as fichas de personagem.

— Balada? — pergunto.

— A barda nos prometeu uma música — diz ele. — Quando nós quebrarmos a maldição. Então, quando esta campanha acabar, você nos deve uma música, mestre.

Dou uma risada.

— Certo. Por sorte, eu talvez conheça uma barda de verdade que pode ajudar com isso.

Todos guardam os manuais, dados e bonequinhos, sorrindo e gargalhando enquanto relembram alguns pontos altos da noite. Fico um pouco atônito de ver que Maya está agindo como parte do grupo. Como se jogasse conosco há anos. De alguma forma, ela e Noah começam um bate-papo divertido sobre seus K-dramas favoritos, o que leva a trocarem números de telefone e fazerem planos de se encontrar para rever alguns favoritos.

Maya fica mesmo depois que os outros foram embora, insistindo que quer ajudar na arrumação, principalmente porque ela... não, porque *Grit* passou um pouco do limite com a pipoca. Mas não tem muita coisa a fazer e nós trabalhamos em silêncio. Ela carrega as tigelas vazias para a pia da cozinha enquanto eu desmonto as mesas e as levo para a garagem.

— Foi muito divertido — diz Maya, dobrando a toalha de mesa.

— Foi, sim — concordo. — Você se deu muito bem com o grupo.

É verdade. A noite foi *ótima*, sinceramente. Houve ocasiões em que esqueci que a garota mais bonita da escola estava à mesa. Por um tempo, parei de ficar nervoso. Parei de ficar encabulado. Parei de ser qualquer coisa além do mestre do jogo, e me senti apenas na companhia dos meus melhores amigos. Como sempre.

Foi ótimo.

Mas não foi *romântico*.

Coço a nuca.

— Quer... ficar mais um pouco? A gente pode ver um filme, sei lá.

O olhar dela é de desculpas.

— Obrigada, mas eu tenho que ir pra casa.

— Claro. Está tarde. Hã... vou com você até lá fora.

Nós subimos a escada e saímos para a entrada de carros.

— A gente se vê na escola na segunda — diz Maya, apertando o botão para destrancar o carro. Os faróis piscam.

— Sim. Com certeza.

Quando Maya está levando a mão à maçaneta do carro, eu reúno coragem.

— Maya?

Os momentos seguintes são uma comédia de erros. Maya abre a porta do carro quando eu me inclino para a frente, e o canto da porta bate no meu peito com tanta força que eu fico sem ar. Cambaleio para trás, atordoado.

— Ah! — grita Maya. — Desculpa! Você está bem?

— E-estou — digo, massageando o peito e tentando esconder a dor. Não está doendo *tanto assim*, convenço a mim mesmo. O que ficou mais ferido foi o meu ego, na verdade.

Também me sinto confuso.

O que foi isso, Sorte?

Maya parece horrorizada primeiro, depois... desconfiada.

— Você ia...

Ela não diz, mas as palavras estão ali, claras como a lua no céu sem estrelas.

Eu ia dar um beijo nela?

Ia. Essa tinha sido a ideia.

— Eu só pensei em... abrir a porta pra você — digo, tossindo. — Coisa... de... cavalheiro. Foi uma tentativa equivocada.

— Ah. — Ela dá uma risadinha fraca. — Foi um acidente.

— Eu sei. Estou bem. Hum... dirige com cuidado, tá?

Maya assente.

— Boa noite, Jude.

— Boa noite.

Fico na entrada olhando até as luzes de freio sumirem na esquina, depois volto para dentro de casa. No banheiro, tiro a camiseta para avaliar o dano, mas, apesar de haver uma marquinha vermelha, não parece tão ruim quanto senti. O constrangimento está durando mais do que a ferida.

No que eu estava pensando ao me inclinar para beijá-la assim?

Desço para o quarto e pego meu bloco de desenho, mas não faço nada. Só viro as páginas sem pensar, enquanto meu cérebro repassa os momentos mais memoráveis do dia. Todos os meus amigos jogando, relembrando as coisas idiotas que Brawndo tinha feito em campanhas anteriores. Kyle insistindo para que parassem toda a missão para ele ajudar uma família de caracóis a atravessar a estrada em segurança, o que deixou César enlouquecido... principalmente quando os caracóis acabaram se provando mágicos e deram a Kyle uma garrafinha de poção de cura. Houve a ocasião em que Noah e Maya começaram um papo paralelo sobre mercenários covardes, até rirem tanto que Maya teve que secar lágrimas de verdade. No fim das contas, Russell limpou a garganta e lembrou que seriam devorados por um lobo atroz se não fizessem alguma coisa.

A noite toda superou qualquer expectativa.

Então por que estou com a sensação de que algo deu catastroficamente errado?

Não faz nenhum sentido.

Eu preciso chamá-la para sair de novo, decido. Como Pru sugeriu. Um segundo encontro de verdade.

Que seria... o que exatamente? Nós poderíamos alugar scooters no calçadão ou... sei lá. Fazer um piquenique na praia?

Nada em que penso parece certo. Tento me imaginar com Maya nesses passeios. Tento me imaginar sendo carismático e encantador. Tento imaginá-la rindo das minhas piadas. Mas, por mais que eu tente, mesmo nessas fantasias não consigo fazê-la rir tanto quanto ela riu com Noah hoje.

Estou imaginando coisas. Estou exagerando. Só estou sendo meu eu normal, cheio de dúvidas. Não há nada de novo nessa história.

As coisas estão ótimas. Não poderiam estar melhores. Essa magia que entrou de forma inexplicável na minha vida é infalível.

Eu consigo ganhar o coração da Maya. Só vou precisar de um pouco de sorte.

E eu tenho toda a sorte do mundo.

CAPÍTULO VINTE

— Jude. Para de palhaçada — diz Pru. — Estamos aqui pra trabalhar!

— Desculpa, eu sei — digo apressadamente, sem tirar os olhos da tela nem as mãos do controle. — Mas eu nunca cheguei tão longe antes. Não posso parar agora!

A casa de Ari tem muita coisa legal, coisas que com certeza fazem dela o ponto de encontro preferido quando não podemos gastar mais dinheiro em nachos no Encanto ou casquinhas de sorvete no Salty Cow. Para começo de conversa, Ari é filha única, e o simples fato de ela não ter três irmãs mais novas competindo pelo controle da TV, pelos carregadores de telefone, pelos petiscos e pelo espaço geral é um bônus. Ela também tem uma piscina no quintal que é muito superior às piscinas infláveis que meus pais ainda compram — e substituem — todos os anos. E a sala dela é de primeira linha, com uma coleção de discos de parede a parede (muitos comprados na Ventures, é claro), uma televisão de tela grande, dois fliperamas antigos e uma máquina de pinball.

Eu poderia passar horas matando tempo na casa de Ari. Já *passei* horas matando tempo na casa de Ari. Tardes inteiras lendo um livro no pátio enquanto ela e Pru descansam nas boias da piscina. Dias inteiros grudados em uma competição de pinball pau a pau. (Ari sempre ganha. Mas ela é *dona* da máquina, então deve ter mais prática do que nós.) Noites inteiras estudando e escrevendo trabalhos, enquanto Ari escolhe discos diferentes que nenhum de nós ouviu antes, e Abuela nos mantém energizados com um suprimento aparentemente interminável de frutas frescas polvilhadas com Tajín, limão e molho chamoy. (Que é muito picante para mim porque eu sou um fracote, mas aprendi a procurar fatias de manga e melancia com a menor quantidade de molho, enquanto Ari gosta de beber o caldo que sobra no fundo da tigela como se fosse uma iguaria rara, não importa quantas vezes já tenha tomado.)

Às vezes quase me sinto mais à vontade na casa de Ari do que na minha. Eu amo a minha família, mas há algo no conforto tranquilo daqui que raramente encontro em casa.

No momento, porém, estou menos preocupado com tranquilidade e conforto, e mais concentrado em manter minha sequência nesse jogo de Pac-Man.

— Nossa — diz Quint, olhando por cima do meu ombro. — Acho que você bateu a pontuação mais alta do EZ.

Meu peito se aquece com uma pontada de orgulho. Não é sempre que sinto que derrotei Ezra em alguma coisa.

Na tela, o monstrinho redondo mastiga e corre, mastiga e vira, mastiga e foge, esquivando-se de fantasmas coloridos flutuantes. Estou em transe, as mãos empurrando agilmente o joystick. Para cima, para a esquerda, para a direita, para baixo, para cima, para cima...

Parece até que eu não *consigo* perder.

É nessa hora que percebo. Não sou *eu*. É a magia!

Minhas mãos param nos controles. O fantasma roxo que deveria ter atacado meu boneco com cara de bolacha segue inexplicavelmente na outra direção.

Meu coração despenca.

Qual é o sentido de vencer se já está decidido?

— Que estranho — diz Quint.

— Essa fase deve estar bugada — murmuro antes de jogar intencionalmente o Pac-Man em outro fantasma.

Fim de jogo.

— Finalmente — diz Pru enquanto o jogo mostra a nova pontuação mais alta e pede para eu inserir minhas iniciais. — Podemos fazer isso agora?

— Desculpa. — Eu me viro em direção aos sofás. Pru está sentada com o computador em cima de uma almofada, no colo. Do outro lado do sofá, Ari trança nervosamente uma mecha de cabelo enquanto olha para a tela. Sua atenção salta para mim e, por apenas um segundo, vejo seu olhar descendo para a calça jeans nova e a camisa xadrez de botão que Lucy me convenceu a comprar. Ela disse que eu poderia usar por cima de qualquer camiseta (sim, até as minhas nerds), e que com os botões de baixo fechados e as mangas dobradas nos antebraços ainda ficaria bem.

E, apesar de me sentir um pouco estranho, quando vejo vislumbres de mim no espelho, eu meio que gosto do que vejo.

E quando Ari morde o lábio inferior e desvia o olhar depressa, eu meio que gosto também.

Coço atrás da orelha e me sento no espaço entre elas, enquanto Quint vai para a poltrona reclinável.

— Tem oito milhões de arquivos aqui — diz Pru. — Qual deles temos que ver?

— Bom. Então... — Eu pego o laptop dela. — Aqui está o vídeo original. E aqui está o vídeo em que Quint ajustou o som. E aqui... — Eu respiro fundo e clico em um arquivo MP4. — Está o vídeo final. Mas! — Faço uma pausa no vídeo antes que ele comece a ser reproduzido e olho para Ari. — Antes de assistirmos, saiba que não tem nada decidido ainda. Se você odiar, não precisamos deixar assim.

— Odiar o quê? — pergunta Pru com a voz desconfiada. Ela costuma desconfiar de qualquer coisa que não tenha sido ideia dela, mas estou acostumado a convencê-la. — O que você fez com o vídeo dela?

— Nada — digo. — Só adicionei alguns efeitos. Mas, se for contra as regras do concurso, ou se Ari não gostar, é fácil de excluir.

— Nós não falamos nada sobre botar efeitos — diz Pru. — Você só tinha que adicionar os créditos e as legendas, pra que os robôs tradutores da internet não bagunçassem a letra da Ari.

— Sim, eu sei, e fiz isso. Eu também... incrementei algumas coisas. Tive tempo hoje de manhã e fiquei inspirado, então...

— Vamos assistir — diz Quint.

Ari assente.

— Tenho certeza de que vou gostar.

— Não diz isso — peço. — Porque você pode não gostar, e tudo bem. Esse vídeo é seu, não meu. Só pensei que talvez ajudasse a destacá-lo no concurso. Não que você precise disso. A música já é ótima por si só.

Falo com sinceridade. Fiquei com sua música, "Chuvarada", na cabeça o dia todo e decorei a letra enquanto trabalhava no vídeo. Eu terminei ainda há pouco, antes de virmos à casa da Ari, o que significa que não tive tempo para pensar no que fiz. Para analisar meus acréscimos por todos os ângulos. Para questionar, duvidar e me preocupar, o que significa que toda a ansiedade que normalmente teria sido espalhada ao longo de dias ou semanas está se amontoando dentro de mim agora.

Eu suspiro e clico em reproduzir o vídeo. A introdução musical começa, com os créditos no canto inferior, como em um videoclipe real.

— Acho que tem uma maneira de ajustarmos as configurações pra que as pessoas possam assistir com ou sem legendas... — começo a dizer, e então surge o primeiro efeito visual e Pru e Ari arquejam. Eu fecho a boca, os nervos formigando por todo o corpo.

Quint pula da cadeira e vai até a parte de trás do sofá para poder assistir por cima dos nossos ombros.

Os efeitos são simples desenhos de linhas, como rabiscos de giz que flutuam para dentro e para fora do enquadramento no ritmo da música. Um sol brilhando no canto quando Ari começa a cantar, depressa substituído por nuvens de tempestade e um raio. Ondas quebrando na moldura abaixo do violão. Um barquinho à vela balançando. Casquinhas de sorvete, guarda-sóis e discos girando e cuspindo notinhas musicais em volta da cabeça de Ari.

Tenho críticas a cada um deles. Quer dizer, para uma manhã de trabalho, não está *horrível*, e sou grato por aquele verão em que passei um tempão aprendendo a usar o Adobe After Effects, pensando que algum dia gostaria de transformar nossas campanhas de *D&D* em pequenos desenhos animados, até que percebi o quanto desprezo a natureza tediosa de produzir animação e que eu era mais adequado para quadrinhos.

Ainda assim. Podia estar melhor. As ondas podiam ser mais lentas, para corresponder mais ao ritmo da música. Aquele raio estava muito grande, quase uma distração. Durante o refrão, os corações partidos parecem bregas demais.

Só percebo que estou mordendo o dedo quando Pru se aproxima e puxa minha mão.

O vídeo termina com uma tela verde-clara, os créditos rabiscados na minha caligrafia desleixada. Ari pelo canto e pela composição, Quint pela filmagem, Pru pela equipe de produção, eu pela edição, além de um agradecimento especial à Ventures Vinyl. No final, uma nuvem varre a tela, limpando o texto e deixando um único coraçãozinho para trás.

O vídeo termina.

— Está tudo bem se você tiver odiado — digo. — Fiz outra versão, sem o...

De repente, braços me envolvem, me abraçando de lado.

— Eu *amei* — diz Ari. Ela agarra minha cabeça, me puxa para mais perto e me beija na bochecha.

Meu rosto fica quente.

— Está perfeito! — continua ela. — Parece um videoclipe de verdade. Só que sem um monte de trocas de roupa sofisticadas e orçamento de um milhão de dólares.

— Tem certeza? — digo, ainda mais nervoso agora com os braços de Ari ao meu redor. — Eu não tinha certeza se os efeitos especiais eram contra as regras do concurso.

Pru pega o computador de volta

— Vou verificar as letras miúdas pra ter certeza, mas acho que eu me lembraria de algo assim. E olhei as hashtags pra ver os outros candidatos, e muita gente está tentando destacar seus vídeos usando ângulos de câmera diferentes e iluminação estroboscópica e... Houve até alguns com trocas de roupa, agora que penso no assunto. Acho que está tudo bem. E concordo com a Ari: eu amei, Jude. Combinou perfeitamente com a música.

Ari dá um gritinho animado e me solta.

Eu afundo nas almofadas do sofá.

— Tudo bem, chega de conversa fiada. — Pru abre o novíssimo canal do YouTube de Ari. Com alguns cliques, carrega o arquivo, escolhe uma imagem para ser a *thumbnail* e cola a descrição com todos os detalhes necessários sobre o concurso do festival.

Quando termina, ela passa o computador para Ari.

— Faça as honras.

Ari se senta mais ereta e leva o dedo ao touch pad. Na tela, a seta paira sobre o botão publicar.

— Espera. — Coloco a mão sobre a dela.

Todo o braço da Ari fica tenso.

— Sei que isso é estranho — digo, meus dedos formigando onde encostam na pele dela. — Mas ando me sentindo com muita sorte ultimamente, então... quem sabe ela não dá uma roçada em você?

Quint ri com deboche.

— Se o EZ estivesse aqui, ele te zoaria por esse comentário até dizer chega.

Pru se vira de cara feia para ele.

Ari abre um sorriso hesitante para mim.

— Aceito toda a sorte que puder.

Juntos, nós publicamos o vídeo.

Retiro a mão e todos ficamos sentados olhando para a tela, onde uma imagem de Ari e seu violão, com um coraçãozinho branco no ombro, ocupa o alto do canal vazio.

— Parece solitário — diz Quint. — Você vai ter que gravar mais músicas.

Ari cantarola pensativamente.

— Sabe, andei pensando nisso. Foi divertido. Será que a gente pode fazer mais?

— Com certeza — diz Pru, se levantando de um salto. — Agora que fizemos um, o próximo será mais rápido, mais fácil e mais barato de produzir. Economia de escala básica.

Quint ri.

— Sem mencionar que Ari tem um monte de músicas ótimas que as pessoas podem querer ouvir.

— Bom, sim — diz Pru. — Obviamente, isso também.

— E a inscrição no concurso? — pergunta Quint. — Essa parte acontece automaticamente agora?

Ari faz que não.

— Preciso enviar o formulário de inscrição, mas já está todo preenchido, menos o link do vídeo, então só vai levar um segundo.

Pru me olha de soslaio.

— Você precisa ajudar com isso também, Jude? Passar mais da sua sorte? Ou vamos confiar no trabalho árduo e talento dela pra essa parte?

— Eu nunca disse nada contra o trabalho árduo e o talento — respondo, a mão ainda formigando. — Mas nem você pode negar. As coisas andam boas pra mim ultimamente.

Pru abre a boca, provavelmente para negar, mas hesita. Seu olhar se dirige para Ari, e sua mandíbula se contrai brevemente, antes de ela se virar para mim com um sorriso que parece quase... resignado?

— Você tem razão. Parece sim que a sorte está sempre a seu favor.

CAPÍTULO VINTE E UM

A magia de Lundyn Toune não me decepciona. Um trabalho de casa que eu achava que estava perdido reaparece milagrosamente no meu fichário quando o professor pede. Paro para amarrar o cadarço e encontro uma nota de dez dólares na calçada. E, apesar de esquecer de botar meu cereal favorito na lista de compras, minha mãe se lembra de comprar mesmo assim, e isso *nunca* acontece.

Mas a maior sorte de todas é que sentar com Maya e os amigos dela no almoço vai se tornando cada vez menos constrangedor com o passar da semana. Até ouso falar de vez em quando, e talvez seja só imaginação minha, mas acho que eles estão começando a gostar de mim. É mentalmente cansativo, admito, ouvir as conversas e ficar procurando coisas que possa dizer que sejam interessantes ou inteligentes ou ambas, mas, quando eu falo e todo mundo ri, sinto que estou mandando bem. Uma vez, até vi Serena olhando para Maya com cara de *quem poderia imaginar?* que interpreto como ótimo sinal.

Apesar disso tudo, levo até sexta para reunir coragem de chamar Maya para um segundo encontro. Ela aceita e combinamos de nos ver depois da aula, mas seria minha imaginação ou o sorriso dela foi mais reservado desta vez? E por que a resposta dela não me enche do mesmo êxtase arrebatador da primeira vez? Repreendo a mim mesmo, sabendo que não é algo que posso ignorar. O potencial de sair com *Maya*. A novidade da sorte impossível pode passar, mas isso nunca.

Além do mais, não tem jogo de moeda nem de dado que possa me tornar digno de chamar Maya Livingstone de minha namorada. Se essa magia desaparecesse amanhã, ela ainda me veria como um cara de quem ela poderia gostar? Um cara por quem poderia se apaixonar?

Não posso ser complacente enquanto não tiver certeza de que a resposta para essa pergunta é sim.

— Ah, é só sorte de principiante! — grita Maya quando a minha bola de golfe passa pela boca do tubarão, desce pelo tubo, cai no nível inferior de grama artificial verde e vai direto para o copo de plástico.

Um acerto no buraco de primeira.

E é nesse momento que começo a questionar se o minigolfe foi boa ideia. Abro um sorriso nervoso quando seguimos para pegar nossas bolas de cores neon. Maya jogou primeiro e ela levou seis tacadas para encaçapar a bola, mas insiste que está só se aquecendo.

Eu queria poder pensar em um comentário divertido, mas estou ocupado tentando decidir como vou percorrer o resto da pista sem Maya achar que sou um prodígio do golfe.

Ou que estou roubando.

Não sei o que seria pior.

— Não é *completamente* sorte de principiante — digo quando seguimos para o buraco seguinte, onde a bola tem que subir e passar por cima de um navio pirata pequeno. — Eu já joguei minigolfe.

Ela não precisa saber que a última vez que joguei foi com a minha família e que acho que Ellie nem tinha nascido ainda.

— Você é bom de golfe? — diz Maya, colocando a bola laranja no ponto de partida e alinhando o taco. — Porque, apesar da minha inabilidade naquele primeiro buraco, eu sou boa mesmo nesse jogo e não vou deixar que você me intimide, Jude Barnett.

Por algum motivo, gosto quando ela usa meu nome completo, e sinto que relaxo um pouco.

— Tenho certeza de que foi só sorte daquela vez — digo.

Maya dá a tacada dela e a bola sobe a rampa direto, passa pelos mastros de madeira e desce pelo outro lado. Para a uns 30 centímetros do buraco.

— Não existe sorte no golfe — diz ela, lançando um olhar solene para mim. — Esse é um jogo sério de habilidade e estratégia.

Ela coloca a bola no buraco com mais uma tacada e registra os pontos enquanto preparo meu taco. Desta vez, tento jogar a bola de forma torta e...

A bola bate na lateral do navio e quica de volta quase para o mesmo lugar de onde dei a tacada.

Maya faz um ruído satisfeito com a garganta e expiro de alívio. Depois do fiasco do D20 no fim de semana anterior, eu meio que esperava que a magia de Lundyn Toune desafiasse as leis da física para garantir que eu acertasse outro buraco de primeira. Quem imaginaria que poderia haver vezes em que uma pessoa não quer ter tanta sorte? Acontece que às vezes é melhor ser mediano.

Ao errar intencionalmente minhas tacadas, levo quatro tentativas para passar pelo navio pirata, e uso a mesma estratégia nos buracos seguintes, jogando a bola na água uma vez e caindo na mesma armadilha de areia duas vezes.

Entramos em um ritmo fácil. Para a minha surpresa, Maya ocupa a maior parte da conversa com coisas da nossa campanha de *D&D*. Ela até começou a escrever a história da personagem dela, pensando que seria divertido transformá-la em um conto, por exemplo. Não que ela fosse mostrar a alguém. Os amigos dela não entenderiam, diz, e ela nunca postou nada na internet, e o conto nem deve ser muito bom mesmo (palavras dela, não minhas), mas ela está se divertindo mesmo assim. Maya conta que inventava histórias quando era criança, em que ela se colocava como personagem e fingia que era ninja ou paleontóloga, e às vezes escrevia, mas faz tanto tempo que ela meio que tinha esquecido. Fala com muita nostalgia, como se estivesse conectada com uma parte amada de si mesma que passou tempo demais negligenciada.

Se você está se perguntando se digo muitas palavras ao longo desse monólogo revelador de Maya, a resposta é… não. Mas não me importo. Se Maya quer falar até meu ouvido cair sobre seus sonhos antigos e abandonados de aventura de fantasia, quem sou eu para impedir?

Maya tem muitas ideias sobre o caminho que a campanha pode estar tomando. Na verdade… alguns são bons mesmo. Talvez até melhores do que o que tenho planejado.

— Quer saber, você seria uma boa mestra.

Ela arregala os olhos.

— Não mesmo. Eu não saberia nem como começar.

— Depois de jogar por um tempo, você vai pegar como funciona. Elaborar uma campanha é meio que como escrever uma história sem personagens. Parte do trabalho do mestre é manter o jogo no rumo, mas tem mais a ver com improvisar, pra que todo mundo se divirta. Sinceramente, acho que você seria ótima.

Ela se envaidece ao mesmo tempo que dá de ombros com modéstia.

— Parece muito trabalho.

— É mesmo. Mas também é divertido.

Maya cantarola pensativamente enquanto dou minha tacada seguinte.

— Talvez — diz quando a minha bola ricocheteia nas paredes dentro do moinho miniatura e sai do outro lado, direto para o buraco.

Ela franze a testa.

— Isso sim foi uma tacada de sorte.

— Desculpa?

— Por quê? Eu ainda estou ganhando — diz, anotando a pontuação.

Maya me vence no final. Não que eu tenha deixado que ela vencesse de propósito, só estou mais concentrado em não acertar o buraco em uma tacada só, e paro de prestar atenção em como ela está se saindo, e acontece que ela *é* boa. Quando devolvemos os tacos, os atendentes dão a Maya um adesivo de VENCEDORA, que ela gruda na camiseta com orgulho, como se fosse uma medalha de honra.

— Quem perde paga o jantar nesse jogo? — pergunto, enfiando as mãos nos bolsos. Apertando o dado.

O sorriso que Maya abre para mim é quase de flerte. Mas, em vez de a minha confiança decolar com aquele olhar, na mesma hora me questiono se o que falei foi brega demais, falso demais, se… *não tinha nada a ver comigo.*

— Até que estou com fome — diz ela.

Faço que sim, de repente sem conseguir olhar nos olhos dela.

— Conheço um lugar.

CAPÍTULO VINTE E DOIS

Caminhamos até o Encanto, meu restaurante preferido. Pru, Ari e eu passamos tanto tempo estudando lá depois da aula que o proprietário, Carlos, nem se preocupa mais em anotar nossos pedidos, só nos traz o de sempre.

— Nunca vim aqui — diz Maya. — Mas já passei na porta um milhão de vezes.

— Eu venho muito aqui — digo. — A comida é deliciosa e o dono é muito legal.

Há uma placa que diz FIQUE À VONTADE PARA ESCOLHER UMA MESA depois da porta, e eu a levo até nossa favorita. Nós nos sentamos e Maya pega o cardápio no suporte em cima da mesa.

— O que você costuma comer?

— Gosto muito dos tostones e Ari costuma pedir os nachos. E os aperitivos estão por metade do preço agora — digo, apontando para o cardápio do happy hour. Mas fico com medo de que talvez isso me faça parecer mais pão-duro do que prático, e acrescento: — Também tem ótimos tacos de peixe.

— Tudo isso parece bom — diz Maya, guardando o cardápio e olhando em volta. — Olha. Diz que tem karaokê toda terça-feira. — Ela balança as sobrancelhas para mim. — Vamos voltar e cantar algum dia?

Eu faço uma careta.

— *Não*, obrigado.

Ela faz expressão de surpresa e na mesma hora me arrependo da minha reação.

— Quer dizer, posso voltar com você quando quiser — digo. — Mas não sou de cantar em público. Não gosto nem de cantar no chuveiro quando sei que tem gente em casa.

— Eu também não sou boa cantora.

— Ari gosta de vir cantar às terças de vez em quando — digo. — Às vezes, ela até convence Pru a cantar também. Você devia se juntar a nós algum dia.

— Eu gostaria muito.

— Jude, é você? — diz Carlos, aparecendo na nossa mesa com dois copos de água gelada. — Nem te reconheci sem a turma de sempre. Quem é essa?

— Oi, Carlos. Essa é a Maya. Nós estudamos juntos.

— Vocês *estudam* juntos — repete Carlos, de uma forma que faz parecer que esse simples fato contém doze camadas de significado implícito. — Bom, espero que você esteja sendo legal com esse cara — diz ele para Maya. — Ele é um dos bons. O de sempre, Jude?

Com as bochechas queimando, olho para Maya, e ela dá de ombros.

— Quando em Roma...

— Sim — digo. — O de sempre.

Carlos assente.

— E para beber?

Nós dois pedimos Sprite, e, quando Carlos se afasta, Maya me lança um olhar intrigado.

— Você vem *mesmo* sempre aqui.

— Venho. Era um dos lugares favoritos da Ari quando a gente se conheceu, e é perto o suficiente de casa pra que Pru e eu pudéssemos vir de bicicleta antes de tirarmos a habilitação. Éramos só nós três por um tempo, mas agora é claro que Quint vem muito também. E Ezra. E Morgan... você não deve conhecer. Ela era voluntária com Pru e Quint. Ela faz faculdade em San Francisco agora, e não a vemos há algum tempo, e... estou tagarelando. Desculpa.

Maya dá uma risada.

— Por favor, depois do tanto que falei sobre a história da minha tiefling mais cedo? Sinceramente, é revigorante quando você começa a falar. Você é sempre tão quieto.

Claro que esse comentário só serve para me fazer calar a boca. Ocupo as mãos soltando a tira de papel que envolve o guardanapo e os talheres.

— Normalmente, não tenho muito a dizer.

— Você não tem muito a dizer? Ou acha que as pessoas não querem ouvir?

— As duas coisas? — Amasso a tira de papel em uma bolinha e jogo em cima da mesa. A bolinha ricocheteia no saleiro. — Na maior parte do tempo, eu penso em quadrinhos e campanhas de *D&D*... e a maioria das pessoas não está muito interessada nisso.

— Eu estou interessada.

Maya diz isso com tanta sinceridade que não consigo duvidar dela, principalmente depois de como nos divertimos no fim de semana anterior e de saber o quanto ela está pensando na sua personagem.

— Ainda estou tentando entender isso — digo a ela. — Nunca em um milhão de anos eu teria imaginado... — Paro, com medo de estar quase dizendo algo constrangedor.

— O quê? — pergunta Maya. — Que eu tenho imaginação? Que eu também gosto de histórias com magia e aventura?

— Não isso — digo, mas paro quando Carlos traz nossas bebidas. Uso a interrupção para tentar formar um pensamento coerente. — É tipo, isso não é um filme adolescente clichê em que eu sou o garoto nerd que é enfiado em armários pelo atleta popular e você é a líder de torcida que gosta de, sei lá, fazer compras ou algo assim.

A expressão de Maya muda, o que sugere que eu talvez queira me apressar para chegar logo a uma conclusão. Faço uma careta.

— Mas ainda existem, você sabe, círculos sociais. E você sempre esteve em um círculo. Aquele que entra em clubes da escola e concorre para presidente de turma e é votado para a corte do baile, e... outras coisas.

— Você sabe que não tem corte do baile na nossa escola, né?

— Ah. Sei, claro.

Eu definitivamente não sabia disso.

Ao ver a verdade no meu rosto, Maya ri e balança a cabeça.

— Você já foi a algum baile?

— Não — digo. — Porque *eu* estou em um dos outros círculos. O círculo social que...

— Participa de jogos de fantasia — diz ela.

— E assiste a anime e lê livros sobre dragões e vai a convenções de ficção científica e feiras medievais e, tipo, até usa fantasia.

Maya arregala os olhos com... animação?

— Você faz isso mesmo?

Ai, Deus.

Eu afasto o olhar.

Ela ofega e se inclina para a frente.

— Tem fotos? Posso ver? Que tipo de fantasia? Você usou kilt? Armadura? — Maya aperta os olhos. — Você foi de elfo?

— *Não* — digo com timidez. — Eu fui de humano. Um humano... mago.

Os olhos dela brilham.

— Se você não me mostrar uma foto, sei que suas irmãs mostram.

— A Pru não faria isso. Ela é leal a mim. — Dou um suspiro profundo. — Mas as outras definitivamente me venderiam num piscar de olhos.

Ela ri.

— Eu não me aproveitaria assim. Se bem que gostaria de ver. — Maya hesita e acrescenta: — Eu adoraria ir um dia.

Toma um longo gole da bebida, franzindo o nariz por causa do gás. Um garçom chega um minuto depois com a comida.

Nós comemos em silêncio por um tempo, então Maya diz de um jeito meio casual *demais*:

— Você já sentiu que perdeu uma coisa e agora não sabe se pode voltar e tentar de novo?

Inclino a cabeça para ela, desconfiado por causa do tom. Como se estivesse fingindo que não é importante, o que me deixa curioso.

— Que tipo de coisa?

— Sei lá. Alguma... coisa.

Nós ficamos em silêncio de novo. O restaurante vai enchendo por causa do horário de jantar. No bar, Carlos sacode coquetéis.

Quando Maya fala de novo, não é o que eu esperava que ela dissesse:

— Não são círculos, Jude. São caixas.

Congelo com um tostone quente a caminho da boca.

Maya limpa a garganta e me encara de novo.

— Pode não ser um filme adolescente clichê, mas parece mesmo às vezes que papéis foram designados a nós. Pra mim, acho que é porque passei a vida toda querendo que as pessoas gostassem de mim. Eu quero ter amigos. E quero tirar boas notas e quero que nossos professores pensem "uau, ela faz um ótimo trabalho". E quero que meus pais fiquem orgulhosos. E... bom, não que você também não queira essas coisas, mas pra mim é tipo... tipo, não me lembro de escolher quem eram meus amigos e por quais atividades me interessaria, tudo só aconteceu. Você começa a andar com umas pessoas no começo da escola e elas gostam de certas coisas e você começa a gostar dessas coisas também. Os mesmos filmes, os mesmos esportes, os mesmos... *tudo*. Mas aí... — Maya franze a testa. Olha para mim e afasta o olhar.

— Houve uma ocasião no... oitavo ano, lembra? Eu vi um pôster na escola. Um dos clubes ia fazer uma noite de animes, com filmes do... Qual é o nome dele? O cara que fez *O castelo animado*?

— Hayao Miyazaki — digo.

— Isso. Bom, eu tinha visto *O castelo animado*. Meu pai me levou a uma sessão especial no Offshore Theater e gostei muito. Aí eu falei para os meus amigos que a gente devia ir, e me lembro da Katie agir como se fosse a coisa mais esquisita que eu poderia ter sugerido. Tipo, quem quer ir ver desenhos que nem são em inglês com um bando de pessoas com quem a gente nem anda? E eu... eu ri com ela, e concordei. Que ideia burra. Mas secretamente sempre me arrependi de não ter ido.

Ela solta o ar devagar e finalmente come mais um pouco.

— Eu fui — digo para ela.

Maya faz uma pausa na mastigação, engole e assente, os lábios tremendo nos cantos.

— Claro que foi. Foi incrível? Eu perdi o que poderia ter sido a melhor noite da minha vida?

Eu relembro.

— Foi no auditório e projetaram os filmes em uma tela grande. Só tinha umas... vinte? Vinte e cinco pessoas? E alguém pediu pizza. E... claro, os filmes do Miyazaki são incríveis.

Maya parece melancólica.

— Viu? Parece ter sido ótimo. Já eu devia estar dormindo na casa de alguém, pintando unhas e brincando de verdade ou consequência, como sempre acontece quando a gente dorme na casa umas das outras. — Ela faz uma careta. — Não me entenda mal. Eu gosto das minhas amigas, é só que... Sinceramente? Eu me diverti mais jogando *D&D* no fim de semana do que me divertia havia muito tempo.

Essas palavras deviam me encher de satisfação, só que Maya parece triste quando fala.

Ela faz uma careta.

— Não conta pra ninguém que eu falei isso. Obviamente.

— Eu não vou contar — digo. Então, com hesitação: — Só pra ficar bem claro... você está planejando terminar com os seus amigos porque ainda não saiu do armário como nerd?

Maya ri.

— *Não*. Eles ainda são meus amigos. É que às vezes eu sinto que somos pessoas diferentes agora em comparação a quando nos conhecemos. E as coisas que acho legais e divertidas... Acho que eu não poderia falar delas sem que rissem de mim ou que me olhassem como se eu tivesse traído todo mundo.

— Coisas como... anime — esclareço. — E feiras medievais. E jogar *Dungeons & Dragons*.

Ela me olha com expressão de alerta.

— Sei que não foi sarcasmo que eu acabei de ouvir, agora que estou abrindo meu coração pra você.

Coloco um pouco de molho no meu prato.

— Desculpa. É que... você fala como se estivesse entrando pra uma seita ou fazendo lavagem de dinheiro de drogas, sei lá. Você só quer explorar um calabouço imaginário de vez em quando. Milhões de pessoas no mundo todo gostam desse jogo. O que disseram quando você contou? Ameaçaram mandar você pra reabilitação dos nerds?

Estou tentando ser engraçado, mas Maya não ri. Na verdade, ela parece culpada quando toma um gole de refrigerante.

— Ah — digo. — Você não contou.

— Eu não tenho vergonha, juro. Eu só não... O assunto não surgiu. Mas obviamente eles sabem que eu e você estamos andando juntos.

Andando juntos, penso. *Não saindo.*

— Tudo bem — digo. — Você pode falar pra eles o que quiser. Ou não. Mas de que você tem medo? Acha mesmo que vão te abandonar só porque você arrumou um hobby novo?

— Talvez não — diz Maya, não parecendo nem um pouco convencida. — Mas não sei se quero descobrir.

Eu franzo a testa.

— Eles foram legais *comigo* — digo.

— Porque *eu* fui legal com você.

Eu abro a boca. Mas volto a fechá-la.

Maya pega um tostone.

Finalmente consigo organizar os pensamentos para dizer:

— As coisas de que gostamos são só uma parte de quem nós somos. Isso não muda quem você é. Assim como andar comigo não muda quem você é.

O sorriso dela é fraco.

— Obrigada, Jude. E obrigada por me convidar pra sair hoje. Eu gosto de andar com você.

Meu coração salta. Eu retribuo o sorriso dela e, por um segundo, eu sinto. Essa atração gravitacional entre nós. Estamos bem perto e eu poderia me inclinar na direção dela, abaixar a cabeça, diminuir o espaço entre nós e...

O pânico aperta meu peito e rompo o contato visual primeiro. Limpo a garganta, pego minha bebida e tomo alguns goles grandes.

Quando ouso olhar para Maya de novo, ela está remexendo na bolsinha procurando alguma coisa, e tenho a impressão de que talvez se sinta tão sem jeito e insegura quanto eu. *Será* que ela queria me beijar? Bem que eu gostaria que houvesse uma maneira fácil de dizer. Todos os filmes fazem parecer tão simples, como se você fosse saber quando é a hora certa.

Mas eu só sei que este compartimento com uma mesa, com só nós dois dentro, de repente parece lotado.

E Maya continua sem me olhar.

— Sabe — diz ela de repente —, eu aposto que tem algum universo alternativo em que fui naquela noite de filmes. E, naquele universo, acho que você e eu somos ótimos amigos.

As palavras se expandem entre nós. Sugam todo o ar. Apertam meu peito.

Ótimos.

Amigos.

— É — digo, com a voz tensa. — Você deve estar certa.

CAPÍTULO VINTE E TRÊS

A casa está atipicamente silenciosa quando chego, e levo um minuto para lembrar que minha mãe e meu pai foram levar Penny e Ellie para ver o filme mais novo da Marvel. (Sem *mim*? Pois é.)

Não estou com fome, mas vou até a cozinha e tiro um pote de Nutella do armário. Nada como um lanchinho pós-encontro para aliviar o estresse quando você não tem a menor ideia de se perdeu outra chance de beijar a garota dos seus sonhos.

Abro a tampa do pote, me encosto na bancada e tiro uma colherada enorme. Como devagar porque um monte de Nutella na boca é bem menos gostoso do que se poderia pensar.

Eu mal sinto o gosto.

O que tem de *errado* comigo?

Com um grunhido, guardo a Nutella e pego o celular.

Penso por um segundo em mandar uma mensagem para ela, mas não sei o que poderia dizer que não me fizesse parecer desesperado. Então abro meus e-mails.

Meu coração pula na garganta.

> Jude,
>
> A arte que você nos enviou será publicada na edição de julho do *Dungeon*. Você vai receber o pagamento em cheque entre os próximos sete a dez dias.

Admiro muito seu estilo único e sua perspectiva, e adoraria ver outros trabalhos seus para futura consideração. Por favor, sinta-se à vontade para enviar mais materiais diretamente para este e-mail.

Atenciosamente,
Ralph Tigmont
Diretor de Arte, *Dungeon*

— Caramba — murmuro, lendo o e-mail por uma segunda e depois por uma terceira vez. Isso está acontecendo de verdade. Vou ser pago pelo meu desenho. E o diretor de arte, um diretor de arte de verdade, quer ver mais do meu trabalho. Ele me deu o e-mail direto dele. Isso parece... importante.

Minha mente se inunda com visões de aclamação artística. Em breve, meu trabalho será selecionado para a capa da revista. Depois virão outras revistas me procurando: *Nerd Today* e *Dragon Script* e depois, sei lá, tipo, a *NewYorker*. As pessoas vão fazer encomendas. Hollywood vai querer que eu ilustre pôsteres de filmes, as editoras vão publicar meus quadrinhos e meus originais se esgotarão toda vez que forem exibidos no Artist Alley da Comic-Con.

Isso é uma oportunidade. Eu tenho que aproveitar, certo?

Com os nervos à flor da pele, pego minha mochila, me sento à mesa e apanho meu bloco de desenho. Folheio a história em quadrinhos mais recente, só umas páginas bobas sobre Araceli, a Magnífica, persuadindo um grupo de caçadores de tesouros a aceitar uma missão para salvar seu mago e a primeira fase da aventura deles.

Não posso compartilhar isso com ninguém. É brega demais e cheio de piadas internas que ninguém além de meus amigos apreciaria. Agora que sei que o *Dungeon* quer ver mais do meu trabalho, sinto que perdi tempo com essa história em quadrinhos. Eu deveria estar me esforçando para criar algo mais original. Preciso me concentrar em ser publicado e construir um portfólio respeitável agora que estou com o pé na porta.

E, sim, eu sei o que você está pensando. Está na cara que estou usando isso apenas como distração para desviar meus pensamentos do doloroso final do encontro com Maya.

Mas quem disse que isso tem que ser uma coisa ruim?

O fato é que não tenho desenhado muito ultimamente, desde que minha arte foi aceita. Acho que fui atormentado por... algo. Bloqueio criativo? O terror avassalador de que escolheram minha arte por engano e de que, qualquer hora dessas, vou receber o e-mail pedindo desculpas, junto com um texto gentilmente redigido me incentivando a procurar outros hobbies?

Folheio meus desenhos mais antigos. Bruxos. Druidas. Trolls. Baús de tesouro e lutas de espadas, e tudo é chato, chato, chato.

O que Ralph Tigmont viu no desenho que enviei? De que ele gostou? Ele mencionou meu estilo e perspectiva únicos, mas pelo que percebo, nada do que fiz é único. Tudo foi feito mil vezes. Os desenhos não são *ruins* por si só. Quer dizer, ainda tenho dificuldade com comprimento do braço às vezes, e a maneira como esse elfo ladino segura as adagas está toda errada, e o que eu estava pensando ao colocar esse guerreiro com uma armadura de batalha tão estereotipada? É como se eu nunca tivesse tido um pensamento original na minha vida inteira.

Balançando a cabeça, pego um lápis.

Tudo bem. Nada de mais. Vou só desenhar algo novo. Estou motivado agora. Eu sei o que o povo quer.

Brincadeira.

Não tenho ideia do que o povo quer.

Mas, se eu fiz uma vez, talvez consiga fazer de novo.

Começo a esboçar.

Depois de alguns minutos, as linhas se fundem em um guerreiro usando uma capa esvoaçante, cercado por uma pilha de crânios.

Argh. Previsível.

Viro a página. Começo de novo.

Uma garota. Uma lutadora. Com uma espada e uma armadura que é... curiosamente diminuta?

Objetificação e impraticabilidade, tudo de uma só vez. *Tão* original. Eu sou um pioneiro das artes culturais mesmo.

Uma nova página.

Desenho um dragão empoleirado no topo das ruínas de um castelo e fica um lixo. Uma porcaria.

Não tenho uma perspectiva única. Não há nada de único em mim.

E é aí que me ocorre.

Eu sou um impostor. É isso que os criadores querem dizer quando falam sobre síndrome do impostor, só que comigo não é só uma síndrome: é real. Aquela arte que eu enviei antes foi um acaso. Um milagre único. Um golpe de sorte. A única coisa boa que eu vou produzir, e acabou. Nem vou descontar o cheque que vão enviar.

Vou emoldurar, para que daqui a 50 anos possa olhar para ele na parede e relembrar a vez que um desenho meu foi publicado na minha revista preferida. A vez em que fiz algo digno. A única vez que não fui péssimo.

Não, nem isso é verdade. Eu já possuía o dado na época. Foi assim que meu desenho foi escolhido. Não fui eu. Não foi a arte. Foi o *dado*.

O que significa que não foi realmente merecido.

A luz da cozinha se acende. Levo um susto e olho para a frente, e vejo, não uma das minhas irmãs, mas *Ari*.

Ela está parada na porta vestindo um top preto e uma calça de pijama de flanela coberta de coraçõezinhos rosa.

— Desculpa, não quis te assustar — diz, vendo minha expressão. — Só vim pegar um copo de água. — Ela inclina a cabeça para mim, observando meu bloco. — Eu interrompi um momento de inspiração noturna?

— Quem me dera — murmuro, fechando o bloco e esfregando os olhos. — O que você está fazendo aqui?

— Festa do pijama — diz Ari, enchendo um copo com a jarra de água que fica na geladeira. — Pru queria ficar de olho na concorrência, por assim dizer, então estamos assistindo a vídeos de outros inscritos no concurso.

— Teve algum bom?

— Ah, meu Deus, *tão* bons. — Ari se senta à minha frente. Em vez de dizer isso com um tom de medo ou nervosismo, ela parece revigorada. — Mesmo que eu não seja finalista, valeria a pena ir ao festival só pra ouvir alguns deles se apresentarem. Eu me inscrevi em tantos canais novos esta noite. — Seus lábios se torcem maliciosamente quando ela se aproxima, a voz baixando para um sussurro: — Mas, cá entre nós, acho que o meu vídeo foi o melhor. Os efeitos visuais que você fez ficaram superfofos.

— Estou feliz que você gostou. Mas, se você for finalista, vai ser porque sua música é ótima. Não tem nada a ver comigo.

— Veremos. Muitos dos inscritos são realmente ótimos, mas... acho que tenho chance.

— Claro que tem.

Ari remexe os ombros, um hábito fofo que tem quando está orgulhosa de si mesma, mas ainda tenta ser humilde. Ela inspira fundo e fixa um olhar curioso em mim.

— Pru disse que você saiu com Maya hoje — diz.

Engulo em seco e pego o lápis de novo, gostando do conforto da sensação familiar nos dedos.

— Saí. Fomos para o calçadão. Nada de especial.
— Não dá pra ser um show de Sadashiv toda vez.

Enfio a grafite do lápis na dobra entre a capa e a lombada do caderno.

— As coisas estão indo bem? — pergunta Ari.
— Estão — digo. — Ótimas.

Ari inclina a cabeça para o lado.

— O que foi? — pergunto.
— Nada... — diz ela daquele jeito irritante que deixa claro que tem alguma coisa. — É muito fácil saber quando você está escondendo algo.

A grafite do lápis se quebra e eu xingo baixinho.

— Eu não estou escondendo nada. Só é estranho falar sobre isso. Pru não fica dando atualizações sobre cada encontro dela com o Quint.
— Não — diz Ari pensativamente. — Mas... sempre dá pra perceber que ela está feliz depois. Muito feliz.

As palavras atingem um ponto sensível no meu peito, trazendo de volta todas as dúvidas que sinto desde que saí do Encanto. Desde... bom, antes disso. Desde sempre, eu acho.

Algo me incomoda, sussurrante e inseguro.

Já tive dois encontros com Maya. Passei a conhecê-la, quem ela é de verdade, muito mais nas últimas semanas do que em todos os anos que estudamos juntos, e ela é ainda mais incrível do que eu pensava. Engraçada, criativa e surpreendentemente fácil de conversar. Uma parte de mim gosta dela mais do que nunca.

Mas é um tipo diferente de gostar. Esse tipo de gostar não é uma fantasia que consome tudo, beirando a obsessão. Não é o conhecimento agonizante de que eu nunca poderia ser digno dela. Não é o agridoce de uma paixão condenada a não ser correspondida por toda a eternidade.

Eu gosto de Maya de uma forma que é real, tangível e... diferente do que costumava ser.

Só não consigo descobrir o que há de diferente agora.

— Jude? — diz Ari. — O que é?

Eu balanço a cabeça.

— Nada. Não sei. Maya é ótima. De verdade.

Ari toma um gole de água e me observa por cima da borda do copo.

Eu passo a borracha do lápis no couro cabeludo.

— Sabe o que acho que é o problema? Nosso primeiro encontro, quando fomos ao show... foi perfeito. Mais que perfeito. E agora tem muita pressão pra fazer *tudo* perfeito. Mas também... pra onde se vai a partir daí? Ingressos VIP, a limusine, conhecer Sadashiv. Eu não tenho como superar isso. Então a gente só está... descobrindo o que é normal, eu acho. Se conhecendo.

Ari toma outro gole de água e depois desvia o olhar.

— Leva tempo.

— Né? É o que eu sempre digo.

Um sorriso flutua nos lábios dela.

— Então vocês estão namorando? Oficialmente?

Meu estômago fica embrulhado quando penso nas palavras de Maya.

Eu gosto de andar com você...

Ótimos amigos...

— Não tem nada oficial — digo, me perguntando se deveria contar a Ari que tive a chance de beijar Maya e não aproveitei. Mas talvez seja esse o problema. Se nós estivéssemos namorando oficialmente, eu não teria entrado em pânico daquele jeito.

— É incrível, né? — diz Ari.

Eu olho para ela.

— O quê?

— Você e a Maya. Você gosta dela há tanto tempo. E agora... — Ari encolhe os ombros. — Vocês estão... juntos. Simples assim.

Dou uma risada, uma risada rouca e incrédula.

Ari franze a testa para mim.

— Não é *simples assim* — digo. — É assustador. E exaustivo. Parece que eu estou competindo comigo mesmo. Com meu eu do passado. Sempre tentando superar o Jude de ontem. Cada encontro precisa ser mais divertido. Mais especial. Mais romântico. Como alguém consegue?

Ari franze a testa.

— Maya faz você se sentir assim?

— Maya? Não. Não sei. Ela nunca disse nada, é só que... — Paro de falar. Não sei o que estou tentando dizer. Meus sentimentos estão tão confusos, nem tenho mais certeza do que sinto: sobre Maya, sobre tudo. — Deve começar a parecer normal em algum momento, né? Como Pru e Quint. Eles ficam tão à vontade um com o outro. Mas com Maya... Não é nem como era, quando chegava perto dela e simplesmente calava a boca e achava que não tinha nada a dizer e só tentava não fazer papel de idiota. Agora é mais tipo... as coisas estão começando a parecer normais. Relaxadas, até. Mas não da maneira que achei que seria.

Ari me observa, ouvindo atentamente.

— Não sou especialista — diz, passando um dedo na borda do copo —, mas o objetivo não é se divertir e aproveitar a companhia um do outro? Se você se obrigar a esses padrões impossíveis, nunca vai ser bom o suficiente e vai sempre ter medo de decepcionar e... — Ela franze a testa, parecendo quase angustiada quando continua: — Eu sei que isso é uma coisa importante e que você é a fim dela há muito tempo e estou feliz por você, mas... não pense nem por um segundo que você também não é um partidão, tá? Qualquer garota teria sorte de estar com você. Isso inclui a Maya.

Eu sorrio, mas não é de coração, porque não acredito nela.

— Obrigado, Ari, mas...

— Não — diz ela, com tanta ênfase que rouba as próximas palavras da minha boca. — Estou falando sério, Jude. Você é... — Ela dá de ombros em um movimento estranho. — Você é um cara muito legal. Você precisa saber disso.

O ar se cristaliza ao nosso redor e sustento o olhar dela por um segundo. Cinco segundos. Uma eternidade.

Ari desvia o olhar primeiro, e meu coração dá um pulo.

Há palavras que ela não está dizendo. Consigo praticamente vê-las, como um letreiro neon extravagante sobre a cabeça de Ari. Consigo ouvi-las, cantadas com uma melodia que toca na minha cabeça a semana toda.

Presa na chuvarada do meu amor...

— Aí estão vocês.

Nós dois levamos um susto. Não ouvi Pru descendo a escada, mas ela está parada na porta olhando para nós com desconfiança no rosto.

— O que está rolando?

— Nada — digo... alto demais, rápido demais. Mesmo que seja a verdade. *Nada* está acontecendo. Talvez eu tenha imaginado por um segundo que Ari estava tentando dizer algo... Sugerindo que ela...

Mas é absurdo.

Ela só estava sendo legal, e eu estou cansado e confuso.

— Eu estava perguntando ao Jude sobre o encontro dele — diz Ari, levantando-se e abrindo a máquina de lavar louça para colocar o copo, porque mesmo sendo hóspede, ela também meio que mora aqui.

— E? — diz Pru. — Como foi?

— Bom — digo. — Por que todo mundo fica me perguntando isso?

Pru ergue as sobrancelhas.

— Ah, não. O que aconteceu?

— Nada. — Olho para as duas, irritado de repente. — Nós jogamos minigolfe. Jantamos no Encanto. Foi ótimo. E não, eu não estou escondendo nada. — Faço cara feia para Ari, mas ela só se vira e olha para Pru, e elas compartilham algum tipo de comunicação psíquica silenciosa que é claramente sobre eu estar escondendo algo.

— Deixa pra lá — murmuro. — Vou pra cama.

Pego meu bloco e passo pelas duas, mas assim que chego ao patamar, olhando para as sombras do meu quarto no porão, sou dominado por um sentimento que não consigo identificar.

Solidão, talvez? Saber que outra noite insone me espera, cheia de pensamentos em Maya e sorte e quadrinhos e campanhas e músicas com letras que causam arrepios na espinha.

Dou um suspiro e volto.

— Na verdade, Ari disse que vocês estavam assistindo às outras inscrições do concurso, né?

Pru cruza os braços, uma expressão de *e daí?* no rosto.

— Posso me juntar a vocês? — pergunto.

CAPÍTULO VINTE E QUATRO

O som de uma caneta rabiscando papel me acorda. Abro um dos olhos. Não estou na minha cama. Meu pescoço dói. Minha mão direita lateja com um formigamento horrível.

Eu me sento. Estou deitado em um edredom no chão do meu quarto. Meus olhos pesados pousam em Ari sentada de pernas cruzadas não muito longe, as costas na cama. Ela está com um bloco de desenho no colo e está curvada, o cabelo escuro caindo como uma cortina no rosto, a caneta voando no papel.

— Ari?

Ela olha para a frente.

— Desculpa — sussurra ela. — Te acordei?

— Não. — Faço uma pausa. — Bom, talvez. Mas tudo bem.

Tento recuperar a sensação de tato da minha mão. Olho para a cama, onde Pru está dormindo, encolhida de lado junto à parede. Os cobertores embolados sugerem que Ari devia ter dormido ao lado dela. Não me lembro de adormecer no chão, mas nós ficamos acordados até muito tarde vendo dezenas, talvez centenas de vídeos que foram enviados com a hashtag do concurso, alguns muito bons, alguns engraçados de tão ruins.

— Esse é meu bloco?

— Espero que você não se importe. É que acordei com uma letra na cabeça e precisava escrever. Foi o primeiro papel que vi.

Esfrego a palma da mão no olho e bocejo.

— Tranquilo.

— Que bom. Então para de falar até eu terminar.

Abro um sorriso sonolento e assinto enquanto Ari volta a atenção para o caderno. Por um segundo, ela olha para o papel, a caneta pronta acima. Ela cantarola uma melodia curta baixinho, fica quieta e começa a escrever. Depois de alguns segundos, faz uma pausa, a cabeça balançando com uma música que só ela consegue ouvir até começar a escrever de novo.

Quando consigo sentir os dedos, me levanto e cambaleio até a cômoda. Ainda estou com a roupa que coloquei para o encontro com Maya, então pego uma calça de moletom e uma das minhas camisetas favoritas e vou para o banheiro.

Depois que me troco e escovo os dentes, me pego olhando para o meu reflexo, me perguntando se deveria pentear o cabelo. Está bem desgrenhado, um pouco amassado de um lado e todo embaraçado do outro. Passo a mão pelo queixo, onde há uma leve barba por fazer. Devo me barbear? Ficaria melhor ou a barba por fazer me faz parecer mais maduro?

Estou levando a mão até o creme de barbear quando faço uma pausa.

Que importância tem? Eu nem tenho alguém para impressionar.

Minha mão paira perto da lata. Cinco segundos. Dez.

Acabo fazendo a barba de qualquer jeito.

É higiene básica, mais nada.

Quando volto para o porão, Ari já colocou a caneta no carpete ao lado e está folheando o bloco.

— Escreveu sua música? — pergunto.

— É um começo. — Ela vira outra página. — Vou continuar trabalhando nela, mas acho que tem potencial. — Ari levanta o bloco e exibe a página que está olhando. — Sou eu?

Fico imóvel ao ver as páginas mais recentes da história em quadrinhos. Reviro o cérebro, tentando lembrar o que havia nelas. Ari chegando à taverna e encontrando os aventureiros e os enviando na missão.

Nada preocupante.

Eu acho.

— Mais ou menos — digo. — Araceli, a Magnífica, lembra?

Ela sorri e passa o polegar pelo desenho.

— É uma história divertida até aqui. Gosto de como você ilustra todo mundo e os personagens. É tão fácil gostar de todos. Me dá vontade de saber o que vai acontecer. — Ari vira as páginas até chegar à música e a arranca. — Espero poder ler quando estiver pronta.

— Quando o que estiver pronta? — murmura Pru. Ela se senta e aperta os olhos para nós da cama.

— Só uma história em quadrinhos que comecei.

— Você está escrevendo uma história em quadrinhos? — diz ela na hora que o celular de Ari toca com uma notificação.

— É só por diversão. Um gibi, uma história em quadrinhos. Não é nada. Só estou brincando.

— Posso ler?

— Você não aparece nela — digo.

Pru estreita os olhos para mim.

— Mas a Ari aparece?

Talvez mais na defensiva do que o necessário, digo:

— A história precisava de um bardo.

A história não *precisava* de um bardo, mas Pru não tem que saber disso.

Ari solta um ruído de susto, fazendo Pru interromper as perguntas.

— Pessoal! Não acredito. *Não. Acredito.*

Troco um olhar com Pru, que joga a coberta longe e sai da cama correndo. Vamos para junto de Ari e lemos o e-mail no celular dela.

Assunto: Inscrição de composição no Festival de Música Condor

Parabéns! Estamos felizes em informar que sua música, "Chuvarada", foi selecionada como uma das nossas dez finalistas...

Isso é tudo que lemos, porque Ari e Pru logo gritam tão alto que poderiam acordar o resto da família dois andares acima, então Ari joga os braços em volta de nós dois e começamos a pular... eu incluso, porque seria mais estranho ficar parado.

— Mostra de novo — diz Pru quando nos acalmamos.

Ela pega o celular das mãos trêmulas de Ari. Eu ainda tenho um braço passado em volta do ombro de Ari, e ela não se afasta, mas está tão eufórica que não deve nem ter reparado. As mãos dela estão aninhadas no rosto, os olhos cintilando enquanto Pru lê o e-mail em voz alta:

— "Todos os finalistas estão convidados a se apresentar no Palco Albatroz às 17h do próximo domingo. O grande vencedor será anunciado depois das apresentações.

Caso não consiga comparecer ao festival, você pode participar da celebração virtualmente. Responda a este e-mail até no máximo quarta-feira para que possamos nos preparar para qualquer arranjo especial. Estar presente e se apresentar não é necessário para ser declarado o vencedor."

— Eu não acredito que isso esteja acontecendo! — diz Ari, caindo de volta na cama e escondendo o rosto nas mãos.

— Espera, tem mais — diz Pru. — "No e-mail há dois ingressos de cortesia anexados, para você e um acompanhante. Ingressos adicionais podem ser comprados com desconto no site usando o código 'finalista-composição'. Agradecemos pela sua participação no concurso. Boa sorte!"

Pru abaixa o celular e olha para Ari.

— Você vai, obviamente.

Ari leva as palmas das mãos até as bochechas. Os olhos dela estão brilhando quando olha para Pru, os lábios repuxados de incerteza.

— É longe. Quanto, quase quinhentos quilômetros? Eu poderia ir na manhã de domingo, mas, dependendo da hora que acabar, talvez só volte lá pra meia-noite.

— E daí? — diz Pru.

— Tem aula no dia seguinte.

Pru fixa *aquele* olhar nela.

— Você pode faltar aula no dia seguinte em que vai apresentar a canção que *você compôs* em um festival de música! O que seus professores vão dizer? Não, a gente não quer que você siga seus sonhos?

Eu limpo a garganta.

— Olha, se logo a *Pru* está defendendo que você mate aula, acho que você devia matar aula.

Ari repuxa os lábios para um lado, pensando.

— Obviamente, quero ir. Mas também... não sei se quero dirigir o caminho todo sozinha. E se o carro quebrar?

— Você não vai sozinha — diz Pru. — Eu vou com você, claro... — Ela para de falar e seus ombros murcham. — Espera. É quando vão transferir Luna e Lennon para o zoológico novo. Quint e eu íamos juntos.

— E você *tem* que ir — diz Ari enfaticamente, sentando-se ereta de novo.

Pru franze a testa para ela, e sei o quanto ela odeia que talvez não esteja presente ao lado de Ari em uma noite tão importante.

— E seus pais? — diz ela. — Eles te levariam, né?

— Minha mãe vai acompanhar um cliente em visitas a algumas casas nesse dia. Acho que ele fez uma proposta pra uma mansão com vista para o mar, mas fizeram uma proposta melhor, e foi imbatível. Mas meu pai pode me levar. Talvez. Ou pode ser que... — Ela puxa uma mecha de cabelo, uma coisa que sempre faz quando está pensando muito em algo. — Bom, pode ser uma péssima ideia... mas e se eu pedisse ao EZ pra ir comigo?

Meu peito se aperta como se tivesse sido atingido por um phaser ajustado para atordoar.

— Ezra? Você está de brincadeira?

— Ele entende de carros, né? E cada vez que vê o meu, ele faz um comentário sobre querer olhar embaixo do capô, e estou começando a achar que ele quer dizer isso de forma literal em vez de sugestiva.

— Quase certamente as duas coisas — diz Pru.

— Você aguentaria ficar no carro com ele por tanto tempo assim? — pergunto.

Ari ri, como se eu estivesse brincando.

— Ele é meio over, mas eu não ligo.

Eu me irrito mais um pouco.

— Mas ele é tão... irresponsável — digo.

As duas me olham.

— Ele trabalha na mesma oficina desde uns 12 anos — diz Pru. — Isso me parece coisa de gente responsável.

— É, mas ele é tão... — Luto para encontrar a palavra certa, mas nada encaixa. *Desagradável? Ridículo? Paquerador?* Acabo por desistir. — Eu só acho que um de nós tinha que ir. Eu ou Pru. Nós somos seus melhores amigos.

— Eu adoraria — diz Ari —, mas sei que essa transferência para o zoológico é importante para o centro, e você costuma trabalhar aos domingos, e...

— Meu pai pode me substituir. Você sabe que ele vai ficar feliz da vida quando ficar sabendo disso. É de boa.

Ari fica imóvel.

— Você *quer* ir? — pergunta.

— Claro que quero!

Ela parece brevemente surpresa, mas abre um sorriso agradecido.

— Eu também quero — geme Pru. — Estou chateada por perder!

— Eu vou filmar tudo — digo para ela. — Prometo.

— E Maya? — diz Ari, puxando um fiapo da calça do pijama. — Quer chamá-la pra ir com a gente? Você, eu, Ezra e Maya? — Ela inspira fundo. — Pode ser divertido. Né?

A pergunta paira no ar entre nós. Quando ela fala assim, parece óbvio. Nós quatro. Ezra, porque é bom tê-lo por perto se um carro quebrar. Maya, porque eu quero passar mais tempo com ela. E eu posso estar lá para dar apoio para Ari.

Todo mundo sai ganhando.

Mas também parece demais com um encontro duplo.

E é essa a parte que deixa meu estômago embrulhado quando abro um sorriso e digo:

— É. Parece perfeito. Vou falar com ela no *D&D* hoje à noite.

CAPÍTULO VINTE E CINCO

A semana passa rápido. Durmo até tarde no domingo, exausto depois da missão que foi mais longa do que costuma ser, mas só porque estávamos nos divertindo tanto que, cada vez que eu sugeria encerrar, o grupo insistia em ir em frente, Maya mais do que todo mundo.

— Estamos tão perto de encontrar o templo! — gritou ela quando já passava das 23h. — Não podemos parar agora!

— Talvez a gente tenha que parar agora — falei. — Se terminarmos a aventura hoje, o que vamos fazer no sábado que vem?

Ela me lançou um olhar nada impressionado.

— Você é o mestre do jogo. Vai pensar em alguma coisa.

Mas, quando lembrei-lhe do festival, até ela teve que admitir que era melhor encerrar.

— Aí está você — diz meu pai quando vou para a cozinha, já arrumado. — Eu já ia mandar um grupo de busca te procurar.

Abro um sorriso fraco e remexo nos armários até tirar uma caixa de cereal. Minha mãe lê um livro à mesa, um bagel pela metade à sua frente. A televisão está ligada na sala em um dos desenhos favoritos de Ellie.

— Ari não vai chegar daqui a pouco? — pergunta meu pai, se servindo de café de uma jarra quase vazia.

— Às dez — digo com um bocejo. Tigela. Colher. Minha rotina de cereal já está bem automatizada a essas alturas.

— Dez horas — diz meu pai, fazendo um som de reprovação. — Sua irmã saiu antes das seis.

Eu franzo a testa.

— Às seis? É cedo até pra... — Faço uma pausa quando lembro. — Ah, é. Luna e Lennon vão para o zoológico hoje.

— Você vai se divertir muito no festival — diz minha mãe, marcando a página do livro com um desenho velho e esfarrapado de unicórnio que Ellie fez. — Sabe, seu pai e eu tivemos um encontro no Condor uma vez, anos atrás. Como estão as coisas com a Maya?

— Bem — digo depressa. — Muito bem.

E é verdade. Não tenho mais aquela sensação de pânico e náusea cada vez que a vejo, o que parece um passo na direção certa.

Por outro lado, durante a última semana, pareceu que atingimos algum tipo de estagnação no nosso... seja lá o que a gente tenha. Maya e eu não damos as mãos nem conversamos muito na escola. Eu ainda sento à mesa dela no almoço, mas não falo muito, só deixo a conversa rolar ao meu redor, me sentindo tão de fora quanto sempre.

Houve momentos em que olhei para Matt, César e Russell e me perguntei do que estavam rindo, sentindo uma pontada forte de inveja.

Mas, fora tudo isso, Maya ficou empolgada quando a convidei para o festival de música. E, sim, talvez tenha sido mais porque ela queria escapar de ajudar os pais com um bazar de garagem que eles estavam planejando, e também porque ela gosta de festivais de música e está animada para ver a apresentação de Ari, e talvez não tenha praticamente nada a ver com... você sabe. O fato de estar indo *comigo*.

Mas ainda assim. Ela ficou *empolgada*.

Minha mãe sorri.

— Um dia desses quem sabe você possa convidá-la pra um jantar em família, em vez de a esconder no porão e ficar com ela só pra você.

— Você me faz parecer um assassino em série.

Meu pai dá uma risada.

— Pensei a mesma coisa!

Minha mãe suspira.

— Eu não quis dizer isso. Mas gostaríamos de conhecê-la.

— Claro — digo.

Estou pensando se devo ou não dizer a eles que Maya e eu ainda não estamos num relacionamento *sério* quando mamãe olha pela janela.

— Ari chegou.

Sigo o olhar dela pela janela da cozinha enquanto o Ford Falcon turquesa de Ari para junto ao meio-fio, Ezra já no banco do passageiro.

Termino meu cereal e coloco a tigela na lava-louça na hora em que Ari está entrando em casa, sem se preocupar em bater. Ezra vem bem atrás dela, o sorriso como um maldito raio de sol.

— Bom dia, família Barnett! — grita ele.

— Está pronto? — pergunta Ari, parecendo um pouco sem fôlego. — Ainda vamos buscar a Maya?

— Vamos — digo. — Deixa só eu pegar as minhas coisas.

— Você não está planejando fazer dever de casa, né? — diz Ezra, olhando para a minha mochila. — A gente vai viajar, cara. Ninguém faz dever de casa numa viagem.

— Só vou levar meu caderno de desenho caso tenhamos tempo livre.

— Vocês, pessoas extremamente dedicadas, são tão fofas. — Ezra balança a cabeça. — Quando ficam entediadas, querem criar algo. Fazer algo produtivo. Trabalhar na sua arte. — Ele estala a língua. — A única resposta adequada para o tédio são travessuras mal executadas e bem-intencionadas, que podem ou não te levar pra prisão.

Já ando com Ezra o suficiente para saber que isso deve ser só uma piada, mas ainda pergunto:

— Você já foi pra prisão?

— Ainda não — diz ele com orgulho. — Mas sou jovem e ambicioso.

— Bom, isso é promissor — diz minha mãe, dando um abraço em Ari. — Boa sorte no festival, querida. Estamos torcendo por você.

— Obrigada — responde Ari com um sorriso ansioso. — Estou tentando não pensar muito nisso.

— Só tente se divertir hoje. E tenha cuidado ao dirigir — diz minha mãe, me dando um abraço também.

— *Eu* não vou dirigir — digo. Fico muito intimidado por câmbio manual. Ari se ofereceu para ensinar a mim e a Pru desde que tiramos nossa habilitação, mesmo que ela própria não seja boa nisso. Ari ainda faz o motor morrer regularmente e tem medo de subir ladeiras.

— Estou dizendo a *todos* vocês para terem cuidado — diz minha mãe. — Liguem se precisarem de qualquer coisa.

Ela se afasta, e Ezra a surpreende dando um abraço nela também. Minha mãe retribui, embora eu ache que ela só tinha visto Ezra uma outra vez, e percebo que ainda não formou opinião sobre ele. Somos dois, acho.

Saímos para o carro e jogo a mochila no banco traseiro. Olho na parte de trás do veículo e vejo o violão da Ari e uma caixinha de ferramentas de metal, que presumo ser de Ezra.

Acenamos para os meus pais na varanda. Ari liga o motor e solta a embreagem. No segundo em que nos afastamos do meio-fio, Ezra levanta os braços sobre a cabeça e grita.

— *Viagem de carro!*

Buscamos Maya e ouvimos muitas das mesmas advertências dos seus pais. Mas dez minutos depois de sair da garagem da casa dela, estamos na rodovia, com música tocando no alto-falante bluetooth de Ari enquanto Ezra olha as músicas no celular dela.

— Que playlists bizarras — diz ele, os pés apoiados no painel. — Taylor Swift, Aretha Franklin, Blondie e... Larkin Poe?

— É uma dupla de irmãs cantoras e compositoras — diz Ari. — São incríveis. Você deve estar olhando minha playlist de girl power.

— É, porque não reconheci nenhum dos artistas da sua playlist "Dias Tristes". — Ele muda para uma tela diferente. — Julieta Venegas, Eurielle, Taska Black, Metaxas, Ximena Sari... erm...

— Sariñana — diz Ari.

— Ximena Sariñana — diz Ezra, parecendo um pouco impressionado. — O nome dela é quase tão bom quanto o seu. E tem uma música de... *cotovelo*? Isso não pode ser uma banda de verdade.

— Mas é. Escolhe uma música e bota — diz Ari.

Ezra se vira para ela.

— Você vasculha o Spotify em busca das músicas mais obscuras, por acaso?

— Só porque um músico não é muito conhecido nos Estados Unidos não quer dizer que seja obscuro — diz Ari. — E alguns dos cantores dessa playlist foram minhas maiores inspirações. Além disso, nós trabalhamos em uma loja de discos. Estamos sempre sendo apresentado a novas músicas.

É atencioso da parte dela me incluir nessa declaração, visto que quando estou trabalhando, eu praticamente revezo entre os mesmos três álbuns do Led Zeppelin. (Robert Plant era um grande fã de Tolkien, e há muitas referências a *Senhor dos Anéis* nas letras. Eu gosto do que gosto.) Se bem que uma vez nos venderam a trilha sonora do primeiro *Super Mario Bros.* e a botei para tocar por 6 horas seguidas, até que meu pai colocou o disco na estante de liquidação por 25 centavos e nunca mais o vi.

— Ah sim, essa — diz Ezra.

Ari encontra meus olhos no espelho retrovisor, e posso dizer que ela está se perguntando se deveria estar com medo. A resposta é sim. Sempre que Ezra fica animado com alguma coisa, todos deveríamos ficar com medo.

Ela sorri, como se tivesse lido minha mente.

Um trecho de instrumentos de sopro toca no alto-falante, seguido por Sadashiv cantando "One for My Baby (And One More for the Road)".

Maya ri.

— EZ! Você é fã do Sadashiv?

— Hum, quem não é? — diz ele, virando-se para nos encarar de frente. — Eu fiquei arrasado quando Jude levou você pra aquele show em vez de mim. *Arrasado*.

— Espera aí — digo. — Essa música está em uma das playlists da Ari?

— Claro — diz Ari. — Existe um motivo pra ele cantar os velhos clássicos, sabe. Algo neles é universal. Tem temas que se relacionam conosco mesmo 80 anos depois de terem sido escritos. Acho que posso aprender alguma coisa com eles.

Ezra faz um ruído debochado.

— Lá vem a geniazinha compositora, blá-blá-blá. Você sabe que gosta da voz suave e aveludada dele. Isso aí é bem sexy. — Ele faz um barulho ronronante na garganta.

— Ele não está errado — diz Maya.

Ari dá de ombros e liga o pisca-pisca para mudar de faixa.

— Ele tem mesmo uma voz boa.

— E cabelo bonito — acrescenta Maya. — Você devia ter visto de perto. É difícil acreditar que ele é real.

— Agora você só está falando isso para esfregar na nossa cara — diz Ezra.

— Imaginem só — digo, olhando pela janela para o oceano Pacífico, azul e cintilante. — Um dia, um grupo de adolescentes pode estar indo pra um festival de música, olhando umas playlists, e acabar colocando "Chuvarada", de Araceli Escalante.

Ari encontra meu olhar no espelho de novo.

— Eu só imagino isso umas dez mil vezes por dia.

— Eu também — diz Ezra. — Minha música tocando no rádio, T. Swift cantando como se estivesse fazendo uma serenata para mim.

— T. Swift? — pergunto.

— Ariana Grande também serve. Eu não sou exigente.

— Espera, espera, espera — diz Maya, inclinando-se tanto para a frente que o cinto de segurança trava —, o que você quer dizer com *sua* música?

— Você não sabia? — Ezra aponta para si mesmo com as duas mãos. — Eu sou a inspiração por trás da música.

Um frio percorre minha espinha na mesma hora em que Ari se vira para ele com a boca aberta.

— O quê? Não é, não! — diz.

Ela diz isso... mas está corando.

Olho de volta pela janela.

Isso é só Ezra sendo ridículo e charmosamente egocêntrico. Ari não... Eles não...

Não consigo terminar o pensamento. A ideia é muito estranha. Ari e Ezra? Bom, ele flerta com ela o tempo todo, claro, mas Ezra flertaria com uma palmeira se ela lhe desse atenção.

— É só uma música — diz Ari. — Não é inspirada em ninguém.

Ezra bate com a mão no peito como se tivesse sido atingido por uma flecha.

— Assim você acaba comigo, Escalante. Não estraga essa fantasia pra mim.

— Nem toda música precisa ser sobre alguma coisa... ou alguém — diz ela.

— Seu protesto fala por si só — rebate Ezra.

Ari faz cara feia. Percebo que ela quer discutir mais, mas qual seria o sentido? Ela apenas se concentra de novo na estrada, a expressão fechada, um rubor nas bochechas. E não consigo evitar de pensar que Ezra esteja certo.

O protesto dela fala por si só.

Mas contra o que exatamente ela está protestando?

CAPÍTULO VINTE E SEIS

O trajeto de carro até o festival é composto de:

Uma parada num drive-thru para comprar milk-shakes cheios de cafeína.

Estradas sinuosas e pitorescas que alternam entre vistas deslumbrantes do mar seguidas por pinheiros imponentes.

Uma parada em um posto de gasolina para encher o tanque e comprar lanches suficientes para alimentar um pequeno bando de bárbaros.

Um avistamento do Pé-grande.

Muitos comentários bobos de Ezra.

Algumas teorias de Maya sobre o que o Templo de Lundyn Toune guarda para ela e sua turma, e a observação — duas vezes — de que o jeito como Noah interpreta sua personalidade halfling ladina é absolutamente hilário.

A avaliação da lista de artistas do festival para onde estamos indo, já que ninguém além de Ari se preocupou em verificar. Reconheço dois artistas: Araceli Escalante e... os Beach Boys! Até que percebemos que na verdade é uma banda tributo aos Beach Boys, não os Beach Boys de verdade. Mas Maya e Ari estão ansiosas para assistir a vários shows, enquanto Ezra reclama que perdeu uma banda grunge qualquer que tocou na sexta-feira.

(Tudo bem, eu inventei a história do Pé-grande.)

Ari fica cada vez mais tensa à medida que nos aproximamos do nosso destino. Consigo perceber porque, quando Ezra se oferece para dirigir pela milionésima vez, Ari finalmente cede, para no acostamento e solta as mãos pálidas de tanto apertar o volante. É início da tarde quando chegamos ao festival e pagamos 20 dólares para estacionar no maior campo que já vi. Mesmo nos confins do estacionamento ouvimos o som distante de música. Ari pega o violão e seguimos em direção aos portões de entrada.

O festival é uma explosão de estímulos depois que passamos nossos ingressos e recebemos um mapa e a programação. Multidões circulam. O aroma de alimentos fritos chega até nós de todas as direções. E somos afogados por música: tocando em palcos distantes onde os artistas principais estão se apresentando; um cara com um violão e uma gaita bem na entrada; e hip-hop vibrando em um grande alto-falante não muito longe, onde uma pequena multidão assiste a um grupo de dançarinos de break.

— Vou procurar o balcão de informações — diz Ari, examinando o mapa. — E ver onde preciso estar e quando.

— A gente te acompanha — digo.

Ari sorri agradecida, mas balança a cabeça.

— Vão aproveitar o festival. Será que a gente pode se encontrar de novo pra ver aquela banda pop Latinx? É... — Ela verifica a programação. — No Palco Albatroz em uma hora.

— Perfeito — diz Maya, agarrando meu braço. — Vamos dar uma volta, olhar as barracas.

— Vou ficar com a Escalante — diz Ezra. — Caso o talento precise de músculos. — Ele flexiona o bíceps.

Ari revira os olhos, mas não discute, e eles se afastam juntos e logo se perdem na multidão.

— Vamos — diz Maya, me puxando na direção oposta antes de eu ter um segundo para digerir a decepção que revira no meu estômago.

— Não devíamos ficar juntos?

Maya me lança um olhar indecifrável.

— Eles vão ficar bem. O que você quer fazer?

Ficar juntos, penso. Mas, em vez disso, dou de ombros.

— Tanto faz.

Andamos por uma alameda de barracas de lona vendendo de tudo, de joias a sinos de vento e pinturas de bandas e de músicos famosos. Passamos por estandes que oferecem tatuagens temporárias e pinturas faciais e piercings de verdade. (Maya brinca que eu ficaria gato com a orelha furada. Pelo menos *acho* que ela está brincando.) Passamos por uma praça de alimentação onde as pessoas estão espalhadas por um monte de mesas, ouvindo um trio tocar em um palquinho. Depois, vemos uma exposição de arte de violões decorados para parecerem pinturas famosas: *Noite estrelada*, *O grito*, as latas de sopa de Andy Warhol. Passamos por um grupo de dança que desafia as leis da gravidade, enquanto os espectadores comem frutas secas caramelizadas e minidonuts de um vendedor próximo.

Fico surpreso quando damos de cara com uma grande área para crianças, com instrumentos de brinquedo, mesas de desenhar e até mesmo um palco para apresentações de karaokê, no qual uma garota não muito mais velha que Ellie está cantando "Firework", da Katy Perry.

— Eu deveria ter trazido minhas irmãs — digo.

— Talvez ano que vem? — responde Maya, me cutucando com o ombro.

— Talvez. — Penso antes de acrescentar: — Ari provavelmente vai estar no palco principal até lá.

— Eu não duvido. — Nós nos viramos e começamos a voltar para a via principal. — Você gosta de ter muitas irmãs?

Penso por um momento.

— Eu não desgosto. Às vezes é estranho ser o único garoto. Quer dizer, tem o meu pai, mas ele passa muito tempo na loja. E, tipo, Pru é tecnicamente a mais velha por 17 minutos, mas ela não parece tão preocupada com toda essa história de "ser a primogênita" quanto eu. Quero ser um bom exemplo e dar apoio para as minhas irmãs quando precisarem de mim. Não acho que Pru pense do mesmo jeito que eu.

Maya sorri.

— Aposto que você é um ótimo irmão mais velho.

Não sou muito bom com elogios, então não digo nada.

— Sou filha única, então sempre me perguntei como seria — comenta Maya. — Eu queria muito uma irmã quando era pequena.

Penso no que meus pais disseram, que eu deveria convidar Maya algum dia para algo diferente de *D&D*. Ela poderia ficar lá em casa, conhecer minhas irmãs, jogar cartas com Ellie e fazer colagens com Penny até que os dedos dela ficassem grudados por causa do excesso de cola.

Mas, antes que eu possa pensar em como fazer tal convite, Maya solta um arquejo admirado ao avistar uma exposição de bijuterias no estande ao lado. Ela vai dar uma olhada, fazendo sons de admiração enquanto observa brincos de prata em espiral e modelos de pingentes de uma variedade de pedras.

Enquanto espero, examino as barracas próximas. Tem instrumentos de percussão feitos à mão, araras com roupas boêmias, um gato sinistro olhando diretamente para mim, varinhas de condão luminosas, arminhas de bolha de sabão e…

Eu olho de novo.

Sim. Tem um gato sentado em uma mesa redonda coberta com um pano sedoso roxo. Seus olhos são verdes, é preto como uma pantera deslocadora e está mesmo olhando diretamente para mim.

Sinistro.

Fico tão perturbado pelo olhar fixo do gato que levo um segundo para notar a mulher de meia-idade sentada à mesa também, convocando-me com os dedos.

Fico tenso e olho em volta. Mas não, é para mim que ela está olhando.

Engulo em seco, sigo pelo caminho. A mulher não *parece* ser cartomante. Pelo menos, não se parece com a cartomante da Feira Medieval, que estava enfeitada com mais lenços e bijuterias do que você encontraria na penteadeira da minha avó. *Essa* mulher veste calça jeans e uma blusa azul esvoaçante e possui um cabelo cor de palha que tenta escapar de um coque bagunçado no alto da cabeça.

— Jovem, sua aura está muito dividida — diz ela, a título de saudação.

É o tipo de afirmação que um dos meus NPCs diria quando os aventureiros esbarrassem com uma caravana surpresa na estrada. Normalmente eu riria ao ouvir isso falado com tanta seriedade. Só que a mulher parece legitimamente preocupada, e eu seguro a língua.

— Obrigado? — digo. — Mas realmente não estou interessado em comprar... — Olho para a placa ao lado dela, listando leituras de mão, tarô, equilíbrio de chacras e uma variedade de cristais à venda. — ... nada.

Ela sorri, aparentemente despreocupada.

— Nem sempre queremos o que precisamos — diz —, e é por isso que vou dar uns conselhos a você.

— Hum... — Meus olhos vão para a placa de novo, e para os preços que me parecem meio astronômicos.

— De graça — diz, como se... sabe como é, pudesse ler a minha mente. *Esquisito.* Ela estende a mão e coça o pescoço do gato. O animal começa a ronronar na hora, chegando mais perto dela. — Cosmo gostou de você e está preocupado.

Não quero ser desrespeitoso, mas não consigo evitar que minha sobrancelha se contraia com ceticismo. O *gato* está preocupado comigo?

— Que... bacana — digo, começando a pensar em como posso me livrar dessa conversa o mais rápido possível. — Mas Cosmo não precisa se preocupar. Estou bem. Ótimo, na verdade. Devo ser o cara mais sortudo que você vai ver o dia todo.

Não quero soar sarcástico, mas é assim que sai, e eu faço uma careta.

A mulher me dá outro sorriso suave de lábios apertados.

— Você conhece a parábola taoísta do fazendeiro e seu cavalo?

Ai, caramba.

— Não — digo, dando uma olhada rápida ao redor. *Maya? Vem me resgatar?*

— Não se preocupe — diz a mulher, com um brilho provocador nos olhos. — Prometo que vou ser rápida. — Ela se endireita na cadeira e eu amaldiçoo minha educação, que me ensinou que é grosseria ir embora quando alguém está falando com você. — Era uma vez um fazendeiro que tinha um cavalo lindo — começa ela. Caramba. Devo me sentar para ouvir? — Sempre que seus vizinhos passavam, eles diziam: "Você tem tanta sorte de ter um cavalo tão bonito!" Ao que o fazendeiro encolhia os ombros e respondia apenas: *Talvez*. Um dia, o fazendeiro se esqueceu de trancar o portão e o cavalo fugiu. "Que azar", disseram os vizinhos, ao que o fazendeiro respondeu: *Talvez*. Uns poucos dias depois, o cavalo voltou, junto com meia dúzia de cavalos selvagens com quem ele tinha feito amizade. De novo, os vizinhos exclamaram: "Agora você está rico! Você tem tanta sorte!" Mas o fazendeiro disse apenas: *Talvez*.

Eu franzo a testa, percebendo um padrão. Mas mais ainda, me perguntando por que ela está me contando isso.

— Uma semana se passou e, enquanto o filho do fazendeiro estava domando um dos cavalos selvagens, o menino caiu e quebrou a perna. "Ah! Que azar horrível", exclamaram os vizinhos, mas mais uma vez o fazendeiro só encolheu os ombros e disse: *Talvez*. No dia seguinte, soldados passaram pela aldeia, exigindo que todos os jovens fisicamente aptos fossem lutar na guerra, mas o filho do fazendeiro, com a perna quebrada, foi poupado. "Você é tão sortudo!", disseram os vizinhos, mas novamente o fazendeiro só respondeu: *Talvez*.

A mulher termina e começa a acariciar de novo o gato.

— Uau. Isso foi ótimo — digo quando fica claro que finalizou a história.

— Você entendeu?

Eu fico olhando para ela.

— Sim. Claro.

Ela me encara.

— Na verdade, não — admito.

O sorriso dela fica caloroso. O gato ronrona mais alto e se deita de lado.

— Você vai entender.

A verdade é que eu *entendi* o conceito por trás da parábola: que nem tudo é o que parece, e como reagimos a uma situação é mais importante do que a situação em si, ou... algo assim. Mas não sei bem por que ela está contando isso *para mim*. Eu me pergunto se consegue mesmo ver algo na minha aura. Se consegue perceber que eu fui tocado por uma sorte sobrenatural. Se consegue ver que tenho magia comigo.

Não há cavalos perdidos nem pernas quebradas por aqui.

— Aí está você! — Maya agarra meu braço. — Olha, encontrei isto.

Ela levanta a mão para mostrar um anel de prata com o design de um dragão enrolado em uma pedra verde em forma de ovo.

— Legal — digo. — Gostei.

Maya olha para a mulher e depois para a barraca.

— Ah, amo leituras de tarô! Mas... temos que encontrar Ari e EZ.

A mulher inclina a cabeça para nós, seu sorriso nunca desaparecendo.

— Aproveitem o festival — diz.

Aceno sem jeito enquanto Maya e eu nos afastamos. Mesmo que uma parte de mim fique aliviada por escapar do olhar sabichão da mulher e do gato sinistro, há perguntas borbulhando na minha cabeça que eu não me importaria de perguntar a ela. Por que essa boa sorte foi dada a mim? O que tudo isso significa? Ari vai ganhar o concurso? Minha sorte vai durar pelo resto da vida? Maya é "a pessoa certa" ou estou só me enganando a respeito de tudo?

Algo me diz que ela não teria me dado respostas diretas, mesmo que tivesse coragem de perguntar. Mas talvez eu não precise de orientação sobrenatural. Talvez todas as respostas estejam bem na minha frente, e já estivessem o tempo todo, e só precise parar de duvidar de mim mesmo e da magia e apenas confiar, pela primeira vez, que tudo realmente acontecerá como deve ser.

— Jude? O que foi?

Faço uma pausa e olho para Maya. Ela está segurando minha mão, e eu nem tinha percebido. Agora, quando percebo, sinto o calor da palma dela. A suavidade da pele.

Ela franze a testa.

— O que aquela cartomante disse pra você?

— Algo sobre... sorte — gaguejo.

Maya ri, como se devesse ter adivinhado.

— Bom, faz sentido. Você é *bizarramente* sortudo.

— Você notou?

— Ah, *sim*. Os ingressos para os shows. As jogadas de moeda. Aquela aposta aleatória sobre a sra. Jenkins. É difícil não notar. O que você tem, um trevo de quatro folhas escondido em algum lugar? — Brincando, ela dá um tapinha no bolso do peito da minha camisa, e meu coração pula com o toque.

Não... *Deveria* pular com o toque.

O que, acho, não é exatamente a mesma coisa.

— Maya — digo, e algo no meu tom a faz parar. A expressão dela fica séria. Ela ainda está tão perto. — Eu gosto de você há muito tempo.

Na hora que digo isso, um suor frio brota na minha nuca.

Os lábios da Maya formam um círculo pequeno e surpreso, embora não ache que seja uma grande revelação para ela. Eu sempre soube que não era bom em esconder meu crush, nem dela nem de ninguém. Mas nunca planejei *agir* em relação a isso, até aquele dia em que ganhei o concurso de rádio e o poder dos dados me deu coragem para finalmente fazer algo a respeito dos meus sentimentos.

— Eu tive sorte ultimamente. Mas não por causa de nenhuma dessas coisas que você mencionou. Tive sorte porque finalmente estou conhecendo *você*. E você é ainda mais incrível do que sempre pensei.

A música gira ao nosso redor, mas quase não ouço nada. Tudo o que vejo é Maya. Tudo o que sinto são as batidas erráticas do meu coração.

O olhar de surpresa de Maya se transforma em um sorrisinho e, naquele momento, parece quase tímida. Ela me olha por baixo dos cílios e aparenta chegar a uma decisão. Ela inclina o rosto em direção ao meu.

Eu olho para os lábios dela.

Respiro fundo.

E dou um beijo nela.

CAPÍTULO VINTE E SETE

Fogos de artifício.

Trombetas.

Estrelas cadentes.

Um crescendo sinfônico.

O resto do mundo desaparecendo até que só restamos nós dois, sozinhos no seu centro.

Bom, está na cara que Hollywood nos deu expectativas bem intensas de como os beijos deveriam ser. E não é que eu tivesse expectativas *altas*. Não é nem que achasse que o mundo pararia de girar no próprio eixo. Não é como se pensasse que os meus lábios tocariam os de Maya e um feitiço de Explosão Solar nível 8 irromperia ao nosso redor ou algo parecido.

Mas, se minhas expectativas eram baixas...

Não, não baixas.

Se minhas expectativas eram *realistas*...

Por que estou tão decepcionado?

Paro o beijo e me afasto, já tentando disfarçar a incerteza crescendo dentro de mim.

As pálpebras da Maya se abrem. Sustentamos o olhar um do outro por um segundo, mas não consigo interpretá-la.

Uma ruguinha se forma entre as sobrancelhas da Maya. Ela abre a boca, parecendo que tem uma má notícia para me dar. Uma notícia terrível. Parece prestes a partir meu coração.

— Acho melhor a gente se apressar — digo. — Eles devem estar procurando a gente.

Maya hesita. Arrependimento e incerteza.

E então ela começa a sorrir. Um sorriso de entendimento, educado.

— É. Vamos.

Começamos a voltar pelo festival e... Droga, droga, droga. Podemos voltar atrás? Fingir que isso nunca aconteceu? Posso fazer tudo de novo? Mas de que isso adiantaria se não tenho a menor ideia do que acabou de dar errado? Nós tínhamos música. Tínhamos o aroma de canela e açúcar. Tínhamos *eu* e *ela* e seis anos de vontade...

Talvez eu esteja exagerando.

Definitivamente estou exagerando.

Não é que tenha sido *ruim*.

Não foi ruim. Acho.

Foi ruim? Eu beijo mal? Essas coisas exigem prática, né? Sempre tem uns sacolejos pelo caminho. Não saber para que lado inclinar a cabeça ou o que fazer quando um nariz bate no outro, e, sim, no meu nervosismo, talvez tenha me movido um pouco rápido demais e deveria demorar um pouco e ir mais devagar, e da próxima vez vou mais devagar e...

Haverá uma próxima vez?

Sim, estou mesmo pensando demais. Até onde sei, Maya acha que foi um primeiro beijo perfeitamente adequado.

Mas talvez — sussurra uma voz baixinha e muito irritante — *talvez a questão não seja só o que a Maya pensa*. Talvez o maior problema seja que eu não senti o que achei que sentiria. O que acho que deveria ter sentido.

O que há de errado comigo?

As palavras da cartomante voltam a mim, um sussurro inútil. *Sua aura está muito dividida.* O que isso quer dizer?

— Ali — diz Maya, apontando.

Só percebo que chegamos ao Palco Albatroz quando vejo Ezra parado perto de uma seção separada por uma cortina do lado em que a multidão se encontra, segurando o estojo do violão de Ari. O palco está ocupado pelo grupo Latinx, que tem uma seção de sopros completa e um monte de instrumentos de percussão cujos nomes nem sei. A multidão ao nosso redor dança com a música cheia de energia.

— Ezra, oi — digo, olhando ao redor. — Cadê a Ari?

— Se trocando.

Ele aponta com o polegar em direção às cortinas, e como se tivesse sido combinado, o tecido se move e Ari aparece. Ela tirou o short jeans e a camiseta da Ventures

Vinyl que estava usando na viagem e colocou um vestido branco longo rendado e esvoaçante que a faz parecer uma druida boêmia dotada de algum poder celestial.

— Caramba, Escalante — diz Ezra. — A temperatura até aumentou!

— Você está linda — acrescenta Maya, tão genuína quanto ele, ainda que falando não tão alto.

— Obrigada — diz Ari, com as bochechas tingidas de rosa. — Nossas apresentações vão ser filmadas hoje, então... — Seu olhar pousa brevemente em mim, e sei que eu deveria dizer alguma coisa. Um elogio. Algo simples, mas honesto. *Você está bonita*. Seria bem fácil.

Ela está bonita.

Superlativamente bonita.

Mas, por alguma razão, minha língua está grudada no céu da boca e ela desvia o olhar antes que eu consiga desgrudar.

— Essa banda é tão boa — diz Maya, tendo que gritar um pouco quando a música entra em um solo particularmente alto de instrumentos de sopro.

Encontramos um lugar para nos sentar na grama. Ezra tira a camisa e a coloca no chão para que Ari possa se sentar sem ficar com manchas de grama no vestido branco, o que é ao mesmo tempo cavalheiresco e uma desculpa muito óbvia para ficar sem camisa por um tempo, e preciso de toda a minha força de vontade para não revirar os olhos com o gesto.

Não demora muito para que Maya se levante de novo.

— Eu tenho que dançar isso — diz ela, estendendo a mão em minha direção.

— Jude?

Eu me encolho. O que é uma reação perfeitamente aceitável para quando alguém chama você para dançar em público.

Ela me encara.

— Ah, vamos lá. Por favor?

— Eu danço — diz Ezra.

Maya hesita e me oferece outra chance. E depois ela dá de ombros.

— Tudo bem! — aceita.

Eles vão em direção ao palco, onde centenas de pessoas se reuniram em uma confusão turbulenta e agitada de corpos, membros e suor. Muito suor.

— Está se divertindo? — pergunta Ari.

Eu me viro para ela.

— Estou. Está sendo ótimo — digo. O que não é *mentira*.

Penso em contar a ela sobre a estranha interação com a cartomante e Cosmo, o Gato, mas, por algum motivo, seguro minha língua.

Sua aura está muito dividida.

Em vez disso, pergunto:

— Você viu alguma outra banda?

— Nós vimos um grupo de rock em um dos palcos menores — diz ela —, mas só o final do show. Eles eram bons, mas isso é outro nível. Dá pra sentir a influência da *nueva canción* na música com as letras desafiadoras, e que instrumentos de sopro!

— As letras são todas em espanhol, então, depois de um segundo, Ari se aproxima de mim e continua: — Essa música é sobre empoderamento, amor e abraçar a beleza da cultura latina. Ah, e olha! — Ela aponta para o palco, com os olhos brilhando. — Sabe aquela garota da direita, tocando o que parece ser um alaúde? Na verdade é um charango! Eu nunca tinha visto um pessoalmente.

Sorrio para ela.

— Você está nervosa.

O rosto de Ari desmorona. Então ela ri.

— *Apavorada.*

Dou uma risada e me aproximo ainda mais para não termos que gritar tanto.

— É. Você fala bem mais de teoria musical quando está nervosa antes de se apresentar. Obviamente, prefiro nadar com tubarões a me levantar e me apresentar em um palco como esse. É impressionante que você esteja aqui, Ari. E sei que você vai se sair muito bem.

Ari puxa os joelhos contra o peito.

— Obrigada, Jude. — Ela sorri para mim, embora haja algo um pouco triste por trás dos olhos dela. — Estou feliz que você esteja aqui.

— Eu não perderia por nada. E sei que Pru sente muito por não ter podido vir.

Ela assente.

— Eu sei.

— Então... — digo, inclinando a cabeça para o lado —, será que Araceli, a Magnífica, seria proficiente em tocar charango?

Ari junta sonhadoramente as mãos sob o queixo.

— Ela seria mestre no charango!

A banda termina o show e nós gritamos com o resto do público enquanto todos os músicos se curvam em agradecimento. Grande parte se dispersa, indo buscar comida ou conferir o que está acontecendo nos demais palcos do festival. Mas muitas pessoas ficam. Descansam em cobertores e toalhas de praia, pegam bebidas dentro de coolers. Maya e Ezra voltam, sorrindo e sem fôlego. Maya se senta na grama ao meu lado, e é nessa hora que reparo como Ari e eu ficamos próximos na ausência deles. Ezra se senta de pernas cruzadas do outro lado de Ari e começa a listar todos os vendedores de comida que viu mais cedo para tentar decidir o que vai comer mais tarde.

Demora um pouco para os ajudantes de palco tirarem a enorme quantidade de instrumentos, a bateria, os microfones e amplificadores, preparando o palco para os finalistas do concurso.

— Ei, Escalante, saca só. — Ezra mostra um pedaço de grama. Não, não é grama. Um trevo. Um trevo de quatro folhas. — Encontrei pra você. — Ele pisca.

Fico boquiaberto quando o trevo passa dos dedos de Ezra para os de Ari, me sentindo estranhamente... traído. Obviamente, se algum de nós fosse encontrar um trevo de quatro folhas e dar para Ari como um presente especial, deveria ter sido eu.

— Uau — diz Ari, girando o trevo entre os dedos. — Eu não vejo um desses desde que era criança.

— Tem um grande canteiro de trevos no meu quintal — diz Maya. — Dá pra encontrar um monte de quatro folhas. Acho que deve ser uma mutação genética, sei lá.

— Então não é tão raro assim — digo, e sai mais amargo do que pretendia.

Ezra me lança um olhar, como se eu tivesse oferecido um desafio, e pega o celular. Depois de um segundo, mostra a tela.

— Sem contar o canteiro de trevos místicos da Maya, aqui diz que existe cerca de um em cada cinco mil trevos. Me parece bem raro.

Franzo a testa. De novo... por que não fui *eu* a encontrá-lo?

— Obrigada, EZ. — Ari abre o estojo do violão e guarda o trevo dentro. — Aceito toda a sorte que puder hoje.

— Como um irlandês orgulhoso, sou praticamente o maior especialista do mundo em coisas que dão sorte. — Ele hesita antes de acrescentar: — E também em uma quantidade ridícula de superstições.

Ari ri.

— Vocês podem ter trevos de quatro folhas, mas aposto que nós, mexicanos, temos mais superstições do que vocês. Estamos mergulhados nelas.

— Isso soa como um desafio. — Ezra limpa a garganta antes de proclamar com sinceridade: — Você sabia que é considerado azar — ele marca nos dedos — sonhar com freiras, matar aranhas, matar ouriços, usar cinza num casamento ou cruzar o caminho de uma ruiva audaciosa? — Ele abaixa a voz e acrescenta: — Apenas se for mulher, claro. Nós, ruivos, somos ótimos. Nada como um pouco de machismo supersticioso! *Ah!* E também você não pode dar nada a ninguém no Dia de Maria.

Maya franze a testa.

— O que é o Dia de Maria?

— Não tenho ideia. Algo a ver com a Virgem Maria? Acho que é em agosto? Mas eu contorno essa nunca dando nada a ninguém, ponto.

— Você literalmente acabou de dar um trevo de quatro folhas — observo.

— Droga. Não pensei nisso. De qualquer forma... hoje não é o Dia de Maria. Eu tenho quase certeza. — Ele olha para Ari. — E quais são as superstições de vocês?

Ela pensa no assunto.

— Vamos ver. É azar varrer a sujeira pela porta da frente. Ou enfeitar a casa com conchas. Ou viajar em uma terça-feira. E você nunca deve pisar em um túmulo...

Ezra revira os olhos.

— Isso é azar em todos os lugares.

— Ah! Você também não deve olhar um cachorro... hum... fazer suas necessidades. — As bochechas dela ficam vermelhas. — Dá espinha.

Todos olhamos para ela, e quando fica claro que Ari está falando sério, começamos a gargalhar.

— Clássico — diz Ezra. — Isso explica algumas coisas.

— E gatos pretos? — pergunto, pensando no felino sinistro na tenda da cartomante. — Dá azar, né?

Ari assente.

— Muito.

— Errado — diz EZ. — Eles dão sorte pra nós.

Eu recuo, surpreso.

— Sério?

— Ah, sim. Seja bom com os gatos, cara. Eles têm poderes de feiticeiro, com certeza, e podem usá-los para o bem ou para o mal. Mas se você for bom com eles, eles vão ser bons com você.

Não sei dizer se ele está brincando. Também não sei dizer se EZ está tentando flertar com Ari ou se ela está tentando flertar com ele, e fico estranhamente aliviado quando uma mulher baixa e curvilínea bate no microfone, atraindo nossa atenção de volta para o palco.

— Oi, pessoal! Estamos nos divertindo muito no Festival de Música Condor?

A multidão aplaude. Embora haja significativamente menos pessoas do que havia para o último grupo, ainda é um público de bom tamanho. E o ambiente não poderia ser mais bonito. A colina gramada, o horizonte de pinheiros imponentes, o crepúsculo que se aproxima dando um tom alaranjado ao festival às nossas costas.

De repente, meus dedos se contraem de uma forma que não acontecia havia uma semana ou mais.

Eu tenho que desenhar isso.

Ando pouquíssimo inspirado desde minhas tentativas fracas de rascunhar algo novo que valeria a pena enviar para o *Dungeon*. Pode ser legal desenhar uma cena que não tenha nada a ver com fantasia ou fandom. Algo sem pressão.

No palco, a mulher está explicando o concurso de composições e que participantes de todo o país enviaram músicas de nove diferentes gêneros musicais. Tiro o caderno e o lápis da mochila enquanto ela fala sobre seu estimado painel de jurados, todos profissionais do mercado e sobre a tarefa angustiante que lhes foi dada, de restringir os candidatos a apenas dez finalistas.

Desenho o palco primeiro. Os andaimes de cada lado, o pano de fundo, as luzes, trabalhando devagar para incluir as árvores ao fundo, o público na frente com seus coolers e cobertores.

— E que presente temos pra vocês hoje — diz a apresentadora. — Dos nossos dez finalistas, *sete* puderam se juntar a nós aqui no festival e vão apresentar suas músicas ao vivo pra nós! Que oportunidade incrível de ouvir alguns novos talentos!

A plateia aplaude.

— Antes de começarmos as apresentações ao vivo, vamos passar os vídeos dos três finalistas que não puderam se juntar a nós pessoalmente esta noite.

Uma tela atrás da apresentadora se acende com a projeção de um vídeo.

Tem um garoto da nossa idade sentado a um piano de cauda. Ele se apresenta e a sua música, então começa a tocar.

A música é boa. *Muito* boa, na verdade. A letra é sobre ir atrás de um sonho que parece fora de alcance.

Em seguida vem uma mulher em idade universitária, com uma voz ressoante. A música dela é poética e profunda e tem algo a ver com marinheiros e ouro e se arriscar e... Sinceramente, eu não entendo, mas o som é bom.

Por último, um homem mais velho com um ukulele canta uma música dolorosamente triste sobre um amor perdido e uma pessoa chamada Georgine.

E então, chega a hora das apresentações ao vivo.

Sinto Ari inspirar fundo ao meu lado quando a mulher volta para o microfone. Eu me inclino na direção dela e sussurro:

— Você sabe qual vai ser a ordem da sua apresentação?

— Eu sou a quinta — sussurra ela.

Quinta. Parece uma eternidade para esperar, mas os artistas vão rápido. Um marido e a esposa tocam uma música que escreveram juntos. Um garoto que não pode ser muito mais velho do que Penny, canta e toca piano. Depois, duas mulheres, acho que primas, uma no violão, outra no vocal. Todos são muito bons e, apesar de eu ter uma preferência absurda por Ari, posso admitir que a concorrência está grande hoje.

É só a quarta artista que me deixa coçando um pouco a cabeça. Ela tem 20 e poucos anos e vai para o palco com uma energia exuberante para cantar sobre… água com gás? Estou ouvindo direito? Franzo a testa quando a música entra no primeiro refrão: *Ah, tão cheia de gás, sem calorias…*

Não consigo evitar uma careta. Com muitas centenas de candidatos, *essa* foi finalista? Estou deixando passar um significado mais profundo aqui? Lanço um olhar para o resto da plateia, o mais discretamente que consigo, e me sinto melhor ao ver que muita gente parece confusa.

Vai ser fácil tocar depois dela, pelo menos.

Quando a mulher está terminando a música, Ari pega a minha mão. Eu levo um susto e me viro para ela, mas Ari está olhando para o palco com os olhos arregalados, mordendo o lábio inferior.

Viro a palma da mão para cima e entrelaço os dedos com os dela para apertar sua mão.

— Você vai tirar de letra — digo. — Você está aqui por um motivo.

— E que motivo é? — pergunta ela, a voz pouco mais do que um guincho.

— Porque o mundo precisa da música de Araceli Escalante.

Ela engole em seco e me olha, e… meu coração dá um pulo tão grande que quase engasgo.

Entendo que ela não queira se encher de esperanças, mas isso não é uma fantasia absurda. Ela pode mesmo conseguir. Vender músicas que o mundo vai amar e apreciar. Ari mais do que mereceu a oportunidade de subir naquele palco. Ela é talentosa, obviamente. Mas também trabalha incansavelmente para melhorar, todos os dias. Escreve uma música e sofre por cada palavra e cada nota, sempre se forçando a melhorar, a continuar evoluindo. E ela bota muita emoção nas composições. Muita paixão. Muito *dela mesma*.

— Eu não queria ferir os sentimentos do EZ mais cedo — diz Ari, se inclinando para perto de modo que só eu possa ouvi-la, e até isso é difícil por causa da música saindo dos alto-falantes gigantescos —, mas é você o meu amuleto da sorte.

Eu a encaro.

— O quê?

Ela abre um sorriso tímido e solta a minha mão. No palco, a garota faz uma reverência e a plateia aplaude educadamente. Ari se levanta e pega o violão.

— Merda pra você! — grita Maya, e dou um pulo com o som da voz dela. Por um segundo, tinha esquecido que ela estava ali.

Ari vai na direção do palco na hora em que a mestre de cerimônias chama:

— Deem boas-vindas à próxima participante: Araceli Escalante!

Maya e Ezra gritam tanto que é provável que fiquem roucos depois, mas eu só consigo aplaudir. Minha cabeça está rodando como se tivesse acabado de virar um jarro de hidromel da Taverna do Bork inteiro.

Pego o lápis de novo e o giro sem parar entre os dedos, porque as palmas das minhas mãos estão suadas e sempre tem algo de reconfortante em segurar um lápis entre os dedos. Mas não desenho. Mantenho o foco em Ari quando ela sobe os degraus e segue para o centro do palco.

— Obrigada — diz ela, se sentando no banco que ofereceram e colocando o violão no colo. — É uma honra enorme estar aqui hoje. Essa música se chama "Chuvarada".

Ela toca a introdução que já é tão familiar para mim quanto qualquer música que tocamos na loja e, quando começa a cantar, sou tomado pela mesma mistura de emoções que me percorreu na primeira vez em que a ouvi. *Todas* as vezes em que a ouvi.

Tem dor na voz dela, sinceridade nas palavras. E tem Ari, brilhando sob o sol poente, tão bonita.

Algo se agita dentro de mim. Algo tão forte que não tenho como negar, apesar de saber que já senti antes e consegui negar direitinho. Desta vez, é inescapável. Ari, que quero tanto que ganhe aquele concurso. Cuja música é incrível. Que é *incrível*.

Que é... minha amiga.

E que não é a garota que eu beijei menos de uma hora atrás.

Mãe de Mordor, qual é o meu problema?

Quando a música da Ari acaba, fico ao mesmo tempo agitado e entorpecido enquanto aplaudo com o resto da plateia. Ouço ao longe gritos da multidão, assobios de apreciação.

Ari volta para o nosso lugar na grama, tremendo com a adrenalina. Maya a abraça. Ezra dá um high five com as duas mãos... e também a puxa para um abraço. Seria estranho, não seria, eu só ficar ali sentado sem fazer contato visual nem dizer nada? Apesar de isso parecer mais seguro no momento. Tenho a sensação de estar na beira de um precipício que pode desabar embaixo de mim a qualquer segundo, mas também me levanto. Também estico os braços e sorrio e tento não respirar quando Ari passa os braços pela minha cintura e aceita o abraço como se fosse uma coisa perfeitamente normal para amigos fazerem.

— Você foi ótima — sussurro no cabelo dela.

Minhas entranhas parecem uma nuvem de tempestade quando a solto e me sento no cobertor, puxando o bloco de desenho como se fosse um escudo.

Eu nem escuto direito os últimos dois artistas.

A mestre de cerimônias volta com um envelope grande na mão, como se fosse anunciar um prêmio no Grammys. A tela no fundo do palco muda para exibir uma tela de computador com três vídeos transmitidos ao vivo: os três compositores que não puderam comparecer. Todos estão sorrindo. Todos parecem ansiosos, assustados e esperançosos, como Ari.

— É uma honra anunciar os vencedores deste ano do concurso de composições do Festival de Música Condor — diz a apresentadora. — Eu gostaria de lembrar que o vencedor de hoje vai receber cinco mil dólares e três dias em um estúdio de gravação com um produtor para gravar um álbum!

Minha mão treme na direção de Ari, mas, com o canto do olho, vejo Ezra chegando mais perto dela. Passando os braços por seus ombros.

Minha mão volta para o meu colo.

A mulher abre a aba do envelope e puxa uma carta.

— Nosso terceiro lugar vai para... Trevor e Sierra Greenfield!

O dueto de marido e mulher. Eles sobem ao palco, sorrindo. A mulher entrega a eles uma estatueta de violão e eles chegam para trás, se abraçando.

— Em segundo lugar... Araceli Escalante!

Meu coração se infla. Segundo lugar!

E murcha. Segundo lugar?

Ari se levanta com um sorriso largo e caminha para o palco. Ela está com as mãos sobre a boca, e se tem nela nem que seja um pouquinho de decepção por não ser o primeiro lugar, não dá para perceber.

Ela recebe a estatueta de violão e recua para os fundos junto com os dois vencedores do terceiro lugar. Seus olhos logo nos encontram na multidão. Ela se balança com empolgação nos dedos dos pés, erguendo a estátua do prêmio.

— Segundo lugar! — diz movendo os lábios.

Nós três fazemos sinal de positivo, então Maya diz:

— Eu gostei mais da dela. Achei mesmo que fosse ganhar.

A parte de mim que não gosta de nenhum conflito reage na mesma hora em defesa dos jurados. Música é uma coisa subjetiva, afinal. Pessoas diferentes, gostos diferentes. Havia muito talento naquele palco.

Mas... eu também achei mesmo que ela venceria.

No palco, a mestre de cerimônias pede um rufar de tambores, e ao nosso redor as pessoas batem com as mãos nas coxas.

— E a grande vencedora da noite é... Ginger Sweet!

Uma garota grita e fica de pé bem na frente do palco.

Eu franzo a testa.

A garota da água com gás?

— Espera aí — sussurra Ezra. — Não foi ela que cantou aquela música horrível de amor para LaCroix? Foi a pior música.

Maya e eu não respondemos, mas um olhar rápido me diz que ela está igualmente perplexa. Dentre os dez finalistas, aquela garota era a última que teria escolhido para vencer. E posso estar imaginando, mas parece que as palmas são substituídas por expressões confusas quando a garota corre para o palco para receber o prêmio.

A mestre de cerimônias sorri largamente quando entrega a terceira estatueta de violão. A garota a pega, ainda dando gritinhos, a mão livre apertando o rosto enquanto se balança nas pontas dos pés.

— Não acredito! — diz no microfone. — Isso é incrível! Obrigada!

— Ginger, me conta — diz a apresentadora —, o que inspirou a música?

— Minha nossa, isso é tão engraçado! Eu estava em um restaurante comendo pizza com os meus amigos e nós todos pedimos água com gás, e fiquei impressionada com o tanto de bolhas que tem nela... Assim como eu, porque todo mundo diz que sou efervescente, e aí tive que escrever sobre isso, entende? — Ela começa a dar risadinhas e acena para a câmera que está transmitindo o show ao vivo.

É subjetivo, penso. *Pessoas diferentes, gostos diferentes.*

Mas... a música de Ari era *tão boa*.

Na verdade, todos os outros finalistas eram bons. E muitos dos vídeos que vimos quando Ari ficou lá em casa também eram ótimos.

Mas... *essa* é a grande vencedora? Sério?

Não consigo entender.

Quando a mestre de cerimônias encerra o tempo deles no Palco Albatroz, a sensação é de anticlímax. As pessoas recolhem os cobertores e voltam para o festival antes que as barracas fechem, ou vão ver uma última apresentação em outro palco, ou voltam para casa depois de um dia longo de música e festividades.

Ari desce do palco. Ela é parada por dezenas de pessoas enquanto percorre o gramado. Parabéns e apertos de mão. Quando ela chega mais perto, ouço alguns comentários. O quanto amaram a música dela. E pelo menos uma pessoa dizendo que achava que ela deveria ter vencido.

Ari abre sorrisos graciosos e aceita os elogios, o tempo todo com o prêmio de segundo lugar junto ao peito.

Eu sei que não é lógico, mas uma parte de mim não consegue deixar de sentir que eu a decepcionei.

Até parece que sou mesmo o amuleto da sorte dela.

CAPÍTULO VINTE E OITO

— Eu não estou decepcionada — insiste Ari enquanto voltamos para o carro. O sol está se pondo e tem um monte de gente saindo do festival à nossa volta. — Segundo lugar, com *todas* as músicas que foram inscritas? É a melhor coisa que poderia ter me acontecido pra me ajudar a iniciar uma carreira real de compositora.

— Segunda melhor coisa — conserta Ezra. — Obviamente, ganhar teria sido a melhor coisa.

Ela revira os olhos.

— Tudo bem. Segunda melhor coisa. O que quero dizer é que é muito bom ser reconhecida. As pessoas gostaram da minha música! Estou emocionada.

— E deveria estar mesmo — diz Maya.

— Mas também... você deveria ter ganhado — acrescenta Ezra. — E todo mundo sabe. Você foi roubada.

— Ou pelo menos *ela* não deveria — murmura Maya. Que é o que todo mundo está pensando.

— Foram cartas marcadas — diz Ezra, como se fosse um fato incontestável.

Maya olha para ele com expressão de alerta.

— Não é porque a gente não gostou...

— Não, hã-hã. Isso não é questão de subjetividade nem nada. Todo mundo naquela plateia ouviu os dez finalistas, e estou dizendo, todo mundo achou a música dela a pior. Porque era! Não deveria nem ter sido finalista. — Ele estala a língua. — Alguém mexeu uns pauzinhos e Ari foi roubada.

Franzo a testa, pensando no assunto. Não costumo cair em teorias de conspiração, mas, nesse caso, até que isso parece mais plausível do que acreditar que *aquela* música foi escolhida vencedora.

— Quem eram os jurados? — pergunta EZ.

Ari balança a cabeça.

— Não sei. A página do concurso só dizia que os votos seriam de profissionais do mercado.

EZ faz um ruído de entendimento.

— Aposto o que vocês quiserem que ela tem um tio rico no meio dos jurados ou algo do tipo — diz.

— Você não sabe se isso é verdade — rebate Ari, mas a expressão dela... lábios repuxados, olhos carregados. Ela concorda com a gente, mesmo se opondo moralmente a criticar de forma aberta outra artista musical.

— Não importa — digo. — Você foi ótima, Ari. A plateia amou.

Ela sorri.

— Eu estava uma pilha de nervos. Mas obrigada. — Ela dá um suspiro profundo. — Eu entendo por que os compositores precisam apresentar as próprias músicas pra serem notados, mas... mal posso esperar pela hora em que possa entregar as canções pra alguém profissional e deixar que a pessoa faça a parte assustadora.

Nós entramos no carro, Maya e eu atrás de novo e Ari dirigindo, apesar de Ezra se oferecer para pegar o volante. Ficamos meia hora no estacionamento esperando a fila de carros andar. A escuridão se espalha depressa pelo céu e, quando pegamos a estrada, Ari já precisou acender os faróis.

Ficamos em silêncio na maior parte do longo trajeto. Só rodovias e caminhões e a lua aparecendo na escuridão.

Em silêncio, exceto por EZ, claro, que deve ter alergia à quietude, pois preenche o vácuo de conversas e playlists manifestando todo pensamento fútil que surge em sua cabeça.

— Mais alguém quer se mudar para o Michigan e se candidatar a uma licença pra caçar unicórnios? Isso é real. Não que eu queira matar um unicórnio. Eu não sou um *monstro*. Mas gostaria de ter um documento que diz que eu posso se quiser.

"Quem vocês acham que foi a primeira pessoa a comer uma lagosta? Falando sério. Quem olha praquele monstro bizarro do mar, com carapaça, garras e antenas sinistras, e pensa... aposto que é *uma delícia*?

"Vocês sabiam que os pelos de nariz dos humanos chegam a crescer dois metros ao longo da vida? Não seria incrível se eles nunca caíssem e nós tivéssemos pelo saindo do nariz até os dedos dos pés? Jude, você devia botar *isso* em um dos seus quadrinhos."

Isso deveria me irritar, só que às vezes ele consegue arrancar uma risada de Ari, e o som me aquece até a alma, e depois gera um azedume inesperado na minha boca que pode ser de ciúme, o que me faz surtar.

Eu não posso estar com ciúme de Ezra e do jeito como ele flerta sem vergonha nenhuma com Ari nem do jeito como ela às vezes age como se gostasse.

Eu não posso *gostar* da Ari. Ela é a *melhor amiga* da Pru. E uma das minhas também, na verdade. Nós ficamos tão à vontade um com o outro a ponto de ela poder me zoar por causa dos meus desenhos distraídos e eu posso mostrar a ela minha história em quadrinhos sem querer me enfiar numa caverna, e ela pode dormir na minha cama sem ser estranho. Gostar dela definitivamente tornaria isso estranho.

Ah.

E tem a Maya.

A garota que consome meus pensamentos desde a infância, que me enche de um fluxo regular de esperança patética e romântica. A garota com quem eu finalmente tenho chance. A garota com quem... percebo de repente, não tenho sonhado ultimamente, não como antes.

Quando essas fantasias acabaram?

Eu ainda gosto da Maya. Agora que a conheço melhor, acho que talvez goste mais ainda.

Mas e se nunca *gostei* dela de verdade, como achava que gostava? Eu tinha certeza de que era amor. Um amor puro, incontestável, abrangente.

Mas e se era pela ideia dela que eu estava apaixonado? E se uma parte de mim gostasse do fato de ela ser inatingível? Porque o inatingível é seguro. O inatingível significa que nunca preciso fazer nada. Eu nunca preciso me esforçar. Eu nunca preciso botar meu coração em risco.

Enquanto me apaixonar por outra pessoa... me apaixonar por uma melhor amiga... me apaixonar por *Ari*... seria qualquer coisa, menos seguro.

Preciso sufocar essas emoções rebeldes e as enterrar onde estão.

— Hã, pessoal? — diz Maya de repente. — Mais alguém está sentindo cheiro de fumaça?

Todos ficamos tensos e farejamos o ar. E... sim. Tem cheiro de fumaça mesmo.

— Ah, não — diz Ari, imediatamente em pânico. — O que eu faço?

— Entra em pânico — diz Ezra.

Ari olha para ele com os olhos arregalados.

— Que nada, estou brincando. Tem um posto de gasolina ali na frente. Para lá que dou uma conferida.

O cheiro aumenta quando deixamos a rodovia e entramos debaixo da cobertura do posto com luzes fluorescentes. Quando saímos do carro, vejo fumaça escapando por debaixo do capô.

— Deve ser superaquecimento — diz EZ. — Foi tempo demais de estrada pra esse monstrengo velho.

Ele abre o capô. Ari, Maya e eu nos juntamos em volta, mas não sei bem por quê. Não tem como sermos úteis ali. Tenho uma sensação de déjà vu, o motor tão estranho para mim quanto o de Maya no outro dia, embora este aqui exiba bem mais ferrugem e bem menos plástico.

— Vocês dois juntos vão conseguir consertar. Né? — diz Maya.

Ezra olha para ela.

— Nós dois juntos?

— Você e Jude. — Ela assente para mim com um sorriso encorajador. — Meu carro estava com um problema um tempinho atrás e o Jude deu uma olhada no motor e descobriu o problema assim. — Ela estala os dedos. — Foi meio mágico.

— Sério? — diz Ezra, me olhando com ceticismo.

— Eu só tive sorte — digo com um certo incômodo, pigarreando. — Já que estamos aqui, alguém quer alguma coisa? Café? Alguma coisa pra comer?

Depois de ouvir os pedidos de EZ e Ari, Maya e eu vamos até a loja de conveniência. Encho quatro copos de isopor com café enquanto Maya olha os corredores de petiscos buscando batata chips, chiclete e mix de frutas secas. Estou abrindo o sétimo pacotinho de creme de avelã quando vejo uma máquina iluminada no canto. Não é uma máquina de comidas e bebidas, mas de raspadinhas.

Sei que em teoria é preciso ter 18 anos para comprar raspadinhas, mas...

Olho na direção do caixa. A funcionária está encarando o telefone, sem prestar atenção em mim.

Eu não tenho como dar a Ari o grande prêmio do concurso de hoje. Não tenho como consertar o carro dela.

Mas tem uma coisa que posso fazer.

Vou até a máquina e examino as opções. Minha atenção gruda em uma raspadinha perto da parte de baixo, com um trevo de quatro folhas e um título no alto: *Com um pouco de sorte*. Custa cinco dólares.

Olho para o caixa de novo, enfio uma nota de 20 na máquina e seleciono quatro raspadinhas do trevo. Elas saem por um buraco embaixo. Pego-as e enfio no bolso de trás antes de voltar para pegar os cafés.

O capô do carro ainda está aberto quando saímos, Ari segurando uma lanterna enquanto Ezra faz sabe-se lá o quê. Entregamos o café de Ari e colocamos o de Ezra perto do pneu da frente, onde não vai ser chutado sem querer.

Maya e eu nos sentamos no meio-fio para esperar, e uma parte de mim fica agradecida quando ela pega o celular, porque isso anula a pressão de termos que bater papo, o que me parece exaustivo agora, depois da agitação dos sentimentos superinconvenientes do dia.

Pego meu celular também e começo a olhar as redes sociais. Algumas pessoas da escola fazendo a dancinha da moda. Um gamer que eu sigo mostrando mercadorias exclusivas da Emerald City Comic-Con. Alguns alunos do clube de teatro da escola postando fotos dos cenários de sua iminente produção de *O mágico de Oz*.

Uma postagem de Pru me faz parar. É um trecho de um noticiário local em que uma repórter a entrevista, junto com Quint. Ao fundo, a mãe do Quint, Rosa, a fundadora do Centro de Resgate de Animais Marinhos de Fortuna Beach, está com funcionários do zoológico, enquanto dois leões-marinhos brincam em uma piscina numa área cercada novinha.

Eu coloco o vídeo. Pru e Quint explicam para a repórter como Luna e Lennon foram resgatados. Minha irmã parece muito à vontade ao recontar como Lennon foi encontrado, doente e subnutrido, na praia durante o Festival da Liberdade.

— Quando levamos Lennon para o centro de resgate e ele conheceu Luna, eles viraram melhores amigos na mesma hora — diz Quint. — Nós sabíamos que nenhum dos dois conseguiria sobreviver na natureza e queríamos começar a socialização deles logo, na esperança de podermos transferir os dois para um lar permanente juntos. Como você pode ver, agora eles são inseparáveis.

A câmera filma os leões-marinhos. Como se tivessem ensaiado, eles sobem para o deque ao lado da piscina, praticamente de chamego um com o outro. A repórter faz um som emocionado de "*ohhh*".

— Falando em se tornarem inseparáveis — diz Quint, atraindo a câmera de volta. O semblante dele mudou de leve, a expressão agora hesitante. — Eu talvez tenha pedido a Lennon e Luna para me ajudarem com uma surpresinha.

Ao lado dele, Pru franze a testa. Muito.

— Que surpresa?

Quint abre um sorriso travesso. Ele se vira e faz um sinal de positivo para a mãe. Rosa pega duas plaquinhas de madeira que estavam aos pés dela e assobia. Os dois leões-marinhos se empertigam quando Rosa joga os pedaços de madeira na piscina.

Os leões-marinhos mergulham, os corpos deslizando pela água. Eles pegam as tábuas com a boca e, em um movimento elegante, atravessam a piscina até onde Pru e Quint estão com a repórter. Luna e Lennon botam a cabeça para cima, mostrando as plaquinhas. A câmera dá zoom nas palavras que foram pintadas nas superfícies de madeira.

Querida Prudence...

Quer ir ao baile comigo?

A repórter faz um ruído de surpresa. A câmera recua para mostrar Pru, a boca aberta de surpresa. Ela solta uma gargalhada perplexa.

Em seguida, dá um tapa no braço do Quint.

— Na televisão? É sério isso?

Ele ri.

— Isso é um sim?

— Claro que é um sim!

Sorrindo, Quint se move para dar um beijo nela, e a repórter recua e leva o foco da câmera junto.

— Se isso não é um dia memorável no zoológico, eu não sei o que é!

O vídeo é cortado. O ícone de repetição aparece.

Eu desligo o telefone. Feliz por Pru, feliz por Quint, feliz por Rosa e pelo zoológico e pelos leões-marinhos favoritos da minha irmã. Mas principalmente distraído por um pensamento horrível.

O baile.

Bom, o baile do segundo ano. Apesar dos pôsteres por toda a escola, eu quase nem pensei nele, mas sei que está chegando.

Mas... Maya talvez queira ir. Provavelmente.

Eu deveria convidá-la.

Provavelmente?

Eu *quero* convidá-la. Porque quero ser o namorado de Maya. É o que eu sempre quis, e um dia de emoções conflitantes não vai mudar isso. Se não botar a cabeça no lugar, vou correr o risco de perder a melhor coisa que já me aconteceu.

Eu estou apaixonado por Maya. Ponto. Fim de história.

E vou provar.

Respiro fundo e me viro para ela, preparado para fazer meu convite para o baile (ainda que sem graça) agora mesmo... quando o som do capô do carro sendo batido me faz pular.

— Pronto — diz EZ, limpando as mãos na frente da calça. — Nossa carruagem nos aguarda.

Eu me levanto, o coração aos saltos. É, você tem razão. Eu posso fazer melhor do que convidar uma garota para o baile sentado no meio-fio em frente a um posto de gasolina no meio do nada.

— Jude, você deixou isto cair?

Eu me viro e vejo Maya segurando as raspadinhas.

— Ah! Foi. — Olho meu bolso, mas está mesmo vazio. — Eu comprei pra nós. Pensei, quem sabe? Pode ser que um de nós tenha sorte.

É difícil ficar com expressão neutra quando falo porque, *alô*. Fui o cara que tirou "cara" na moeda 57 vezes seguidas. *Claro* que eu vou ter sorte. Não ficaria surpreso se as quatro raspadinhas fossem vencedoras.

Dessa vez, Ari aceita a proposta de Ezra para dirigir e entramos no carro. Ari arruma umas moedas no que era o cinzeiro do carro e as distribui. Ezra pergunta se precisa dividir comigo quando ganhar milhões.

— Pode só me convidar para o seu iate de vez em quando — digo.

Por um minuto, o carro é tomado pelo barulho baixo de raspagem. Revelo meus números da sorte e espero a magia aparecer. Não só que dê correspondência nos números, mas que revele um trevo escondido que vai triplicar o dinheiro do prêmio.

Eu raspo. E raspo...

— Aqui não deu nada — diz Ezra, jogando o bilhete no chão do carro.

— Nem o meu — diz Maya. — Ah, paciência.

Engulo em seco.

Raspa, raspa, raspa...

Ari suspira.

— Nada aqui.

Todos se viram para me ver raspar meu número final.

Meu... número... *da derrota*.

Eu pisco.

— E aí? — diz Ari.

— Deu... ruim.

Fechos os meus olhos, bem apertados. Abro-os e pisco de novo, depressa agora. Esperando que os números mudem. Que se reposicionem. Que revelem que ganhei, porque é claro que ganhei, eu *sempre* ganho. Eu tenho a magia de Lundyn Toune ao meu lado. Eu tenho meu dado da sorte.

— Cara — diz Ezra com uma risada na voz. Ele estica o braço e tira a raspadinha de mim. — Não precisa levar tão a sério.

Sentindo-me traído, aperto a mão sobre o bolso da calça jeans para sentir o volume familiar e reconfortante do meu D20 místico.

Fico paralisado.

O mundo se inclina e escurece.

O ar some de mim em uma respiração horrorizada.

Não. Não, não, *não*.

Procuro do outro lado e enfio as mãos nos dois bolsos.

Mas estão vazios.

O dado. Ele sumiu.

E a magia também.

CAPÍTULO VINTE E NOVE

Durante todo o caminho para casa, fico tentado a pedir para Ezra parar e dar meia-volta. Nós temos que voltar para o festival. Eu preciso procurar o dado.

Mas sei como isso vai parecer para todo mundo, então não digo nada. Mesmo estando com o estômago embrulhado. Mesmo com o coração murcho. Como posso ter perdido? Quando? *Onde?*

No dia seguinte, busco o festival na internet e ligo para o número listado no site. Pergunto se alguém encontrou um dado de 20 lados. Fico na linha, os dedos cruzados com força, enquanto a mulher do outro lado verifica com o achados e perdidos. Mas não. Deixo o número do meu telefone e ela promete ligar se aparecer.

Eu desligo, tomado de pavor.

Como pude ter sido tão descuidado? Eu nem me lembro da última vez em que o vi ou senti na mão. Tinha me acostumado a ele estar sempre lá. Tinha ficado complacente, e agora…

Agora, a magia se foi.

Não… não *se foi*, como logo descubro.

A magia, como logo fica aparente, se *virou contra mim*.

As raspadinhas foram só o começo.

Na semana seguinte, perco todas as jogadas de moedas, o que permite que Ellie escolha tudo, desde o jogo da noite de segunda (jogo da memória de *Frozen*) ao filme que vemos na terça (*Frozen*) e o jantar (macarrão com queijo) que preparo para nós na quarta, quando meu pai e minha mãe saem para a noite a dois deles do mês. Sei que deveria desistir dessa coisa de jogar moeda, mas não consigo deixar de me agarrar à esperança de que minha rede de segurança não tenha sido tirada de baixo de mim.

Essa esperança some aos poucos.

Um pneu da minivan fura uma manhã no caminho da escola.

As solas do meu tênis favorito de dragão acabam arrebentando e se soltam do sapato... no primeiro tempo, o que me faz ter que ficar andando com solas penduradas pelo resto do dia.

No almoço, a cobertura desliza misteriosamente da massa da pizza bem no meu moletom novinho, deixando uma mancha triangular de molho de tomate que não sai.

O laptop que divido com Pru é infectado por um vírus e levo horas para recuperar vários dos meus arquivos de artes, e ainda nem sei se consegui recuperar todos.

A impressora engasga quando estou tentando imprimir um relatório em cima da hora.

A porta do meu armário emperra quando já estou atrasado para o quinto tempo.

Levo uma pancada no indicador da bola de basquete na educação física... e é claro que é o da mão que uso para desenhar.

Minhas outras aulas não são muito melhores. Adquiri o mau hábito de não estudar (qual seria o sentido, se gabarito todas as provas sem esforço?), e quando bombo nas provas de astronomia e espanhol, não consigo responder a nenhuma das perguntas na aula de inglês e esqueço os deveres de estatística e ciências políticas, sinto o peso total e vergonhoso das expressões de desaprovação dos meus professores. Solto várias desculpas esfarrapadas que sei que eles não engolem e prometo me esforçar mais, as bochechas queimando.

Até a única aula que sempre amei, artes visuais, fica um horror quando paramos de desenhar em blocos e começamos uma unidade sobre técnicas de aquarela. Quebro um pincel e derramo água no meu trabalho (*duas vezes*) antes de o sr. Cross me pedir para passar o resto da aula arrumando o armário de materiais.

Mas, espera, *tem mais*.

Encontro uma barata no meu quarto e temos que chamar um dedetizador, o que me obriga a dormir no sofá troncho da sala por duas noites por causa do ar venenoso no porão.

O cacto que Lucy me deu no Natal morre. (Eu nem sabia que dava para matar um cacto.)

Meu cartão de débito desaparece e preciso cancelá-lo e pedir outro e passar uma semana sem dinheiro.

Pela primeira vez em meses, fico com uma espinha na testa e brotoejas no peito *ao mesmo tempo*.

A água quente acaba quando estou lavando o cabelo. Alguém toma todo o leite e não sobra para o meu cereal de manhã. E, quando estou ajudando minha mãe a carregar as compras, bato com o dedão no degrau da varanda, tropeço e viro o saco de compras no canteiro da frente. A caixa de leite que acabamos de comprar explode nas minhas pernas e escorre toda para a terra. Acrescente a isso tudo o fato de que ainda não fui capaz de chamar Maya para o baile. Faltando menos de duas semanas, sei que meu tempo está acabando. E não consigo explicar, mas também tenho a sensação de que estou ficando sem chances de provar que fomos feitos um para o outro.

De provar para todos (para Maya, para mim mesmo, para o mundo) que eu não fiz uma besteira fenomenal ao usar a magia de Lundyn Toune, uma magia que me abandonou completamente... para chamar a garota errada para sair.

— Mãe, você comprou mais pipoca no mercado? — pergunto, revirando o armário.

— Não — grita minha mãe do andar de cima. — Anota na lista!

Solto um grunhido. A lista de compras não vai me ajudar muito hoje. Anoto de qualquer jeito no bloco da geladeira e volto a procurar. Consigo encontrar um saco de nachos que não estão velhos *demais*, umas frutas secas salgadas e meio pacote de Oreo.

Vai ter que servir, decido, colocando o salgadinho numa tigela grande. Como bônus, temos um pote de *salsa* mexicana na geladeira e uma pasta de *queijo* na despensa.

Minha mãe entra quando estou colocando a pasta num potinho que pode ir ao micro-ondas.

— Ei — diz ela, parecendo meio sem fôlego. — O que você... ah. Sábado. Verdade.

Ela massageia a testa.

— Está tudo bem? — pergunto.

— Ah, sim. É que anda acontecendo muita coisa ultimamente. — Minha mãe suspira e se serve de uma taça de vinho de uma garrafa aberta na geladeira. — Entre a declaração de imposto de renda e tudo que temos que organizar para o Dia da Loja de Discos... Sinceramente, cada dia que passa em que vocês cinco vão pra escola e ninguém perde a aula de música ou o treino ou as brincadeiras com os amiguinhos, e o jantar está na mesa e a casa não pega fogo... eu considero uma vitória.

Ela inspira fundo e se encosta na bancada.

—Você bota o sarrafo de ser mãe lá no alto — digo, colocando o creme de queijo no micro-ondas e programando um minuto.

Minha mãe abre um sorrisinho.

— Não dá pra sermos todos perfeitos o tempo todo. Você precisa de alguma coisa hoje?

Faço que não.

— Tudo bem, então. Eu falei pra Penny que a levaria pra loja de música pra buscar resina hoje, então, se não estivermos aqui, é pra lá que fomos. Vou levar a Ellie também pra ela não te atrapalhar.

— Ela não atrapalha — digo. E é verdade. Ellie quase nunca vai para o porão nas noites de *D&D*, mas, quando vai, é bem fácil deixá-la no carpete com alguns bonequinhos de metal, brincando de faz de conta sozinha.

— Eu agradeço, Jude. Seu pai e eu demos sorte de mais de uma forma. — Ela coloca a mão no meu ombro e me curvo para que possa beijar minha cabeça, como fazia quando eu era pequeno.

A campainha toca e a minha mãe ergue a taça para mim.

— Divirta-se invadindo o castelo — diz.

Maya e Noah estão na porta, e Maya ri tanto que precisa se apoiar no muro da varanda com a mão na barriga, como se o estômago doesse.

Noah abre um sorriso inocente.

— Acho que derrubei nossa guerreira.

Eu olho para eles, boquiaberto.

— O que você disse pra ela?

— Nada.

— Goren... o Horrendo... — diz Maya entre inspirações.

— Aah — digo, assentindo. — É, Noah é incrível com imitações.

— Não sei de que você está falando — diz Noah. — Eu tenho um respeito total e absoluto por nosso amigo sedento de sangue. Jamais o imitaria com deboche.

— Foi... tão... na mosca — fala Maya, secando lágrimas de verdade.

Eu digo para que entrem e Maya consegue se recompor quando levamos a comida lá para baixo.

A campainha toca de novo quando estamos arrumando tudo e subo os degraus dois de cada vez. Russell e Kyle estão na varanda. Depois que eles entram, César estaciona junto ao meio-fio.

— É hoje! — diz Kyle. — Saiba que só saio daqui quando tivermos conquistado esse templo, matado uns monstros e quebrado essa maldição.

Abro um sorriso, mas até eu percebo que é fraco.

— Vamos ver aonde a noite nos leva, acho — digo.

Pegamos refrigerantes na cozinha antes de descermos de novo. Maya e Noah estão em uma conversa profunda, entreolhando-se por cima da mesa de jogo.

Limpo a garganta. Maya e Noah erguem o olhar, parecendo sobressaltados.

É... como se sentissem culpa?

— Todos prontos? César, trouxe seus dados?

— Ah, droga! — diz, se levantando. Ele os esquece no carro quase toda semana.

Quando ele sobe para buscá-los, arrumo os papéis, distraído. Meu estômago está embrulhado, mas ninguém parece notar como estou nervoso. Fico pensando em como não demorou nadinha para Maya se tornar uma parte integral do grupo. Todos estão falando sobre a última coisa que aconteceu na campanha, e Kyle elogia Maya pelo raciocínio rápido quando eles encontraram aquelas fadinhas malignas, e Maya parece lisonjeada de verdade.

Nessa hora percebo. De todas as viradas inesperadas do universo... Maya Livingstone é uma de nós agora. E isso é *bizarro*.

— Tudo certo aí, mestre? — pergunta César.

— Hã? — Nem tinha percebido que ele já havia voltado.

Todo mundo está me olhando.

— O que foi? — diz César, se sentando e colocando os dados na mesa. — Você parece nervoso com alguma coisa.

— Eu só estou vendo o que vem agora — digo, engolindo em seco. — Eu, hã... tive uma inspiração de último minuto e fiz algumas mudanças na campanha. Nada com que vocês precisem se preocupar. Eu só... Você sabe. Quero ter certeza de que não deixei passar nada.

— O que estamos esperando? — diz Russell, que tem pouca tolerância para papo-furado.

— Estou quase pronto.

Respiro fundo e olho para o grupo, meu olhar se demorando mais em Maya. Ela remexe em um bonequinho de tiefling que Noah lhe emprestou para representar a personagem dela no primeiro dia.

Pego meu dado de 20 lados distraidamente.

Meu dado completamente comum, sem nada de especial, nem um pouco mágico.

Se sair mais do que dez, eu faço isso.

Meu polegar acaricia os lados planos e os ângulos do dado.

Não... qualquer coisa maior do que cinco.

Rolo o dado, escondido em segurança atrás do escuro. Ele cai em cima das minhas anotações.

Para.

E sai...

Um.

Falha crítica.

Fico olhando para ele. Para aquele único dígito rindo de mim.

Fecho os olhos, desanimado.

Mas... vou mesmo deixar um dado tomar decisões por mim? Um que nem tem poderes místicos?

Não. Não vou.

Eu sou o mestre do jogo e estou no comando aqui. Não a sorte. Não a magia. Não o Templo de Lundyn Toune.

— Tudo bem — digo, pegando o dado de novo. — A missão tinha sido longa e traiçoeira...

A missão tinha sido longa e traiçoeira. Durante a caminhada pela floresta, os aventureiros batalharam com um enxame de fadinhas furiosas...

Comeram por engano cogumelos do tipo ruim...

E vergonhosamente perderam metade do equipamento e dos suprimentos para dois sátiros sorrateiros.

"Eu falei que eram venenosos. Por que ninguém me escuta?"

"É a última vez que você fica de vigia."

"Eu estava cansado!"

"Nada de pânico! Não levaram minha caneca favorita! (Eu ganho 10% de desconto em todos os refis com ela.)"

Eles finalmente chegaram ao Templo de Lundyn Toune.

Mas as provações não tinham acabado...

MORRAM, GOBLINS! MORRAM!
É hipnotizante quando ela faz isso. É difícil não olhar.
ARGH
Gostei dela.
Cuidado. Nós sabemos que tem pelo menos uma armadilha aqui no templo. Pode muito bem ter...
... mais.
Tá tudo bem?
AAAAAH
Acho que a gente tá quase lá.
Luzes dançantes!

Encontramos o mago amaldiçoado.
Agora o que a gente tem que fazer...
... com isto?
Aquela barda disse que a magia do Diamante Escarlate estava ligada a este templo e à maldição.
Ela também disse que foi o que fez o mago assumir o lugar da estátua anterior.
Portanto, sugiro a gente não tentar inseri-lo naquele buraco óbvio.
Claro. Só um idiota tentaria isso sem primeiro fazer uma bateria de testes mágicos.
Detectar Magia!
Dissipar Magia!
Restauração Maior!
Encontrar Armadilhas!
Espirro Ácido!
Prestidigitação!
Prestidigitação?
Eu gosto do som dessa palavra.

Eles podem ficar nisso por um tempo.
Vamos só torcer pra que eles se destruam ao longo do processo.
Concordo. Duas pessoas a menos com quem compartilhar os espólios.
E se estivermos pensando demais?
Esta pedra foi a chave que forçou o mago a tomar o lugar da guardiã anterior do templo.
Pode ser que, para destruir a maldição...
... a gente só tenha que destruir...
... o diamante!
NÃO!
FLASH

UNNNGGG
BLAM
Não acredito que deu certo.
Meio anticlimático.
PUFF
Você... me salvou.
Pode crer que salvei!
Apesar de já ter com você uma dívida eterna, também preciso perguntar se me honraria com outro favor, ó forte e corajosa guerreira.
Ah, não. Você não vai virar essa maldição contra mim agora, né?
Não. Eu vou te perguntar...
... se você quer ser meu par no baile.
O QUÊ?!
?

Assim que a pergunta é feita, sei que foi má ideia. Sinto em cada osso do meu corpo. Sinto pelo jeito como todo mundo me olha. Mais ainda pelo jeito como Maya me olha.

Não com cara de quem está lisonjeada. Nem feliz. Nem empolgada.

Mais com cara de... enjoo?

Meu convite para o baile paira no ar entre nós, junto com uma quantidade sufocante de silêncio incômodo.

Engulo em seco.

— Só pra deixar registrado, agora sou eu. Jude. Não a estátua. — Abaixo o escudo do mestre para que não haja nada entre mim e ela. — Maya... você quer ir ao baile comigo?

Maya abre a boca, mas nenhum som sai. Por algum motivo, ela olha para Noah, depois para mim.

— Jude — diz ela baixinho. — Posso conversar com você... em outro lugar?

— Ah, droga — murmura César. — Isso não é bom.

Kyle dá um soco no braço dele.

Russell pega um punhado de frutas secas com mau humor e começa a separar os M&M's.

— Isso significa que a gente não quebrou a maldição?

— Todos vocês, bico calado — diz Maya, empurrando a cadeira para trás.

Sigo-a escada acima, apesar de não entender direito qual é o motivo. Eu já sei tudo que preciso saber.

Lucy e meu pai estão vendo um documentário de true crime na sala, e Pru está fazendo o dever de casa na cozinha, então acabamos indo para o lado de fora. Maya se senta no degrau da varanda. Parte de mim prefere ficar de pé, porque assim posso fugir mais rápido, acho, mas eu me sento mesmo assim.

— Jude... — começa ela.

— Não precisa arrastar isso — digo depressa. Percebo que ainda estou segurando o D20 de resina. Passo-o distraidamente de uma mão para a outra. — Você pode só dizer não.

Maya morde o lábio inferior. A expressão dela parece ser de sofrimento genuíno.

— Eu não posso *só dizer não*. Neste último mês... eu me diverti tanto com você. De verdade. Quer dizer, foi meio esquisito algumas vezes, né? Porque meio que sempre soube que você gostava de mim. E eu... — Ela faz uma careta. — Não leva a mal, mas não estava interessada em você antes. Mas acontece que gosto muito de estar com você. E de estar aqui, jogar *D&D*... eu adoro e... eu gosto de você, Jude. Muito. — Ela hesita. — Eu só... não sei se...

— Maya. Eu entendo.

Ela faz uma careta.

— Está tudo bem — acrescento.

— Eu não quero te magoar — sussurra ela. — Estou torcendo pra que a gente possa ser amigo. Mas eu também vou entender se... — Ela olha para as mãos, os dedos formando nós no colo. — ... se isso não for possível.

Acho que é a rejeição mais legal que um cara pode ter a esperança de receber. E apesar de *ser* uma rejeição e de haver uma pontada de decepção nas minhas entranhas, também sinto uma onda de alívio com as palavras dela e uma sensação de que sabia o tempo todo que não era para nós ficarmos juntos, apesar dos anos querendo isso. Porque era só isso. Um querer. Não um relacionamento. Só uma fantasia impossível.

A realidade é que ser *amigo* de Maya pode até ser melhor.

Fecho a mão ao redor do dado e esfrego a testa, rindo sozinho.

— Me desculpa, Jude.

— Não precisa pedir desculpas — digo. — Sinceramente... se tudo isso não tivesse acontecido, tinha uma boa chance de eu acabar passando a vida toda apaixonado por você.

Eu a encaro de novo. Maya parece tão triste. Tão chateada.

Mas não quero que ela fique chateada. Nem que sinta culpa. Nem nada disso.

Apoio os cotovelos nos joelhos, os dedos mexendo distraidamente no dado.

— Estou feliz por você ter recusado.

— Jude...

— Não, estou falando sério. Eu tinha que tentar uma última vez. Porque você tem razão. Eu gosto de você há anos. E queria que desse certo porque provaria que esse crush não era tão sem sentido, afinal. Mas... eu já sabia, acho. Sei há semanas. Nós não temos o que a Pru e o Quint têm. Nem... — Faço uma pausa ao perceber que ela ainda está segurando o bonequinho de metal. E, naquele momento, tenho outro estalo. De uma coisa que deveria ter percebido há mais tempo. — Nem... o que Grit e Starling têm.

Uma risada curta e sobressaltada escapa de Maya antes de ela se virar e esconder o rosto de mim.

— Starling gosta de flertar.

— Pode ser — digo. — Mas Noah é tão legal. E sei que nunca te ouvi rir comigo como você ri quando está com elu.

Ela mexe em um dos cachos.

— Maya, você é incrível. Você já sabe disso, mas digo só para o caso de você não ouvir isso há algum tempo. E tenho tanta sorte de ter tido uns encontros ótimos com você. O meu eu de dez anos viveu o grande momento da vida dele neste último mês, saindo com a garota dos sonhos dele e percebendo que você de verdade é umas mil vezes mais incrível. E sempre vou ser o cara que era cem por cento dedicado a você durante quase todo o nosso tempo na escola.

Maya me olha de novo.

— Isso é um discurso muito bom — diz ela. — Você meio que está me fazendo me arrepender da minha resposta.

Abro um sorriso.

— Não se arrependa. Foi a resposta certa.

Ela assente.

— Eu sei — diz.

Solto um suspiro e enfio o dado no bolso. Não aquece contra a minha pele. Não pulsa na palma da minha mão como se estivesse vivo. É o dado errado e não ajuda em nada.

— Amigos? — pergunto, oferecendo a mão a Maya.

Os lábios dela se curvam para cima. Mas, em vez de apertar a minha mão, ela se inclina e me puxa num abraço de lado.

— Amigos.

CAPÍTULO TRINTA

— A Ari não vem hoje? — pergunta meu pai.

Levanto o olhar do capítulo de *O grande Gatsby* que estou penando para ler a manhã toda. Meu pai está do outro lado da bancada olhando a correspondência do dia anterior.

— Ah, não. A mãe dela tem um coquetel de apresentação de um imóvel hoje e pediu ajuda da Ari. Acho que ela está ocupada com champanhe e biscoitos frescos.

Meu pai solta uma risada.

— Elena oferece champanhe em festas assim? Só pra irem dar uma olhada? — Ele balança a cabeça e joga um catálogo no cesto de reciclagem. — De repente a gente devia tentar isso aqui.

Ele fica imóvel de repente, segurando um pacote grande e achatado, do tipo no qual costumamos receber discos de edições especiais.

— Jude, é isso — diz ele. — Me passa o estilete.

Ele abre o pacote com cuidado, com atenção para não danificar o que tem dentro, e puxa as abas de papelão.

Eu me inclino para mais perto. Em cima tem uma carta, que meu pai lê depressa e coloca de lado.

Junto tem um certificado com uma borda azul chique imitando pergaminho. Apesar de estar de cabeça para baixo, leio facilmente o texto importante, escrito com fonte grande:

Certificado de Autenticidade
Pôster de *London Town* autografado por Paul McCartney.
Autêntico.

O pôster e o álbum estão embaixo, quase soterrados sob uma camada de plástico protetor.

Meu pai abre um sorriso para mim.

— Aí está.

— Incrível. E agora?

Ele me entrega o certificado e começa a desmontar o pacote.

— Vamos mandar emoldurar, acho. Pendurar em algum lugar.

— Disseram quanto vale?

— Não, isso seria questão pra um avaliador, apesar de que, até algo ser colocado à venda, nunca se sabe o quanto vão pagar. Não que importe. Eu nunca vou abrir mão deste disco. — Ele tira o plástico e sorri para o pôster com o autógrafo de Sir Paul. — Escondido debaixo do nosso nariz esse tempo todo. Quem imaginaria? — Ele enfia o pôster de volta na capa do disco e recolhe o plástico e o papelão do pacote. — Ah, antes que me esqueça. Será que você pode fazer nosso pedido dos lançamentos especiais do Dia da Loja de Discos hoje? Estive adiando, mas sua mãe e eu avaliamos o orçamento e acho que não vamos ter problema pra encomendar.

— Vai ficar apertado, né? — Eu olho para o calendário. O Dia da Loja de Discos é em duas semanas, no mesmo fim de semana do baile.

— Não é o ideal — concorda ele. — Com sorte, não vamos precisar pagar frete expresso, mas, se for necessário... — Ele dá de ombros. — Esses lançamentos especiais são um grande atrativo nesta época do ano. Nós temos que dar às pessoas o que elas querem.

— Claro. Deixa comigo.

Eu me viro para o computador e meu pai leva o lixo reciclável para a caçamba na viela atrás da loja.

Mal comecei a preencher o pedido quando uma mulher com um xale de aparência cara se aproxima do balcão com uma pilha de discos.

— Encontrou tudo que estava procurando? — pergunto.

— Encontrei. A seleção de vocês é muito boa — diz ela com sotaque indiano carregado, batendo com os dedos no disco de cima. O mais novo do Sadashiv. — Eu gosto muito dessas músicas da Invasão Britânica.

Dou uma risada, apesar de não saber se ela está tentando fazer piada. Será que ele poderia ser considerado como Invasão Britânica pela Geração Z?

— Eu fui ao show do Sadashiv recentemente — digo, passando as compras dela (que vejo que incluem os Yardbirds e os Hollies, então britânicos clássicos também).

— Ah, é? — diz a mulher, abrindo a bolsa e pegando o dinheiro na carteira. — E você gostou?

Hesito, sem saber direito como responder. Eu *gostei* daquela noite... mesmo que as coisas com Maya não tenham dado certo, como eu esperava.

Ao ver minha hesitação, a mulher ri.

— Talvez você não seja o público-alvo dele. Nem tudo é pra todo mundo.

— Eu até gostei mais do que achei que gostaria — digo, empilhando com cuidado as compras antes de colocar tudo em uma sacola de papel e depois contando o troco. — Espero que você goste desses. — Entrego a sacola para ela.

— Essa me pareceu uma boa venda — diz meu pai assim que a mulher vai embora. — Quantos discos ela comprou?

— Nove ou dez.

— Nada mau. — Ele pega uma caixa com os discos usados que recebemos recentemente e começa a avaliar a condição, para poder botar o preço. — Sabe, sua mãe e eu vimos alguns dos vídeos na página da Ari ontem à noite. Ficaram ótimos. Pru disse que você teve participação nisso.

Com um certo encabulamento, volto a preencher o pedido para o Dia da Loja de Discos.

— Eu não fiz muita coisa.

— Não importa. Nós temos muito orgulho da Ari. E de você. — Ele suspira. — Sabe, um dia nós vamos vender discos com as músicas dela. E eu vou poder contar a todos os fãs ardorosos dela: essa garota é como uma outra filha minha. Eu a conheço desde que ela era desse tamaninho... — Levanta a mão na altura da cintura.

— A gente conheceu a Ari quando ela tinha 12 anos — digo. — Não quatro.

— Doze? Sério? *Não*. Parece que ela é parte da família há bem mais tempo do que isso.

Eu balanço a cabeça.

— Foi logo depois que a gente começou o sétimo ano. A mamãe levou Lucy e Penny pra fazer compras de volta às aulas, e Pru e eu estávamos fazendo o dever de casa no balcão, e você estava com Ellie em um daqueles carregadores de bebê, sabe?

— Ah, sim, eu adorei aquela época — diz meu pai com nostalgia, apertando a mão no coração. — Sinto saudades de ter um bebê em casa.

Comentar a respeito disso me parece um jeito garantido de arranjar outra irmã, então não falo nada.

— E Ari veio com o pai, e vocês dois ficaram babando enquanto conversavam sobre como é ver garotinhas crescerem, ou algo assim. Lembro que você deixou que ele segurasse a Ellie. E o tempo todo Ari ficou rodando pela loja como se tivesse encontrado o paraíso. Ah, com aquele estojo de CDs que ela sempre carregava! Se lembra disso?

Meu pai arregala os olhos.

— Eu tinha me esquecido disso. Não vejo há algum tempo.

— Acho que ela passou para o digital agora — digo, surpreso com o quanto *eu* fico nostálgico de repente ao me lembrar daquele estojo roxo coberto de adesivos retrô de sinais da paz, margaridas, um fusca, um violão que era bem parecido com o que ela herdou do avô. Dentro, plásticos transparentes e páginas e mais páginas dos discos que a Ari de 12 anos deixava religiosamente organizados. Por gênero e com os artistas em ordem alfabética, era a lista principal dela de todos os discos que já tinha na coleção (a maioria, na verdade, era do pai), junto com uma lista de desejos sempre crescente daqueles que ela queria encontrar.

— Você e David ficaram tão ocupados conversando que ela vinha perguntar pra mim e pra Pru onde encontrar as coisas — digo. — E nós não tínhamos a menor ideia, mas tentei muito ajudar. Fingir que eu sabia do que estava falando. Como se fosse um especialista na Ventures Vinyl, porque... — Paro de falar e as minhas bochechas ficaram rosadas.

Porque eu queria impressioná-la. Queria impressionar a garota exuberante, peculiar, apaixonada por música que tinha aparecido na loja dos meus pais como um raio de sol inesperado.

A voz do meu pai está suave.

— Isso mesmo. Vocês se deram bem de cara, né? Eu tinha me esquecido disso tudo.

Abro um sorriso contido.

— Por que está tão silencioso aqui? — pergunto. — Não me lembro de o disco ter parado.

Eu me ocupo trocando o disco na vitrola, mas meus pensamentos ainda estão naquele primeiro encontro com Ari. Em como fiquei ansioso para arrumar uma desculpa para continuar conversando com ela. Como fiquei decepcionado quando ela foi embora, mais de uma hora depois, com uma pilha de discos nos braços.

Só mais tarde, deitado na cama pensando na garota de sorriso eletrizante, é que a culpa veio. Àquela altura, eu já havia jurado minha devoção eterna a Maya Livingstone. A garota que eu tinha certeza de que era minha alma gêmea. Como eu podia ser fraco a ponto de sentir meu coração abalado tão facilmente por uma estranha bonita?

Foi nessa hora que decidi redobrar meus sentimentos por Maya. Provar minha lealdade, meu amor impecável por ela. Não me deixaria abalar. Não cederia ao jeito como meu coração estremecia um pouco sempre que Ari ia até a loja. Sufocaria os sentimentos rebeldes até ficarem submissos e jamais cederia a eles de novo.

Foi o que fiz, a ponto de me esquecer da euforia que tomava conta de mim cada vez que via Ari. Conforme as visitas dela à loja de discos foram se tornando mais frequentes, ficou mais fácil fingir que nunca tinha sentido nada. Quando nós três nos tornamos amigos inseparáveis e começamos a passar tempo juntos fora da loja, comecei a acreditar que a amizade era a única coisa que eu queria. Que sentia.

Fui leal a Maya, a garota que nunca esperei que me quisesse, e era mais fácil mergulhar no amor não correspondido do que me permitir imaginar que outra coisa era possível. Uma coisa que envolvia riscos, incertezas, dor e rejeição. Uma coisa que era real.

Minhas mãos terminam de executar o trabalho de colocar um disco novo na vitrola. Ligar o botão para que comece a girar. Baixar a agulha.

Mas mal escuto. Nem sei que disco acabei de pegar no topo da pilha. Estou perdido demais nos meus próprios pensamentos. Abalado demais com a percepção mais inquietante de todas.

Certo, turma. O que aprendemos hoje?

Que, ao que parece, eu sou o zé-ruela mais desligado e apaixonado de toda a Fortuna Beach.

— Onde foi que eu coloquei aquele disco *London Town*?

Levo um susto e me viro para olhar para o meu pai. Ele tem as mãos nos quadris, a testa franzida enquanto vasculha a área em volta do balcão. O computador e o teclado, o amontoado de mercadorias variadas, as cartas restantes que precisam voltar para o escritório, a caixa de discos a receberem preço para depois serem colocados à venda. Leva um tempão para as palavras dele entrarem na minha cabeça.

— Ah, está bem...

Eu fico paralisado, a mão no caminho do local no balcão onde meu pai colocou o disco com o certificado de autenticação.

Não tem nada lá.

— Eu juro que estava bem... — Inspiro fundo. — Ah, não. Ah, bosta.

Meu pai me olha com preocupação.

— Acho... — começo a falar. — Acho que pode ter se misturado com a pilha de discos que eu acabei de... que aquela mulher acabou de...

Uma compreensão dolorosa surge nos olhos do meu pai.

— O cartão de crédito dela. A gente pode encontrar o nome dela...

Faço que não.

— Ela pagou em dinheiro.

Meu pai faz uma careta.

Nós nos olhamos em um silêncio horrível por um longo tempo, a culpa corroendo minhas entranhas. Já era. Assim como meu dado mágico, o álbum *London Town* com o pôster autografado já era.

A Maldição de Lundyn Toune ataca novamente.

CAPÍTULO TRINTA E UM

Meu pai dá a notícia sobre o autógrafo perdido do Paul McCartney quando está preparando sanduíches de presunto e queijo em uma frigideira. Minha família fica consternada, mas meu pai tenta reagir com benevolência e pula a parte em que foi culpa minha.

A generosidade dele só me faz sentir pior.

— Erros acontecem — diz ele, carregando o prato de sanduíches até a mesa, junto de um rolo de papel toalha. — Não é nada de mais.

Depois de alguns olhares inseguros, minha família decide seguir a dica dele. Todos concordam com intensidade. Não é nada de mais mesmo.

Mas é. É uma coisa mais importante do que eles percebem. É mais uma prova de que a minha sorte está saindo pela culatra contra mim. Mais uma prova de que fui amaldiçoado.

E se as coisas ficarem assim para sempre? Só uma desgraça atrás da outra, pelo resto da minha vida miserável?

Não, eu não posso começar a pensar assim. Tem que haver um jeito de sair disso. Um jeito de quebrar o feitiço.

Se ao menos eu não tivesse perdido aquele dado.

— Isso chegou pra você pelo correio, Jude — diz minha mãe. Ela limpa os dedos sujos de manteiga em uma toalha de papel antes de pegar um envelope e passar para mim por cima da pilha de casca de pão cortada fora da Ellie.

Primeiro, tenho certeza de que vai ser mais uma má notícia, então nem ligo de deixar manchas de gordura no papel quando abro o envelope e tiro... um cheque. Cinquenta dólares, com meu nome datilografado na linha do favorecido.

No canto, há o logo do *Dungeon*, um *D* estilizado com barras de ferro medievais por cima.

— Legal — diz Pru, me dando um soquinho leve no ombro. — Acho que você é oficialmente um artista agora.

Abro um sorriso não muito animado.

O envelope também contém um bilhete do diretor de arte que me mandou o e-mail antes.

Estou ansioso para ver mais do seu trabalho.
— Ralph Tigmont

Enfio o bilhete de volta no envelope.

— Tudo bem se eu for pro quarto? Tenho dever de casa pra fazer.

Não espero a resposta, abandono o sanduíche e saio da mesa.

Estou na metade da escada quando Pru me interrompe:

— Jude, espera. Está tudo bem?

Eu me viro para ela.

— Como assim?

— Você anda muito calado ultimamente. — Ela revira os olhos. — Quero dizer, mais do que o normal. Na verdade... você está agindo de um jeito estranho a semana toda.

Bato com os dedos no corrimão da escada.

— Eu me atrasei em algumas matérias. Estou tentando recuperar o tempo perdido. E as coisas estão ficando corridas na loja, com a gente tentando se preparar para o Dia da Loja de Discos.

Pru fica em silêncio por um tempo. Tem vezes que posso jurar que ela e eu conseguimos ler o pensamento um do outro, então me obrigo a pensar em qualquer outra coisa que não seja Ari. Meu cérebro circula pelo dever de casa. (Jay Gatsby é um pateta incorrigível como eu.) Depois, pela loja. (Ari sentada no balcão, afinando o violão.) Depois, pela campanha. (Eu talvez precise da ajuda de Ari para escrever a balada épica agora que os aventureiros quebraram a maldição.) E pela minha história em quadrinhos. (O mago Jude também não conseguiu ver o que estava bem na cara dele.)

Por que não pensar em Ari fica tão difícil de repente?

— Você terminou sua campanha no fim de semana passado? — pergunta Pru.

Viu só? Leitura de mentes. É uma coisa de gêmeos e talvez o mais perto de um superpoder que terei.

— Sim, foi legal. Todo mundo se divertiu.

— E a Maya é... parte permanente do grupo agora, por acaso?

— Acho que sim. Eu ainda espero que o Matt volte pra próxima campanha, mas foi divertido ter Maya participando. Ela se deu muito bem com todo mundo.

Pru assente devagar.

— Isso é legal.

Eu dou um suspiro. Consigo ver aonde isso vai dar, então é melhor eu poupar um tempo para nós.

— E nós decidimos ser só amigos.

Pru aperta o punho em um gesto animado de "eu sabia".

— Deu pra perceber que você estava escondendo alguma coisa — diz. — Quando aconteceu?

— Eu não estava *escondendo* — murmuro. — Nós conversamos no fim de semana. Nós dois achamos que faz mais sentido.

— E você está... bem?

— Estou, sim. Eu gosto da Maya, mas não estou apaixonado por ela. Não mais.

— *Isso se já estive*, penso, mas não acrescento.

Consigo ver Pru refletindo, talvez tentando decidir se acredita em mim ou não. Mas devo ser convincente, porque ela assente devagar.

— Quem imaginaria? Maya demonstra ter talento natural pra jogar RPG e você se *desapaixona* por ela?

— Pois é — digo, passando a mão pelo cabelo. — Eu também não imaginava isso.

Pru me dá boa-noite e eu vou para o quarto o mais rápido possível, me sentindo péssimo de várias formas. Meu erro colossal com o álbum já é bem ruim, mas isso ter acontecido junto com minha descoberta incrivelmente inconveniente de que talvez tenha sentimentos por Ari?

Sentimentos *de verdade*?

Minha cabeça passou o dia girando.

Eu não sei o que fazer. Não sei se devo fazer alguma coisa. Não tem nenhuma regra que diga que preciso agir por conta dessas emoções agora que sei sobre elas. Posso continuar como sempre. Fingir que nada mudou.

Não posso?

Por que você está me olhando assim?

Mas sério. Por um tempo, fui o cara mais sortudo de Fortuna Beach. Poderia ter tido qualquer coisa que quisesse. Poderia ter convidado Ari para sair e o universo se curvaria à minha vontade. Poderia ter entrado num sorteio e ganhado uma viagem para dois para um lugar tropical e levado Ari numa viagem romântica, onde, claro, ela teria se apaixonado por mim.

Mas eu não fiz isso. E não posso convidá-la para sair agora.

Obviamente.

Quer dizer... posso convidá-la para sair?

Não. Claro que não. Se Ari disser não, se ela não sentir o mesmo... nós estamos ferrados. Nossa amizade, arruinada. Não tem como não ficar esquisito. E então, Pru ficaria com raiva porque deixei tudo esquisito e ela estaria no meio, e eu também não quero fazer isso com ela.

A menos que... a menos que seja possível que Ari também sinta alguma coisa por mim?

Quase temo ter esperanças, mas pode haver um precedente aqui. Nós sempre fomos próximos. O tipo de amigos que provoca um ao outro e toca um no outro... quase como um flerte. Tipo, quatro anos de flerte que deixei passar completamente.

Mas, sem saber com certeza, me sinto preso na indecisão. Se continuar como se nada tivesse mudado, nunca vou saber se tinha chance.

Se arriscar contar a verdade, não só corro o risco de rejeição... como boto nossa amizade em risco também.

Argh.

Uma distração cairia muito bem.

Tiro o bilhete do diretor de arte do envelope.

Estou adiando isso há muito tempo, encurralado pela indecisão e pela certeza de que a minha primeira arte aceita era um fracasso absoluto impulsionado por um poder de sorte que não tenho mais.

Então, se não tem sentido e qualquer coisa que eu tente vai falhar agora... o melhor é acabar logo com isso.

Viro as páginas do caderno procurando qualquer coisa que possa achar remotamente digna de ser enviada.

Paro quando chego ao primeiro capítulo da história em quadrinhos. Leio as páginas. Araceli, a Barda, cantando sobre as aventuras que ela e o mago viveram quando chegaram ao templo perdido. Lutando contra uma horda de goblins. Um provocando o outro. Um confiando no outro.

É como se meu subconsciente estivesse enviando sinais havia meses, tentando me fazer ver a verdade óbvia. Essa história em quadrinhos não é sobre um mago que tenta salvar uma donzela que virou estátua, uma garota literalmente em cima de um pedestal. Não é uma história épica de amor predestinado e maldições quebradas e desafiar chances impossíveis.

É sobre dois amigos que compartilham piadas só deles e que testemunharam um ao outro em seus melhores e piores momentos. É sobre o tipo de amor em que duas pessoas podem ficar em silêncio por horas e não se sentirem estranhas, perfeitamente satisfeitas só de estarem juntas.

Ainda é uma história de amor, mas diferente da que eu tinha imaginado.

Massageio a testa e pulo o resto do bloco de desenho até chegar à página em que estava trabalhando no festival. O palco, as árvores, a plateia com as cadeiras dobráveis e os recipientes de lanches que lembram barcos de papel vendidos nas barracas. Eu não o terminei. Não acrescentei a estrela do festival.

Aqui está, percebo. Minha próxima submissão de arte.

Não ligo se o desenho é bom. Não ligo se é o que o *Dungeon* quer ou não.

Abro uma foto de Ari no celular, uma de nós no Encanto: eu, Ari, Pru, Quint e Ezra espremidos na nossa mesa favorita em uma noite de karaokê. Trish Roxby, apresentadora da noite, tirou a foto. Nela, estou com o braço nos ombros de Ari, como se não fosse nada de mais.

Coloco o celular apoiado em uma pilha de livros e começo a desenhar Araceli, a Magnífica, no Palco Albatroz, dedilhando o alaúde enquanto magia espirala e cintila ao redor dela.

Quando termino, acrescento uma legenda: *A menestrel e o festival de música*.

Em seguida, envio por e-mail para o diretor de arte antes que possa questionar a mim mesmo. De novo.

Pronto. Feito.

Uma tarefa apavorante cumprida. Prova de que posso me arriscar. Posso enfrentar a rejeição e seguir em frente com a vida... com ou sem magia.

Então, agora que tirei isso do caminho... o que vou fazer em relação a Ari?

Chamá-la para sair.

Ou não chamá-la para sair.

Contar o que sinto.

Ou ignorar o que sinto até o fim dos tempos.

Tentar descobrir o que Ari sente por mim.

Ou evitar de encontrá-la de novo.

De um para outro. De um para outro. Os pensamentos girando, girando, girando.

Certo. Pausa.

Que tal assim?

Eu simplesmente... não decido nada. Não decido contar a Ari o que sinto. Não decido *não* contar a Ari o que sinto.

Deixo a sorte decidir por mim.

Eu sei, eu sei. Mas me escuta. É, talvez a sorte e eu não estejamos na mesma página ultimamente, mas isso não importa. Se o sr. Robles me ensinou alguma coisa, foi que a sorte é um jogo de números. Se você jogar o dado por vezes suficientes, alguma hora você vai acertar o valor mais alto. (Só torça para que a casa não tenha esvaziado seus bolsos antes disso.) Se você jogar a moeda por vezes suficientes, ela vai ter que cair a seu favor. E basta um golpe de sorte para acabar com uma sequência de azares.

Isso é matemática básica.

E eu tenho uma ideia.

CAPÍTULO TRINTA E DOIS

Para falar a verdade, minha ideia brilhante... não é tão brilhante, objetivamente falando. Mas isso não me impede de colocá-la em ação nos dias seguintes.

Passo horas depois da aula procurando na internet coisas que posso conseguir ganhar para Ari, como prova do meu afeto. Mas não só isso. Se eu conseguir ganhar alguma coisa, *qualquer coisa*, isso vai provar que eu *posso* ter sorte de novo, mesmo sem o dado idiota. Mesmo sem a magia.

Vai provar que não estou amaldiçoado.

E... uau. Eu nunca tinha percebido quanta coisa é oferecida de graça só para promover uma marca.

Violões de graça. Alto-falantes de graça. Amplificadores de graça. Monitores intra-auriculares de graça. Softwares de gravação de graça. Aulas de música de graça. Viagens para Nashville e Austin de graça. Tempo em estúdio de graça. Críticas de música de graça. Brincos em forma de notas musicais e pingentes de colar feitos de palhetas de guitarra e pulseiras feitas de cordas de violão recicladas de graça.

Entro em todos os sorteios online que encontro. Tudo que parece que pode ser ao menos remotamente atraente para Ari. Qualquer coisa que possa ganhar e oferecer a ela com um floreio. *Aqui, Ari. Ganhei esses decalques lindos de vinil! Pode botar no estojo do seu violão, e cada vez que olhar para eles, você pode se lembrar de mim. Ah, e o que você acha de esquecer essa coisa de "amigos" e tentar um Felizes Para Sempre?*

Exagero?

É, talvez seja exagero mesmo. Revelação total: não tenho a menor ideia do que estou fazendo, caso isso não tenha ficado óbvio. Mal recuperei o fôlego da percepção de que acho Ari dolorosamente atraente. Ainda estou tonto com o entendimento de que meu desejo de beijá-la é maior do que todos os outros desejos que já tive... e isso inclui Maya, a faculdade de artes e todos os Funkos que existem. Ainda fico tonto quando penso como sempre sou mais feliz na presença de Ari do que na de qualquer outra pessoa, sem importar onde estamos nem o que fazemos, e que mesmo assim *eu só me dei conta agora.*

    Enfim, o que quero dizer é que tudo isso é só um jogo de números, e os números vão me indicar o que fazer agora. Se eu entrar em sorteios suficientes, é capaz de ganhar alguma coisa, e essa coisa vai ser minha passagem para uma conversa de mais-do-que-amigos com Ari.

    Ei, deu certo com Maya.

    E se eu *não* ganhar nada? Bom, aí... acho que não era para ser.

Verifico meus e-mails logo de manhã, só para ver se alguma coisa do meu trabalho árduo já deu frutos. (Você não acha que tenha sido trabalho árduo? Tenta provar que não é um robô escolhendo faixas de pedestres em 87 tabelas quadradas e depois fala comigo.)

    Meu coração pula quando abro minha caixa de entrada na sexta. *Quantos e-mails!* Mas, depois de uma olhada rápida, percebo que nenhum está me declarando o vencedor de nada. Só estão declarando que, para cada sorteio em que entrei, eu também botei meu endereço em uma lista de e-mails. Nunca vi tanto spam.

> *Equipamentos novos em liquidação! Preços mais baixos do ano!*
> *Chame seus parceiros de banda para ter pontos de bônus!*
> *Seu software de gravação ultrapassado está te atrapalhando?*
> *Nós podemos fazer sua música viralizar!*
> *Inscreva-se no nosso novo curso de composição musical!*
> *Consiga a produção do seu álbum RÁPIDO! Envio para o dia seguinte disponível.*
> *Músicas ao vivo estão populares na sua região! Veja os shows mais quentes da semana!*
> *Não sabe ler partituras? Nós podemos ajudar!*
> *Preços baixos nos nossos acessórios mais vendidos! Não perca!!!*

Eu me curvo sobre a escrivaninha e passo as mãos no cabelo. Talvez a ideia dos sorteios tenha sido ruim. Talvez eu não consiga contar com a sorte desta vez. Talvez eu precise de uma nova tática.

    Não é porque não fui capaz de ganhar alguma coisa que eu não possa *comprar* alguma coisa. Talvez uma daquelas liquidações mencionadas na minha abundância de spams me dê uma ideia de presente bom para Ari. Um afinador novo? Um estojo? Um umidificador de violão? *O que é um umidificador de violão?*

Quer saber? Vamos adiar a ideia do presente até eu ter feito um reconhecimento melhor. Eu também posso simplificar as coisas. Com... flores, por exemplo.

Sei que Ari gosta de margaridas.

Mas o que eu diria se enviasse flores para ela?

> *Vi essas flores e pensei em você! Só isso. Não tem mais nada para ver aqui. Câmbio, desligo.*

> *O tropo "de amigos a amantes" deu supercerto naquele filme* Yesterday *que você e Pru tanto amam. Vamos falar disso.*

> *Rosas são vermelhas, violetas são azuis, isso aqui não são rosas nem violetas, mas sei que você gosta de margaridas e eu gosto de você!*

Lucy talvez estivesse certa sobre meu potencial para poeta beat...

No fim das contas, não importa o que diria no cartão, porque, quando vou ver os preços de um buquê de margaridas, não há nenhuma margarida disponível. Porque *margaridas estão em falta em todo o país.*

A maldição de Lundyn Toune se espalhou oficialmente pela nação.

Gemendo, inclino a cabeça para trás na cadeira e cubro o rosto com as duas mãos. Pensa, Jude. *Pensa.*

Eu penso. Por dez minutos inteiros, eu *penso.* Mas não chego a lugar nenhum.

Preciso limpar a mente. Não estou com humor para desenhar nada, pois não tive resposta do *Dungeon* ainda. Fico tentado a jogar videogame ou me distrair na frente da TV por um tempo, mas ainda estou atrasado na maioria das matérias.

Tento ler *Gatsby*, mas isso só me faz questionar qual de nós é mais sem noção, Gatsby ou eu? Largo o livro depois de poucas páginas.

O dever de estatística está cheio de palavras como *bivariada* e *regressão* e *coeficientes* e... droga, vou precisar da ajuda de Pru com isso, mas ela saiu com Quint hoje.

Pelo menos posso começar o trabalho de artes visuais. O sr. Cross nos mandou para casa com uma bolota de argila, que temos que usar para treinar escultura.

Eu sovo a argila até meus dedos doerem, mas a sensação até que é boa, a de jogar minhas emoções em algo assim. As palmas das minhas mãos já estão vermelhas como ferrugem quando deixo a bolota parecendo uma flor.

Uma margarida.

Parece algo que Ellie faria.

Eu amasso tudo e começo de novo.

Desta vez, a argila vira uma coisa que parece um violão.

Depois, um carro grande e velho.

O que exatamente estou tentando provar? Que, sempre que tenho um crush, fico desprovido de todos os outros pensamentos?

Recomeço. Vou fazer um boneco, uma versão maior dos bonequinhos que usamos para representar nossos personagens no *D&D*. Isso deve impressionar o sr. Cross, né? Tento não me apressar e até vejo um vídeo no YouTube sobre escultura para iniciantes. Um tronco e pernas, um manto de viagem, cabelo longo e ondulado, um alaúde...

Uma risada amarga escapa de mim quando observo o boneco. Não é um trabalho incrível e não acrescentei muitos detalhes ainda, mas até que não está ruim para a minha primeira vez.

Será que *isso* pode ser meu presente para Ari?

É bizarro?

Parece que pode ser bizarro.

Solto um suspiro exausto, pego o boneco, preso em um prato de papel para não tombar, e o coloco no canto do quarto para que seque. Não sei por que me dou a esse trabalho. Do jeito que as coisas andam, devo tirar nota ruim nisso também. É provável que eu tivesse que esculpir algo específico. Tipo um gato. Não importa se a escultura é boa, vai haver algo de errado com ela. A maldição vai cuidar disso.

Afundo na cadeira da escrivaninha. Minhas mãos estão secas e sujas de argila, e tento tirar os pedaços que ficaram embaixo das minhas unhas.

Pensar em gatos me faz pensar na cartomante do festival.

Dividida, disse ela. Minha aura estava *dividida*.

Poderia estar falando dos meus sentimentos, divididos entre Maya e Ari?

Bom, se era esse o caso, não me sinto mais dividido. E quanto à história dela? O fazendeiro e o cavalo, e sua lição de moral?

Não ajudou. Eu achava que era para cartomantes oferecerem algum tipo de orientação, sabedoria, *clareza*, não só narrar contos de fadas enigmáticos que não...

Solto um ruído de surpresa.

Espera.

É isso.

A ideia vem com tanta força que perco o equilíbrio, recuando para trás. A cadeira vira no carpete.

— Eu devia ter previsto isso — murmuro, me levantando. A boa notícia é que evitei de esmagar minha escultura por meros 15 centímetros, então... será que a minha sorte está virando?

Deixo a cadeira onde caiu e subo correndo. Coloco a cabeça na sala e vejo minha mãe molhando plantas e Lucy lendo um gibi no sofá. Não são quem estou procurando. Vou para o segundo andar. A porta do quarto de Pru e Ellie está aberta, e ouço Ellie falando sozinha.

Espio lá dentro e a vejo ajoelhada na frente da casa de bonecas que ganhou de aniversário uns dois anos antes. Ela está segurando a Jasmine, da Disney, com uma das mãos, a Rapunzel com a outra, e parece que Jasmine está tentando convencer Rapunzel de que ela precisa muito ir ao dentista, senão todos os dentes dela vão cair. Engraçado, tenho quase certeza de que meus pais tiveram essa mesma conversa com Ellie uns dias atrás.

Eu bato na porta.

— Ei — digo, entrando no quarto. — Você ainda tem aquela Bola 8 Mágica?

Ellie inclina a cabeça para mim.

— Tenho. Está ali. — Ela aponta para a caixinha de madeira de brinquedos que fica ao lado da estante de livros de Pru. — Por que suas mãos estão vermelhas?

— Tive que fazer uma coisa de argila pra aula de artes.

Ela faz um ruído empolgado.

— Posso fazer alguma coisa?

— Hã, agora não. — Remexo pela variedade de bonecas, acessórios, pôneis e materiais de arte aleatórios e encontro a Bola 8 Mágica soterrada no fundo. — Posso pegar emprestada?

Ellie ainda está emburrada por não poder brincar com a argila, mas assente mesmo assim. Eu agradeço e saio do cômodo, desço dois lances de escada e volto para o meu quarto. Passo pela cadeira caída e me sento na beira da cama, segurando a bola de plástico com as duas mãos.

Se eu não posso contar com a sorte para me dar as respostas que estou procurando, vou tentar uma tática diferente.

Um tipo de magia diferente.

Vou perguntar ao universo.

Eu aperto bem os olhos.

— A Ari gosta de mim? — pergunto em voz alta, me encolhendo enquanto falo porque, é, eu sei como é patético. Mas, se vamos fazer isso, nós vamos fazer isso.

Sacudo a bola e prendo o ar quando a viro. Minhas mãos estão deixando marcas da cor de ferrugem no plástico brilhante enquanto o pequeno triângulo balança embaixo do vidro.

Resposta indefinida, tente de novo.

— Tudo bem — digo. — Acho que existem respostas piores. Para ser mais específico: a Ari gosta de mim? Gosta assim, de verdade.

Sacode, sacode, sacode.

Perspectiva não tão boa.

Meu peito se aperta.

— Tem certeza?

Pode contar com isso.

Eu amarro a cara. A bola está sendo engraçadinha comigo agora? Depois de alguns segundos, pergunto:

— Tem alguma esperança de ela gostar de mim no futuro?

Sem dúvida.

Eu me sento mais ereto.

— É mesmo?

Quando falo, o pequeno triângulo se inclina junto ao vidro e mostra uma resposta nova.

Muito duvidoso.

Murcho e encosto a testa no plástico frio.

— Babaca. — Dou um suspiro e sacudo a bola de novo. — Eu devo convidar a Ari pra sair?

Na minha opinião, sim.

— Ah, é essa a sua opinião? Mas por que... já que, evidentemente, não tenho chance.

Sacode.

Espera.

Melhor não contar pra você agora.

— Aham. Ela diria sim?

Provavelmente.

Aperto os dedos nas laterais da bola até ficarem brancos.

— Devo ignorar tudo que você está me dizendo?

Sim, definitivamente.

Faço um ruído de deboche.

— O universo está fazendo uma pegadinha comigo agora?

Decididamente sim.

— É a impressão que tenho mesmo. — Coloco a Bola 8 Mágica no colo, os lábios apertados e repuxados. Parece mesmo que um poder invisível está brincando comigo. Mas... — Por que eu?

Olho para baixo.

Suspiro.

Dou uma última sacudida nela.

Parece levar muito tempo, como se a Bola 8 Mágica estivesse pensando. Mas finalmente o triângulo pequeno aparece do nada.

Pergunte de novo mais tarde.

Solto um grunhido gutural e me deito sobre as cobertas.

— O dado nunca me respondia com desaforo — murmuro e jogo a Bola 8 Mágica no chão sem muita força.

Cai com um barulho horrível, úmido. Meu corpo todo se encolhe. Eu solto um ruído patético, algo entre uma risada e um choro, enquanto cubro o rosto com as mãos. Não preciso olhar para saber que acabei de achatar Araceli, a Magnífica. Até parece que a minha sorte estaria melhorando mesmo...

CAPÍTULO TRINTA E TRÊS

— Você foi ótima hoje — digo em um tom totalmente simpático e casual e que de forma alguma entrega o fato de que passei a maior parte daquela noite do microfone aberto me perguntando o que aconteceria se eu puxasse Ari para a sala dos fundos e…

— Obrigada — responde Ari, sorrindo para mim enquanto empilhamos as cadeiras junto à parede. — Tivemos artistas divertidos hoje. Achei fantástico aquele cara que estava tocando a música acústica de blues de autoria própria.

— É. Ele foi ótimo — comento, apesar de nem ter ouvido direito as outras apresentações da noite.

— Você está de *brincadeira* — diz a voz do meu pai na sala dos fundos… mais do que um pouco irritado, o que é incomum para ele e, por isso mesmo, muito desconcertante.

Ari e eu trocamos um olhar. A loja está fechada há dez minutos e só tem nós três aqui dentro.

— Pai? — chamo. — Está tudo bem?

Ele aparece um segundo depois, passando a mão no cabelo com frustração.

— Acabei de receber um aviso de que o envio para o Dia da Loja de Discos está atrasado. Centenas de discos… os que você encomendou, sabe? As promoções especiais que são o objetivo do Dia da Loja de Discos? — Ele levanta as mãos com exasperação. — Presos em um armazém. Nem foram enviados ainda. Estão dizendo que só vão entregar em duas semanas!

Meu coração despenca. Os discos que *eu* encomendei.

Claro que eles atrasariam.

— Que droga. Desculpa, pai.

Ele está massageando a testa com uma das mãos, a outra apoiada no quadril, com estresse emanando do corpo em ondas.

— Não é culpa sua, obviamente.

Engulo em seco.

— Era de se imaginar que estariam com tudo organizado. É só o maior dia de vendas do ano! — Meu pai olha ao redor, balançando a cabeça. — O que nós vamos fazer? Se não tivermos nenhuma promoção especial em andamento, de que adianta participar este ano?

— Ainda é um ótimo dia pra mostrar pras pessoas como somos importantes pra comunidade — diz Ari. — Um negócio com donos locais que apoia a comunidade artística... Isso não é bobagem.

Abro um sorrisinho para Ari.

— Você tem passado muito tempo com a Pru — digo.

Meu pai suspira.

— Eu sei que você tem razão. Não é... sem sentido. Ainda podemos esperar uma frequência boa e aumento nas vendas. Mas é tão frustrante. Eu dirigiria até o depósito pra pegar a remessa se deixassem!

— Ainda temos uma semana — digo. — Pode ser que alguma coisa mude. Ou nós podemos inventar outra coisa pra tornar o dia especial. Pra deixar os clientes animados.

— Vou conversar com a Pru sobre isso amanhã — diz Ari. — Vocês sabem que ela vive pra esse tipo de desafio.

Meu pai assente, embora não pareça convencido.

— Isso é verdade.

— Você devia ir pra casa, pai — digo. — Você trabalhou todos os dias da semana. Ari e eu podemos terminar de fechar a loja.

Ele olha para cada um de nós, e acho que vai discutir, mas então esfrega a testa um pouco mais e assente.

— Acho que vou aceitar a oferta. Obrigado. A vocês dois. Tenho certeza de que estarei com a cabeça mais lúcida sobre isso pela manhã.

Depois que meu pai sai, Ari e eu terminamos de guardar as cadeiras.

Caminho até o final de uma das estantes e espero que Ari pegue o outro lado para que possamos colocá-la de volta no lugar normal, mas Ari fica de pé com a cabeça inclinada para o lado, observando a loja.

— Ari?

Ela vira na minha direção.

— Vou passar um esfregão — diz, com um movimento de cabeça determinado.

— O quê? Agora?

Ari vai para a sala dos fundos. Depois de um segundo, ouço a água correndo na pia grande e vou até lá para vê-la enchendo nosso balde de esfregão com água com sabão.

— Já passa das 21h — digo. — Por que você vai limpar o chão?

— Porque está imundo — diz Ari. — Quando foi a última vez que esse piso foi limpo?

Penso no assunto e não tenho resposta. Desde antes de eu começar a trabalhar aqui, acho.

— Exatamente — diz Ari, colocando a vassoura nas minhas mãos antes de pegar o esfregão para si mesma. — E agora é o melhor momento pra isso, pois todos os móveis estão empurrados para o lado. Vamos ter que fazer em duas etapas. Vamos limpar a parte que está vazia agora e depois mover todas as estantes pra parte da frente da loja e limpar os fundos. Você varre o grosso da sujeira primeiro e eu vou atrás com o esfregão.

— Tudo bem, mas... por quê?

Ela revira os olhos.

— Seu pai está muito estressado com o Dia da Loja de Discos. Não podemos fazer esses discos aparecerem magicamente, mas você não acha que seria uma boa surpresa se ele aparecer amanhã e encontrar a loja com a aparência um pouco melhor?

Para ser sincero, não sei se piso limpo é o tipo de coisa que meu pai vá notar, mas posso dizer que Ari está com a melhor das intenções. Então pego a vassoura e me ocupo.

Durante muito tempo, trabalhamos em silêncio. E não, não é estranho.

Não há nenhuma energia estranha entre nós. Por que haveria? Não é como se eu estivesse analisando cada olhar que ela me dá ou cada vez que esbarramos um no outro, nem me perguntando o que significa ela estar cantarolando enquanto trabalha, praticamente dançando com o esfregão.

Ari acaba rompendo o silêncio para me contar sobre uma música nova em que vem trabalhando e está muito animada, e eu comento algumas das minhas ideias iniciais para a nossa próxima campanha de *D&D*, e parece que estamos nos velhos tempos. Como se nada tivesse mudado.

Exceto quando os pés de Ari dão um pulinho, e não tenho certeza se ela percebe, mas meu coração imita exatamente o movimento.

Essa parte é nova.

Balanço a cabeça depressa, tentando apagar a visão dos fios longos do short jeans puído balançando sobre as coxas dela.

Assim que terminamos a metade da frente da loja, transportamos os móveis e repetimos o processo com os fundos. Quando finalizamos, ambos nos afastamos para admirar nosso trabalho.

— Ficou lindo — diz Ari.

— Eu comeria nesse chão — comento.

Ela bate os dedos na boca contemplativamente.

— Eu *dançaria* nesse chão.

Olho para ela pelo canto do olho, mas Ari já está indo até o toca-discos e vasculhando a caixa de vinis ao lado dele.

— Com que álbum devemos batizar o espaço? — pergunta.

Não me dou ao trabalho de oferecer uma sugestão, porque é ela quem tem o conhecimento musical enciclopédico. Eu a vejo tirar um disco da capa e colocar no aparelho. Ela abaixa a agulha e a loja se enche de estalos familiares, mais perceptíveis no silêncio do que durante o dia.

Uma voz quase misteriosa combinada com uma batida hipnótica.

— Os Beatles? — digo, enquanto John Lennon começa a cantar sobre como *se requebrar devagar*...

— *Abbey Road* — responde Ari. — Um dos melhores álbuns de todos os tempos. Pareceu apropriado.

Ela agarra as minhas mãos e me puxa para o centro da sala.

— Ei, ei, ei — digo, me afastando. — O que está fazendo?

— O que foi? — diz Ari, aparentemente sem se importar enquanto começa a dançar em círculos ao meu redor, os braços se estendendo graciosamente em direção ao teto. — Não tem mais ninguém aqui.

— Tem gente lá fora — digo, apontando para as janelas expostas. — Elas podem ver tudo.

— Está tarde! Não tem *gente*. — Mas ela não força o assunto, só continua se movendo com a música. *Come together, right now*...

Engulo em seco, o calor queimando nas minhas bochechas enquanto a observo. Tento moldar minha expressão em algo cético, algo distante, mas não é fácil. Não com o cabelo longo dela balançando nas costas arqueadas. Os pés ficando em ponta, batendo, girando pelo piso limpo. Os quadris balançando em perfeita sintonia com a música.

Ela olha para mim uma vez, e deve haver algo verdadeiramente humilhante na minha expressão, porque Ari solta uma risada e dá um soco no meu ombro.

— Você vai mesmo só ficar aí parado?

— Vou — resmungo.

— Vem, nós estamos comemorando! Outra noite de microfone aberto de sucesso, um Dia da Loja de Discos que vai ser um sucesso, mesmo com aqueles envios idiotas atrasados! O que mais podemos comemorar?

— Achei que estávamos comemorando o piso limpo.

— Isso também! — Ari continua dançando, tentando fazer com que eu me mova com ela. Recuso veementemente, o que só a faz se esforçar mais, até que vira um jogo. Os ombros dela roçando nos meus. As mãos moldando meu corpo em poses que são quase dançantes. Ari também está cantando junto. *Got to be good-looking, 'cause he's so hard to see!*

Meu coração bate junto com a bateria ao fundo, e fico grato quando a música finalmente termina.

— Bom, foi divertido — digo, indo em direção ao toca-discos.

— Não, espera! — fala Ari, rindo enquanto agarra meu braço. A música seguinte começa. Lenta, doce e hipnótica. Uma das músicas de amor mais conhecidas dos Beatles.

Something in the way...

— Eu sei que você vai dançar essa comigo — diz ela. — Você tem que dançar.

O pânico se espalha pelo meu corpo.

— Por que eu tenho que dançar essa? — pergunto, tentando evitar que minha voz pareça tensa.

— Porque, se for levar Maya ao baile, você vai ter que dançar uma música lenta.

Meus lábios se abrem com surpresa. Ela não sabe?

Mas... como poderia? Eu não falei nada.

— Vem, medroso — diz Ari, pegando minha mão e colocando na cintura dela. O movimento é tão rápido, tão prático, que só registro o que aconteceu quando está feito. A sensação da blusa macia embaixo da palma da minha mão e um pedacinho de pele onde a blusa sobe. Minha respiração entala na garganta. Ela coloca uma das mãos no meu ombro, segura a outra com a dela. Música lenta das antigas. — Só uma música?

Meu coração está batendo loucamente, como se tentasse fugir. Ela sente como meu braço está tremendo? Como minha mão está suando demais?

Todos os meus instintos me dizem que preciso fugir, e rápido, antes que as coisas escapem dramaticamente de controle.

Antes que Ari perceba...

— Jude — diz ela severamente. — Não faz isso ficar esquisito.

— Já está esquisito — respondo na mesma hora.

Ela suspira, e percebo que a decepcionei.

— Você não tem jeito.

— Desculpa.

— Literalmente, você só precisa se balançar um pouco.

— Tá. Me balançar. Entendi.

Mas eu não faço isso. Não me balanço e, como aparentemente está me esperando, Ari também não. Ficamos perfeitamente imóveis, o olhar dela na minha camiseta e o meu em um fio único de cabelo escuro que se encaracolou rebeldemente longe dos outros.

Cinco segundos se passam.

Dez.

Nós nos encaramos.

Então, ao mesmo tempo, começamos a rir.

São risadas grandes e sem fôlego. O tipo de risada que faz Ari se curvar para a frente até a testa dela bater no meu peito. Ela coloca a mão sobre a boca como se pudesse segurar os risinhos incontroláveis, e isso só me faz rir mais.

Eu a puxo para mais perto e passo os braços em volta dos seus ombros. Só um abraço. Só dois amigos compartilhando um ataque de bobeira temporário gerado por um constrangimento temporário.

Quando conseguimos recuperar o fôlego, Ari está aninhada nos meus braços, a cabeça embaixo do meu queixo, limpando lágrimas dos olhos.

— Você não tem jeito *mesmo* — diz ela.

E eu respondo subitamente:

— Eu não vou levar a Maya ao baile.

Ari fica imóvel por um momento.

Ela se afasta, e permito com relutância, apesar de deixar uma mão insegura na cintura dela.

— O quê?

— Ao baile do segundo ano. Nem a nenhum baile — completo. — Nós decidimos ser só amigos.

— Ah, Jude. Sinto muito. Você está bem? — Ela coloca a mão no meu braço e, por algum motivo, isso me faz chegar perto de novo. Só um pouquinho. O suficiente para mantê-la perto de mim.

Eu não deveria querer mantê-la perto de mim.

Mas quero.

É um problema, mas eu *quero*.

— Estou bem, de verdade. — Engulo em seco. — Acontece que não gosto da Maya tanto quanto achava que gostava. Pelo menos... não daquele jeito. Pensei muito nisso durante a semana e... — Não sei como terminar a frase.

Uma música suave toca à nossa volta, mas não estamos dançando. E como parece bem mais esquisito ficarmos parados ali, imóveis, em algo que é quase um abraço, respiro fundo e pego a mão de Ari. Ela leva um susto com o movimento inesperado, mas, assim que começo a dançar, indo suavemente para a frente e para trás, Ari me acompanha. Ela me deixa guiá-la em voltas lentas e firmes pela loja. Nossos pés deslizam centímetro a centímetro, acompanhando devagar a batida da música.

— Isso pode parecer estranho — digo quando tenho um momento para organizar os pensamentos —, mas acho que talvez meu crush pela Maya tenha sido... um mecanismo de defesa.

Ari mantém o olhar em mim, mas algo mudou. Quando me chamou para dançar antes, estava relaxada e empolgada. Mas, agora, há um resguardo na expressão dela.

— O que você quer dizer?

— Eu nunca planejei convidá-la pra sair. Levá-la ao show foi um acaso, e se eu não tivesse ganhado aqueles ingressos, jamais teria feito aquilo. Então ela ser meu crush era *seguro*. Eu nunca precisei fazer nada. Porque, quando os sentimentos são reais, os riscos são maiores e... fica bem mais assustador.

Ari parece estar tentando entender minhas palavras, como se eu estivesse falando em código. E, de certa forma, acho que estou.

Porque falar em código também é mais seguro.

— Mas quando a chamei pra sair — continuo — e a conheci melhor, Maya não era mais um sonho impossível. Ela é real e é ótima, mas... nós não combinamos. E por mim tudo bem.

Ari não responde. As pontas do cabelo dela roçam na minha mão aberta em sua lombar, e é por pura força de vontade que me impeço de pegar uma mecha e enrolar no dedo. De sentir a maciez. De passar a mão por toda a extensão de seu cabelo.

Eu daria o meu Lego da *Millenium Falcon* só para saber o que Ari está pensando agora, mas ela não diz nada a respeito da minha revelação genial. Ela não diz nada.

— Você tinha razão — comento quando o silêncio se prolongou por tempo demais. — Esse chão foi feito para dançar.

Ela faz um som que é quase uma risada, mas é baixo e distraído.

Nós paramos de dançar e Ari inclina o rosto para cima, na direção do meu.

Nós estamos perto. Muito perto. Ela é deslumbrante e não sei como consegui fingir que não por tanto tempo. Como nunca prestei atenção no jeito como meu coração dói quando ela me toca? E esse formigamento nos meus lábios... é novo ou só estou reconhecendo agora o que é?

— Ari — murmuro, apesar de não saber o que quero dizer. Só quero falar o nome dela. Só quero ouvi-lo e saber que ela está aqui e que isto é real, que está acontecendo e...

Meus dedos se fecham segurando o tecido da camiseta dela.

Ari inspira, uma respiração rápida e trêmula. Mas não se afasta, e ela está olhando para os meus lábios, e eu...

Eu escorrego.

Não estou nem me *movendo*, mas, de alguma forma, meu calcanhar bate em um ponto escorregadio de água de esfregão e, quando percebo, estou tombando para trás, puxando Ari junto. Nós dois damos um gritinho e caímos embolados, Ari meio em cima de mim, o cotovelo no meu estômago. Uma dor ricocheteia da minha bunda até a minha coluna por cair no chão duro.

Solto um gemido.

— O que aconteceu? — pergunta Ari. — Você está bem?

— Estou. Eu escorreguei. Você está bem?

— Estou. Mais surpresa do que qualquer coisa.

Eu a encaro, ainda fazendo careta por causa da dor. Ari está de lado, apoiada na palma da mão, a outra mão no meu peito, as pernas emaranhadas com as minhas, e apesar da dor nas costas e da dor no ego... este não é um lugar tão ruim de estar.

Até a porta da loja se abrir, os sinos tocando alto como um alarme de incêndio.

Parece que *nós* estamos pegando fogo, de tão rápido que nos afastamos um do outro.

— Ari! — grita Pru, correndo na nossa direção e balançando o telefone no alto. — Você não vai acreditar nisso!

CAPÍTULO TRINTA E QUATRO

Pru para nessa hora e franze a testa para nós, caídos no chão.

— O que está acontecendo?

— Nada — nós dois gritamos, nos levantando. Só reparo que a música acabou quando a seguinte do disco começa a tocar: a animada e perturbadora "Maxwell's Silver Hammer", que não é nada romântica, obrigado, deuses da música.

— Eu escorreguei — gaguejo. — Por que você veio aqui?

Olho para o relógio. Passa das dez.

Pru observa o esfregão e os pontos úmidos do piso e o sorriso efusivo dela volta.

— Papai disse que vocês ficaram na loja até mais tarde e eu queria mostrar isso pra Ari em pessoa. Ela viralizou!

— Viralizei? — pergunta Ari, parecendo só um pouquinho sem fôlego. — Como assim?

Ela se recompôs bem mais rápido do que eu. Parece praticamente inabalada por aquela... coisa... que quase aconteceu, enquanto eu estou me esforçando para tirar o rubor do rosto. Ocupo-me indo até a vitrola para remover o disco. Coloco as mãos nos bolsos para impedir que tremam e desejo pela milésima vez na semana que meu dado estivesse ali.

Isso ou então Ari é melhor atriz do que eu ou... aquela coisa que quase aconteceu estava mais na minha cabeça do que na dela. Porque tenho quase certeza de que quase beijei Ari, que definitivamente *teria* beijado Ari se Pru não tivesse chegado. Eu estava só imaginando o jeito como Ari se aproximou? O jeito como os olhos dela começavam a se fechar? Eu estava tentando interpretar sinais inexistentes?

Ari sempre foi carinhosa. O tipo de amiga que não tem vergonha de dar um abraço de despedida ou de se aconchegar junto a você nas partes assustadoras de um filme ou fazer mil outras coisinhas que eu teria achado que eram flerte se fosse com outra pessoa.

Ter me chamado para dançar naquele piso perfeito e amplo não significa que ela queria que eu a beijasse. Era só... Ari. Sendo Ari.

Não era?

Estou tão absorto nos meus pensamentos que levo um segundo para entender por que Pru está tão empolgada, apesar de ela estar falando sem parar desde que nos interrompeu. O que fico feliz de ela ter feito.

Obviamente.

Muito feliz mesmo.

Tão feliz que meio que quero pegar o telefone dela e jogar pela janela.

As bochechas de Pru estão vermelhas enquanto ela fala, uma combinação de empolgação e o fato de que deve ter vindo de bicicleta até aqui, lá de casa. Vejo-a encostada na parede lá fora.

— Filmaram sua apresentação e a premiação — diz Pru. Ari pega o telefone da mão dela e as duas se concentram na tela. — Pesquisei imagens dos anos anteriores em que fizeram o concurso e normalmente dá umas poucas mil visualizações. Mas essa já tem mais de 50 mil e os comentários *não* são legais.

— Não são legais? — digo, me irritando na mesma hora. — Com Ari?

— Ah, não, todo mundo amou a Ari — diz Pru. — A maioria acha que ela devia ter ganhado, ou qualquer outro finalista. A garota que ganhou é que é a piada.

Ari faz uma careta.

— Que horrível. Eles nem conhecem ela!

Pru suspira e olha para Ari com impaciência.

— E desde quando isso impediu as pessoas de criticarem alguém na internet?

— Só estou dizendo que ela é um ser humano — diz Ari. — Com sentimentos. Mesmo que as pessoas não gostem da música dela...

Pru descarta o comentário com um gesto de mão.

— Sim, sim, o povo é muito babaca. Não é essa a questão. Ari, essa é a melhor coisa que podia ter acontecido com você.

Ari franze a testa.

— Como?

— Porque um concurso de composições qualquer não atrai interesse, a menos que a música chegue aos Top 40 ou algo assim. Na maior parte das vezes, concursos assim são ignorados pelo público geral. Mas *controvérsia!* — Pru abre um sorriso como se tivesse ganhado um vale-compras da Container Store. — As pessoas gostam de controvérsia. Estão até levantando hipóteses de que houve trapaça e pesquisando sobre os jurados pra ver se alguém mexeu os pauzinhos para aquela garota ser escolhida como vencedora. Obviamente, não sei se isso aconteceu mesmo, mas criou muita especulação e deu o que falar. Olha!

Ela pega o celular de novo e abre uma nova janela com o vídeo de Ari.

Meus olhos se arregalam quando vejo quantas visualizações tem: dez vezes mais do que na última vez que vi, e o número de assinantes aumentou exponencialmente também.

— Tem até vídeos de gente dublando a música! — Pru mostra outras redes sociais para provar. Nós vemos, impressionados, duas garotas da idade da Penny cantarem uma versão emocionada de "Chuvarada".

Ari aperta as bochechas com as mãos.

— Não acredito.

— Como sua agente, aconselho que você poste mais conteúdo — diz Pru.

Ari está muda, ainda olhando para a tela do telefone.

— *Agora* — acrescenta Pru.

O tom dela faz Ari erguer o olhar.

— Ah. Hã. Eu tenho algumas músicas… ou podemos gravar algumas das minhas antigas…

— O que te deixar mais à vontade — diz Pru. — Eu não quero que você poste nada que não esteja pronto, mas isso tem o potencial de atrair muita atenção pra você e pras suas músicas. Temos que aproveitar o engajamento!

Ari sorri, parecendo meio atordoada.

— E tenho uma proposta pra você — continua Pru, o rosto todo iluminado. — O que você diria sobre se apresentar no Dia da Loja de Discos deste ano? — Ela fala como se fosse algo mais importante do que realmente é, até vendendo a ideia com um movimento amplo das mãos no ar, como se estivesse exibindo uma faixa grande no alto.

Ari franze a testa e entendo a confusão dela. Ela toca aqui em todas as noites de microfone aberto há meses.

— Claro?

— Você não está enxergando a visão — diz Pru, segurando os dois ombros de Ari. — Você é a garota do momento, Ari. Famosa! Uma cantora e compositora local premiada cuja música viralizou antes mesmo de ter o primeiro contrato de gravação. Isso é uma coisa e tanto, e, se você concordar, eu vou promover isso até cansar. Nós vamos anunciar no seu canal, claro, mas aposto que consigo atrair a atenção da mídia local também. O *Chronicle* ama histórias assim.

Ari arregala os olhos, meio nervosa, mas diz:

— Você é minha agente, então... pode mandar ver!

Pru faz uma dancinha feliz.

— Música para os meus ouvidos.

CAPÍTULO TRINTA E CINCO

Oi, Ari. Eu queria saber se você está a fim de jantar hoje.

Casual demais.
Apaga. Apaga. Apaga.

Oi! Só por curiosidade, você já viu o filme novo da Marvel?

Não é casual o suficiente.
Apaga. Apaga. Apaga.

Surpresa! Eu tenho grandes sentimentos românticos por você. Responda S se você sente o mesmo. Responda N para parar de receber essas mensagens.

Apaga. Apaga. Apaga até dizer chega.

Eu estava pensando em ir ao karaokê amanhã. Quer ir?

Aaaaarggggghhhhhhttttt.

Devo ter digitado umas cem mensagens diferentes nesses últimos dias, mas nada parece certo. Tudo soa brega demais ou sério demais ou não sério suficiente. É tudo relaxado demais ou intenso demais, como se eu fosse ficar decididamente arrasado se ela me rejitasse.

Fico lembrando a mim mesmo que isso não é uma declaração de amor. É só um amigo... chamando uma amiga... para ver se talvez a gente pode virar algo mais do que amigos.

Nada de mais.

Mas cada vez que estou quase apertando o botão de enviar, minhas entranhas se contraem e um suor frio surge na minha nuca e apago a mensagem o mais rápido que dá.

E é a *Ari*. Já mandei tantas mensagens de texto pra Ari. Droga, devo ter mandado mil mensagens *iguais a essa*, convidando-a para ir ao cinema e jantar e... bom, não karaokê. Ari é que sempre me arrasta com Pru para a noite do karaokê. Como se *não fosse nada de mais*. Porque não é!

Mas agora vejo Ari sempre que fecho os olhos. O jeito como o olhar dela se desviou para a minha boca quando tive certeza de que queria beijá-la. Quando tive certeza, por mais brevemente que tenha sido, de que ela queria que eu a beijasse.

Minha pulsação vacila, como aconteceu na hora. Minha pele esquenta. Minha boca fica seca.

E eu odeio isso. Odeio que essas emoções inconvenientes tenham me deixado nervoso de falar com Ari. *Ari*, logo ela. Não é natural. Ari, Pru e eu somos grudados desde o sétimo ano. Nós andamos de bicicleta incontáveis vezes pelo calçadão. Compramos fantasias de Halloween combinando (minha favorita: Mario, Luigi e Princesa Peach, e Pru arrasou com o bigode). Nós brigamos pelo apoio de braço no cinema e esfregamos cotovelos no meu sofá em casa, e no sofá *dela* também. Ora, essa é a garota que *literalmente dormiu na minha cama*.

Bom, não que eu tenha dormido junto, mas mesmo assim... Foi uma coisa que aconteceu mais de uma vez.

Estou prestes a reunir coragem e apertar o botão (sério, dessa vez vai) quando uma notificação de e-mail aparece. Fico feliz com a distração e clico na mensagem na mesma hora e... *Ah.*

> Oi, Jude, obrigado pelo envio recente. Infelizmente, não é o que estamos procurando no momento, mas não se esqueça da gente para envios futuros.
>
> Atenciosamente,
> Ralph Tigmont
> Diretor de Arte, *Dungeon*

Leio a mensagem e aperto o botão de apagar na mesma hora.

Estou decepcionado, mas não surpreso. Não esperava que eles aceitassem o desenho de Araceli, a Magnífica, no palco do Festival de Música Condor. Na verdade, a rejeição me deixa dormente. Quase... resignado.

Com os ombros murchos, coloco o celular de lado e tento voltar ao trabalho, no qual estava progredindo bem até ser distraído por uma onda de inspiração para mandar uma mensagem para Ari e a convidar para um não encontro que tem potencial de virar encontro, mas isso não está funcionando para mim, então... de volta à tarefa da vez.

O site DIYVinyl.com surgiu no meu radar com o fluxo de newsletters e promoções que vêm enchendo minha caixa de entrada desde que entrei naquele monte de sorteios. É um serviço de fazer seu próprio disco de vinil, prometendo qualidade de som e entrega rápida. Eu nunca pensei muito no que entra na produção de um disco de vinil, mas fizeram o processo parecer bem fácil até aqui.

Essa é minha ideia brilhante mais recente.

Vou fazer um disco para Ari. Vou mandar que seja prensado e enviado a tempo do Dia da Loja de Discos. Vou surpreender meu pai com um disco exclusivo para ser vendido na Ventures, vou surpreender o mundo com a primeira coleção de músicas de Araceli Escalante e vou surpreender Ari com essa coisa que ela talvez nem saiba que quer, mas que acho de verdade que vai gostar.

Esse é meu grande gesto. Minha declaração silenciosa.

Nada mau, não é?

Fiquei com medo de não conseguir encontrar arquivos de áudio suficientes para encher o lado A e o lado B, mas por sorte Ari e Pru andam se dedicando a colocar músicas novas no canal de YouTube de Ari. Apesar de nenhuma ter conseguido tanta atenção quanto "Chuvarada", as visualizações e assinantes estão aumentando todos os dias. A decisão mais difícil é decidir que músicas escolher enquanto considero coisas em que nunca pensei, como o fluxo musical entre canções e se o disco deveria ou não "contar uma história".

Mas esse é um caminho perigoso, porque, se houver uma história, eu quero ser parte dela, e não sei se sou. Ari canta muito sobre amor. Canta sobre sofrimento e sentimentos não correspondidos. Ela canta sobre se esconder, fingir e tentar seguir em frente. Alguma coisa poderia ser inspirada em mim ou é o auge da arrogância sequer me perguntar isso?

Finalmente, faço minhas seleções e as subo para o site.

Em seguida vem a parte mais difícil: a arte. Passei o dia pensando nisso, mas ainda não cheguei à conclusão do que seria A Coisa Certa. Uma foto de Ari com o violão? Algo do vídeo ou de uma das nossas noites de microfone aberto? Olhei as redes sociais dela e de Pru, olhei incontáveis fotos nossas juntos e... é, tudo bem, talvez tenha perdido muito tempo olhando com expressão sonhadora para fotos que nunca tinha parado para admirar antes. O jeito como ela franze o nariz quando está rindo. O jeito como os lábios se curvam para um lado quando está prestes a me provocar. O jeito como morde os nós dos dedos distraída quando está tentando pensar em letras perfeitas.

Tem muitas fotos ótimas de Ari, fotos que deixam meu coração tão apertado que quase não consigo respirar. Mas para a capa do primeiro disco dela? Nada parece *certo*.

E aí... uma ideia.

Pego o celular de novo e abro minha pasta de artes digitalizadas. No alto tem o desenho que fiz de Araceli, a Magnífica, no palco do festival de música, a plateia ouvindo atenta na frente dela.

Pode não ter sido o que o *Dungeon* estava procurando, mas, para isso... pode dar certo. Na verdade, pode não ser nadinha ruim.

Só que falta alguma coisa.

Demoro um segundo para encontrar a arte original. Faço algumas cópias e passo uma hora acrescentando toques aleatórios de aquarela até ficar satisfeito. (Parece que aprendi, sim, alguma coisa naquela aula de artes, apesar de toda a minha dificuldade.)

A parte de trás do disco, decido, vai ser preta com uma arte simples de linhas em branco, como os desenhos no primeiro vídeo. Uma nuvem com um raio, curvas de ondas embaixo, um barquinho e alguns coraçõezinhos ao lado da lista de músicas.

A parte mais difícil é decidir quantos exemplares pedir. Quantos vão ser vendidos na loja? Mas, no final, encomendo a quantidade que consigo pagar.

Meus dedos pairam sobre o botão de "concluir pedido" por um longo momento, lembrando quando botei a mão em cima da mão de Ari para postar o primeiro vídeo dela. Quando eu tinha mais sorte do que o rei Midas.

Claro que... no final, acho que ele também não teve tanta sorte assim.

Eu me preparo e faço o pedido.

Inspirando, me encosto na cadeira.

Espero que cheguem a tempo.

Espero que ela goste.

E... eu devia fazer meu trabalho de casa.

Uma batida misericordiosa me interrompe quando estou tirando *O grande Gatsby* da mochila.

— Oi?

Penny desce a escada.

— Você está ocupado?

— Hã... não — digo, jogando o livro na mesa e fechando o laptop. — Não estou.

Ela desce a escada, o violino em uma das mãos.

— Queria saber se você pode ouvir meu solo.

— Ah. Claro. Quando é seu próximo recital?

— Na outra quarta.

— Pode tocar.

Ela abre um sorriso para mim, ergue o violino e o aninha embaixo do queixo. Levo um segundo para perceber que ela não está com uma partitura. Sei que Penny anda se esforçando para decorar mais dos trechos dela ultimamente, e estou impressionado antes mesmo de ela começar a tocar.

Penny passa o arco pelas cordas. O som oscila de primeira. Tem uma aura de incerteza, de dúvida.

E então o ritmo da música aumenta e o nervosismo parece sumir.

Abro um sorriso enquanto a vejo tocar. Já ouvi isso antes. Várias vezes, na verdade, pois ela está ensaiando há semanas. Mas não *prestei atenção*. Reparo na precisão do arco, no jeito como ela se move junto com a música, no jeito como franze a testa de concentração, mesmo com os movimentos parecendo naturais.

Não sou aficionado por violinos, mas tenho quase certeza de que ela acerta na mosca.

Fico ridiculamente orgulhoso da minha irmãzinha quando ela termina e abaixa o violino.

— Brava — digo, aplaudindo. — Penny, isso foi fantástico.

Ela se balança com alegria na ponta dos pés. Não pergunta se estou falando sério. Não precisa.

— Obrigada. Acho que foi o melhor que já fiz até hoje.

— Eu sei que você anda ensaiando muito e dá pra perceber — digo. — Olha... você devia pensar em tocar na loja no Dia da Loja de Discos. Eu sei que você disse que não gosta de tocar sozinha na frente de plateia, mas você é muito boa. As pessoas vão adorar. A mamãe e o papai vão adorar.

Acho que Penny vai resistir à ideia, como sempre faz na noite do microfone aberto, mas ela não faz isso. Pontos rosados aparecem nas bochechas dela enquanto bate com o arco na lateral da perna.

— Eu meio que tinha uma ideia, mas... não sei.

— Qual é?

— Sabe a música da Ari? "Chuvarada"? A música que está todo mundo falando?

— Sei, claro. — Não preciso dizer para Penny que umas duas mil visualizações desse vídeo no YouTube são minhas.

— Eu não falei com a Ari sobre isso nem nada, mas... eu estava ouvindo na semana passada e meio que... criei um solo? Tipo, pra ponte.

— Um solo de violino?

Ela assente com timidez.

— Penny! Isso é incrível! A Ari vai amar.

— Você acha?

— Com certeza. Você devia falar com ela. Vocês duas poderiam tocar juntas.

Ela empurra o dedão do pé no carpete. Parece insegura, mas empolgada.

— Quer que eu pergunte?

Os olhos dela são tomados de alívio.

— Você faria isso? — diz.

— Faria, claro. Mas eu sei que ela vai amar a ideia.

Ela quica no mesmo lugar.

— Valeu, Jude!

Penny me surpreende com um abraço de lado, tomando o cuidado para não enfiar a ponta do arco no meu olho, se vira e sobe a escada correndo.

Ainda estou sorrindo quando meu telefone toca com uma notificação. Eu olho para baixo.

Ari: Claro!

Meu coração dá um salto.

Claro? Claro *o quê*?

Ah, não. A última mensagem... Eu não...!

Pego o celular e me sento na beira da cama enquanto destravo a tela. Minha mensagem me encara, e ali está, a mais recente que mandei.

Eu estava pensando em ir ao karaokê amanhã. Quer ir?

E a resposta de Ari.

Claro!

Minha respiração fica entrecortada de repente quando enfrento a onda de pânico e a onda de euforia em seguida.

Eu consegui! Mandei a mensagem! Eu a chamei para sair! Sem querer, mas mesmo assim. E ela disse *sim*.

Nada de "não conte com isso". Nem de "pergunte de novo mais tarde". Mas um *sim*.

Começo a rir com certa euforia. Jantar. Karaokê. Com Ari. Amanhã!

Três pontos aparecem. Ari digitando outra coisa.

Fico tenso, prendo o ar, na expectativa das palavras seguintes.

Achei que você nunca ia me chamar.

Pensei em você o dia todo.

Estou muito ansiosa pra...

Vou ver se o EZ quer ir também.

Nadei, nadei e morri na praia.

Revirando os olhos, eu desabo no travesseiro.

Uma eternidade depois, dou um suspiro e digito uma resposta.

Legal. Vou falar com a Pru e o Quint. A gente se vê lá.

CAPÍTULO TRINTA E SEIS

Coisas de que as garotas gostam, de acordo com Hollywood:
Flores
Chocolate
Joias caras

Coisas de que Ari gosta, de acordo com a observação:
Ofertas de brechó
Pipoca com bastante molho picante Tapatío
Descobrir bandas indie obscuras de que ninguém mais ouviu falar

— Em que você está trabalhando com tanta concentração?

Coloco a mão sobre o caderno e olho com inocência para Carlos.

— Nada — digo depressa. — São só anotações pra um projeto da escola.

Carlos me olha e espia meu caderno escondido. Uma sobrancelha sobe.

— Aham — diz ele. — Vai encontrar alguém especial hoje?

— Especial? Não. De jeito nenhum. O que te faz pensar isso?

Ele franze mais a testa. Enquanto isso, um calor incriminatório está subindo para as minhas bochechas.

— Só Pru e Quint — digo. — E... Ari. Eles devem estar chegando. Acho. Talvez demorem um pouco.

Um grupo na mesa ao lado começa a comemorar alto. Faço um gesto desanimado para a televisão de tela grande no bar, onde tem um jogo de basquete passando.

— Jogo importante hoje? — pergunto.

A expressão do Carlos fica ainda mais desconfiada.

— Primeiro jogo da fase eliminatória.

— Ah. — Assinto. — Então... isso é um sim?

Balançando a cabeça, Carlos diz:

— Você quer pedir agora ou vai esperar o pessoal?

— Hã... não, vou pedir logo.

— Tostones, nachos e Shirley Temples?

— Você nos conhece tão bem — digo. — Ah, mas, hã... coloca cerejas a mais na bebida da Ari. E... quer saber, na minha também.

Carlos se balança nos calcanhares.

— Pode deixar.

— Ah, e jalapeños. Nos nachos. Por favor.

Ele hesita. Nós normalmente pedimos que os jalapeños sejam tirados porque Pru e eu não gostamos, mas às vezes Ari pede separado.

— Se você insiste — diz ele. — Mais alguma coisa?

— Só isso por enquanto. Obrigado, Carlos.

Quando ele sai andando, olho para as minhas anotações, que, quando examino melhor, vejo que são inúteis. O que vou fazer? Seduzir Ari com petiscos apimentados e um cartão-presente do Brechó da Annette?

Com um gemido, arranco a folha de papel e a amasso.

— Espero que não seja um desenho novo — diz alguém.

Minha coluna se enrijece quando Ari se senta no sofazinho semicircular. Ela está usando saia xadrez, a que parece ter sido lavada tantas vezes que só resta um fiapo de vida, como se só estivesse inteira por efeito de nuvens e pelo de unicórnio.

O que quer dizer... macia. Parece bem macia.

Ela desliza pelo sofazinho até ficar ao meu lado, e sei (logicamente, eu sei) que ela está deixando espaço para Pru, Quint e Ezra. Mas também, ilogicamente... *ela está bem ao meu lado. Praticamente tocando em mim. Eu sinto o cheiro do cabelo dela.*

— Chegou cedo — gaguejo, segurando a página amassada com força e tendo um ataque momentâneo de pânico com a ideia de soltá-la, dando a Ari a oportunidade de olhar o que há dentro e, por alguma reviravolta maluca de cinema, tudo ser comicamente revelado...

Para o bem ou para o mal.

Com esses pensamentos confusos na cabeça, não ouço a resposta dela.

— E aí? — diz ela.

Eu pisco.

— E aí o quê?

Ela indica o papel.

— Você sabe o que eu acho sobre a destruição desnecessária de arte boa.

Faço um ruído de deboche.

— Não. São só... anotações. Pra uma coisa em que estou trabalhando. Já fiz nosso pedido. Espero que não tenha problema. Nachos.

— Hummmm. — Ari sorri, mas não consigo sustentar o olhar dela. Meu coração está batendo desesperado. Com o canto do olho, vejo Ari desembrulhar os talheres do guardanapo de papel e tenho uma vontade quase irresistível de segurar a mão dela. Talvez eu não precise esperar os discos chegarem para mostrar o que sinto por ela.

O que aconteceria se eu só... *contasse*?

Eu me sento mais ereto. Inspiro e não solto o ar.

Começo a esticar a mão para a dela na mesma hora em que ela passa o garfo para o outro lado e...

— Ai — digo, puxando a mão de volta.

Ari fica boquiaberta.

— Ah! Desculpa! Você está bem?

— Estou. Tudo bem — digo, olhando para as quatro marquinhas na base do meu polegar, onde o garfo me acertou. Limpo a garganta, coloco as mãos no colo e as fecho com força.

Carlos aparece com uma bandeja de Shirley Temples equilibrada na mão.

— Aqui está — diz ele, colocando na mesa quatro bebidas cor-de-rosa com gás. — E cerejas extras pra vocês dois. — Ele empurra bebidas para mim e para Ari, e nós agradecemos.

Normalmente, quando pedimos Shirley Temples, Ari pega as cerejas da minha bebida sem nem pedir, porque nós dois sabemos que vou dar para ela de qualquer jeito. Mas, desta vez, parece imperativo que ela saiba que eu *quero* que pegue, não só que estou deixando que faça uma coisa só por questão de tradição.

— Aqui — digo, pegando o palitinho enfiado em três cerejas vermelhas. Vou colocar na bebida da Ari, mas uma escorrega da ponta do palito e cai, quica na borda do copo e vai parar no colo de Ari.

— Argh, desculpa. — Estico a mão para a cereja na hora em que Ari se curva para ver onde foi parar.

Nossas testas colidem.

— Ah! — Ari recua, massageando a testa.

Estou fazendo uma careta.

— Desculpa. Me desculpa.

Ari deixa a cereja para lá, onde quer que tenha caído no chão, e se senta direito, rindo.

— Estamos estabanados hoje.

— Evidentemente — murmuro.

O sorriso de Ari começa a sumir.

— Tem alguma coisa acontecendo?

— Não. Por quê? O que você quer dizer?

— Você parece... — Ela hesita. — Sei lá. Nervoso ou algo assim.

— Pareço? — digo, pretendendo mentir e insistir que não estou nervoso. Não tem nada para ver aqui, pessoal. Então penso: *Se já houve uma abertura perfeita, é essa.* — Quer dizer. Acho que estou. Talvez. Um pouco.

Ela se vira para mim, me dando atenção total, a expressão aberta, paciente e completamente alheia ao fato de que ela *não* está tornando nada mais fácil.

— O que é?

— Hã. Então. — Minha saliva fica grossa e grudenta na boca, meu olhar não consegue se fixar nela por mais do que um segundo. Apesar da quantidade de vezes na semana em que pensei no que poderia dizer quando esse momento chegasse, meus pensamentos estão vazios agora, como se eu nunca tivesse formado uma frase completa na vida. — História estranha. Bom... quer dizer, não tão estranha. Mas talvez um pouco?

Ari franze a testa e espera.

Beleza, Jude. É como tirar um band-aid, tá? Só fala logo. Joga para o mundo. Quanto mais você prolongar, mais dolorido vai ser.

Eu me obrigo a olhar para ela.

— É só que... Ari, eu gosto muito...

O bar explode à nossa volta.

Não uma explosão literal. Só gritos empolgados e exagerados de todas as direções.

Ari e eu damos um pulo e olhamos em volta. As pessoas estão se levantando, gritando com a televisão, onde homens de camisas de basquete correm para a quadra, cercando um dos jogadores, gritando e pulando.

— Parece que ganharam — diz Ari.

— Parece. — Faço uma pausa antes de acrescentar: — É o primeiro jogo das eliminatórias.

— Ah. — Ela se vira para mim. — O que você estava dizendo?

Coço a nuca e considero uma retirada rápida. Mas não. Eu estou aqui. Vim até aqui.

— É. Então... eu estava dizendo. Nós somos amigos há muito tempo, né? O que é... ótimo. Você é ótima. E... e eu...

Acho que vou hiperventilar.

Ari se inclina para mais perto, parecendo preocupada.

— Jude, você está me assustando. O que foi?

— Eu só queria saber se você... algum dia... consideraria... talvez ir a um...

— Encontro! — grita uma voz, me fazendo pular. *Quint*. — Quanto tempo — diz quando ele e Pru deslizam pelo sofazinho do meu outro lado. — Isso traz lembranças.

Forço um sorriso e chego para o lado para abrir espaço para eles. Mais perto de Ari. Ela fica onde está, e agora nossas coxas se encostam. Minha pulsação acelera ainda mais. Percebo que ainda estou segurando a página arrancada do caderno na mão e a enfio discretamente no bolso da calça jeans.

— Achei que o EZ vinha — diz Pru, contando as quatro bebidas.

— Ele vem — diz Ari. — Precisou parar na oficina, mas já, já chega.

— Eu não tinha certeza — digo. — Por isso não pedi a bebida dele.

— Ele pode pedir quando chegar — diz Pru, tirando o amado fichário da mochila. — Nós temos coisas a resolver.

— Temos? — pergunta Ari, envolvendo o copo coberto de condensação com as mãos, as cerejas restantes flutuando acima do gelo. — Achei que a gente tinha vindo pelo karaokê.

— Isso também — diz Pru. — Mas primeiro, se não for problema pra você, eu queria que a gente gravasse um vídeo novo para as suas redes sociais promovendo o Dia da Loja de Discos neste fim de semana.

— Eu já fiz isso — diz Ari. — Postei duas vezes semana passada sobre...

— Eu sei, eu sei — diz Pru apressadamente. — E suas postagens foram ótimas. Mas acho que a gente podia fazer mais um vídeo sobre uma convidada especial nesse Dia da Loja de Discos... — Pru ergue as sobrancelhas.

— Eu? — pergunta Ari.

— Você! — diz Pru. E faz uma pausa. — Você ainda vai se apresentar, não vai?

— Vou, claro — responde. — Mas não sei se isso é atrativo mesmo. Alguém se importa?

— Hã, quantas visualizações "Chuvarada" tem mesmo? — pergunta Pru. — E quantos seguidores você ganhou nas duas últimas semanas?

— Seguidores não necessariamente viram vendas. Nem pessoas comparecendo.

— Mas mal não vai fazer — diz Pru.

— É, você tem razão. Eu não me importo de participar — diz Ari. — Só não quero que ninguém fique decepcionado. Mas... hã, espera. — Ela me olha. — Desculpa, você estava tentando dizer uma coisa antes e nós nos distraímos.

— Não — digo, levantando as duas mãos. — Nada de mais. Eu só ia perguntar, hã... se você falou com a Penny. Ela... hã... teve uma ideia. Pra sua apresentação no fim de semana.

— Falei! — responde Ari, apertando a mão no meu antebraço e me matando devagar. — Nós conversamos depois da aula hoje, e ela tocou o solo de violino em que está trabalhando. Eu achei perfeito! Estou tão empolgada pra fazer isso com ela.

— Legal. Excelente. — Eu limpo a garganta. — Legal.

— Tudo bem, então — diz Pru, pegando o celular e abrindo a câmera, mas Quint o pega na mesma hora e começa a ajustar as configurações. — Você sabe o que dizer?

Ari afasta o olhar de mim.

— Acho que sim. Algo tipo... *Venham me encontrar na Ventures Vinyl em Fortuna Beach no sábado, para a comemoração anual do Dia da Loja de Discos! Vou tocar ao longo do dia e mal posso esperar pra ver vocês!*

— Você tem talento natural — diz Quint.

Pru concorda.

— Perfeito. Assim mesmo, mas com mais energia.

Ari abre um sorriso incandescente, faz dois sinais de positivo e praticamente grita desta vez:

— Mal posso esperar pra ver vocês!

— Melhor ainda. Desta vez, vou gravar.

— Espera, mais uma coisa — falo. — Você devia dizer pras pessoas que vai haver uma surpresa especial na Ventures no fim de semana. Especialmente para os seus fãs.

Pru me olha.

— Nós acabamos de falar sobre a apresentação dela, Jude. Presta atenção.

— Não é a apresentação. É outra coisa.

Ari inclina a cabeça para me olhar.

— Que surpresa? — perguntam ela e Pru ao mesmo tempo.

— Hã... — Olho de Ari para a minha irmã. E, timidamente: — É surpresa.

— Jude — diz Pru com advertência na voz.

— Confia em mim. As pessoas vão amar.

Embora Pru faça cara de desconfiada, para Ari parece ser suficiente. Ela sorri para a câmera, e Quint faz a contagem regressiva e começa a gravar.

Eles filmam seis vezes até Pru ficar satisfeita de que Ari cobriu todos os pontos com o nível certo de energia. Pru pega o celular de volta e começa a editar o vídeo na mesma hora... ou fazer uma legenda... ou seja o que for... bem quando nossa comida chega.

— Aqui está, meus amigos famintos — diz Carlos, colocando um prato de nachos e uma cesta de tostones na nossa frente.

Nós agradecemos enquanto Ari distribui pratinhos para todo mundo.

Pru está pegando um nacho coberto de queijo e da guacamole tradicional do Encanto, mas faz uma pausa.

— Você esqueceu de pedir sem jalapeño.

— Hã... não — digo. — Eu sei que a Ari gosta. E... o Quint também, né?

Quint assente já com um tostone na boca.

— Aí achei que a gente podia só tirar dos nossos. Tipo adultos, sabe.

Ari dá uma risadinha. Pru parece aborrecida, mas coloca nachos no prato mesmo assim.

Nós comemos, e Quint começa a contar sobre uma nova iniciativa de marketing que ele e Pru estão desenvolvendo para o centro de resgate. Pru quer fazer outro baile de arrecadação no fim do verão e tornar o evento anual. Ela levanta a possibilidade de Ari tocar a música viral lá também.

— Falando em músicas virais — diz Quint, indicando Trish Roxby, a apresentadora do karaokê, que acabou de entrar no restaurante com equipamentos em um carrinho. Carlos contorna o bar para ajudá-la. Trish começa na mesma hora a falar um quilômetro por minuto e quando ela e Carlos passam, pegamos partes da conversa: um drama sobre um primeiro encontro horrível com um cara que ela conheceu num aplicativo. Carlos está rindo por causa do relato extravagante... mas há algo de tenso na situação.

No começo, acho que estou imaginando coisas, até perceber que nós quatro estamos olhando para eles.

Devagar, Pru nos encara, os olhos semicerrados.

— Carlos ainda é solteiro, né?

Ari faz um ruído de surpresa, feliz da vida, apertando as bochechas com as mãos.

— Ele tem um crush! — ela meio sussurra, meio dá um gritinho. — Na *Trish*!

Olho para ela com o canto do olho antes de perguntar:

— *Você* não tinha um crush *nele*? — Sinceramente, faz tanto tempo que Ari não fala do que ela mesma chamava de "paixonite infantil", que eu já tinha até esquecido.

Ari revira os olhos.

— Ele é um homem muito gentil e muito bonito que é dono do próprio negócio e sabe cozinhar. Claro que eu tinha um crush. Metade das pessoas que vem aqui deve ter crush por ele.

— Pode ser — diz Pru, um tom cantarolado na voz —, mas ele não olha pra metade das pessoas que vem aqui como está olhando pra *ela*.

Nós encaramos Carlos e Trish de um jeito sinistro e nada disfarçado. Mas nenhum deles parece perceber, ambos absortos demais na narrativa da Trish e montando o equipamento de karaokê e Carlos praticamente tropeçando para ir buscar uma bebida para ela.

— Por que ele não a chama pra sair? — pergunta Pru.

Quint, Ari e eu respondemos na mesma hora:

— Não é tão fácil.

Todos ficamos tensos e nos olhamos como as pessoas fazem quando desconfiam que podem ter sido assimiladas pelos Borg.

Pru parece realmente assustada.

— Resistir é inútil — sussurro.

Ela me encara daquele jeito típico de quando não entende uma das minhas referências nerds.

— Ele é um homem adulto — diz. — Um partidão, como Ari observou. Se gosta dela...

— Ei, pessoal, quanto tempo!

Nós todos nos viramos para cumprimentar Trish, que está parada junto à nossa mesa. Como sou péssimo em fingir que não estávamos falando sobre alguém agorinha, pego um nacho e enfio na boca para não dizer alguma idiotice.

Trish na mesma hora começa a incentivar Pru e Ari a cantarem hoje, e Ari diz que tem umas músicas em mente e... santo jalapeño, Batman, *por que minha boca está pegando fogo?*

Meus olhos saltam e vou pegar uma bebida, mas a derrubo sem querer. Caem Sprite, grenadine e gelo por toda a mesa e direto no meu colo. Solto um ganido, mas estou preso entre Pru e Ari e não tenho para onde ir.

— Desculpa! — grito. Sem pensar, pego o copo de Ari e tomo um grande gole pelo canudo. Acalma a queimação na minha boca, ao menos um pouco. — Estou bem — digo, tossindo e me agarrando aos últimos fiapos da minha dignidade quando devolvo a bebida de Ari. Agora praticamente só tem gelo e uma cereja no fundo, ainda empalada por um palito.

Pru pega guardanapos no suporte e joga para mim. Eu os seguro e tento parecer mais agradecido do que constrangido.

— Jalapeño? — pergunta Ari.

— É — digo. — Mas tenho certeza de que Carlos trocou esse por pimenta fantasma.

Ari assente, fingindo solidariedade.

— Foi um truque muito cruel. — Ela pega um nacho com *dois* jalapeños, enfia na boca, mastiga e engole como se não fosse nada.

Olho para ela, boquiaberto.

— Você ainda tem papilas gustativas ou já estão todas incineradas? — Pego a pilha de guardanapos e passo na calça molhada. É, que visual *incrível*. Muito descolado, Jude.

— Podem se animar porque a festa chegou!

Fico paralisado e me encolho, uma contração de corpo todo sobre a qual me sinto péssimo na mesma hora e torço para ninguém ter percebido.

Ezra se senta no sofazinho ao lado de Ari e me deixa no meio do grupo.

— Isso está com cara de comemoração. Qual é a ocasião? Vocês sabiam que o Dia Nacional dos Tapetes Caroçudos está chegando? Esse feriado eu apoio. Ah, posso pegar sua cereja? — Ele pisca sugestivamente para Ari e, sem esperar resposta, pega uma colher, pesca a última cereja do copo dela e a tira do palito com os dentes.

E, sim, eu posso ter tomado um gole da bebida dela sem pedir, mas isso é diferente, e quando me dou conta, tem uma raiva ardente subindo pelo meu peito.

Ou talvez ainda seja o jalapeño.

— A ocasião — diz Ari — é a noite de karaokê. — Ela empurra na direção dele o fichário de músicas que Trish nos deu.

— Isso! Perfeito! — grita EZ, levantando as duas mãos acima da cabeça. — Esta é a noite em que você e eu vamos fazer história. EZ e Escalante, nosso primeiro dueto, gata.

Ari arregala os olhos.

— O quê?

— Vamos ver o que temos aqui. Não se preocupe, vou encontrar uma boa.

Ari lança uma expressão apavorada para mim e Pru, e considerando que todas as vezes que Ezra veio com a gente na noite do karaokê, ele cantou "I'm Too Sexy" ou "Barbie Girl", eu não a culpo por ficar meio preocupada.

Exatamente às seis, Trish pega o microfone e dá as boas-vindas a todos. A noite do karaokê acontece há tempo suficiente para muita gente frequentar com regularidade e voltar toda semana, então já há uma lista de pessoas esperando para cantar.

Ouvimos músicas de Sheryl Crow, Bon Jovi e The Weekend antes de Trish pegar um cartão e ler:

— Agora: EZ e Escalante!

— O quê? — diz Ari, fazendo um gesto para ele. — Nem sei que música você escolheu. E se for uma que eu não conheço?

Ezra faz um ruído de deboche e uma cara de *até parece* enquanto desliza pelo sofazinho.

Ari emite um som de irritação com a garganta, mas o segue mesmo assim, ajeitando o tecido xadrez macio nos quadris quando anda até o palco. Esse pequeno movimento deixa a minha boca seca. Pego o copo e tento tomar um gole antes de lembrar que está vazio.

A música começa, uma introdução curta de percussão, um toque de tambor de aço, e um vocal de fundo: *Aruba, Jamaica, ohh, I wanna take ya...*

"Kokomo", dos Beach Boys, uma das bandas favoritas do meu pai.

Ari olha para Ezra sem acreditar quando ele começa a cantar a primeira estrofe. Ezra canta com gosto, mas está claro no terceiro verso que ele não conhece a música tão bem. Com um revirar de olhos, Ari o salva. Ela conhece a letra e canta com afinação, mesmo não estando tão animada quanto ele. Ezra não tem vergonha e dança em volta de Ari, passando as costas nas dela enquanto eles cantam sobre ir de jato para uma ilha tropical, rolar na areia, se apaixonar...

Acho que vou vomitar.

É impossível dizer se Ari está incomodada, ou gostando daquilo, ou só tolerando as brincadeiras de Ezra. E quando eles entram no refrão final, acontece.

Ezra segura a mão de Ari e se apoia em um joelho na frente dela. Na frente de *todos*.

Meu mundo para. Inclina-se. Sacode.

— *Aah eu quero te levar... ao baile! Ah, baile! Por favor, vamos ao baile! Araceli! Escalante! Aoooo baile! Comigo! EZ! La da da da da!*

Ele está improvisando agora, mal canta junto com a música e o vocal de fundo some. Não importa que ele pareça ridículo. O restaurante é uma cacofonia de gritos, assobios, berros, enquanto Ezra Kent convida Ari para ir ao baile.

Ari... que parece chocada.

Ari... que parece atordoada.

Ari... que está começando a sorrir.

— Jude?

Mal escuto meu nome com o sangue subindo aos ouvidos e o caos de um bando de estranhos torcendo pelo cara que está chamando para sair a garota por quem eu reparei tarde demais que estou apaixonado.

Olho para a minha irmã, que franze a testa para mim.

—Você está bem?

— Estou. Ótimo — digo, a voz tensa. — Por quê?

Em vez de responder, ela olha para o guardanapo na mesa. Ou o que era um guardanapo antes de eu fazer picadinho dele sem perceber.

Engulo em seco e junto os pedacinhos numa pilha para jogar no meu prato.

Ari e Ezra voltam para nossa mesa. Ezra está com um braço frouxo nos ombros de Ari. Ele sorri como se tivesse acabado de ganhar na loteria, porque... pois é. *Ele acabou de ganhar na loteria.*

Ari também está sorrindo, mas é mais um sorriso nervoso, atordoado. Ela me encara e arregala os olhos em expressão de total consternação. Uma expressão de *dá pra acreditar que isso acabou de acontecer?*

Eu me obrigo a sorrir para ela por entre os dentes.

... E assim termina a história do grande mago Jude,
Que ao rocha virar, fez meu coração partir-se em gesto solidário.
Glória ele conquistou, mas a garota ainda o elude,
E em seu templo ele permanecerá... para sempre solitário.
Voltamos vitoriosos!
E com sede!
JUDE
Senti saudades! Eu não sabia se veria você de novo!
Por favor. Uma maldição xexelenta não poderia me segurar.
Taverneiro! Uma rodada de bebidas para esses bravos aventureiros!
VIVA
?

Melhor eu começar aquela balada épica logo!
Espero que não haja nenhum ressentimento entre nós.
O quê?
Ah! Não, nenhum.
Sinceramente, acho que fiquei preso num momento de ilusão.
Tudo está bem mais claro agora.
Inclusive o quanto vocês dois combinam, obviamente.
Ele tem razão. Antes de te conhecer, meus sonhos eram preenchidos por roubo e pilhagem e eu arrancando a cabeça de todo stirge em meu caminho.
Sugadores de sangue malditos.
Agora, meus sonhos são com você e eu. Roubando e pilhando e matando montes de criaturinhas irritantes...
juntos.
Essa é a coisa mais romântica que eu já ouvi na vida.
Eu vou só...
É.
Beleza. Tchau.

E aí... Escrevendo outra obra-prima?
O tempo dirá.
O romance da guerreira tiefling e de halfling ladino foi inesperado e está acrescentando uma nova camada a essa balada.
Eu não previ isso, pode ter certeza.
Mas quer saber? Eles parecem mesmo combinar. Estou muito feliz pelos dois.
Falando em... hã... pessoas... que parecem mesmo combinar...
Na viagem de volta do templo, eu tive tempo pra pensar nas coisas.
Tipo que você sempre foi a melhor companheira de viagem que um mago pode desejar.
Inteligente, corajosa e... sempre capaz de me fazer sorrir.
E percebi que não te valorizei direito.
Eu não apreciei o que nós temos. Mas agora, não consigo imaginar sair numa missão sem você e seu alaúde e...
Jude, espera. Tem uma coisa que você precisa saber. Enquanto você estava amaldiçoado, eu... conheci uma pessoa.
Conheceu uma pessoa?

Ele está bem ali!
O nome dele é Ezra e ele é um bárbaro. Não é um sonho?
Hã...
Sabe a melhor parte? Ele me pediu pra fugir com ele! Não é romântico?
TREME TREME
Depois de tanto tempo, eu finalmente tenho uma história só minha!
Que... ótimo. Muito. Ótimo.
Pronta pra pegar a estrada, minha linda violonista?
Violonista?
Só terminando essa balada!
Ele sabe que é um alaúde, né?
Eu... acho que não sabe, não.

Acho que isso é um adeus.
Nunca vou esquecer as aventuras épicas que vivemos.
Tão épicas. Tão inesquecíveis.
Adeus! Boa viagem!
SMACK
Fica bem, Jude.
Ari!
Espera!
O quê?
Eu não posso te deixar ir. Não assim. Não sem contar a verdade.
Todos os tesouros que encontramos, as armadilhas que desarmamos, as batalhas que lutamos... só tiveram significado porque você estava lá comigo, a cada passo do caminho.
Você é a melhor parte de cada missão, sempre foi.
Quero dividir todas as aventuras com você. Quero dividir minha vida com você.
E eu sou um grande idiota por não ter te contado isso antes.

Sim! Era você o tempo todo! Eu só fingi gostar desse bárbaro fortão encantador pra fazer ciúmes em você, e pra que finalmente visse que nós dois fomos feitos um para o outro!
HAHAHAHAHAHA
Ele achou mesmo...
que podia ter alguma chance...
com você!
Espera aí, um minuto.
Eu acabei de comprar esses brincos com feitiço de Cancelamento de Ruído de Estrada embutido e eu preciso...
Ah. Pronto, assim está melhor.
O que você estava dizendo?
Deixa pra lá. Não era importante.
Fica atenta na estrada. Cuidado com goblins.
Porque... você sabe. Sempre tem goblins.

CAPÍTULO TRINTA E SETE

Tudo bem, Maldição de Lundyn Toune. Você venceu. Eu não vou mais resistir. Que importância tem? Se Ari pode gostar de Ezra Kent, logo dele, então está na cara que eu nunca tive a menor chance. Ele e eu não poderíamos ser mais diferentes. Ezra adora ser o centro das atenções. Vive pelos holofotes. Ama arrancar reações das pessoas; risadas, normalmente, mas acho que ele aceita qualquer reação para não ser ignorado. Ele é confiante e extrovertido e não liga para o que pensam dele.

Já eu ficava perfeitamente satisfeito de voar fora do radar antes de isso tudo acontecer. Bastava sobreviver ao ensino médio ileso e seguir contente o meu caminho.

Então pronto. Não preciso de sorte sobrenatural. Não preciso de magia na vida real. Certamente, não preciso de amor.

Na verdade, pelo que percebo, a única coisa de que preciso… é estudar.

— Jude, Jude, Jude — diz a sra. Andrews, estalando a língua. Estou parado ao lado da mesa dela, ignorando o fato de que Maya, Matt, César e Pru estão enrolando no corredor, me esperando, apesar de a aula ter terminado dois minutos atrás.

A vergonha deixa minha pele formigando. Uma professora nunca pediu para falar comigo depois da aula, e não me lembro de nenhum professor com uma cara de decepção tão grande.

— Não sei o que aconteceu com você este semestre — diz ela, me entregando uma prova. Há um D escrito no alto. — Tem alguma coisa acontecendo sobre a qual você queira conversar?

É uma armadilha.

— Não?

Ela suspira, como se não esperasse uma resposta diferente, e eu me pergunto quantas vezes ela tem alguma versão dessa conversa com os alunos e com que frequência eles só querem desviar das perguntas e fugir.

— Tem certeza? — indaga ela. — Porque você manteve uma boa média no semestre passado e estava indo muito bem nas provas no começo da unidade, mas nessas últimas semanas... — A professora hesita, o olhar se desviando para o corredor. Sigo o olhar, e Maya acena para mim com encorajamento. A sra. Andrews limpa a garganta. — Parece que falta foco.

Isso é verdade. Mas eu sei que não devo concordar.

— Posso fazer uns trabalhos extras?

Ela suspira, decepcionada por eu não estar disposto a dissecar meus problemas com ela.

— Tudo bem — diz, balançando a mão no ar. — Quatro páginas pra segunda.

Engulo em seco. O Dia da Loja de Discos é no fim de semana.

Mas acho que isso é o que mereço por vagabundear no semestre todo, contando com magia para manter as notas altas.

— Claro — digo. — Eu posso fazer isso.

As coisas não melhoram em estatística, quando as folhas de exercícios que eu *juro* que fiz não estão em lugar nenhum, e o sr. Robles precisa marcar meu quarto trabalho atrasado em duas semanas. Acrescentando isso ao fato de que fui mal na prova do dia anterior, só quero afogar as mágoas em Doritos quando chega o almoço. Só que o sr. Robles também me chama depois da aula para falar sobre as notas baixas, e quando chego ao refeitório só sobrou uma salada caesar murcha e gelatina, e, para aumentar o sofrimento, a máquina idiota come dois dólares e me dá zero salgadinho.

— Cara, tá quebrada — grita Jackson, sem lamentar nem oferecer ajuda quando passa.

Pego minha bandeja com a minha salada tristíssima e sigo para a mesa onde Maya e o pessoal já estão terminando de comer, lançando um olhar de saudade para Matt, César e Russell quando passo.

— Camiseta legal — diz Katie daquele jeito que ela tem de fazer um elogio parecer um insulto.

Olho para a camiseta que Penny me deu de aniversário: o logo do Hellfire Club de *Stranger Things*, quarta temporada. Sei que a camiseta estava com 60 por cento de desconto na Hot Topic quando ela a comprou, mas, mesmo assim, considerando que

Penny é nova demais para meus pais deixarem que ela veja a série e não faz ideia do que é o Hellfire Club, achei um presente bem atencioso.

Mas eu não sou idiota. Sei que Katie não está me elogiando. É a primeira vez em semanas que apareço na escola com o que era meu uniforme de sempre: jeans, uma camiseta, meus tênis pintados de dragão, cujas solas foram consertadas com a pistola de cola quente da minha mãe. Não achei que alguém notaria.

Obviamente, me enganei.

— Valeu? — murmuro, me sentando no meu lugar ao lado de Maya.

— *Stranger Things* deve ser tipo uma cinebiografia pra você, né?

Pisco devagar. Então:

— É. Meus amigos e eu matamos muitos demônios no Mundo Invertido pra impedir que eles se alimentassem de humanos sem noção da nossa cidade idílica. — Faço uma pausa e acrescento: — De nada.

— *Toma* — diz Raul. — Acho que o Jude tirou onda contigo, hein, Katie.

Ela o fuzila com o olhar e na mesma hora olho para baixo e espeto a alface no meu prato, fingindo que minhas bochechas não estão quentes. *De novo.*

— Zoada pelo esquisitão que anda por aí com uma varinha? — diz Katie. — Difícil me ofender com isso. — O tom dela é de brincadeira, mas, pelo jeito como fala, dá para ver que estava com o insulto pronto havia um tempo, mesmo agindo como se a intenção não fosse ofender.

— Para com isso — diz Maya, o tom ficando pesado.

Katie se senta no banco.

— O que foi? Era brincadeira.

Olho para o meu almoço quase intocado. Eu daria qualquer coisa para estar sentado naquela outra mesa agora…

— O que eu não entendo é por que o Jude ainda está aqui — diz Katie, soltando um suspiro arrastado.

Levanto a cabeça de repente, desejando que a pergunta não ecoasse meus próprios pensamentos. Incontáveis vezes na semana, me perguntei o que ainda estou fazendo aqui. Maya e eu não estamos namorando. Nós nunca namoramos, nem vamos. Mas voltar para a minha antiga mesa exigiria… sei lá. Uma explicação? Um pedido de desculpas? Atrairia atenção, não só das pessoas desta mesa, mas da maior parte do segundo ano, e sei que me veriam como um cachorrinho triste indo embora com o rabo entre as pernas depois que a garota bonita e popular me rejeitou… e, quer saber? Essa metáfora estava zoada desde o começo.

O caso é que… é mais fácil continuar continuando.

Ou... era.

E pensei... acho que fui idiota de achar que era bem-vindo aqui.

— O que isso quer dizer? — pergunta Maya, a voz ficando ríspida.

—Vocês dois não estão juntos — diz Katie, gesticulando de um para o outro com o garfo. — Ele começou a sentar aqui porque te deu um ingresso para o show, mas agora? Vocês nem vão ao baile juntos. Você vai com aquele... hobbit, sei lá.

— O nome delu é Noah — diz Maya por entre os dentes —, e elu joga como halfling no nosso jogo.

Katie ri com deboche.

— Certo. No seu *jogo*. O que eu quero dizer é que acabou, Jude. — O rosto dela vira uma expressão dramática de pena. — Maya não gosta de você. Ela está disposta a sair com um dos seus amigos nerds, mas *você* não é bom o suficiente. Está na hora de seguir adiante, antes de a gente sentir mais pena ainda de você do que já sentimos.

— Sério, Kate? — diz Maya. — Jude é meu amigo! Por que você tem que ser assim?

— Ele não é seu amigo — diz Katie, fixando um olhar intenso em Maya, como se fosse *ela* a ridícula ali. — Ele está mais pra seu stalker. É obcecado há anos e todo mundo sabe, e, sinceramente, acho cruel como você fica dando esperança pra ele.

— Ela não está... — começo a dizer, mas Katie continua.

—Você já viu os desenhos que ele faz de você?

Meu peito se aperta.

— O quê? — digo.

Katie me olha com arrogância.

— Eu sento atrás de você na aula de espanhol. Vi sua história em quadrinhos. O mago babando pela estátua que é muito parecida com a nossa amiga aqui. — Ela solta uma risada cruel. — É *tão* bizarro.

—Você quer dizer... essa história em quadrinhos? — diz uma voz atrás de mim. Maya e eu nos viramos no banco. Eu nem sabia que Tobey estava atrás de mim, não o senti abrindo minha mochila... e agora ele está com meu caderno na mão, dançando para longe.

— Ei! — grito, me levantando e derrubando a bandeja de salada na pressa de me erguer. Alface e croutons voam para todo lado, mas só me concentro em Tobey correndo para o outro lado da mesa. Ele está folheando as páginas. As minhas páginas. Os meus desenhos.

As pessoas estão começando a olhar.

Mas o que devo fazer? Suplicar para ele devolver? Pular por cima da mesa e o derrubar?

— Devolve, Tobey — diz Maya, agora se levantando também. — Você tem quatro anos, por acaso?

Ele a ignora, os olhos se arregalando.

— Uau, você desenhou isso? Você é bom. Está igualzinho a ela! — Ele vira as páginas para que todos possam ver os desenhos da estátua. De Maya, graciosa e elegante e... Talvez Katie tenha razão. Talvez seja bizarro mesmo.

Meu estômago dá um nó e, por algum motivo, fico tentado a mandar todos continuarem lendo. Até chegarem à parte com Grit Partepedras, a guerreira tiefling. Aquela é a verdadeira Maya, a que ninguém ali conhece, só eu.

Mas ele passa direto enquanto Janine se levanta para olhar por cima do ombro dele.

— Minha nossa! — diz com um gritinho. — É Kyle, da equipe de corrida? Ele é *um fofo*.

Faço uma careta, balançando a cabeça, sem conseguir falar. Por favor, não metam meus amigos nisso...

E aí...

— Não é possível! — grita Janine. — Esse é o EZ! Ah, que hilário! E quem é essa?

— Uh-la-lá. Oi, gata do violão — diz Tobey.

Merda, merda, merda...

— Ei, quero ver — diz Raul, se levantando e pegando o caderno.

— É, olha só — diz Tobey, mostrando para ele. — Tem um drama de primeira nessas páginas. Jude, quem poderia imaginar?

Mas Raul não olha a história. Assim que está na mão dele, ele fecha o caderno.

— Ei! — diz Tobey, mas Raul segura o caderno longe do alcance dele.

— Para de ser babaca. — Raul se inclina por cima da mesa, segurando o caderno na minha direção, mas meu coração está na garganta, e sei que meu rosto está da cor da camiseta de alguém que está prestes a morrer em *Star Trek*, e não consigo me mexer, nem para pegá-lo.

Maya apanha o caderno e praticamente o enfia nas minhas mãos.

— Obrigada, Raul — diz ela.

Faço um movimento curto de cabeça, sem confiar em mim mesmo para falar. E, sem olhar para ninguém, eu me viro, penduro a mochila no ombro e saio andando.

— Jude? — chama Maya, mas eu não olho para trás.

O que quero fazer é sair correndo, literalmente *sair correndo* daquele refeitório. Encontrar algum armário de manutenção e me esconder até o último sinal. Penso brevemente em fingir uma doença para poder me abrigar na enfermaria. Ainda é fingimento se eu vomitar de verdade? Porque tenho quase certeza de que consigo vomitar agora.

Mas meus instintos de sobrevivência entram em ação e procuro abrigo no primeiro lugar que vejo. Na minha antiga mesa, onde Matt, César e Russell estão me olhando.

— O que foi aquilo? — diz César, chegando para o lado para abrir espaço para mim. — O que foi aquela agitação?

— Nada — digo roboticamente. Minha mandíbula está tão contraída que acho que é capaz de eu quebrar um dente. *Isso* me faria ir para a enfermaria, com certeza.

Para meu alívio, meus amigos não insistem por uma explicação. Depois de um silêncio curto e incômodo, eles voltam a comer e conversar sobre se alguém vai ter dinheiro para ir à Comic-Con neste ano.

Até que, 20 segundos depois, eles fazem silêncio de novo.

— Posso me sentar com vocês?

Eu viro a cabeça, mas não encaro Maya.

— Hã... pode. Claro. Sem dúvida.

Ela se senta no banco.

— Sinto muito por aquilo, Jude. Foi tão desnecessário.

— Não foi culpa sua — digo baixinho. Minhas mãos pararam de tremer o suficiente para eu guardar o caderno na mochila.

— Sei que não é culpa minha, mas eu nunca achei que eles fossem ser escrotos assim. Sei que a Katie pode ser uma... — Ela deixa a palavra no ar. — Mas ela era legal, eu juro. Não sei por que ela age assim às vezes. E Tobey... Ele sempre foi meio irritante, mas Katie gosta dele, então a gente tolera, e... — Maya para de falar.

— Tudo bem.

— Não está tudo bem. — Maya suspira e a voz dela fica baixa. — *Nós* estamos bem?

Levo um minuto para perceber que ela não está falando só do fato de que os amigos dela se voltaram contra mim e tentaram me humilhar. Ela está falando dos desenhos. Da estátua, do pedestal. Das acusações: de que sou obcecado por ela e de que ela está sendo cruel de me dar esperanças.

Forço um sorrisinho. Finalmente a encaro.

— Sim. Estamos bem.

— Esses lugares estão ocupados?

Nós erguemos o olhar. Raul, Serena e Brynn estão na ponta da mesa com as bandejas nas mãos.

Encaro-os por um longo momento, então os meus amigos e suas expressões confusas. Então, olho para Maya. Mas ela está me observando, me deixando decidir.

O que há para decidir? Sim, algumas das pessoas daquela mesa sempre incomodaram, mas aqueles três passam no teste de energia boa, como EZ diria. São mais legais do que Katie e Tobey, pelo menos.

— Sim. Claro — digo.

— Mas fiquem avisados — diz Matt quando eles vão se sentar. — Nós falamos de coisas nerd nesta mesa. Tipo muito.

— De boas — diz Raul. — Eu jogava *Magic: The Gathering* nos fins de semana, e ela — ele aponta com o polegar para Brynn — é obcecada por *One Piece*.

Essa declaração paira sobre todos nós, inesperada e pesada.

— *Não acredito* — sussurra César. Ele me olha. — Você sabia disso?

Faço que não. Eles nunca falaram sobre isso. Não com o resto do grupo, pelo menos.

— Que estranho — diz César. — Parece que entrei num episódio de *Além da imaginação*, edição ensino médio.

— E você? — diz Russell, olhando para Serena cheio de dúvida.

Serena dá de ombros.

— Eu não tenho ideia do que vocês estão falando. Mas eu amo a Maya e meio que não suporto o Tobey, só que nunca achei que pudesse opinar. E também... — Ela olha para Matt de um jeito que parece quase... paquerador? — É sempre bom fazer novos amigos.

Matt tosse e derruba o refrigerante sem querer.

Nós rimos, mas não de um jeito cruel. Só de um jeito tipo... bom, isso é novidade.

Brynn joga uma pilha de guardanapos enquanto Russell tenta explicar para Serena o que é *One Piece*, e o resto da mesa inevitavelmente começa a falar sobre o assunto que parece ter contaminado a escola toda: o baile. Escuto de longe enquanto os que vão fazer planos de último minuto de jantares, caronas e pós-festas, que são basicamente ir a um food-truck de tacos de madrugada e jogar *Cards Against Humanity* na casa de Serena até todo mundo dormir. Nunca achei que gostaria de festas do ensino médio, mas isso não parece ruim. Serena até convida os que não vão ao baile para ir lá também, o que poderia ser tentador se eu não tivesse uma noite de desolação planejada.

Brynn faz mais perguntas a Maya sobre o par dela, essa pessoa "ladina hilária" sobre quem todos andam ouvindo muito, e tenho quase certeza de que Maya fica ruborizada.

Abro um sorriso para ela, genuinamente feliz por Maya e Noah, e genuinamente torcendo para se divertirem muito em seu primeiro encontro de verdade.

— Ah, Jude, isso me lembra — diz Maya. — Eu vivo esquecendo de devolver seu dado. Está na minha cômoda há semanas. Vou tentar me lembrar de botar na minha mochila quando chegar em casa, pra poder levar pra você antes do nosso próximo jogo.

Eu franzo a testa.

— Não, você já me devolveu meus dados. — Depois do nosso primeiro dia de D&D, Maya comprou um conjunto, para não ter que ficar pegando o meu emprestado.

— Não o conjunto de resina que você usa pra jogar — diz ela. — O dado chique. O D20. O que parece um rubi?

Eu inspiro fundo. Todos os sons viram ruído branco, uma descrença abafada trovejando entre meus ouvidos.

— O quê? — digo. — Você está com... o meu dado? Meu dado vermelho?

— Você deixou cair no festival. Eu peguei, mas foi na hora da premiação e não quis interromper, então enfiei no bolso e depois esqueci completamente.

Ela sorri... totalmente alheia ao quanto essa revelação me sacode até a alma.

Meu dado.

Meu dado da *sorte*.

— Sim. Tudo bem. Por favor — gaguejo. — Eu adoraria tê-lo de volta.

CAPÍTULO TRINTA E OITO

— Tem gente lá fora! — grita Penny, pulando com empolgação. — Gente de verdade! Esperando! Na fila!

— Penny, respira — diz Pru. — Antes que você hiperventile.

Penny faz um gesto na direção da porta da frente.

— Mas isso não é um bom sinal?

É. É um ótimo sinal, na verdade.

Estamos acordados desde o amanhecer, cuidando para que tudo esteja no lugar para o grande dia. Pru vem fazendo uma contagem regressiva nas nossas redes sociais até chegar o Dia da Loja de Discos — *apresentando a compositora premiada da cidade, Araceli Escalante! (E uma surpresa especial!)* Ela também anda tentando me fazer contar qual é a grande surpresa sempre que tem chance, mas eu me recuso a falar.

Pru termina de repassar nossas promoções do dia, junto com instruções detalhadas de como lidar com pré-vendas de mercadorias que não chegaram e como devemos encorajar as pessoas a assinarem a lista de e-mails ao longo do dia.

— Quint vai sair do centro ao meio-dia — diz Pru, verificando uma lista enorme de coisas a fazer —, então, Lucy, vou te colocar encarregada das fotografias e filmagens de redes sociais até ele chegar.

— Deixa comigo — diz Lucy.

— A mamãe vai ficar encarregada de trocar os discos, desde que não esteja tendo dificuldades com a Ellie.

— Eu posso ajudar com a Ellie — ofereço. — Vou ficar basicamente só no caixa.

— Que, se tivermos sorte, vai te manter *muito* ocupado — diz Pru.

Faço uma careta ao ouvir a palavra com S, mas faço que sim.

— Se tivermos sorte — comento.

Pru levanta os olhos das anotações.

— Vocês não deveriam estar registrando isso?

— E negar a você o prazer de nos dar ordens pelo resto do dia? — diz Lucy. — Nunca.

Pru amarra a cara, mas então relaxa.

— Tem razão. Como estamos com o tempo?

— As portas serão abertas em cinco minutos — diz meu pai.

A única pessoa que está fazendo falta, mais ainda do que Quint, é a própria Ari. Ela vai trazer os pais e a Abuela para que a vejam se apresentar. Mas, com a artrite, Abuela nem sempre anda muito rápido, principalmente de manhã, e Ari nos avisou que pode se atrasar um pouco.

Não vejo Ari desde a noite de terça, não troquei nem mensagens com ela. Pru falou qualquer coisa sobre ela estar ocupada com a escola esta semana, mas não consigo deixar de imaginar se está me evitando. Será que ela viu a verdade no meu rosto depois do convite de Ezra? Será que viu como eu estava arrasado? Será que ela sabe?

E se ela sabe e não está falando comigo... bom. Acho que isso responde a uma pergunta.

Do exterior da loja, ouvimos alguns gritos, e Ari aparece do lado de fora da porta de vidro, Abuela em um braço e os pais atrás. Ari parece sobressaltada com a atenção, que... sim, evidentemente é para *ela*. Ela dá um sorriso fraco e acena para as pessoas na fila enquanto Pru corre para abrir a porta.

— Na hora certa — diz Pru. — A gente já vai abrir. Pai, você pode fazer as honras?

Meu pai vai para fora para fazer um discurso rápido para a multidão que espera e dá as boas-vindas ao Dia da Loja de Discos na Ventures Vinyl.

— Como está, Abuela? — pergunto, levando uma cadeira para ela se sentar.

— Muito bem, Jude. — Ela sorri quando me inclino para dar um abraço nela, mas dispensa a cadeira enquanto olha a loja. — Quero dar uma olhada primeiro. Araceli me contou sobre o mural lindo que você pintou, e ela tinha razão! — Assente na direção do palco com admiração. — *Muy sofisticado*.

— Ficou ótimo mesmo — concorda a mãe de Ari, sorrindo para mim. — Na próxima vez que tiver um cliente que queira um mural personalizado em casa, já sei quem chamar.

— Obrigado, sra. Escalante — digo, corando. Os pais de Ari me dizem há anos que posso chamá-los de David e Elena, mas nunca consegui largar o *sr. e sra. Escalante*.

Tenho um pouco de inveja de Pru. Ela nem hesitava em chamá-los de mãe e pai no fundamental II, já que logo viraram uma espécie de segundos pais para ela.

Quando eles estão olhando a loja, encaro Ari. Ela usa um cardigã comprido de crochê por cima de um vestido rosa, o cabelo cheio trançado pelas costas. Está linda.

Mas, assim que o pensamento passa pela minha mente, Ari afasta o olhar.

E é nessa hora que eu sei. Ela *está* me evitando.

Meu coração despenca até o fundo do estômago.

Então é isso. Eu me entreguei na noite do karaokê, e ela não sente o mesmo, e não acredito que me permiti ter esperanças, mesmo por um segundo, e eu... definitivamente não tenho tempo para essa avalanche de emoções porque meu pai deu as boas-vindas a todo mundo, abriu a porta e os clientes estão inundando a loja.

Assumo meu lugar no caixa, mas estou lá há menos de um minuto quando Pru se aproxima de mim, ansiosa.

— Pronto, Jude, chega.

Eu franzo a testa para ela.

— Hã?

— Cadê a grande surpresa? — pergunta, batendo os dedos no balcão. — A coisa que Ari prometeu revelar hoje, apesar de não ter ideia do que é? As pessoas estão perguntando.

— Ah. Você quer dizer... que nós vamos fazer agora? Agorinha?

Ela não se dá ao trabalho de responder, só me olha *daquele jeito*.

Eu engulo em seco. Acho que vai ser agora.

Na tarde anterior, eu já tinha me convencido de que o azar impediria que os discos de Ari chegassem, mas o caminhão da entrega veio logo antes de fechar, junto com quatro caixas pesadas.

Pego uma das caixas na sala dos fundos e a levo para o balcão.

— Espero que isso seja bom — diz Pru, um tom de alerta na voz. — Eu diria que metade das pessoas aqui veio por causa da Ari.

— Isso é incrível.

— É. Mas também... — Pru olha com dúvida para a caixa. — Elas têm expectativas.

— Não se preocupa, mana — digo, abrindo a caixa. — As pessoas vão amar.

Eu falo com mais confiança do que sinto.

— Espero que sim — diz Pru. — Você vai fazer o anúncio?

— Anúncio? — Faço uma pausa com as abas da caixa meio abertas.

— É. Contar pras pessoas qual é a grande surpresa. Considerando que isso é coisa sua.

— Eu preciso?

Em nenhum momento considerei que poderia ter que fazer um *anúncio*. O objetivo todo era que os discos falassem *por* mim.

Sim, esse foi meu jeito de ajudar a loja porque nossa mercadoria não chegou a tempo, mas, mais do que isso, era para ser meu grande momento. Minha chance de revelar algo especial a Ari. *Para* Ari.

Meu coração, embrulhado em um LP de vinil.

Meu grande gesto parece agridoce agora, considerando meu fracasso em contar a Ari o que sinto. Considerando que ela vai ao baile com um cara que é o oposto de mim.

Mas ainda quero que ela tenha isso. Que ame isso. Mesmo que a minha tentativa de um grande gesto romântico seja tardia. Olho ao redor. As pessoas estão olhando os cestos e segurando camisetas da Ventures Vinyl junto ao peito para verificar o tamanho. Minha mãe e meu pai estão socializando, agradecendo a todos por terem vindo e perguntando se precisam de ajuda para encontrar alguma coisa. Lucy parece fazer um zilhão de fotos e vídeos, Penny desapareceu na sala dos fundos para dar uma última ensaiada no violino, e Ellie anda pela loja com uma travessa na mão oferecendo biscoitos aos clientes. Ari está cercada de gente que não para de tagarelar a respeito do vídeo viral dela. Eu até a vejo assinando alguma coisa. As pessoas estão pedindo *autógrafos*?

— Tudo bem — murmuro para mim mesmo, reunindo coragem.

Pego a caixa no balcão e a carrego até o palquinho, pedindo desculpas às pessoas que precisam se espremer nos corredores estreitos para me deixarem passar. Quando chego à plataforma, coloco a caixa aos meus pés e ligo o microfone.

— Hã… oi — digo, meu coração em disparada. Sinto a presença de Ari perto do palco da mesma forma que se sente o sol na pele em uma tarde de verão, mas agora é a minha vez de evitar olhar para *ela*. — Sou Jude. Eu trabalho aqui e meus pais são os donos da loja.

— *Isso aí*, Jude! Manda ver! — grita Lucy dos fundos.

Eu me encolho e aceno, constrangido.

— Sei que muitos de vocês estão aqui por causa da apresentação ao vivo de hoje da nossa cantora e compositora premiada… Araceli Escalante.

Ouso olhar para ela. Ari revira os olhos para mim, mas abre um sorriso fofo para as pessoas e emoldura o rosto com mãos espalmadas. Ouço algumas risadinhas.

— Se vocês seguem a Ari nas redes sociais, pode ser que tenham ouvido falar que hoje teremos uma surpresa muito especial para os fãs dela.

— Eu não tenho *fãs* — sussurra Ari.

— Tem, *sim* — diz Pru, aparecendo ao lado dela. — Vai se acostumando.

Minhas mãos estão suando. Solto o microfone e enfio instintivamente a mão no bolso, torcendo para ter coragem. Um teste de carisma seria bem útil agora.

Mas, claro, não tenho nem um pouco aqui comigo. Por que, ai Deus, por que eu não larguei tudo e corri até a casa de Maya depois da aula ontem só para pegar meu dado?

— Pru tem razão — digo, olhando para Ari. — Acho que já estabelecemos que eu sou seu maior fã. — Faço uma pausa, a voz mais baixa. — Sempre fui. Sempre vou ser.

Ari morde o lábio inferior.

— E foi por isso — digo, olhando para o resto da plateia — que eu quis fazer uma coisa especial. Por Ari e por todos vocês, que estão aprendendo a amar essa garota... — Meus pulmões soluçam. — A amar *a música dela* tanto quanto eu.

A ansiedade está começando a tomar conta, e percebo que preciso falar logo e sair do palco o mais rápido possível.

— Por isso, hoje, enquanto durarem os estoques, estamos lançando um álbum exclusivo que vocês não vão encontrar em mais lugar nenhum. — Eu tiro um disco da caixa. Não está com plástico (ficava mais caro) e o papel usado para a capa é meio fino, mas... é real. Um disco de vinil de verdade, com minha arte na frente e o nome de Ari impresso no alto.

Levanto o disco para que todos possam ver, e Ari faz um ruído de surpresa e cobre a boca com as mãos.

— Apresento a vocês: *Chuvarada*, o álbum de estreia de Araceli Escalante, com músicas escritas e gravadas por essa artista incrível. — Faço uma pausa e acrescento baixinho: — E com arte minha. — Fecho um olho e ofereço o disco para Ari. — Espero que você goste.

— Jude... — sussurra ela, pegando o disco e o aninhando nas mãos. Ela estuda o desenho: a barda élfica tocando no palco de um festival de música dos dias atuais. Uma risada baixa escapa quando ela passa o polegar por cima do desenho. Ela o vira, olha os rabiscos, a lista de músicas, os créditos impressos embaixo. — Está incrível.

Ari ergue o rosto, e há lágrimas brilhando nos seus olhos, o que me faz apertar os braços junto ao corpo e sentir que eu deveria pedir desculpas, apesar de perceber que são lágrimas de felicidade.

— Obrigada — sussurra ela.

Pru sobe no palco.

— Jude, isso é brilhante — diz ela. — Por que eu não pensei nisso?

Ela me empurra para fora do palco e pega o microfone.

— O disco exclusivo de estreia da Ari está disponível no balcão para quem quiser levar um pra casa hoje. E... talvez Ari até os autografe depois da apresentação, né?

Pru olha para Ari, que dá de ombros.

— Acho que sim?

— Mas primeiro — diz Pru —, vamos começar a festa com nossa apresentação ao vivo da música viral da Ari, "Chuvarada", com uma convidada especial no violino, minha irmãzinha... Penny Barnett!

CAPÍTULO TRINTA E NOVE

Mal escuto a introdução de Ari quando ela sobe ao palco. Estou tonto e enjoado quando passo pelas pessoas, ansioso para voltar para trás do balcão. É mais seguro lá, onde não preciso fazer nenhum discurso e ninguém olha para mim e meu coração não está exposto na palma da minha mão.

Coloco a caixa de discos no balcão, e meu pai me surpreende ao me puxar na mesma hora para um abraço.

— Que ideia fantástica! — diz ele, baixo para não interromper Ari no palco. — Você fez isso sozinho?

Ele pega um disco na caixa e o examina.

— Você acha que ela gostou? — digo subitamente.

Meu pai me olha com cara de entendedor.

— Como poderia não gostar?

Inspiro fundo e tem alguém do outro lado do balcão, perguntando se pode comprar dois, e é assim que Ari faz sua primeira venda, enquanto no palco ela dedilha seu primeiro grande sucesso.

Completo mais duas vendas uma atrás da outra, mas a maioria dos clientes está vendo Ari tocar. Penny espera ao lado do palco, o violino na mão. Não parece nervosa, o que me surpreende. Mas ela também nunca parece nervosa nos recitais, apesar de ter me dito uma vez que sua tanto antes de uma apresentação que sempre fica com medo de deixar o violino escorregar.

Talvez aquele feitiço de Encantar sobre o qual falei para Maya realmente funcione.

Eu queria que funcionasse para *mim*.

Só quando Ari começa o segundo refrão é que sinto o nó apertado no meu peito se afrouxar e consigo assisti-la e ouvi-la e deixar fluir o que sinto por ela sem uma enxurrada de preocupações atrapalhando meus pensamentos.

Os olhos dela se encontram com os meus e, só por um segundo, o mundo para, e eu penso *Não posso estar imaginando isso*.

Mas ela afasta o olhar para o violão. Meu coração dói. O ambiente parece abafado. Cheio demais. Quente demais. Pequeno demais para tudo que quero e espero, e talvez eu esteja com medo de descobrir o que vai acontecer se tentar de novo.

Penny sobe no palco durante a ponte e toca o solo de violino que ela compôs, enquanto Ari dedilha o violão ao fundo. É lindo e perfeito, e a plateia aplaude quando ela termina. Penny se curva e desce do palco enquanto Ari canta o refrão final.

A música termina, as notas finais desvanecendo. A plateia aplaude com entusiasmo. Ari indica Penny e elas se curvam juntas.

— Obrigada à Ventures Vinyl por me deixar ser parte do Dia da Loja de Discos que acontece todo ano, e obrigada a Penny por se juntar a mim no palco, e um agradecimento especial a Jude. — Ari sorri para mim, um sorriso exultante e inacreditável. — Por fazer um dos meus maiores sonhos virar realidade. Como Pru mencionou antes, nós temos discos à venda, o que é... *Uau*. Então... espero que vocês gostem. Vou voltar pra tocar mais músicas ao longo do dia. Obrigada!

Ela desce do palco, dá um abraço nos pais e a loja vira um caos. Algumas pessoas começam a olhar as cestas, as prateleiras e as mercadorias de novo, mas um monte de gente vai direto para o balcão. Vendemos a primeira caixa em minutos.

— Jude?

Eu me viro e quase derrubo o boneco bobblehead do Jimi Hendrix que alguém está esperando para comprar.

— Ari — digo, sem ar de repente. — Você foi...

Não tenho oportunidade de terminar porque ela passa os braços em volta de mim. A orelha aperta meu peito. O aroma cítrico e floral do xampu dela gera um curto-circuito no meu cérebro.

— Obrigada — diz. — Os discos. Eles são incríveis. Não acredito que você fez isso por mim. E... pela loja também. Claro.

Ela recua, segurando meus braços, que estão inertes ao lado do meu corpo. O sorriso dela. Os olhos. O jeito como está me olhando.

— É só isso — diz Ari, rindo um pouco, como se estivesse nervosa agora. — Eu só queria agradecer. Você não imagina o que isso significa pra mim.

— T-Tá. Tudo bem.

Ela recua, e resisto à vontade de segurá-la. De puxá-la para perto. De enfiar a mão no cabelo dela. De dizer...

— Jude! Uau, este lugar está um agito!

Meu corpo fica tenso. Ari e eu olhamos para trás e vemos que Quint e Ezra chegaram. Quint assume a tarefa de fotógrafo no lugar de Lucy, e ela não perde tempo para pegar o último biscoito da travessa agora que seus deveres profissionais estão cumpridos.

— Tudo bem — diz Ari, se balançando nas pontas dos pés. — Acho que Pru quer que eu autografe os discos que as pessoas estão comprando, né? Isso é *esquisito*.

— É difícil ser famosa — digo, e ela ri enquanto segue para a mesinha de autógrafos que Pru não perdeu tempo em montar. Minha atenção se desvia entre ela e Ezra, minhas entranhas embrulhadas quando paro para observar como vão se cumprimentar. Com um abraço ou... *por favor*, que não seja com um beijo. Mas Ezra só pisca e aponta o indicador para ela de um jeito meio paquerador antes de a multidão cercar Ari, separando-a do resto de nós.

A segunda caixa de discos esgota também, e Pru tem a ideia de deixar alguns separados para Ari e para a família e, claro, para nós. E meu pai tem a ideia de colocar o disco para tocar na vitrola, para podermos ouvir juntos.

— É a reprodução inaugural — diz ele, abaixando a agulha. — Acho que podemos chamar oficialmente de meu *novo* álbum da sorte.

Sei que ele fala com boas intenções, mas lembrar do disco *London Town* perdido faz com que eu me remoa com mais culpa ainda.

Não consigo olhar para Ari, que está autografando discos tão rápido quanto as pessoas conseguem comprá-los. A voz dela começa a tocar nos alto-falantes, o verso inicial de "Vidro marinho", uma das primeiras músicas de Ari, que sempre foi uma das minhas favoritas.

— Isso é surreal demais — diz ela em voz alta, o assombro e a alegria se misturando na voz.

E é ótimo por um momento. As pessoas estão amando Ari e estão amando a Ventures Vinyl, e o sorriso do meu pai é o mais largo que eu já vi, e estranhos vão até a família de Ari para dizer como devem estar orgulhosos, e Ari vibra com toda a atenção, e é boa essa coisa que eu fiz. É muito boa. Não sei se expressou o que eu queria expressar, mas não importa. Eu ajudei a loja e fiz um dos sonhos de Ari virar realidade e, por enquanto, isso basta.

E aí...

E aí.

— Oh-oh — diz a mulher que está abrindo a carteira para pagar pelo disco da Ari e alguns outros.

Levo um momento para ouvir também.

Meu corpo todo fica paralisado.

Não.

O disco dá um pulo. A voz angelical da Ari presa em uma repetição eterna, a mesma coisa de novo e de novo e de novo...

Mas... mas é *novinho*.

Meu pai para o disco.

— Que pena — diz ele, inspecionando os sulcos escuros. Ele usa um pincel especial para ter certeza de que não tem poeira presa no vinil e bota para tocar de novo.

O arranhão ainda está lá.

Isso não pode estar acontecendo.

— Um defeituoso, tenho certeza — diz meu pai, tirando o disco da vitrola e colocando outro de Ari. Outro disco, direto da capa. — Acontece às vezes no processo de prensar o disco.

Ele começa a tocar de novo, mas eu sei, *eu sei* que não foi só um defeituoso. Eu sinto na alma.

O disco pula de novo, no mesmo trecho, e isso confirma.

Sinto bile na boca quando olho para a caixa de discos não vendidos. As pessoas na fila estão franzindo a testa, inseguras. Alguns que já fizeram a compra seguram notas fiscais e trocam olhares, como se não soubessem o que fazer.

Eu achei que tinha feito o sonho de Ari virar realidade, mas me enganei. Tem um arranhão. Os discos estão danificados. Estragados. Todos eles.

Fecho os olhos e sinto meu peito desmoronar. Por que eu me dei ao trabalho?

Horrível.

Péssimo.

Que azar.

— Jude?

Estremeço e olho. Ari está me observando, uma das mãos em uma caixa de discos meio vazia.

— Desculpa — digo. — Deve ter havido algum erro no processo de produção. Eu posso... — Engulo em seco. — Posso fazer contato com a empresa. Pedir para refazerem ou... sei lá. Mas esses... — Minha voz fica pesada e úmida e, *droga*, não vou chorar por causa disso. E não é por causa dos discos, não exatamente. É por causa dos sonhos de Ari e do meu esforço derradeiro para mostrar a essa maldição que ela não vai arruinar minha vida. Mas eu não posso dizer isso. Ninguém entenderia. — Estão estragados. Desculpa, Ari.

— Não é culpa sua, Jude... Ainda é o presente mais legal que já me deram.

Abro um sorriso para ela, mas é rápido e fraco, e eu daria qualquer coisa para conjurar um feitiço de Invisibilidade agora.

— Bom... é uma situação decepcionante — diz meu pai, falando para o público. — Infelizmente, parece que os discos que recebemos estão danificados. — Ele parece momentaneamente atordoado, sem saber o que fazer. Olha para mim. Não decepcionado exatamente. Mas preocupado. Ele suspira e força um sorriso. — Claro que vamos ressarcir quem quiser devolver o disco.

Há resmungos decepcionados. As pessoas que estavam na fila se dissipam.

Meu pai dá um tapa nas minhas costas e diz baixinho:

— Foi uma ideia muito bacana, Jude.

Ele volta para a vitrola e tira o disco de Ari.

Minha mandíbula se contrai tanto que dói, e posso jurar que, em algum lugar, a Maldição de Lundyn Toune está rindo.

CAPÍTULO QUARENTA

Não preciso nem dizer que o Dia da Loja de Discos é uma decepção.

Quer dizer, não é de todo ruim. Ari toca ao longo do dia e ela é incrível. O dueto com Penny foi um ponto alto, com certeza. E, no que diz respeito a vendas, ainda deve ser nosso maior dia do ano. Mas não é o que esperávamos.

Meus pais não chegam a falar isso, mas vejo no rosto deles. Nas rugas mais fundas em volta dos olhos do meu pai. Na rigidez dos lábios da minha mãe. Nos olhares que trocam quando acham que não estamos prestando atenção.

Por que, ai Deus, por que eu não pensei em comprar raspadinhas *antes* de a sorte virar contra mim? É o que qualquer pessoa normal teria feito, né? Ou dado aos meus pais uma série aleatória de números e dito para eles comprarem um bilhete de loteria? Que tipo de otário ganha o dom da sorte infalível e decide desperdiçá-lo com submissões de arte para revistas e ingressos do show de um cantor de quem ele nem gosta?

Essas perguntas me atormentam quando chego em casa. Pru está no andar de cima se arrumando para o baile, e sei que eu devia ir falar com ela, desejar que se divirta e tudo mais, mas estou de mau humor desde que descobrimos aquele arranhão nos discos, e não melhorou com o tempo. Então vou para o meu quarto, afundo na cadeira da escrivaninha e fico olhando com desolação para meu bloco de desenhos fechado.

Pelo menos, não estraguei tudo com Ari, apesar de todas as minhas oportunidades. Porque, se eu tivesse conseguido contar para ela o que sinto, garanto que teria sido desastroso, como todo o resto. Está bem claro que eu não posso estar apaixonado por uma garota sem pagar um mico danado. Pelo menos, assim, eu não estraguei a nossa amizade.

Isso é bom.

Ótimo, na verdade.

E se eu pudesse só me convencer disso, talvez parasse de ter essa sensação sufocante de desesperança. Talvez parasse de sentir que estraguei tudo.

Estou até curtindo a minha fossa, pensando na possibilidade de ficar nesse pântano de autopiedade até ter gangrena, quando ouço uma batida na porta do meu quarto.

— Entra — digo sem muito ânimo.

— Jude!

Olho para cima e levo um susto de ver Pru correndo escada abaixo com um vestido turquesa que vai até os joelhos. Sob um braço está seu amado planner, e parte de mim se pergunta se ela pretende levá-lo ao baile.

— Nós precisamos pensar no controle de danos — diz, sentando-se na beira da minha cama e abrindo o planner.

— Você está bonita, mana. Não vai sair daqui a pouco?

— Quint está vindo. Não se distraia. O Dia da Loja de Discos foi um fracasso de lucros, mas o lado bom foi que ganhamos uma boa atenção da imprensa. Se pudermos divulgar nossas promoções futuras quando entrarmos na temporada turística, talvez tenhamos alguma chance.

Tento sorrir para Pru, mas é um sorriso fraco. Não tenho coragem de contar para ela que sou a última pessoa de quem quer ajuda. Eu só vou estragar tudo em que tocar.

— Pru, a gente pode falar disso amanhã? Estou cansado e você tem um baile pra ir.

Ela me olha com irritação.

— *Não*. Nós temos que botar alguma coisa nas redes da Ari imediatamente. O disco foi uma ideia ótima e sei que as pessoas ficaram decepcionadas com o arranhão, mas acho que ainda podemos virar essa situação a nosso favor.

Minha boca abre um sorrisinho.

— Virar. Boa.

Ela me olha de um jeito que me faz perceber que não estava tentando fazer um trocadilho com o disco. Pru balança a cabeça, irritada.

— Nós vamos explicar que houve um erro no processo de produção, que mandaremos corrigir. Podemos começar a aceitar encomendas da próxima leva. Acho que Ari ainda pode fazer isso junto com a Ventures, pra vender pelo site da loja, pra podermos dividir...

— *Pru*.

Ela ergue o olhar das anotações.

— Amanhã. Por favor — digo.

Pru abre a boca. Hesita. Observa-me por um momento longo e incômodo. Um daqueles momentos de telepatia gêmea que me fazem sentir um bichinho no microscópio.

— Me conta o que está acontecendo com você.

— O quê? Não tem nada acontecendo comigo.

— É a Maya?

Eu hesito.

— É. Acho que sim — respondo.

Pru prende a caneta nos papéis e fecha o fichário. Coloca-o no colo e me encara.

— Mentiroso.

Eu dou uma risada debochada.

— Você não lê mentes, Pru.

— *Por favor*. Você acredita na conexão psíquica de gêmeos tanto quanto eu.

Eu queria poder discutir a respeito dessa declaração, mas não posso. Nunca vou me esquecer da vez em que torci o tornozelo no parquinho, quando era criança, e Pru, que estava ajudando uma professora a limpar os quadros brancos, chegou até antes de mim à enfermaria. A enfermeira perguntou se ela tinha visto pela janela, mas Pru fez que não e respondeu que apenas... *sabia*.

Às vezes, ter uma irmã gêmea é bizarro.

— E aí? — insiste Pru.

— E aí o quê?

Suspirando, Pru cruza os braços sobre o peito.

— Sei que você está tão preocupado com a loja quanto eu. Sei que você quer ajudar. Então, por que está me olhando como se tivesse coisas melhores pra pensar agora, quando a única coisa em que você precisa estar pensando é no trabalho de ponto extra sobre *O grande Gatsby*?

Olho para ela de cara feia.

— Eu tenho outras coisas em que pensar. E, pra sua informação, eu tentei ajudar na loja e não deu certo, então, quer saber? Eu desisto. Está com você agora. Boa sorte.

Ela parece cem por cento enojada quando coloca o fichário de lado.

— Eu entendo — diz. — Os discos estarem danificados é uma grande decepção. Mas você não pode simplesmente desistir.

— Eu gosto quando você me diz que eu não posso fazer alguma coisa. Me dá vontade de me esforçar mais.

Pru me fuzila com o olhar, sem achar graça.

— Os discos arranhados não foram culpa sua.

Apoio o cotovelo na mesa e massageio a testa.

— Pru. Sério. Vai para o baile. Se diverte. A gente fala sobre isso depois.

Escuto-a batucando com os dedos na capa do fichário. Imagino que consigo ouvir as engrenagens no cérebro dela, girando, girando.

E aí...

— Você podia ir com a gente, sabe.

Lanço um olhar irritado para ela.

— Ah, tá.

— Estou falando sério. Você, eu, Quint, Ezra... Ari. Vai ser divertido.

Eu faço que não.

— Pra mim não rola.

— Aham. — Ela mastiga a tampa da caneta. — Deve ter sido uma trabalheira danada encomendar aqueles discos. Você cuidou não só da lista de reprodução, mas da arte também. E ainda passou aquele tempo todo editando o vídeo da música. Aposto que você queria muito que fosse... especial.

Alarmes disparam na minha cabeça.

— Aonde você quer chegar?

Ela não responde. Só espera.

Eu contraio a mandíbula e afasto o olhar.

— Jude — diz Pru. Tão delicadamente que faço uma careta.

— O que você quer que eu diga? — rebato.

Mais silêncio.

E aí...

— Santo ravioli — sussurra ela. — *Sério?*

— Sério o quê? — respondo com rispidez.

— *Jude!* — Pru fala mais alto, quase grita. — *Ari?* Você está de brincadeira agora?

Olho para ela, irritado, e considero negar. Mas... de que adianta?

Então apenas aponto para ela.

— Se você disser qualquer coisa pra ela, vou botar a maldição do show da Broadway do Homem-Aranha em você, eu juro.

— Espera — diz ela, levantando as mãos. — Você e Ari estão...?

Ela balança as sobrancelhas de forma sugestiva.

— Não. *Não.* Não existe "eu e Ari". Ela vai ao baile com o Ezra.

O rosto da Pru desmorona.

— Ah, é.

— É. *Esse* detalhezinho. Eu sou só o otário que percebeu que poderia estar apaixonado pela melhor amiga um pouco tarde demais.

Pru ofega e coloca a mão em cima da boca.

Eu me encolho. Não tinha a intenção de dizer *essas* palavras.

— Isso não foi... Eu não pretendia...

— Não é possível! Desde quando?

Solto um gemido e me levanto da cadeira.

— Não sei — digo, começando a andar de um lado para o outro. — Acho que talvez há muito tempo? Mas eu era tão a fim da Maya, né?

Ela assente e se inclina para a frente.

— Indiscutível. Continue.

— Acho que eu tinha me convencido de que a Maya era a única garota por quem eu poderia ter esses sentimentos, e não prestei atenção a nada, e assim que percebi que a Maya não era certa pra mim... — Eu paro de andar, as mãos abertas. — É tipo... era tão óbvio. Era Ari o tempo todo e eu não... eu não consegui...

— Uau — sussurra Pru. — Eu sempre me perguntei, mas... com o seu crush pela Maya, achei que talvez estivesse imaginando coisas.

— Você percebeu?

— Mais ou menos. Você e a Ari sempre pareceram ter algo especial. — Ela pensa um momento antes de prosseguir: — Você fica diferente perto dela. Mais relaxado do que com as outras pessoas. E Ari nunca me disse nada, talvez porque você é meu irmão, mas juro, às vezes pelo jeito como ela olha pra você...

Meu coração salta.

— Como assim, o jeito como ela olha pra mim?

— Como se você fosse... Sei lá. Isso é meio brega, mas é como se você fosse um príncipe montado num cavalo branco, algo assim. Sabe a primeira vez em que ela cantou "Chuvarada" na noite do microfone aberto? Ou quando você pegou os discos hoje? Eu quase vi corações nos olhos dela. Além do mais, tem... você sabe. Todas aquelas músicas que ela compôs.

Minha pulsação acelera.

— O que tem as músicas?

— Bom, isso eu não *sei*, mas já me perguntei algumas vezes. Tantas letras sobre amor não correspondido e que o cara sempre parece estar a fim de outra pessoa. — Ela dá de ombros. — Talvez Ari estivesse pensando em você.

Minha cabeça gira. Eu já pensei nisso antes. Já me perguntei antes. Mas ouvir outra pessoa dizer que é uma possibilidade... ouvir *Pru* dizer que é uma possibilidade. A prática e objetiva Pru, que conhece Ari melhor do que qualquer pessoa.

Isso me faz refletir. Isso me faz ter *esperanças*.

Pru inclina a cabeça.

— E aí... você vai contar pra ela?

— Eu tentei — digo, desabando na cama ao lado dela. — Mas não consigo. Eu não sou como você, Pru.

Ela puxa um joelho para cima da coberta para poder se virar para mim.

— Como assim, não é como *eu*?

Faço um gesto na direção dela. Vestido arrumado, batom berrante, um fichário cheio de grandes ideias que ela não só compartilha com as pessoas como as *obriga* a reparar.

— Sem medo de correr riscos. Sem medo de se jogar no mundo, de ir atrás de uma coisa quando você a quer. Mas eu? Eu fico feliz de estar nos bastidores. Onde ninguém te observa e critica e, claro, ninguém te rejeita. — Eu inspiro tremendo, fecho a boca e engulo em seco. — Maya não podia me rejeitar porque eu não ia dar a ela essa opção. E com Ari é mil vezes pior... porque eu quero mil vezes mais.

Pru me observa por um longo momento, absorvendo tudo. Finalmente, ela diz:

— Mas você não disse que tentou? Contar o que sente?

— É. Tipo. Mais ou menos. Mas, não importa o que eu faça, as coisas vão ficar confusas e vou acabar estragando tudo. Se fosse um mês atrás, talvez... Mas agora tudo em que toco vira bosta de goblin, e não posso correr esse risco. Não com a Ari.

— Como assim? Como as coisas eram diferentes um mês atrás?

— Eu tinha *sorte* naquela época. — Vendo a expressão cética de Pru, balanço a mão pelo ar. — Sei como isso vai parecer, mas... acho que estou amaldiçoado, Pru. A Maldição de Lundyn Toune.

Ela me olha com tanta atenção que acho que está tentando usar os poderes psíquicos de gêmea de novo. Mas acaba só dizendo:

— O disco do Wings?

Eu suspiro.

— Não. Não exatamente. Tem um templo na nossa campanha. O Templo de Lundyn Toune. É amaldiçoado, e se alguém tenta quebrar o feitiço, mas não é digno, também fica amaldiçoado. E... — Reviro os olhos para o teto. — Acho que estou amaldiçoado. No começo, tinha um monte de coisas boas acontecendo comigo. Tipo os ingressos para o show e os jogos de moeda na aula. Lembra? Eu estava invencível. Mas perdi meu dado da sorte, e depois disso... tudo se virou contra mim. E agora, parece que nunca mais vou ter sorte com nada.

— Então... espera aí — diz Pru. — Que dado da sorte?

— Você sabe, aquele que eu achei na loja. Na noite do microfone aberto. A mesma noite em que encontramos o autógrafo do Paul McCartney.

— Certo — diz Pru. — Então o dado é de um templo imaginário batizado em homenagem a um disco do Wings, e ele te amaldiçoou.

— Olha, eu sei como parece — digo, olhando para ela com advertência. — Mas você precisa admitir, houve muitas coincidências bizarras ultimamente e...

— Não, não, eu entendo — diz Pru, me olhando com sinceridade. — Um disco do McCartney. Intervenções bizarras do universo. Uma sorte aleatória que vira azar aleatório. Estou te acompanhando.

Faço um ruído debochado.

— Não sei nem se *eu* estou me acompanhando.

Ela abre um sorriso suave.

— Bom, eu estou.

A porta do meu quarto se abre de leve no alto da escada e Ellie grita:

— Pru! Quint chegou!

— Já vou! — grita ela em resposta.

Eu me sento e remexo os ombros.

— Vai lá. Eu estou bem. De verdade.

Ela faz que não.

— Me conta mais sobre esse templo — diz.

— Pru. Seu par está te esperando.

— Ele está ótimo. Maldição. Templo. Anda logo.

Jogo as mãos para cima.

— Eu não sei. É um... templo. Em ruínas. No meio do nada. E tem uma estátua, e se a estátua decidir que você é digno da bênção dela, você ganha um bônus de cinco em todas as rolagens de habilidade até o fim da campanha.

Pru franze a testa e eu balanço a mão na direção dela.

— Sorte — esclareço. — Ela te dá sorte à beça. Mas, se for considerado indigno, você é amaldiçoado.

— Como ela decide se alguém é digno?

Dou uma risada sardônica.

— Essa é a parte irônica. Não é decisão *dela*.

Eu fiquei tão orgulhoso disso quando elaborei a ideia, meses atrás, quando estava decidindo as regras da campanha. A mecânica tinha se perdido um pouco no meio do meu convite para o baile e a rejeição subsequente de Maya, e nunca tive oportunidade de explicar para o grupo, apesar do quanto me senti inteligente.

—Tem uma pedra, sabe? O Diamante Escarlate. E todo mundo acha que ele é a chave pra desbloquear a magia do templo. Mas, na verdade, o jeito de conseguir a bênção do templo é destruindo a pedra, porque isso mostra à donzela que você não *precisa* de magia. Você se aceita exatamente como é. Então... ao destruir a pedra, você prova que é digno. E assim...

Pru conclui por mim.

— Assim você ganha a magia.

— Basicamente isso. — Eu olho para a escada. — Quint não vai...

— Ele está bem — diz ela de novo. — Já deve estar jogando *Mario Kart* com a Penny. Mas escuta o que você está dizendo por um segundo, Jude. Ou... me escuta repetindo o que você disse. — Pru levanta os dois indicadores, como se isso fosse me ajudar a me concentrar na coisa muito importante que ela vai dizer. — Você não precisa da magia — diz, enunciando cada palavra. — Você se basta, exatamente como é.

— Ah, Deus — murmuro. — Eu não queria transformar isso em uma sessão de terapia.

— Bom, *é* uma sessão de terapia, de nada — diz ela com firmeza. — Olha só, Jude. É você que está tentando me convencer de que você foi amaldiçoado por um templo fictício. Enquanto ao mesmo tempo acabou de explicar como uma pessoa quebra a maldição. — Pru estica a mão para o meu ombro e me sacode. — Ao acreditar que você... é... digno. Sem magia. Que se danem as bênçãos e que se dane a maldição. Jude, se você acha mesmo que todas essas coincidências estranhas são por causa dessa coisa, parece que você tem algo a provar. Não pra nenhuma maldição nem nenhum templo, mas pra você mesmo.

Espero que ela acabe de falar.

— Ótimo discurso — digo secamente. — Estou tão inspirado. Obrigado, Prudence. Você resolveu todos os meus problemas. Agora vai curtir sua noite sabendo que consertou minha vida.

A cara que ela faz nessa hora. *Ah*, essa cara. Às vezes acho que a minha irmã gêmea poderia ser a chefona em um dos meus calabouços.

Eu me afasto devagar.

— Já chega — diz Pru, se levantando. — Você vem hoje.

Olho para ela de boca aberta.

— Quê?

— Você vem. Coloca uma camisa diferente. Algo que tenha colarinho.

Olho para a minha camiseta da Ventures Vinyl. E para a minha irmã.

— Quê?

Ela aponta para o meu armário.

— Se troca. A gente já vai sair.

— Eu não vou ao baile.

— Vai. Vai, sim.

— *Por quê?*

— Porque você está apaixonado pela Ari e precisa contar pra ela!

Eu olho para ela boquiaberto.

Pru apoia as mãos nos quadris, determinada.

O silêncio é denso. Denso como lodo mutagênico.

Há uma batida na minha porta e, um segundo depois, Quint desce a escada usando um smoking.

— Ei — diz ele, parando no pé da escada e percebendo a tensão densa entre mim e Pru. — O que está rolando?

Pru se empertiga toda e cruza os braços sobre o peito.

— Jude está...

— Não se atreva — digo.

Ela hesita, a expressão fechada.

Quint olha de um para o outro, e sinto que ele está desejando ter ficado lá em cima.

Pru solta o ar com força pelas narinas, mas uma luz surge no olhar dela antes de se virar para Quint.

— Imagine o seguinte. Você está loucamente apaixonado por uma garota que não tem ideia do que você sente por ela.

Engulo um gemido, mas Quint só assente e diz:

— É, eu me lembro dessa época.

Pru faz uma pausa, impactada por um momento. Ela até começa a corar e, diferentemente de *mim*, Pru não é do tipo que fica vermelha.

— Tem crianças na sala — murmuro.

Pru dispensa o comentário.

— E você precisa provar *de alguma forma* que é digno dela.

— Não — interrompo. — Não digno *dela*. Digno de... — Eu sacudo as mãos pelo ar. — Qualquer coisa. Tudo.

— A magia — esclarece Pru, estalando os dedos e apontando para mim. — Certo?

— Não existe magia — declaro com firmeza, ao contrário de tudo que sinto há séculos.

— Discordo. Existe magia sim — diz Pru, e é a coisa menos a cara dela que já a ouvi dizer. Ela se vira para Quint. — E aí? Como você faz?

— Como eu provo que sou digno de... magia? — diz ele, se esforçando para acompanhar a conversa. — Ou do amor?

Sinceramente, acho que estamos todos com dificuldade de seguir a conversa a essa altura. Eu estou. E *você*? Está acompanhando bem? Perguntando-se sobre todas aquelas coisas que prometi lá no comecinho, tipo as grandes aventuras e as missões épicas e um amor que inspirou a música de bardos?

Fica comigo. Vamos chegar lá.

— Sim, claro — diz Pru. — Qualquer um. Os dois.

Tenho que dizer que Quint parece pensar na pergunta de verdade.

— Bom — diz ele devagar. — Eu... acho que corro o risco. Conto pra ela o que sinto. Ou mostro de alguma forma.

Abro a boca para dizer aos dois que sim, obviamente eu já *tentei* isso, mas algo me segura.

A magia nunca esteve do meu lado desde que me dei conta do que sinto por Ari. Eu já tinha perdido o dado.

— E por quem o Jude está apaixonado? — pergunta Quint. — Nós não estamos falando da Maya, estamos?

Pru ignora a pergunta. Sinto-a me observando, mas demoro muito tempo para ousar erguer meu olhar.

— Jude? — diz Pru. Tem uma pergunta no olhar dela. — Nas sábias palavras de Sir Paul McCartney... você a encontrou. Agora *vá conquistá-la*.

Faço uma careta, pego meu travesseiro e jogo nela com o máximo de força que consigo, mas Pru o pega com facilidade, rindo.

— Não acredito que você citou "Hey Jude" pra mim — protesto.

— Qual é — diz Pru. — Estou esperando há *anos* pra usar esse verso. — Ela joga o travesseiro na cama e pega o planner. — E aí? Você vem ou não?

Quero insistir que é tarde demais. Eu já tentei. Eu já falhei. Estou destinado a uma vida de solidão e tristeza.

Mas sei, lá no fundo, que isso é desculpa. Meu coração, tentando desesperadamente se proteger.

Meu modus operandi. Autopreservação a qualquer custo.

Mas, por mais que odeie admitir... Pru talvez tenha razão.

E Sir Paul também. Acho.

— Sim — digo. — Eu vou.

CAPÍTULO QUARENTA E UM

— O que vocês acham? — digo, saindo para a sala.

Estão todos aqui. Meus pais. Minhas quatro irmãs. Quint.

E as expressões deles são... variadas.

Pru ergue uma sobrancelha intrigada. Lucy parece horrorizada. Ellie bate palmas e grita:

— Você é um pirata!

Olho para a minha roupa. Calça preta e a camisa de linho larga que usei na Feira Medieval dois verões atrás. Decidi deixar a capa de lado. Assim como o cinto largo de couro com algibeiras de veludo. E a espada. Então acho que fui bem comedido até.

— Eu falei pra você botar uma camisa com colarinho — diz Pru.

— Essa tem colarinho. — Eu puxo o colarinho largo para provar.

— Gostei — diz Penny. — Está parecendo o príncipe Eric.

Olho para Pru. *Viu só?*

— Ei, a maldição é sua — diz ela, se levantando. — Vamos nessa.

— Tem outra coisa — digo. — Eu preciso fazer uma parada rápida.

Estou enjoado e nervoso quando Quint para na frente da casa de Maya e desço do banco de trás.

— Podem esperar aqui — digo. — Não deve demorar.

Quando saio andando, ouço Quint sussurrar:

— Então... ele está ou não está apaixonado pela Maya?

As palmas das minhas mãos estão suando quando me aproximo da entrada. Meus dedos tremem quando toco a campainha.

De dentro, ouço passos apressados e a voz da Maya:

— Já vou!

Ela está radiante quando abre a porta. Mas o sorriso fica rígido e some quando me vê.

— *Jude?*

— Oi — digo, olhando para ela.

Ela está pronta para o baile com um vestido violeta, uma faixa de flores brancas prendendo uma auréola de cachos pretos densos longe do rosto. Tem purpurina nos lábios e nas pálpebras, brilhinhos nos ombros.

— Uau. Você está linda.

Ela está linda. Deslumbrante, na verdade.

E também... cada vez mais horrorizada.

— O que você está fazendo aqui? — pergunta, um tom de incerteza na voz.

Eu franzo a testa, confuso. Mas logo entendo: ela acha que vim fazer uma cena. Sei lá, pra declarar uma obsessão amorosa e suplicar para ela não ir ao baile com Noah ou... algo assim.

Arregalo os olhos enquanto as pontas das minhas orelhas ficam quentes.

— Eu não vim por você — digo. — Não estou... Isso não é... Eu vim pelo meu dado.

Ela abre os lábios de surpresa.

— Seu... dado?

— É. O que você disse que encontrou no festival.

— É — diz Maya devagar. —Também disse que levaria pra escola na semana que vem.

— Eu sei. Mas preciso dele antes. Agora. Se possível. — Hesito, antes de acrescentar, com um sorriso fraco: — Por favor.

Outro carro para na entrada da garagem. Olho por cima do ombro e vejo Noah saindo do banco do motorista. Nossos olhares se encontram, o delu confuso.

— Jude?

— Noah! Oi. Você está... elegante. — Eu nunca vi Noah com roupa arrumada, mas elu caprichou com uma calça risca de giz e suspensórios por cima de uma camisa branca e presilhas cravejadas de pedras tentando domar o cabelo espetado. Cabelo que agora percebo que é exatamente da mesma cor do vestido de Maya.

Awwwn. Combinando. E penso: *Ari adoraria isso.*

— E você parece prestes a cantar celeumas em alto-mar — diz Noah, parecendo achar graça. Até que, de repente, uma sombra surge em seu rosto. — Espera. Você veio... ah. Ah, Deus. — Elu se segura na mureta. —Você não superou a Maya.

— O quê?

— Eu sou uma péssima amizade. Droga. — Noah aperta a mão nos olhos. — Eu devia ter falado com você. Não devia ter feito isso. É que achei...

— Não! Não, não, não. Sério. Isso não é o que parece — digo, as mãos esticadas. — Estou muito feliz por vocês. Não pretendia atrapalhar sua noite.

— Ele veio pegar um dado — diz Maya. — Evidentemente, isso não podia esperar.

Eu faço uma careta.

— Sei que parece besteira, mas... não é. Não pra mim.

Maya está irritada, mas diz:

—Tudo bem, vou buscar.

— Obrigado.

Ela desaparece dentro da casa.

Noah repara em Pru e Quint no carro e acena antes de se virar para mim com insegurança.

— Tem certeza de que você está de boas com isso? Porque eu gosto muito da Maya, mas também valorizo nossa amizade, e se você não...

— Noah, por favor. — Abro um sorriso, tentando parecer tranquilizador. — Está mais do que tudo bem. Juro. Eu só vim mesmo pegar o dado.

Noah se balança nos calcanhares, não parecendo acreditar completamente.

— O vermelho bacana?

— É. Eu achei que tinha perdido um tempo atrás, mas a Maya o achou. — Eu coço a nuca. — Na verdade... se você quer saber... aquele dado meio que me deu coragem de chamar Maya pra sair, e agora espero que possa me ajudar a chamar outra garota pra sair. Uma pessoa muito especial pra mim. Uma pessoa que eu devia ter chamado pra sair muito tempo atrás.

— Espera aí, *como é que é?* — Maya aparece na porta de novo e ali, *bem ali*, na mão dela... a coisa mais deslumbrante que eu já vi.

A esperança cresce dentro de mim quando Maya coloca o dado na minha mão aberta. Parece idêntico. O peso surpreendente. Os ângulos. O calor estranho.

— Meus pais querem tirar fotos nossas — diz Maya para Noah antes de se virar para mim. — Mas, primeiro, quem você vai chamar pra sair? E o que o dado tem a ver?

Faço uma careta. Não era para ela ouvir aquilo.

— É uma longa história.

Maya cruza os braços e se encosta na moldura da porta.

— Hã. Tudo bem. — Inspiro. — Sei que parece inacreditável, mas eu meio que acho que o dado pode ser... mágico.

Eles me encaram.

— Na verdade, talvez seja mais como um... um placebo mágico? — digo, porque isso não parece tão louco.

A confusão deles não passa.

— A questão é que, depois que achei esse dado, tive muita sorte. Tudo que tentei deu certo pra mim. Mas, assim que o perdi... tudo virou um inferno. Mas agora que tenho o dado de novo, posso usá-lo pra... pra chamar a Ari pra sair. — Faço uma pausa. — Acho que a história não era tão comprida assim, afinal.

Maya se empertiga e sua expressão se ilumina.

— Eu sabia! Sabia que você tinha uma quedinha por ela! Era tão óbvio, e eu não entendia por que você achava que gostava de *mim*!

— Também acho que eu poderia ter percebido antes.

— Isso é ótimo — diz Maya. — Você vai à casa dela?

— Não. Ao baile, na verdade. Ari foi com Ezra hoje.

— *Ah* — diz Noah. — É por isso que você está vestido assim. Isso é uma missão. E você vai duelar pela mão dela! — Elu puxa os suspensórios. — É meio machista, mas até que eu curto.

— Eu não vou duelar pela mão dela — falo. — Só quero dizer a Ari o que sinto e descobrir se ela por acaso sente a mesma coisa.

Maya sorri.

— Mas Noah tem razão. É tipo uma missão. Você tem um feitiço mágico e precisa encontrar a donzela... Jude! — Ela dá um soco no meu braço. — Isso é tão romântico!

— Obrigado?

— Então — acrescenta ela —, como podemos ajudar, mestre do jogo?

Dou uma risada, mas ela parece sincera, e Noah está com uma expressão igualmente séria quando segura o braço de Maya.

— O que você precisar, estaremos do seu lado.

— Depois que meus pais tirarem fotos — diz Maya.

Noah aponta com o polegar na direção dela.

— Depois disso.

CAPÍTULO QUARENTA E DOIS

*N*estas *páginas sagradas está escrita a épica história do grande mago Jude. É a história de um herói que enfrentou probabilidades impossíveis e venceu magia sombria (e inseguranças mais sombrias ainda) quando partiu em sua brava missão de conquistar o amor da barda mais bela da região...*

Enquanto o baile do último ano acontece em um clube de golfe, o do segundo ano, com orçamento bem menor, se dá no ginásio da escola. Quint encontra uma vaga e saímos para a noite quente de verão, o ar com cheiro de maresia e jasmim. Paro na frente do ginásio e olho para ele, olho de verdade. E na fachada escura eu vejo, pela primeira vez, não uma câmara de tortura indescritível disfarçada como um portal para a aula de educação física.

Eu vejo... ruínas de um templo, escondidas em uma floresta esquecida. Perdidas para qualquer mapa. O local de descanso final de incontáveis exploradores.

Minha última fronteira. Minha jornada do herói. Minha missão épica.

Ela está lá dentro. Meu destino está lá dentro. Eu sou digno? De amor? De aventura? De um final feliz?

Sou digno da magia de Lundyn Toune?

— Jude? O que você está fazendo?

Levo um susto. Pru e Quint já estão na porta, olhando para mim.

— Desculpa — digo, me apressando para me juntar a eles.

Compramos um ingresso para mim na mesa no corredor e entramos no ginásio.

Eu gostaria de dizer que foi transformado em um palácio maravilhoso e encantador, mas... ainda é só o ginásio, embora tenha decorações de papel crepom, toalhas de mesa de tecido e uma bola de discoteca.

Uma DJ se instalou embaixo de uma das cestas de basquete, e há muita gente pulando na quadra... quer dizer, pista de dança.

Maya e Noah nos encontram na entrada, e quase na mesma hora vemos Serena e Raul de pé perto de uma mesa, junto com César e Matt, o que me surpreende. Eu não sabia que os dois vinham. Eu me pego procurando Russell e Kyle, mas lembro que são do primeiro ano.

Empertigo os ombros e me aproximo da mesa cheia de copos de plástico e confete.

César me vê primeiro e arregala os olhos quando vê minha camisa de pirata. Ele sorri e abre os braços.

— Mestre! Você nos agracia com sua presença!

Todo mundo se vira para mim, e sinto uma onda de cumprimentos simpáticos na ponta da língua de todos, mas levanto a mão para impedi-los.

— Aventureiros — digo com minha melhor voz de comando —, preciso da ajuda de vocês.

Todos ficam paralisados. Há um longo momento em que somos cercados pela batida do baixo e pelo movimento de luzes vermelhas e roxas, e eu penso: *O que estou fazendo?*

E então Maya para ao meu lado, os braços cruzados.

— Nós estamos aqui em uma missão para encontrar e conquistar o verdadeiro amor de Jude.

Olho para ela com nervosismo.

— Eu não usei essas *exatas* palavras...

Ela dá de ombros para mim.

— Eu inferi — rebate.

— Tem realmente uma coisa meio *Princesa prometida* épica acontecendo aqui — diz Noah, já se balançando no ritmo da música.

César vira a bebida.

— Eu só vim pela breja, mas... se você precisar matar uns goblins, eu sou o cara pra isso.

— Como senti falta disso! — diz Matt. Ele levanta os braços e flexiona os bíceps. — Brawndo aceita sua missão. Vamos pilhar!

Serena olha para Raul.

— O que está acontecendo?

— Tudo bem, e agora? — pergunta Pru quando ela e Quint se aproximam de nós.

Olho em volta e procuro na multidão. Está meio escuro e o ginásio é grande e está lotado.

— Cadê a Ari?

— Quem é Ari? — pergunta Serena.

— Aquela sua amiga cantora? — pergunta César, me fazendo lembrar de que a maioria dessas pessoas só conhecem Ari de vista, no máximo.

— E o EZ? — continuo.

Ao ouvir isso, todo mundo olha em volta.

— Ele estava lá nas bebidas... — diz Serena. — Mas já tem um tempo.

— EZ Kent? — pergunta Raul. — Será que está dançando?

Todos olhamos para a pista de dança, mas tem muita gente. Uma multidão vibrante e giratória. Eu me encolho de nervosismo só de pensar em Ari no meio daquelas pessoas. Ari com Ezra. Ari com qualquer um que não seja eu.

Engulo em seco e digo alto:

— Eu preciso falar com a Ari.

Serena pergunta de novo:

— Quem é Ari?

— A menina que veio com o Ezra — diz Pru.

Serena franze a testa, como se a ideia de Ezra Kent ter vindo com uma menina fosse surpreendente para ela.

Meu olhar pousa no palco, onde está a DJ. Meu coração treme, mas enfio a mão no bolso e pego o D20. Reúno coragem e aponto.

— Eu preciso subir naquele palco.

Todos seguem meu olhar.

Maya se vira para mim primeiro. Incerta, mas também... impressionada.

— Vai lá e manda ver, Jude — diz ela. — Anda.

E é assim que sou puxado através da multidão agitada. Estou cercado pelos meus aventureiros. Guerreiros e ladinos e feiticeiros me cercando por todos os lados, me protegendo. Me defendendo do poço tumultuoso de carne humana.

Me defendendo de...

Goblins.

— Maya! Jude! Espera, vocês estão juntos? — grita Katie.

Maya e eu ficamos imóveis, o que faz o grupo todo parar. Katie nos olha com desprezo. Janine está por perto, os braços de Tobey em volta da sua cintura enquanto se esfrega nela.

Por que sempre tem goblins?

— Isso é uma camisa de *pirata*? — diz Janine, com muito mais mordacidade do que Ellie. — Ahoy, marujo.

Katie ri.

— Vocês dois são uns fofos. Candidatos ao prêmio de casal mais fofo, sem dúvida.

Maya abre um sorriso fraco, segura o braço de Noah e puxa elu para mais perto.

— Na verdade, meu par está aqui. Noah. Noah, esses são meus... — Ela hesita.

Ela hesita por muito tempo.

Ela hesita por tanto tempo que a situação fica muito constrangedora.

Finalmente, Maya conclui:

— Colegas de turma.

Dou uma tossida:

— *Goblins*.

Maya cai na gargalhada. Katie parece irritada, Janine parece confusa, e Tobey parece não entender por que elas pararam de dançar.

— Se vocês nos derem licença — diz Maya, gritando para ser ouvida acima da música —, nós estamos em uma missão épica.

Ela segura meu braço e me arrasta até o palco.

— Nós vamos ficar de guarda — diz Maya, assentindo pra me dar força. — Estamos aqui do seu lado.

— Obrigado — digo, enquanto meu coração incha e quase me sufoca.

A DJ está atrás de uma mesa de som impressionante. Seus olhos estão fechados, ela tem fones gigantescos na cabeça e se balança com a música, perdida no seu mundo, e levo um longo momento para perceber...

— Trish?

Ela não responde. Só balança os braços no ar.

— Trish Roxby? — grito, mais alto desta vez.

Nenhuma reação ainda.

Subo no palco e cutuco o braço dela.

Trish leva um susto e tira os fones. Arregala os olhos.

— Jude! O que você está fazendo aqui? — grita, o sotaque do sul ainda mais evidente quando eleva a voz. — Não... espera, que pergunta burra. Você estuda aqui! Está se divertindo? É tão bom te ver! Ah, olha só, sua irmã também veio! — Ela acena para Pru atrás de mim.

— Trish, você viu a Ari?

Ela fixa o olhar em mim e balança a cabeça.

— Não, querido. Ela não estuda numa escola particular?

— Ela está aqui. Eu preciso encontrá-la.

— Tá? — diz ela, me olhando com uma pergunta nos olhos.

Engulo em seco. Indico o microfone.

— Posso...?

Ah, Deus.

— Você acha que eu poderia...?

Vou mesmo fazer isso?

— Será que...?

Trish olha para mim e para o microfone.

— Ah! — diz ela. — Claro, é todo seu!

Droga. Teria sido incrível se ela dissesse não.

Trish me entrega o microfone, abaixa a música e faz um sinal para eu ir em frente.

Meu estômago fica embrulhado quando pego o microfone com uma das mãos e me viro para a multidão. A dança parou. Ainda não disse nada, e as pessoas estão se virando para olhar com expressões curiosas e meio irritadas. Seus olhares percorrem meu traje nada convencional.

Limpo a garganta. Vasculho a multidão. Em busca de Ari. Ou Ezra. Mas não vejo nenhum dos dois.

— Oi — digo. Minha boca está seca, e minha voz falha. Estrangulo o microfone enquanto procuro. Cadê ela? — Hã...

Meu olhar pousa em Pru, que gesticula para que eu continue. Ao lado dela, Quint faz uma careta como se estivesse vendo a *Estrela da Morte* tomar Alderaan e não houvesse nada que ele pudesse fazer.

E há Maya, que está de braço dado com Noah. E Matt, que está fazendo sinal de positivo. E César, que coloca os dedos na boca e assovia.

Meus aventureiros. Que invadiriam qualquer castelo, entrariam em qualquer calabouço, enfrentariam qualquer horda de goblins. Pela primeira vez, eles não vieram pela história deles. Eles vieram pela *minha*.

Tiro o dado do bolso e passo o dedo pelas faces triangulares e familiares.

Sou um mago nível 12 e tenho magia nas mãos.

Por favor, que isso funcione.

Largo o dado e o escuto quicar no palco aos meus pés.

Animado, sigo em frente.

— Peço desculpas por interromper a música, mas estou procurando Ari. Você está aí, Ari? Sei que é esquisito, mas preciso muito falar com você.

As pessoas olham em volta. Primeiro para seus amigos e companheiros de dança, depois para o resto da multidão. Ari não estuda na nossa escola. Foi comigo e Pru no último luau da turma, mas não espero que muitas pessoas se lembrem dela por isso.

— Ari? — digo de novo.

Alguém no fundo grita:

— Ari não está interessada!

Eu me encolho.

A vergonha está tomando conta de mim. Meu rosto está pelando. Meu estômago está embrulhado.

Mas tenho uma missão e não vou falhar.

Sou um mago nível 12 enfrentando um salão cheio de goblins... mas não preciso enfeitiçá-los nem derrotá-los. Minha única preocupação é encontrar Ari.

Rolar teste de percepção. Rolar teste de persuasão. Vamos lá, dado, me ajuda aqui.

— Tem uma garota que veio aqui com outro cara — digo, minha voz ganhando força. — E eu sei que é uma coisa meio cretina tentar dar em cima do par de outra pessoa, mas essa garota... Ela é importante pra mim. E eu preciso dizer isso pra ela. Só preciso que ela saiba que eu faria qualquer coisa por ela. Até me humilharia na frente da minha turma inteira da escola só pra falar pra ela que ela é extraordinária de todas as formas e eu...

Eu ouvi meu nome?

— Eu... hã...

Sim. De novo.

— Jude!

Faço uma pausa e aperto os olhos para a multidão, cintilando embaixo da bola de discoteca. Acho que era...

— Jude, meu grude!

Eu o vejo nessa hora. Ezra Kent, abrindo caminho na direção do palco, balançando os braços loucamente.

— EZ — digo, engolindo em seco. — Olha, eu sei que isso é feio de várias formas, mas eu estou apaixonado pela...

— Ela não está aqui — grita EZ, parando na frente do palco.

Eu olho para ele.

— O quê?

— Ari não veio. Ela mudou de ideia. Ela me disse ontem que só quer ser minha amiga. Foi, tipo, a rejeição mais fofa de todos os tempos. — Ele ri e indica a garota ao lado dele. — Eu trouxe a Claudia para o baile.

Claudia, que já parece perplexa, se vira para ele, incrédula.

— Espera aí. Você me disse que estava tentando reunir coragem pra me convidar por um mês. Mas você convidou outra garota primeiro?

— Um mês, uma hora. Tanto fez, tanto faz — diz EZ. Seu sorriso se alarga. — Mas você é a garota que veio hoje, o que te torna a minha favorita.

Claudia solta um ruído de irritação e sai andando com um coral de *ooohs* dos nossos colegas. EZ dá de ombros para mim pedindo desculpas, grita "Torcendo por você, cara!", antes de sair correndo atrás dela.

Fico boquiaberto sem saber o que fazer.

Ari nem está aqui.

E eu estou... vestido de pirata.

Fazendo uma confissão de amor épica.

Em um palco.

Debaixo de uma bola de discoteca.

Na frente de quase todos os alunos do segundo ano da Fortuna Beach High.

Algumas pessoas sorriem para mim, como se o que fiz fosse uma coisa fofa e admirável. Outros dão risada. Mas a maioria está fazendo caretas... de quem está feliz por não ser eu.

E eu...

Não me importo.

Não me importo se eu for motivo de risada quando aparecer na escola semana que vem.

Não ligo se Tobey, Katie, Janine e todos os outros idiotas passarem o resto do ano letivo me atormentando pela minha tentativa pífia de fazer um gesto romântico grandioso.

Não ligo se eu for motivo de piada de agora até a formatura.

A única coisa que importa é estar aqui. No palco, debaixo dos holofotes, com o microfone na mão, declarando ao mundo que *eu sou digno*...

De amor. De atenção. De glória. De romance. De aventura. De magia.

Ainda assim... fiquei só na vontade.

— Boa tentativa, mané — grita alguém.

E outra voz:

— Bota música!

— Jude? — diz Trish. — Você está bem, querido?

Faço que sim e abro um sorriso tímido.

— Desculpa por isso tudo — digo. — Parece que as coisas não saíram como o planejado.

Ela pega o microfone da minha mão.

— Foi um esforço valoroso. Se eu fosse a Ari, acharia que tenho uma sorte danada.

Sorrio, mas não é de coração.

Trish coloca a música de novo quando desço do palco. Lembro-me do dado no último momento. Olho para trás, vejo-o ali, reluzindo inocentemente junto ao equipamento de som. No alto? Um triste e dourado número um.

Falha crítica.

A traição me atinge no estômago quando pego o dado e o enfio no bolso. Não olho para Maya, Pru, nem nenhum dos meus amigos. As pessoas se afastam para eu passar quando vou na direção da saída.

— Jude? — diz Pru, indo atrás de mim. — Você está bem? Nós podemos te levar até a casa da Ari. Nós podemos...

Eu me viro para ela.

— Não, Pru. Eu vou andando pra casa.

Pru franze a testa. Vou levar uma hora a pé.

— Nós podemos te levar...

Faço que não.

— Obrigado por tudo. Mas preciso de um tempo. Curtam o baile.

Cumprimento Quint com a cabeça, aceno para Maya e para os outros.

E vou.

CAPÍTULO QUARENTA E TRÊS

Não vou para casa. Não imediatamente. No começo, fico andando por aí. Mas deve ser mais fácil andar colina abaixo e, em Fortuna Beach, descer a colina normalmente leva ao mar, e foi assim que acabei parando no calçadão. E depois... na Ventures Vinyl.

Entro pela porta dos fundos usando o sistema de segurança numérico que minha mãe mandou instalar porque meu pai tem o mau hábito de esquecer a chave em casa. Sigo para a frente da loja. Por um segundo, fico parado na porta, olhando as sombras. Tem luz suficiente entrando pelas janelas para eu conseguir ver os picos e vales dos cestos e estantes, as mesas de mercadorias, os pôsteres emoldurados com vidro que reluz quando um carro passa lá fora.

Nunca estive aqui com a loja tão quieta. Sempre tem música tocando, e o barulho constante de trabalho e risadas e família e, nos melhores dias, Ari. Cantarolando baixinho, sempre.

Acendo o abajur do balcão e deixo as luzes do teto desligadas. Ainda está meio escuro, mas assim fica aconchegante e sereno.

E, ao lado do abajur, envolto no brilho dourado, está o disco de Ari.

Araceli, a Magnífica.

Nem quero tocar no disco com medo de explodir em chamas na minha mão.

Contorno o balcão. Passo pelas camisetas penduradas com o logo que eu desenhei. Pelos pôsteres de shows e *souvenirs* dos Beatles nas paredes. Pelo relógio vintage da Ventures com ponteiros parecendo pranchas de surfe.

Passo os dedos pelos discos nas cestas. Jazz. Blues. Alternativa.

Paro quando chego no fim do corredor e olho para o palco no canto. Para o microfone. Para os amplificadores e alto-falantes. O violão está em um suporte no canto, o violão que já foi meu durante o breve período em que fiz aulas, anos atrás. Meu pai o guardou e o deixa disponível na loja há anos, para o caso de algum cliente querer pegá-lo e tocar alguma música — uma ideia que simplesmente me apavora, mas você se surpreenderia com a quantidade de gente que faz isso. Ao menos uma vez por dia, algum estranho pega o violão, se senta naquele banco e toca uma música. Como se não fosse nada. Como se a pessoa não morresse de medo de ser julgada, ridicularizada, envergonhada.

Eu jamais conseguiria. Não com a loja aberta e com gente ali.

Se bem que... acho que o que fiz no baile foi cem vezes pior.

Subo no palco e pego o violão. Sento-me no banco e dedilho as cordas uma vez, segurando o braço. Meus dedos se curvam em um acorde de lá maior, um dos poucos de que me recordo. Dedilho de novo, tentando lembrar o que escrevi na história em quadrinhos.

— E assim termina a história do grande mago Jude — canto baixinho. — Sei lá o quê, sei lá o quê... gesto solidário. Glória ele conquistou, mas a garota ainda o elude, e em seu templo ele permanecerá... para sempre solitário.

Um último som ecoa na loja vazia até sumir.

Nada mau.

Quer dizer, é melhor do que uma música sobre água com gás.

Dedilho distraidamente algumas outras cordas... até ouvir um estalo, familiar e alto na loja silenciosa. Olho para baixo e vejo o dado rolar pelo palco e bater no suporte do violão antes de parar. Deve ter caído do meu bolso. Ou *pulado* do meu bolso. A coisa parece mesmo ter vontade própria.

Olho para os números dourados cintilantes, para o brilho vermelho que dança pelo palco.

Tem outro *um* reluzindo para mim.

Acho que ele não ficou impressionado com a minha apresentação.

Bom, quer saber?

Eu também não fiquei impressionado com a apresentação dele.

Desço do banco e coloco o violão no suporte antes de pegar o dado. Meu dado da sorte. Meu Diamante Escarlate.

Era para ele ter consertado tudo. Trazer a sorte de volta. Reinstalar a magia.

E falhou.

Não só falhou... O dado idiota me traiu.

Uma fúria ferve dentro de mim. Eu odeio essa coisa idiota. Odeio a sorte e odeio a maldição e estaria melhor se nunca o tivesse encontrado.

Eu poderia jogá-lo no mar!

Ou...

Ou poderia derretê-lo.

Bom. Se eu tivesse um forno de cerâmica. Ou um dragão.

Argh.

— Como eu me livro de você? — grito. Coloco o dado no centro do palco, olho em volta e procuro algo grande, pesado e poderoso.

Onde encontro uma porcaria de machado de batalha quando preciso?

Eu não tenho um machado de batalha, claro.

Pego o banco e o levanto acima da cabeça. Solto um grito furioso e gutural e balanço o banco...

Não. *Não*. Resista ao Lado Sombrio, Jude.

Consigo parar logo antes de o banco fazer contato, o que provavelmente também poupa o nosso palco. Solto um rosnado. Coloco o banco no chão. Olho ao redor. Ainda não sei de que o dado é feito, mas algo me diz que ganharia a luta contra um banco de madeira.

Desta vez, pego o dado e o suporte do microfone e levo ambos para a calçada da frente. Olho em volta, mas a rua está vazia, todas as lojas fechadas há um tempo. Vejo um par de faróis a alguns quarteirões, mas não me importo.

Estou determinado agora. Determinado a ir até o fim.

— Eu não preciso de você! — digo, colocando o dado na calçada. — Eu não quero você! — Pego o suporte do microfone. — Nem a sua magia! — Levanto-o acima da cabeça. — Nem a sua sorte idiota!

Solto um uivo de raiva e bato com o suporte, mirando a base pesada na pedra vermelha, cintilante...

A força do golpe reverbera pelos meus braços e me faz cambalear para trás até a parede da loja. Estou atordoado, sentindo como se meus braços fossem se desconectar dos meus ombros. Meus dentes vibram no crânio. Meus olhos piscam e se apertam, limpando o vermelho da minha visão.

Solto o ar, trêmulo, e pego o suporte do microfone. A base está torta agora, amassada na parte que se conecta com a haste.

E ali, na calçada... o dado. Destruído. Com pedaços de pedra ou vidro ou seja lá do que era feito espalhados pela calçada, os pontinhos dourados agora parecendo apagados na luz da rua.

Meus ombros murcham. Minha raiva se dissipa na hora.

Eu me sinto... ridículo. Parado ali, ofegando, enquanto o vento sacode meu cabelo e minha camisa de pirata.

E aí...

E.

Aí.

O carro que eu tinha visto antes para junto ao meio-fio e me ilumina com os faróis. Reconheço o ruído alto do motor momentos antes de ser desligado. Os faróis se apagam. A porta se abre.

— Jude? — diz Ari, saindo do banco do motorista. — O que você está fazendo?

Fico sem palavras quando ela fecha a porta do carro e anda na minha direção, puxando um suéter em volta dos ombros para se proteger do frio que vem do mar.

Só posso imaginar a aparência que tenho agora, com minha meia fantasia, minha expressão louca e o suporte de microfone quebrado junto a um dado de 20 lados estilhaçado.

Não sei como responder à pergunta dela, então faço outra:

— O que *você* está fazendo aqui?

Ari olha de mim para o suporte de microfone e para os pedaços de pedra vermelha quebrada. A expressão dela está curiosa e perplexa, mas ela só coloca uma mecha de cabelo atrás da orelha, passa por mim e entra na loja.

Eu a sigo, sentindo que estou andando por uma paisagem de sonhos de realidade virtual. Parece real, a *sensação* é real, mas algo fica cutucando meu cérebro, me dizendo que não *pode ser* real.

— Eu queria pegar alguns dos meus discos — diz Ari, abrindo uma das caixas que ficaram atrás do balcão. — Sei que você está planejando enviar de volta e mandar refazer, ou pedir seu dinheiro de volta, mas Abuela perguntou se podia mandar alguns pra nossa família no México. Mesmo com o arranhão, ela acha que vão ser itens de colecionador um dia. — Ari faz uma careta, como se achasse isso altamente questionável. — Por isso, pensei em vir buscar alguns antes que sejam devolvidos.

— Você não poderia vir de manhã? — pergunto. — Você não trabalha amanhã?

Ari abre a boca, fecha-a, franze a testa.

— É que... parecia importante vir hoje. — Ela ri de si mesma. — E o que você está fazendo aqui? Por que está vestido de pirata? E o que você tem contra o pobre suporte do microfone?

Eu engulo em seco e coloco o suporte de volta no palco. Ele se inclina precariamente para um lado, mas não cai. Abro os braços e olho para baixo.

— Era pra ser algo heroico. Penny disse que eu parecia um príncipe.

Ari sorri, mais do que uma mera provocação enquanto sigo pelo corredor principal entre cestos de discos.

— Essa Penny tem bom gosto — diz ela. — É pra alguma coisa de *D&D*?

— Não. Eu fui ao baile.

Ela arregala os olhos.

— Sério? Com quem?

— Ninguém. Quer dizer, com Pru e Quint. E umas pessoas do grupo de *D&D*.

É alívio o que vejo nos olhos dela? Estou imaginando?

— Foi divertido?

— Não — digo apressadamente. — Foi horrível.

Mas estou rindo quando falo, e Ari sorri também.

— Puxa, que pena. Então... — Ela olha ao redor, porque, claro, eu não respondi à pergunta dela. *Por que estou aqui?*

— Eu fui porque estava te procurando — falo, chegando ao fim do corredor. — Ao baile.

— Ah. — Ari se empertiga. — Eu não estava... Eu não fui.

— É. Eu descobri.

Ela olha para baixo e puxa distraidamente uma mecha de cabelo.

— EZ me pegou muito desprevenida no karaokê. Eu aceitei de cara porque tinha muita gente vendo e não queria que ele se sentisse mal. Mas depois que tive um tempo pra pensar... — Ari faz uma expressão culpada. — Eu gosto do EZ. Mas só como amigo. — Ela inclina a cabeça e me encara de novo. — Você poderia ter me mandado uma mensagem, sabe.

Cruzo os braços com nervosismo sobre o peito.

— Eu queria te ver. Pessoalmente.

— Tudo bem — diz ela. — Eu estou aqui. Aconteceu alguma coisa? — Ela começa a ficar com cara de desconfiada. — E por que você quis parecer "heroico" hoje?

Já me sinto constrangido de braços cruzados, então os descruzo, mas isso também é meio constrangedor. Apoio uma das mãos no cesto mais próximo, desejando que meu coração pare de pular no peito. Olho para baixo, tentando lembrar todas as coisas inteligentes e românticas que falei no baile, quando achei que Ari estava lá.

Meu olhar pousa no álbum ao lado da minha mão e todas as palavras evaporam do meu cérebro.

Um disco do Elvis. O título? *I Got Lucky*, ou "Eu tive sorte".

Engulo em seco e olho pelo corredor para o outro lado. Outro disco chama minha atenção, bem na frente da cesta.

É *Lucky Town*, "Cidade da sorte", do Bruce Springsteen.

E, no balcão atrás de Ari... Ronnie Wood, *Mr. Luck*. "Senhor Sorte."

Com o coração disparado, meu olhar se desvia para as artes de discos expostas nas paredes. *Good Luck With Whatever*, ou "Boa sorte com qualquer coisa", de Dawes. E, do outro lado da loja... *Luck or Magic*, "Sorte ou magia", de Britta Phillips.

Fecho os olhos com força e massageio a ponte do nariz. *Não*. Chega de sorte, boa ou ruim. Chega de magia. Eu não preciso e não quero. Sou digno sem isso.

— Jude? — pergunta Ari. — Você está se sentindo bem?

Olho para a frente. Ela deu um passo na minha direção.

— A questão é a seguinte — digo com voz tensa. — A vida é uma aventura, né?

Ela hesita.

— Eu... acho que é?

— A sua vai ser, pelo menos. Você vai fazer músicas incríveis. Vai ter gente se estapeando pra trabalhar com você e pra gravar suas canções. Isso é só o começo.

Ari parece assustada, mesmo que um vestígio de sorriso satisfeito surja nos lábios dela.

— Obrigada?

— E eu vou me candidatar à escola de artes. Não sei se vou entrar, mas vou tentar. E talvez um dia eu faça quadrinhos ou ilustre capas de discos ou... sei lá. Faça pôsteres de shows ou ilustre livros de fantasia. E isso tudo vai ser bem legal.

Ela assente devagar.

— Tá...

— E ultimamente percebi que eu... que eu... — Aperto a borda do cesto com mais força, mas não consigo passar disso. Por mais que tente, nenhuma palavra parece certa.

Penso em um milhão de momentos ao longo dos anos. Um milhão de sorrisos. Um milhão de pequenos toques. Penso em nós dois dançando uma música lenta dos Beatles, em Ari me chamando de amuleto da sorte, e penso em como estou *preso na chuvarada do meu amor por você*.

E posso ser um tolo, mas eu tenho esperança.

Eu tenho esperança.

Sussurro o nome de Ari. Um sussurro, uma risada e um encantamento mágico.

Respiro fundo e acabo com a distância entre nós. Tomo-a nos braços, me curvo e dou um beijo nela.

CAPÍTULO QUARENTA E QUATRO

Fogos de artifício.
   Trombetas.
   Estrelas cadentes.
Um crescendo sinfônico.
E, quando ela retribui o beijo... é um verdadeiro feitiço de Explosão Solar de nível 8.

CAPÍTULO QUARENTA E CINCO

Ari está nos meus braços, as pontas do cabelo roçando nos meus dedos, e as mãos no meu cabelo, e, mãe sagrada do Gandalf, eu estou me desintegrando quando consigo me afastar.

Com dificuldade de respirar, me encosto nela e vejo suas pálpebras se abrirem.

Nós nos olhamos por um momento longo e silencioso.

Devagar, Ari desliza as mãos pelo meu pescoço. Seus polegares roçam nas minhas orelhas. Os dedos se abrem nos meus ombros e param no meu peito, onde meu coração está disparado.

Finalmente, as palavras saem.

— Eu quero ficar com você — digo. — Em qualquer missão ou aventura que a gente viva. Quero estar com você. Sempre. O tempo todo. E odeio ter demorado tanto pra entender isso.

Ela faz um som que é meio risada, meio suspiro.

— Jude, eu...

Uma batida soa na porta.

Ambos soltamos um gritinho... mas, em vez de pularmos um para longe do outro, nós chegamos mais perto, o corpo dela se aninhando instintivamente no meu.

— O que é *agora*? — digo por entre os dentes.

Tem um homem do lado de fora, visível pelo vidro. Mesmo na luz fraca, vejo que está bem-vestido, com um paletó esporte cáqui e um cachecol xadrez comprido.

— Quem é? — pergunta Ari.

— Não sei — digo.

Mas o homem sorri e acena casualmente, quase uma saudação, e...

Putsgrila.

Eu *sei* quem ele é.

— Espera aí... — diz Ari. — Ele meio que parece o...

— Sadashiv — sussurro.

E é.

O *Sadashiv* em pessoa está em frente à Ventures Vinyl às 22h30 de um sábado.

Ao meu lado, Ari sussurra baixinho:

— Esse sonho acabou de ficar ainda mais louco.

Quase dou uma risada quando olho para ela. Só que... acho que Ari pode estar falando sério.

— A gente deixa ele entrar? — pergunto.

— Um cantor mundialmente famoso com múltiplos discos de platina? Sim, Jude. A gente deixa ele entrar.

Nós seguimos até a frente e abro a porta.

— Hã... oi?

— Boa noite — diz ele com aquele sotaque britânico elegante. — Desculpe por me intrometer assim. Aconteceu uma coisa muito estranha, o pneu do meu carro furou. Passou nessa... *coisa* na rua.

Ele mostra um caco de pedra vermelha. Em uma parte dá para ver um 20 dourado.

— Mas aí eu vi a loja e que tinha gente dentro, espero não estar atrapalhando. Posso entrar?

— Hã... pode. Claro. — Dou um passo para trás, e ele entra na loja de discos. Atrás dele, do outro lado da rua, vejo um carro esportivo preto moderno, o tipo de veículo que celebridades dirigem. O tipo de veículo que vale mais do que o financiamento do prédio. Agora com um pneu furado.

Sadashiv dá uma voltinha no meio da loja, o olhar percorrendo as paredes.

— Então essa é a famosa Ventures Vinyl. Parece maior nas fotos, mas é bem peculiar, né? — Ele pausa e inspira fundo. — Ah, eu amo esse cheiro. Toda loja de discos tem.

Ari e eu trocamos olhares intrigados.

Sadashiv gira para nos olhar de novo, o movimento meio como um passo de dança. Ele vê uma lata de lixo ao lado do balcão. Sem hesitar por nem um segundo, joga o pedaço de dado quebrado dentro. Como se fosse só isso. Lixo. Um pedaço de pedra afiado que fez o pneu dele furar e mais nada. Ele se vira de novo para nós, com aquele sorriso que partiu um milhão de corações.

— Não acredito que vocês estão aqui. Quais são as chances de um pneu furar bem em frente a esta loja, e mesmo no meio da noite... vocês estarem aqui!

Que sorte imensa. — Ele estica a mão na direção de Ari. — Araceli Escalante. É um prazer enorme.

Eu arregalo os olhos. Ari parece estar prestes a desmaiar. Ou ficar tonta. Ou ambos. Ela consegue apertar a mão dele.

— Você sabe quem eu sou? — diz.

Sadashiv ri.

— Eu te sigo nas redes sociais. Desde o festival de música e aquela premiação roubada horrível.

Ari abre a boca, mas não sai nada, então a fecha de novo. Ela me olha com perplexidade.

— *Você* segue a Ari — digo com incredulidade. — E sabe sobre o festival.

— Sei. Meu produtor foi um dos jurados. Depois que o prêmio foi anunciado, ele me disse que tinha quase certeza de que havia alguma irregularidade no processo de julgamento. Acontece que a grande vencedora era parente de um dos outros jurados, o que deveria ter sido motivo de desqualificação.

— Eita — digo. — Então o EZ estava certo.

— História esquisita, aquela — diz Sadashiv. — Levou a uma controvérsia danada. Mas nada disso importa agora. O que me chamou mais atenção quando eu soube sobre a competição foi o nome do segundo lugar. *Araceli Escalante*. Bem memorável, né? — Ele dá uma risadinha e sorri para mim. — Eu me lembrei do nome de quando você e eu nos conhecemos nos bastidores do meu show. É bom te ver de novo, mas me desculpe por não me lembrar do *seu* nome.

— É Jude.

— Jude! Ah, como na música dos Beatles. — Ele enfia a mão no bolso, um gesto que ao mesmo tempo parece natural e que ele está posando para uma revista de moda. — Eu me lembrei do nome da sua amiga compositora e, quando soube da controvérsia, procurei a música dela e... Bom, eu gostei bastante. — Sadashiv sorri para Ari, que se apoia na estante mais próxima. Definitivamente tonta. — Eu sigo suas redes sociais desde essa ocasião. Você conquistou muita coisa em um período bem curto.

— O-obrigada — diz Ari.

— A história fica ainda mais estranha — diz Sadashiv. — Podemos sentar? — Ele olha em volta e vê as cadeiras que usamos para a plateia de Ari mais cedo encostadas na parede. Sem esperar resposta, puxa três cadeiras e as organiza em um círculo íntimo. — Assim é melhor — diz, se sentando mais perto do palco e cruzando uma perna. Ele age de um jeito que poderia ser da realeza.

Ari e eu nos sentamos com bem menos graça.

— Que história? — pergunto, sem saber como qualquer coisa nesta noite pode ficar *mais estranha*.

— A história de como eu soube desta loja — diz Sadashiv. — E como é coisa do destino eu ter vindo parar aqui hoje. Por onde começar? — Ele se encosta e olha para o teto. — Recentemente, comprei uma casa perto de Bayview, a um quilômetro e meio daqui. Estava querendo uma casa de férias no sul da Califórnia havia um tempo, pois venho pra cá com frequência pra gravações, premiações e coisas assim.

— Normal, claro — murmuro.

— Bayview? — interrompe Ari. — Não seria a propriedade de Greenborough, seria?

Sadashiv olha para ela, atônito.

— Ora, sim, acho que esse talvez seja o nome do dono anterior. Você conhece?

— Minha mãe é corretora de imóveis — diz Ari. — Ela teve um cliente que foi olhar aquela casa. Ficou bem chateada quando um comprador anônimo apareceu e pagou acima do preço pra ficar com ela.

— *Ah* — diz Sadashiv, ousando parecer envergonhado. — Ora...

— Tudo bem — diz Ari. — Tenho certeza de que o cliente dela encontrou outra casa de muitos milhões de dólares pra comprar. Tem aos montes delas por aqui.

Ela está brincando, mas acho que Sadashiv não percebe, pois só assente e diz:

— Fico feliz em saber.

— Bom, desculpa — diz Ari. — Pode continuar.

— Sim. Bom... depois que eu me mudei, minha mãe veio me visitar de Londres. E a minha mãe... — Ele dá uma risada afetuosa. — Ela tem um carinho enorme por lojas de música. Ela gosta de verificar se tem... bom... os *meus* discos à venda. É meio constrangedor, sério. Mas ela também virou meio que colecionadora. Um dia, quando saiu, ela passou aqui e comprou uns discos, mas quando estava me mostrando as compras, reparou que um disco foi colocado na bolsa por engano.

— *London Town* — sussurro. — Era a *sua mãe*?

Sadashiv sorri.

— Era. Ela se sentiu mal pelo erro, principalmente considerando o certificado de autenticação. Um pôster *autografado* do Paul McCartney. Uau. — Sadashiv abre as mãos e olha para o teto. — Eu sou um grande fã, como você pode imaginar. Eu o conheci no Grammys ano passado. Fiquei realmente abalado.

— Sei bem como é — sussurra Ari.

— Minha mãe teve que voltar pra Londres no dia seguinte, mas prometi que traria o disco de volta pra essa tal de Ventures Vinyl na primeira oportunidade. Pretendia ter feito isso antes ou mandar meu assistente trazer, mas com a mudança pra casa nova e as entrevistas pra imprensa e tentar ir para o estúdio pra gravar o próximo álbum, as coisas andam caóticas. E *aí*... — continua ele, como se houvesse mais. Podia haver *mais*? — Eu vi seu vídeo, Araceli, promovendo o Dia da Loja de Discos na... bem, aqui. Na Ventures Vinyl. E embora eu não goste de admitir pra muita gente, sempre fui meio supersticioso. Sinais do universo, essas coisas. Achei que talvez o universo estivesse me lembrando que ainda precisava devolver aquele disco, mas agora, com a situação do carro, preciso me perguntar se tem mais alguma coisa aí.

Ele abre um sorriso, sinalizando o fim de sua história.

Um silêncio se espalha. Meu cérebro está em velocidade máxima, juntando tudo que ele nos contou e tudo que sei que é verdade. Tantas coincidências aleatórias trazendo-o até aqui. Sadashiv na nossa loja de discos e...

E *o quê*, exatamente?

— Você não estava brincando — diz Ari. — É uma história estranha.

— Eu também achei — diz Sadashiv. — E agora, como estamos aqui, essa pode ser a oportunidade perfeita pra discutirmos uma proposta de trabalho.

Ari desvia o olhar para mim e depois para ele.

— Comigo?

— Eu mencionei tentar gravar meu novo disco. Acontece que minha gravadora e eu decidimos que está na hora de fazer alguma coisa diferente. De ir além dos clássicos antigos. Nós estamos querendo fazer um disco de músicas originais e estamos com expectativa de trabalhar com compositores novos, que estejam despontando. Pensei que poderíamos discutir a possibilidade de eu gravar algumas das *suas* músicas.

Ari não responde.

— Se você estiver interessada em licenciar os direitos, claro.

Ela continua sem responder.

Eu estico a perna e dou um chutinho nela.

Ari leva um susto.

— E-estou — gagueja. As mãos dela começaram a tremer. — Eu estou interessada. Definitivamente interessada.

— Fantástico — diz Sadashiv, batendo palmas uma vez. — Vou mandar meu pessoal fazer contato. Foi um encontro bem predestinado, né? Mas está tarde e eu não vou mais segurar vocês. — Ele se levanta, e Ari e eu damos um pulo para ficarmos de pé. Ele aperta nossas mãos e vai na direção da porta.

Mas Sadashiv para, a atenção pousando em um dos discos de Ari apoiado em uma prateleira perto do palco. Ele o pega e olha para nós.

— Vocês se importam se eu levar um desses? Pode vir a ser item de colecionador um dia.

Ari solta uma risada estrangulada e delirante.

Mas eu ainda estou com a cabeça no lugar (por pouco) e digo:

— E o *London Town*?

— Sim, claro — diz ele. — Vou mandar meu assistente trazer esta semana.

Ele faz uma saudação com um dedo e volta para a noite, subindo a gola do paletó e ajeitando o cachecol. Só então reparo que outro carro parou lá fora e me pergunto se é o assistente dele, um motorista ou se ele chamou um Uber antes de entrar.

A porta se fecha e Ari e eu nos olhamos por muito tempo.

— Eu estou sonhando — diz Ari. — Ninguém pode ter tanta sorte numa noite só. — O rosto dela desmorona com decepção. — Foi um sonho tão bom.

Minhas bochechas ficam quentes de pensar no beijo cujo gosto ainda sinto, no toque de suas mãos no meu cabelo.

— Acho que a gente não está sonhando — digo, chegando mais perto.

— Não? Sadashiv veio aqui? No meio da noite? Querendo gravar minhas músicas?

— É... improvável — admito. — Vamos chamar de anomalia.

Ari ri, mas tem um tom triste e lamentoso no riso.

— E *você*? Você também é uma anomalia? — Ela estende a mão para o colarinho branco e largo de linho da minha camisa, os dedos passeando pelo tecido e gerando um arrepio nos meus braços. — Eu estava esperando você me beijar desde que a gente tinha 12 anos — diz baixinho. — E aqui está você. E... você está vestido de pirata. Por que *pirata*.

Meu coração incha.

— Desde que você tinha *12 anos*?

— Desde o comecinho — diz Ari enfaticamente. Então, confusa: — Eu nem sabia que tinha uma quedinha por piratas.

Eu me inclino mais para perto e encosto a testa na dela.

— Desculpa por ter feito você esperar por tanto tempo. Não vai acontecer de novo.

— Você diz isso agora, mas quando eu acordar...

Abro um sorriso.

— Eu não vou conseguir te convencer de que isso é real, né?

— Isso não é real — sussurra Ari, a respiração na minha boca. — Seria mais fácil me convencer de que magia é real.

Com as mãos na cintura dela, eu a puxo para perto.

— Desafio aceito.

EPÍLOGO

— Que tal assim?
— Mais pra esquerda.
— Não, pra direita.
— Acho que ficou melhor mais pra esquerda.
— Isso, aí. Assim está bom.
— Não, abaixa um pouquinho. Não, foi muito. Um centímetro. Não, não...
— Aí! Perfeito!
— Hã, desse ângulo aqui parece meio torto.

Solto um gemido.

— Eu nunca mais vou pendurar arte com um comitê no meu ombro — digo.
— Aí, aí! — fala Pru. — Perfeito.

Quando mais ninguém protesta, fixo a moldura na parede. Desço do banco e me junto aos meus pais, minhas quatro irmãs, Quint e Ari do outro lado do balcão. Passo o braço pelos ombros de Ari e, juntos, admiramos nossa mais nova decoração.

London Town, de Paul McCartney com o Wings, autografado, emoldurado e pendurado em um lugar de honra atrás da caixa registradora.

— Está ótimo — diz Pru. — É como se Sir Paul estivesse vigiando a loja.

Meu pai sorri.

— É bom mesmo tê-lo de volta.

Faz só uma semana desde o nosso encontro noturno com Sadashiv, mas que semana foi essa. Não só o assistente de Sadashiv deixou o disco na loja logo cedo na segunda, como também levou os primeiros documentos para começar a discussão dos direitos das músicas de Ari. Ela tem uma reunião com Sadashiv e alguns produtores no mês que vem, e pediram que ela levasse as melhores músicas para eles avaliarem, apesar de parecer que Sadashiv já está determinado a incluir "Chuvarada" no próximo disco.

Na terça, enviei outra arte para o *Dungeon*. Não tive resposta ainda de se foi aceita, mas, sinceramente? Não importa. Uma rejeição nunca matou ninguém, e se eles não gostarem desse desenho, vou continuar desenhando e enviando mais. De que outra forma posso construir um portfólio para me candidatar à faculdade de artes no outono?

Na quarta... bom, nada aconteceu na quarta. Exceto que recebi minha nota do trabalho sobre *O grande Gatsby*, um B+, e só errei algumas perguntas da nossa prova de ciências políticas e ouvi do meu professor de artes que ele gostou muito dos meus desenhos, embora ainda precise me dedicar a melhorar as mãos. (Ora, claro. Mãos são *difíceis*.)

Na quinta, nós finalmente recebemos o carregamento de mercadorias exclusivas do Dia da Loja de Discos, e, embora seja um pouco tarde, Pru conseguiu fazer a magia dela nas redes sociais e levar um público grande naquela noite para comprar os itens especiais em promoção.

Aconteceram tantas coisas boas durante a semana que houve momentos em que pensei: talvez a magia tenha voltado. Talvez tenha me encontrado de novo, mesmo sem o dado.

E então, na sexta, a sra. Andrews me pegou trocando mensagens com Ari na aula e confiscou meu celular pelo resto do dia e acabei perdendo uma liquidação surpresa do meu site de *D&D* favorito. Quando Maya e os outros me contaram sobre as compras incríveis que fizeram e se sentiram péssimos por eu ter perdido, eu só ri, pensando no que a cartomante tinha dito.

É sorte? É azar?

Talvez.

No sábado, Ari e eu tivemos nosso primeiro encontro oficial. Fomos à nossa livraria favorita na rua principal, onde Ari comprou um livro sobre venda de direitos musicais e eu comprei o título mais recente de uma série de fantasia de que gosto, depois fomos tomar sorvete e ficamos sentados lendo nossos livros juntos. O que foi... perfeito.

Também nos beijamos de tempos em tempos.

O que também foi perfeito.

Ari sorri para mim, ainda aconchegada ao meu lado.

— Estou trabalhando naquela balada da sua campanha de *D&D*. A dos aventureiros que quebraram a maldição.

— Como está ficando?

— Boa. As páginas da história em quadrinhos ajudaram muito. Me deram várias ideias. Mas... tenho a sensação de que o final precisa melhorar.

— Provavelmente. Eu tive dificuldades quando tentei terminar antes.

— Bom, uma dica. — Ari fica na ponta dos pés e sussurra: — A barda devia ficar com o mago.

— O quê? — digo, parecendo atônito. — Que reviravolta inesperada. Uma coisa assim precisa de preparação. De... prenúncio.

— Ah, tem prenúncio, sim. — Ela me olha de forma significativa. — Confia em mim.

Entrelaçando nossos dedos, levo a mão dela até a boca e beijo os nós de seus dedos.

— Acho que posso fazer alguns pequenos ajustes.

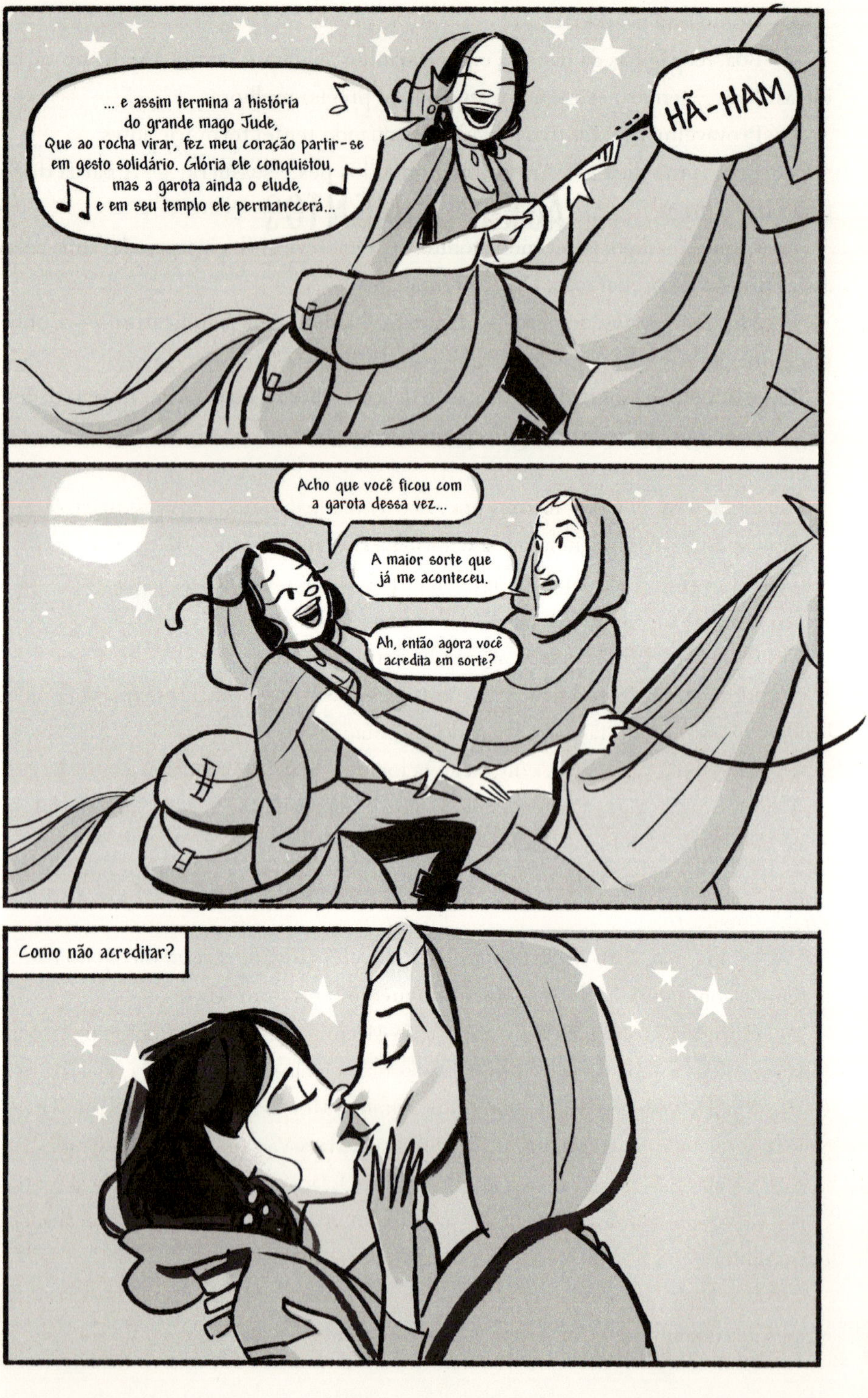

AGRADECIMENTOS

Sou a mais sortuda das autoras por estar cercada de tantas pessoas incríveis me apoiando e que me ajudaram a dar vida a este livro. Vamos rolar os dados para determinar a quem eu devo agradecer primeiro! (A ordem a seguir foi de fato selecionada por um D20. Obrigada pela ajuda, Universo.)

(3) Obrigada, Jill Grinberg: agente literária incrível.

(10) Obrigada, Jesse Taylor: assistente compositor; especialista em carros quebrados; presidente do fã-clube; marido encantador.

(1) Obrigada, Liz Szabla: editora atenciosa, paciente, maravilhosa.

(9) Obrigada, Mary Weber: amiga e autora incrível que me ajudou com minha pesquisa específica sobre a Califórnia.

(19) Obrigada, Sir Paul McCartney: Beatle, autor de "Hey Jude" e "With a Little Luck"; superastro.

(11) Obrigada, Lish McBride: amiga e autora maravilhosa que me ajudou a me entender com horários de aula do ensino médio (entre outras coisas).

(2) Obrigada a toda a fantástica equipe do Macmillan Children's Publishing Group: Johanna Allen, Robby Brown, Mariel Dawson, Rich Deas, Sara Elroubi, Jean Feiwel, Carlee Maurier, Megan McDonald, Katie Quinn, Morgan Rath, Dawn Ryan, Helen Seachrist, Naheid Shahsamand, Jordin Streeter, Mary Van Akin e Kim Waymer.

(20) Obrigada, minha amada família: Jesse, Delaney, Sloane e todos os avós, tias e tios. Vocês aguentaram muita coisa, principalmente conforme o prazo ia acabando, e sou muito grata por ter vocês na minha vida. (Acerto crítico!)

(8) Obrigada, Joanne Levy: amiga e autora genial; parceira de podcast; assistente de pesquisa de última hora; adaptadora de narração de quadrinhos em áudio.

(5) Obrigada, Chuck Gonzalez: artista extraordinário que deu vida à arte do Jude nas nossas lindas páginas de quadrinhos. *(Eu amei tanto!)*

(15) Obrigada, Taylor Denali: designer gráfica, sócia de negócios; muitas outras coisas. Você merecia um prêmio pela sua paciência infinita comigo.

(4) Obrigada à equipe incrível da Jill Grinberg Literary Management: Katelyn Detweiler, Sam Farkas, Denise Page e Sophia Seidner: torcedoras, apoiadoras, amigas.

(6) Obrigada, Ana Deboo: preparadora maravilhosa com olhos de águia.

(16) Obrigada, Jeff Ostberg: supertalentoso ilustrador de capa.

(7) Obrigada, Andrea Gomez, Alice Gorelick e Basil Wright: leitores sensíveis atenciosos que me ajudaram a escrever Ari, Maya e Noah da forma mais autêntica que consegui.

(14) Obrigada, Kendare Blake, Martha Brockenbrough, Arnée Flores, Tara Goedjen, Alison Kimble, Nova McBee, Lish McBride (de novo!), Margaret Owen e Rori Shay: amigas autoras; companheiras de retiro; debatedoras de ideias; apoio moral.

(13) Obrigada, Tamara Moss: amiga e autora magnífica e melhor parceira de crítica de todos os tempos.

(18) Obrigada... a você! Eu <3 você, leitore.

(17) Obrigada a toda a equipe da Macmillan Audio, por dar vida a Jude e a Fortuna Beach para ouvintes de toda parte.

(12) Por último, mas não menos importante: obrigada, Gryphon Aman, Althea Sandberg e Dannin Zumwalt: painel de especialistas adolescentes. Obrigada por responderem a todas as minhas perguntas de adulta irritantes e sem noção. Faço um brinde a vocês com aquele gif do Leonardo DiCaprio interpretando o Jay Gatsby.

Impressão e Acabamento:
GRÁFICA GRAFILAR